HEYNE
HARD
CORE

Zum Buch

Im Hinterland von Pennsylvania sind Patrick und Amy Lambert in die Fänge von zwei sadistischen Psychopathen geraten und erlebten die Hölle auf Erden. Um ihre Kinder zu retten, haben sie sich auf die perfiden Spiele der Fannelli-Brüder eingelassen – und sind ihnen schließlich entkommen. Drei Monate später: Arty Fannelli, der letzte der Brüder, wartet im Gefängnis auf seinen Prozess, die Lamberts versuchen, in ein normales Leben zurückzufinden. Doch der Albtraum ist noch nicht vorbei. Neue Spieler sind in der Stadt, und schon bald zieht sich ein Wirbel des Terrors über Familie Lambert zusammen. Wer sind die Killer? Und welche Spiele werden sie spielen?
Rache ist der zweite Teil der *Spiel*-Trilogie.

Zum Autor

Jeff Menapace, geboren in Philadelphia, verbringt seine meiste Zeit damit, Bücher zu schreiben und sich Horrorfilme anzusehen. Mit seiner Spiel-Trilogie wird er in Amerika als neuer Stern am Horror-Himmel gefeiert. Er liebt Martial Arts, die 3 Stooges und ist überzeugt davon, dass *The Texas Chainsaw Massacre* von 1974 der größte Film aller Zeiten ist.

JEFF MENAPACE

DAS SPIEL

RACHE

THRILLER

Aus dem Amerikanischen von
Sven-Eric Wehmeyer

WILHELM HEYNE VERLAG
MÜNCHEN

Die Originalausgabe VENGEFUL GAMES erschien bei Mind Mess Press

Unter www.heyne-hardcore.de finden Sie das komplette Hardcore-Programm, den monatlichen Newsletter sowie alles rund um das Hardcore-Universum.

Weitere News unter www.heyne-hardcore.de/facebook

MIX
Papier aus verantwortungsvollen Quellen
FSC® C014496
FSC
www.fsc.org

Verlagsgruppe Random House FSC® N001967

Vollständige deutsche Erstausgabe 12/2016

Neumarkter Straße 28, 81673 München
Redaktion: Kristof Kurz
Printed in Germany
Umschlagillustration: Hauptmann & Kompanie Werbeagentur, Zürich,
unter Verwendung eines Fotos von © Colleen Farrell / Arcangel Images
Satz: Schaber Datentechnik, Austria
Druck und Bindung: GGP Media GmbH, Pößneck

ISBN: 978-3-453-67708-1

www.heyne-hardcore.de

1

Chicago, Illinois

Herbst 2008

Die Nachtschwärze im Inneren des Hauses stellte kein Problem für Monica dar. Sie hätte sich selbst mit geschlossenen Augen traumwandlerisch sicher die Treppe hinauf in die Schlafzimmer schleichen können. Sie war bereits etliche Male – allein – in diesem Haus gewesen. Für ihren Job waren Recherchen vor Ort unabdinglich. Sie musste perfekt vorbereitet sein. Immer. Doch das war alles andere als eine Belastung für sie. Sie liebte ihre Arbeit. Deshalb machte sie sie auch so gut.

Monica kümmerten die Hintergründe ihrer Aufträge nur, wenn sie unmittelbar Einfluss auf ihre Arbeit nahmen. Anlässe und Motive bedeuteten ihr grundsätzlich wenig. Es war ihr gleichgültig, ob es um einen in der Vorstadt untergetauchten Terroristen oder einen ehebrecherischen Lehrer ging. Alles, was sie schätzte, war die Arbeit als solche. Ihre erste Einzelmission hatte sie im Alter von neunzehn Jahren mit der Präzision einer Veteranin erledigt – ohne zitternde Hände und ohne zu zögern.

Vom oberen Treppenabsatz aus ging Monica sofort nach rechts ins Zimmer des Jungen. Highschool-Schüler im ersten Jahr. Einen Meter achtzig groß. Ungepflegte braune Haare.

Spindeldürr. Sie hatte ihn auf seinem Weg vom Fußballtraining nach Hause observiert, jeden Tag nach der Schule bis um fünf. Er ging zu Fuß.

Jetzt stand Monica über seinem schlafenden Körper und zog eine Pistole aus ihrer Ledertasche. Teenager waren immer furchtbar einfach. Sie schliefen wie Tote. Der Junge schnarchte wie eine komatöse Bulldogge. Sein Mund stand halb offen. Dieses unwiderstehliche Angebot ließ Monica grinsen, und sie schob den Schalldämpfer ihrer Glock hinein. Der Junge öffnete auch dann die Augen nicht, als zwei leise Kugeln seinen Kopf ins Kissen drückten und es rot färbten.

Mommy und Daddy waren am Ende des Flures. Heute musste sie sich zu ihrer Freude nicht beeilen. Sehr häufig verlangte ein Job zügiges Vorgehen, sodass ihr kaum Zeit blieb, die Sache wirklich auszukosten und zu genießen. Hier jedoch musste sie nur die Situation in den Griff bekommen (kein Problem), und danach konnte sie sich entspannt Zeit nehmen.

Sie schlüpfte lautlos ins Elternschlafzimmer, stellte sich ans Fußende des Bettes, betrachtete die Umrisse der Schlafenden und spürte, wie das vertraute böse Prickeln heiß ihr Rückgrat hinab bis in den Bauch kroch, begierig auf den Moment, seine erhebende Reise südwärts fortsetzen zu können.

Monica hatte mal gelesen, dass Adolf Hitler oft ejakulierte, während er leidenschaftliche Reden vor seinem Gefolge hielt. Für die meisten war das eine geisteskranke Vorstellung, doch Monica hatte es auf der Stelle eingeleuchtet. Sie war nicht schärfer auf Sex als andere Frauen (das nahm sie jedenfalls an), aber es war ihr so gut wie unmöglich, zum Orgasmus zu kommen, egal, wie aufrichtig sich ein Mann auch bemühte. Wenn allerdings ein nächtlicher Auftrag wie dieser ihr erlaubte, sich so viel Zeit zu lassen, wie sie wollte, konnte sie vor Wonne explodieren – mehrmals hintereinander.

Als Monica gerade mal zweiundzwanzig war, hatte sie irgendein armer Kerl den Weg zur sexuellen Erfüllung erstmals erfolgreich beschreiten lassen. Der junge Mann war kein Auftragsobjekt, sondern ein zufällig ihren Weg kreuzender Penisträger gewesen, scharf auf eine schnelle Nummer. Unglücklicherweise hatte sich der Mann trotz redlicher Bemühungen als völlige Niete im Bett erwiesen, bis Monica – sie rittlings auf ihm, er in ihr – im verzweifelten Streben nach Befriedigung nach einem ihrer Werkzeuge (die sie stets in Reichweite versteckt hielt) gegriffen und ihm die Kehle aufgeschlitzt hatte.

Als sie die ungläubig aufgerissenen Augen, den rot gurgelnden Mund und das wilde zwecklose Umklammern eines seiner Aufgaben enthobenen Halses gesehen hatte, war sie sofort gekommen.

In der Folge fand gelegentlich Geschlechtsverkehr dieser Art statt, war allerdings eher eine Art sportliches Freizeitvergnügen. Die Möglichkeiten, die ihre Aufträge ihr boten, befriedigten ihre Lust weitaus nachhaltiger.

Dementsprechend wurde die weibliche Zielperson (40, dunkelblondes Haar, ein Meter sechzig, jeden Dienstag und Donnerstag um zwölf Pilates), als sie aus einer Ahnung heraus den Kopf vom Kissen hob, nicht wie ihr Sohn mit zwei schnellen Kugeln erledigt. Stattdessen bekam sie eine blitzschnelle Injektion in den Nacken verpasst, die sie in tiefen Schlaf zurücksinken ließ. Der Ehemann (42, braunes Haar, ein Meter fünfundachtzig, Arbeitszeit acht bis sechs, mittwochs und freitags von sechs bis acht Feierabendbiere mit

Kollegen) rührte sich auch dann kaum, als die ihm zugedachte Nadel in seinen Hals stach.

Monica wandte sich von dem betäubten Paar ab, betrat das Badezimmer und schaltete das Licht ein. Ihr Bild im Spiegel über dem Doppelwaschbecken war ausnehmend schmeichelhaft: verführerische dunkle Augen, kräftiges dunkles Haar, das normalerweise bis auf die Schultern hing (jetzt jedoch aus praktischen Gründen straff zurückgebunden war), und ein Körper, der an den sogenannten Problemzonen die nötige Straffheit als auch an anderen Stellen vorteilhafte Rundungen aufwies und dem gängigen Schönheitsideal absolut entsprach.

Diese Gaben der Natur wurden nicht nur von jeder Frau, der Monica begegnete, mit Neid beäugt, sondern darüber hinaus von einer eleganten wie klugen Ausstrahlung ergänzt – das Ergebnis jahrelanger Konditionierung im elitärsten aller Internate. Hätte sie statt dem aktuellen Auftrag angemessene, unauffällige Kleidung den für erfolgreiche Geschäftsfrauen üblichen Hosenanzug getragen, wäre sie ohne Weiteres als millionenschwere Wall-Street-Wuchtbrumme durchgegangen.

Monica legte ihre Ledertasche auf dem Waschbeckenrand ab, warf einen kurzen Blick auf das Ehepaar im Schlafzimmer und fühlte, wie das vertraute Kribbeln seinen federleicht kitzelnden Tanz ihren Körper hinab begann. Sie würde sich Zeit nehmen.

Monica saß auf der Bettkante und zündete sich eine Zigarette an. Sie inhalierte tief, während sie über die Schulter blickte, nach der Fernbedienung suchte und sie schließlich auf dem Nachttisch neben der Leiche der Frau entdeckte.

Sie stand auf, schlenderte um den Stuhl herum, an den der geschundene Leib des Ehemannes gefesselt war, schnippte Asche auf den skalpierten Schädel, nahm die Fernbedienung vom Nachttisch und kehrte dann zum Fußende des Bettes zurück.

Mit übereinandergeschlagenen Beinen zog sie ein weiteres Mal an ihrer Zigarette, lehnte sich auf die Ellbogen gestützt zurück und blies eine lange Rauchfahne in die Luft. Die Zehen der toten Frau berührten Monica, weshalb sie sie ein Stückchen von sich wegschob und dann den Fernseher einschaltete.

Die Nachrichten widmeten sich erneut einem der spektakulärsten Ereignisse der letzten Tage, das bereits am Abend der Erstberichterstattung ihre milde Aufmerksamkeit erregt hatte. Mehrfachmord in der Pampa von West-Pennsylvania. Ein Ort namens Crescent Lake. Folter. Perverse Spiele. Wie in einem Horrorfilm, hieß es.

Inzwischen hatten sie offenbar die ganze Geschichte aufgerollt.

Sie drehte den Ton lauter und folgte der Ausstrahlung mit dem professionellen, beiläufig-kühlen Blick einer der eigenen Sportart zuschauenden Athletin – in der Hoffnung, dieser Lokalsender möge genug Eier in der Hose haben, auch Aufnahmen von den Folgen und Nachwirkungen der Geschehnisse zu übertragen. Der Sonderbericht, den sie ein paar Tage zuvor während eines Jobs in New York gesehen hatte, hatte nichts weiter als eine vor einer Hütte in Popelkaff, Pennsylvania herumbrabbelnde Frau mit schlecht gefärbten Haaren präsentiert.

Zunächst schien auch diese Reportage nichts Neues zu bieten. Wieder ein debiles Melodrama vor Blockhüttenkulisse. Diesmal berichtete ein Mann mit schlecht sitzendem

Toupet und sichtlich überkronten Zähnen. Er redete, als spräche er für eine Hollywood-Rolle vor.

Vier Tote … zwei Täter … Brüder … einer der Brüder schließlich in einem Akt der Notwehr getötet … der andere schwer verwundet in Untersuchungshaft.

Ihre distanzierte Gleichgültigkeit nahm allmählich ab.

Der Reporter verschwand, und endlich wurde Monica mit einer kurzen Einstellung von einem großen schwarzen Leichensack belohnt, der aus einer Hütte in einen Notarztwagen getragen wurde.

Sie verdrehte die Augen. Qualvoll unbefriedigend. Sie zog erneut an ihrer Zigarette und stieß perfekte Rauchringe aus.

Das Toupet kehrte kurz zurück, um neue Einzelheiten über die bösen Brüder mitzuteilen. Und dann folgten (endlich!) ihre Fotos – nebeneinander montierte Porträtaufnahmen, die den gesamten Bildschirm einnahmen.

Monica schnellte hoch und ließ die Fernbedienung fallen, sodass das Batteriefach aufsprang, als sie auf dem Teppich landete. Sie lehnte sich vor und glotzte atemlos. Der linke der Brüder – der, der angeblich tot war – sah ihr so ähnlich wie ein Zwilling.

Die abgebrannte Zigarette versengte ihre Finger, weshalb sie sie fluchend von sich warf. Sie trat den Stummel mit dem Zeh aus, nahm ihn an sich, glitt vom Bettrand und drängte sich nahe vor den Bildschirm. Eine Strähne ihres vollen dunklen Haares löste sich aus dem Pferdeschwanz und fiel ihr übers Auge. Sie schnippte sie wie ein Insekt aus ihrem Gesicht.

Auch beim anderen Bruder, dem, der noch lebte und sich in Polizeigewahrsam befand, gab es eine gewisse Ähnlichkeit. Als das magische Wort fiel, stand ihr Mund sperrangelweit offen.

Adoptiert.

Beide Brüder waren Adoptivkinder gewesen. Ihre Bilder wurden ausgeblendet, und sie schnappte nach dem Bildschirm, als wäre sie in der Lage, sie zurückzuholen.

Jetzt stand das Toupet vor einem See. Weitere Hütten waren am Bildrand zu erkennen. Hatte er vorher für eine Hollywood-Rolle vorgesprochen, so war er nun mit seiner dramatischen Rekapitulation der Ereignisse darauf aus, den Oscar zu gewinnen:

»Wieder einmal verwandelte sich für eine unschuldige Familie ein idyllischer Herbstausflug in einen Albtraum, als ein psychotisches Brüderpaar diese bedauernswerten Menschen in seine Fänge bekam und zu nichts als seinem eigenen kranken Vergnügen unvorstellbaren Torturen aussetzte …«

Ein Foto der Ferienhütte der Familie, dann das eines abgelegenen Hauses, wo sich anscheinend weitere Gräueltaten ereignet hatten.

»… die Familie hat den mörderischen Furor der Brüder nicht nur überlebt, sondern auch heftige Gegenwehr geleistet und das Leben eines der beiden Sadisten in einem heldenhaften Akt der Selbstverteidigung beendet …«

Ein Einzelbild des verstorbenen Bruders – der, der genau wie sie aussah. Monica berührte den Schirm und streichelte über sein Gesicht.

»Die vier Opfer hier am Crescent Lake hatten weitaus weniger Glück und wurden brutal aus dem Leben gerissen, nur weil sie den Brüdern mit ihren abartig-perfiden Spielen unwissentlich im Weg standen …«

Eine Wiederholung der Einstellung des schwarzen Leichensackes, der aus der Hütte in die Ambulanz geschleppt wurde. Ihre Finger lösten sich vom Bildschirm, und die Hand fiel schlaff herab.

»Als ironische Wendung des Schicksals stellte sich später heraus, dass es sich bei einer der Überlebenden dieser schrecklichen Nacht um die Adoptivmutter der sadistischen Brüder handelte. Die ältere Witwe, deren Identität nicht preisgegeben wird, ahnte tragischerweise nicht, welch pure Bösartigkeit sie aufgezogen hatte, bis es zu spät war. Auch sie erwies sich als Hindernis und befindet sich in kritischem Zustand …«

Ein weiterer Soloauftritt des Toupets, effektvoll vor dem See platziert. Der Mann gab alles.

»Was treibt Menschen zu solchen Taten? Wie und warum entwickelt jemand das Verlangen und die Befähigung, eine unschuldige Familie nur zum eigenen Vergnügen zu foltern? Vier Menschen gnadenlos abzuschlachten? Wie kommt man dazu, die eigene Adoptivmutter, die einen zusammen mit ihrem seit Langem verstorbenen Ehemann aus reiner Herzensgüte bei sich aufgenommen hat, ermorden zu wollen …?«

Die nebeneinander montierten Einzelbilder wurden wieder herangezoomt, während der Kommentar fortfuhr. Diesmal liebkoste sie den Bildschirm mit beiden Händen, für jeden eine.

Sie wusste es. Sie kannte die Antworten auf all die gestellten Fragen. Das Warum? Das Was? Das Wie? Sie wusste, warum. Sie wusste, wie. *Himmel*, sie wusste es nur zu gut.

Monica stürzte zu ihrer Ledertasche, fischte ihr Mobiltelefon daraus hervor und wählte eine Nummer.

Nach dem ersten Freizeichen meldete sich eine männliche Stimme. »Kennwort.«

»Neco. 8122765«, sagte sie.

»Sprachauthentifizierung läuft … identifiziert. Alles in Ordnung?«

»Bestens. In einer Stunde kannst du das Putzkommando hierher schicken. Doch erst mal musst du was für mich überprüfen.«

Monica »Neco« Kemp beendete das Gespräch zehn Minuten später und wählte dann eine zweite Nummer. Zwei Freizeichen.

»Was geht ab, kleines Mädchen?« Eine Männerstimme, tief und kräftig.

»Ich habe sie gefunden.«

2

Western Pennsylvania Hospital, Pittsburgh, Pennsylvania

Zwei Tage später

»Hey, Fannelli, sind deine Hände sauber?«

Arty Fannelli schenkte dem Officer keine Beachtung. Die letzte Woche hatte ihn gelehrt, dass die ihm für die Nachtschicht zugeteilten Beamten mitunter ziemlich geschwätzig sein konnten – und das nicht gerade auf die *Wie-haben-die-Steelers-gespielt?*-Art. Die von der Tagschicht waren auch nicht gerade zartbesaitet, steckten ihre Nasen jedoch wenigstens die meiste Zeit über in irgendwelche Zeitschriften.

»Hey!« Der Officer schnippte mit den Fingern. »Erde an Schwachkopf! Sind deine Hände sauber?«

»Den Witz kenn ich schon, Arschloch; ich werd dir garantiert nicht beim Pissen den Schwanz halten. Und nenn mich nicht Fannelli ...« Dann, mehr zu sich als dem Beamten: »Ich *habe* keinen Nachnamen.«

Der Polizist erhob sich und trat gegen Artys Bettgestell. »Pass besser auf, wen du Arschloch nennst, *Fannelli.* Wir wollen doch keinen weiteren ›Unfall‹, oder?«

Auf seinem Weg ins Badezimmer behielt der Beamte Arty ständig im Auge. Bei offen stehender Badezimmertür zog er seine Hose runter und gab sich extra für Arty einen Klaps auf die blanke Arschbacke, während er pinkelte.

Die Tür des Krankenzimmers öffnete sich, und eine Schwester trat ein, woraufhin sich der Officer hastig wieder die Hose hochriss. Arty grinste, als er einen vierteldollargroßen Fleck in dessen Schritt bemerkte. Der Beamte erwiderte das Grinsen mit einem stechenden Blick, der seine vorherige Drohung nachdrücklich unterstreichen sollte.

»Zeit für die Medikamente«, sagte die Krankenschwester.

Der Officer grunzte, nahm auf seinem Stuhl neben dem Krankenbett Platz und steckte seine Nase in eine Ausgabe von *Sports Illustrated*.

Die Schwester verabreichte Arty seine Medikation und kontrollierte rasch seine Verletzungen. Trotz der speziellen Natur ihres Patienten tat sie es ruhig, routiniert und weder besonders grob noch freundlich. Vor wenigen Tagen hätte Arty die attraktive Schwester noch mit einem anzüglichen Kompliment bedacht. Seit er jedoch herausgefunden hatte, wer er und sein Bruder wirklich waren, hatte die Lust an solchen Spielchen und die Anzahl entsprechender geschmackloser Bemerkungen erheblich nachgelassen. Artys wurde nun in erster Linie von Wut beherrscht.

»Haben Sie noch Schmerzen?«, fragte sie.

Arty nickte nur, und die Schwester zog ab.

Der Officer legte seine Zeitschrift weg. »Ich hätte da eine Frage, Fannelli. Stimmt es, dass eine *Frau* deinem Bruder den Arsch versohlt hat?« Sein Grinsen war außerordentlich breit. »Wie man hört, hat sie ihm eine Nagelfeile in die Eier gerammt.« Er griff nach seinen eigenen und winselte. »Was für ein Schlappschwanz muss man sein, um zuzulassen, dass eine Frau einem das antut?«

Arty schwieg und wandte den Blick ab, was den Beamten noch mehr anstachelte.

»Warum hast du auf deine Mutter geschossen, Fannelli? Hat sie dir ebenfalls den Arsch versohlt?«

»Sie ist nicht meine richtige Mutter«, teilte Arty der Wand mit.

»Ja, aber das hast du zu dem Zeitpunkt nicht gewusst, stimmt's?« Der Officer kicherte, bevor er weitersprach. »Du hast sie sehr wohl für deine echte Mom gehalten. Von nichts anderem hast du gelallt, als sie dich hergebracht haben, weißt du noch? Du und dein bescheuerter Bruder die *leiblichen* Sprösslinge netter Menschen? *Liebevoll* von ihnen großgezogen? Und weil ihr beide dennoch durchgeknallte Irre geworden seid, habt ihr euch für etwas Besonderes gehalten? Anlage versus Umwelt und all der Scheiß?«

»Halt die Klappe.«

Das Kichern des Beamten steigerte sich zu leisem Lachen; er brachte kaum mehr vollständige Sätze heraus. »Als ... als was hast du euch doch gleich bezeichnet? Ausnahmen ... Ausnahmefälle?«

»Schnauze.«

»Du hast gedacht ... du hast wirklich gedacht, sie stecken dich in ein gemütliches Krankenhaus, damit die Seelenklempner deine *dämonische Einzigartigkeit* studieren können? Als wärst du der verdammter Hannibal Lecter oder so?« Der Officer bedeckte seinen Mund mit der Hand, um weiteres Lachen einzudämmen. »Also, jetzt mal im Ernst ... Warum wolltest du deine Mutter erschießen, Fannelli?«

»Sie *ist nicht* meine richtige Mutter.«

»Weiß ich, weiß ich ...« Der Polizist schüttelte amüsiert, aber auch leicht enttäuscht den Kopf, als hätte man ihm soeben mitgeteilt, dass er eine tolle Party verpassen würde. »Lieber Herr Jesus, was hätte ich dafür gegeben, dabei gewesen zu sein, als du es herausgefunden hast. Der Ausdruck auf deiner Fresse war bestimmt zum Schießen.« Er grinste. »Dennoch – als du auf sie geschossen hast, *war* sie für dich deine richtige Mutter. Was also war los, Fannelli? Oh, Augenblick ... du hast sie ›erlöst‹, nicht wahr? Das jedenfalls hast du jedem erzählt, oder? Das arme Mütterlein leidet an Demenz, und du hältst es für das Beste, sie mit einer Kugel in die Brust zu ›erlösen‹?«

Arty erwiderte nichts und hielt die Augen starr auf die Wand gerichtet.

»Was war wirklich los, Fannelli? Hat deine Mutter rausgefunden, was du und dein ungezogener Bruder abgezogen habt, und den Rohrstock gezückt? Bist du feiger Sack so tief gesunken, dass du dich nur mit einer Knarre gegen eine alte Dame wehren konntest? Komm schon, Fannelli, spuck's aus.«

»Ich hab dir gesagt, du sollst mich nicht Fannelli nennen.«

»Okay, okay«, sagte der Beamte spöttisch. »Ist offenbar ein Reizthema. Wie soll ich dich denn *dann* nennen, Fannelli?«

Jetzt sah Arty dem Officer endlich unverwandt in die Augen. »Keine Ahnung. Wie heißt der Kerl, mit dem deine Frau gerade vögelt?«

Der Officer sprang auf und schlug Arty die Faust ins Gesicht.

Monica Kemp setzte sich eine schlichte Hornbrille mit Fensterglas auf, spazierte ins Western Pennsylvania Hospital und schlug den Weg Richtung Ostflügel ein.

Ihre Aufmachung als amtliche Krankenschwester war bis ins kleinste Detail akkurat: marineblauer Kittel, Namensschild, Turnschuhe, streng zum Dutt gebundene Haare, kurz geschnittene Fingernägel, Stethoskop um den Hals. Doch diese Requisiten, so entscheidend sie sein mochten, waren nicht der eigentliche Grund, weshalb sie zwischen den echten

Angestellten nicht auffiel. Der lag an ihrem perfekten Schauspiel. Sie wusste, wann man zu lächeln und wann man den Blick zu senken hatte. Wen man ansprechen konnte und wem man besser aus dem Weg ging. Und wie man im Notfall spurlos wie ein Phantom verschwand. Die meisten Menschen sind darauf aus, Beachtung zu finden. Monica Kemp war eine Meisterin darin, sich unsichtbar zu machen.

Ihre Kontaktleute hatten ihr alles gesagt, was sie wissen musste. Auf welcher Station er untergebracht war, wann der Schichtwechsel stattfand, die Medikamente ausgegeben wurden und natürlich die Station, auf der seine Adoptivmutter behandelt wurde.

Maria Fannelli hatte in jener Nacht lebensgefährliche Verletzungen davongetragen. Den hiesigen Notfallmedizinern war es egal gewesen, dass sie sie in dasselbe Krankenhaus brachten, in dem der Sohn lag, der sie zu töten versucht hatte – dem Western Pennsylvania Hospital, der dem Haus der Fanellis am nächsten gelegenen Einrichtung, war aufgrund ihres lebensbedrohlichen Zustands keine andere Wahl geblieben, als sowohl Arthur wie auch Maria Fannelli zu beherbergen.

Monica war das mehr als recht. Zwei Fliegen, eine Klappe.

Arty hatte eine Hand über sein schmerzvoll pochendes Auge gelegt.

»Damit bist du noch gut weggekommen ... verfickter Klugscheißer.« Der Officer zog seinen Hosenbund zurecht und warf sich in die Brust.

Die Tür ging erneut auf, und der Officer nahm auf seinem Stuhl Platz und griff sich die *Sports Illustrated.*

»Zeit für die Medizin«, sagte die Schwester auf ihrem Weg zu Artys Bett.

Der Beamte ließ das Magazin sinken. »Hä?«

Die Schwester hielt ihm ihren Rücken zugewandt. »Zeit für die Medizin«, wiederholte sie.

»Er hat seine Medikamente erst vor einer halben Stunde bekommen.«

Die Schwester warf einen Blick über die Schulter, wobei sie nur einen Bruchteil ihres Profils entblößte. »Anweisung des Arztes – dringende Behandlung wegen einer HTI.«

»Einer *was*?«

»HTI – Harntraktinfektion.«

Der Officer zuckte die Achseln und widmete sich wieder seiner Zeitschrift.

Die Krankenschwester reichte Arty ein dünnes Papiertaschentuch. »Nehmen Sie das.«

Arty sah die Schwester nicht an. Er runzelte lediglich die Stirn und nahm den Fetzen entgegen, auf dem eine kleine, aber deutlich lesbare Schrift zu erkennen war. Die Schwester setzte ihre Hornbrille ab, während Arty las:

Lies das hier schnell, und sei versichert, dass das, was ich schreibe, die Wahrheit ist. Sie werden für dein Unglück büßen. Das schwöre ich beim selben Blut, das durch unsere Adern fließt. Ich bin deine Schwester. Schon sehr bald werden wir unvorstellbar grausam Rache an denen nehmen, die es wagten, sich unserer Familie in den Weg zu stellen.

Hab Geduld, großer Bruder; unsere Zeit wird kommen.

Hochachtungsvoll,
Monica

Artys finstere Miene nahm einen hämischen Ausdruck an. Der Zettel war zweifelsfrei ein lahmer Scherz des Pflegepersonals. Endlich sah er zu der Schwester hoch, drauf und dran, das Taschentuch zusammenzuknüllen, es ihr ins Gesicht zu schmeißen und ihr zu sagen, sie solle sich verpissen. Doch was er erblickte, ließ sämtliche Luft aus seinen Lungen entweichen, sodass nicht mal genug für ein Röcheln blieb.

Was Arty da sah, war sein eigen Fleisch und Blut. Diese Gewissheit spürte er viel deutlicher als den Pulsschlag, der heftig in seiner Brust hämmerte. Die Frau hätte die Zwillingsschwester seines toten Bruders sein können.

Allmählich kam er wieder zu Atem und wollte etwas sagen, doch Monica legte eine Hand auf seinen Mund, zog ihm die Notiz aus den Fingern und schob das dünne Papier sanft zwischen seine Lippen.

»Los, nehmen Sie schon«, sagte sie und reichte ihm ein Glas Wasser. »Es ist nur zu Ihrem Besten.«

Arty zerkaute das Taschentuch hastig und spülte es mit einem Schluck Wasser hinunter.

Monica lächelte und beugte sich vor, als wollte sie sein Kissen aufschütteln. *»Ich werde zur Telemetriestation rübergehen, wo anscheinend Maria Fannelli behandelt wird. Was soll ich deiner Ansicht nach tun?«,* flüsterte sie, richtete sich wieder auf und starrte ihn an.

Zum ersten Mal seit Tagen zeigte Arty ein aufrichtiges Lächeln. Monica erwiderte es, nickte und verließ dann das Zimmer.

Arty pfiff eine Melodie.

»Sei verdammt noch mal still«, sagte der Officer.

Erneut lächelte Arty entspannt. »Jawohl, Sir.«

Als Monica hinausging, zwinkerte sie dem jungen Polizeibeamten zu, der vor dem Zimmer ihres Bruders postiert war. Er errötete, lächelte schüchtern und wandte schnell den Blick ab.

Das reinste Kinderspiel, dachte sie, setzte die Hornbrille wieder auf und machte sich Richtung Telemetrie auf.

Monica stand neben Maria Fannellis Bett. Im Raum war es dunkel und still, abgesehen von den Marias Herzschlag signalisierenden Piepstönen. Ihr Puls zeichnete sich als weiße Wellenlinien auf dem schwarzen Bildschirm ab.

Die Augen der Frau waren geschlossen. Ihr Mund stand leicht offen, und ihrem Rachen entfuhren vereinzelte Schnarchlaute. Ein Infusionsschlauch schlängelte sich von ihrem Arm bis zu dem entsprechenden Beutel, der an einer neben ihrem Bett stehenden Pumpe hing.

Monica hätte sie wahnsinnig gern geweckt. Sie wollte, dass die Frau mitbekam, was mit ihr geschah, wollte das Ganze auskosten, dieser Frau tief in die Augen schauen, während das Leben aus ihnen entwich. Schließlich war das hier etwas aufregend Neues – der erste Schritt auf dem Weg zur Vergeltung. Und welche Wonnen mochte dieser noch bereithalten?

Leider war dies nicht der richtige Zeitpunkt. Jahrelang geübte Disziplin und Beherrschung löschten solche lustvollen Gedankenspiele mit einem Schlag aus, und ihr Selbsterhaltungstrieb übernahm das Ruder. Sie war schließlich nicht in irgendeinem Privathaus, wo sie sich Zeit nehmen konnte.

Monica streifte sich Latexhandschuhe über, drückte den Stoppschalter der Infusionspumpe, zog eine Spritze aus ihrer Kitteltasche und injizierte durch den intravenösen Zugang eine tödliche und nicht nachweisbare Dosis Kalium in Maria Fannellis Armvene.

Monica hatte den halben Flur hinter sich gelassen, als sie über die Schulter zurückblickte und sah, wie eine junge Frau aus der Schwesternstation in Maria Fannellis Krankenzimmer eilte – garantiert in der Hoffnung, einer der vielen Monitore, die sie zu überwachen hatte, würde falsche Daten liefern, statt den Herzstillstand von Mrs. Fannelli anzuzeigen. Das Letzte, was Monica hörte, bevor sie das Krankenhaus verließ, war der Tumult, der den soeben ausgelösten Notfallalarm begleitete.

Als Monica ihren Wagen erreichte, hielt sie inne, zündete sich eine Zigarette an und blies befriedigt eine lange Rauchfahne in den dunklen Herbsthimmel. »Wiederbelebungsversuche zwecklos«, feixte sie. »Das war's für die Schlampe.«

Sie stieg in ihr Auto ein und fuhr davon, als könnte sie kein Wässerchen trüben.

Arty schlief, als der Arzt das Zimmer betrat. Der diensthabende Beamte musste seinerseits gegen die Müdigkeit ankämpfen. Wiederholt fiel ihm der Kopf auf die Brust und fuhr daraufhin abrupt in die Höhe, als hätte jemand ihn erschreckt. Als der Doktor reinkam, sprang er übereilt auf die Beine und versuchte unauffällig, sich den Schlaf aus den Augen zu reiben.

»Mr. Fannelli«, sagte der Arzt.

Arty rührte sich nicht.

»Mr. Fannelli«, wiederholte der Arzt.

»Nennen Sie mich nicht Fannelli«, antwortete Arty, ohne die Augen zu öffnen.

Arzt und Wachmann tauschten einen Blick aus. Letzterer zuckte die Schultern.

»Ich denke, Sie sollten wissen«, fuhr der Doktor fort, der offenkundig kein Interesse daran hatte, sich eine angemessenen Anrede für seinen Patienten auszudenken, »dass Ihre Mutter ihren Verletzungen erlegen ist. Wir konnten nichts mehr für sie tun.«

Der Arzt verließ den Raum.

»*Bra-vo*, Fannelli«, sagte der Officer und klatschte träge Beifall. »Deine Mutter ist tot ... und *du* hast sie umgebracht. Das ist dann wohl dein finaler Sargnagel, meinst du nicht auch?«

Arty drehte sich trotz der Schmerzen, die durch die Bewegung in seinen Wunden verursacht wurden, vom Officer weg und auf die Seite.

Der Beamte grinste und setzte sich wieder. »Was ist los, Fannelli? Werden gleich die Tränen kullern?«

In Wahrheit musste Arty sich mit allergrößter Mühe ein Lachen verkneifen.

3

Die Wildnis Alaskas

Eine Woche später

John Brooks beobachtete, wie der Obdachlose an seinem Küchentisch den Eintopf verschlang. »Gut?«, fragte John.

Der Obdachlose hob den Kopf. Eintopf tropfte aus seinem räudigen Bart, und er lächelte wie ein Eiscreme verspeisendes Kind.

John lächelte zurück. »Eine Spezialität von mir. Schneeschuhhase und Fuchs. Da draußen kommen sie nicht miteinander klar« – er wies mit der Hand Richtung Hüttenfenster –, »aber kaum packt man sie mit ein bisschen Gemüse zusammen in einen Topf, verstehen sie sich glänzend, nicht wahr?«

Der Mann hob erneut den Kopf. Diesmal war sein Lächeln breiter. Er hatte keine Vorderzähne mehr.

»Noch was?«, fragte John, als er bemerkte, dass der Mann seinen Löffel weggelegt und angefangen hatte, das Innere der Schüssel mit seinen Fingern auszukratzen, um sich auch das letzte winzige Häppchen einverleiben zu können.

Der Mann leckte sich die Finger und hielt John die Schüssel hin. »Ja – bitte.«

John trug die Suppenschale zu einem kleinen weißen Ofen in der Ecke hinüber. Auf einer der Gasflammen köchelte der schwarze Topf mit seiner Spezialität. Er klatschte zwei große Kellen davon in die Schale und stellte sie dem Mann wieder vor die Nase.

Dessen Appetit, so groß er auch war, hatte ihn seine Manieren nicht völlig vergessen lassen. Trotz der dampfenden Schüssel unter seiner laufenden Nase gelang ihm sogar ein freundlicher Small-Talk-Versuch, bevor er sich seinem Nachschlag widmete. »Sie leben ganz alleine hier draußen?«

»Jawohl.«

Der Mann kaute, schluckte, rülpste in seine Faust und schaufelte weiter Eintopf in sich hinein. »Das ganze Jahr über?«

»So ziemlich«, sagte John. »Außer, wenn ich arbeite.«

Der Mann hatte sich den Mund zu voll gestopft. Nach einem tapferen Versuch, alles auf einmal hinunterzuschlucken, gab er sich geschlagen und zog ein großes zerkautes Stück Hasenfleisch aus seinem Schlund, um es in die Schüssel zurückzulegen. »Was machen Sie so?«

»Ich bin Jäger.«

Während seiner folgenden Fragen hielt der Mann den Blick auf seine Mahlzeit gerichtet. »Und was hat Sie heute in die Stadt geführt? Mussten Sie Munition oder Fallen oder so was besorgen?«

John lächelte. Seine schwarzen Augen funkelten. »Nein«, gab er leise zurück.

Trotz seiner imposanten Statur konnte John Brooks den großen Teddybären spielen, wenn er wollte – der mild-heitere Gleichmut, den er dann ausstrahlte, stand in deutlichem Kontrast zu den kantigen, hartgeschnittenen Zügen seines zwar groben, aber durchaus attraktiven Gesichtes; seine Physis legte nahe, dass er beim Bankdrücken Eichen und beim Kreuzheben Felsbrocken stemmte.

Der Obdachlose schluckte einen Mundvoll Eintopf und nahm Augenkontakt zu seinem Gastgeber auf. »Weswegen waren Sie denn dann in der Stadt?«, fragte er.

John lächelte erneut – das gleiche gefällige und einladende Lächeln, das er seinem Gast geschenkt hatte, als er in der Stadt die Beifahrertür für ihn geöffnet hatte. »Betrachten Sie's einfach als Drang«, meinte er.

Der Mann zuckte die Achseln und aß weiter.

John trat ans Fenster. Die strahlende Sonne wurde von Schnee und Eis reflektiert. John blinzelte durch den blendenden Glanz und hielt nach etwas Ausschau. Er sah, dass das Licht sogar trüb-dunkle, dicht bewachsene Waldstücke an vielen Stellen durchdrang. *»Perfekt«,* flüsterte er. Das Licht war einfach perfekt. *Jetzt.*

John drehte sich wieder zu dem Mann um. »Wie steht's bei Ihnen?«

Lächelnd präsentierte der Mann seine leer gelöffelte Suppenschale, was John erneut den Vergleich mit einem Kind ziehen ließ.

»Wunderbar«, sagte John. »Zufrieden?«

Der Mann nickte.

»Gestärkt?«

Der Mann nickte.

»Kräftig?«

Der Mann, dessen Lächeln jetzt eher höflich als aufrichtig war, zögerte kurz, um dann ein weiteres Mal zu nicken.

»Werden Sie mir etwas für mein Geld bieten können?«

Diesmal kein Nicken. Nur eine fragende Miene. »Was meinen Sie?«

John griff in seine Tasche und zog eine Stoppuhr daraus hervor. Er drückte ein paar Knöpfe und legte sie vor den

Mann auf den Küchentisch. Die Uhr war auf zehn Minuten gestellt.

»Das ist der Vorsprung, den ich Ihnen lasse«, sagte John. Er streckte die Hand aus und drückte einen letzten Knopf. Ein schwaches Piepen ertönte, und die Stoppuhr begann ihren Countdown.

Der Mann schaute zu John auf. »Ich – ich verstehe nicht …«

John erwiderte nichts. Er ging zu seinem Gewehrständer neben dem Grizzlybärkopf an der Wand, sah die Auswahl durch und wählte schließlich das speziell nach seinen Wünschen angefertigte Remington.

»Mister, was … was machen Sie da?«

John blieb stumm, konnte sich eines schmalen Grinsens jedoch nicht erwehren, während er anfing, das Gewehr zu laden.

»Nehmen Sie … mich mit auf die Jagd?«, fragte der Mann, ohne das Remington-Gewehr aus den Augen zu lassen.

John lachte leise auf und schüttelte den Kopf. Er behielt die seiner grobschlächtigen physischen Erscheinung widersprechende Sanftheit bei, aber seine Augen … seine Augen hatten sich verändert. Durch die starke Erregung waren seine Pupillen so extrem geweitet, dass sie den schwarzen Glasaugen des Grizzlykopfes an der Wand ähnelten. Die äußere Ähnlichkeit entsprach einer Ähnlichkeit des Naturells: Beide waren tödliche Jäger.

John ließ das Schloss des Patronenlagers zuschnappen, hob das Gewehr an seine Brust und fragte: »Wie viel Zeit hast du noch?«

Der Mann brachte nichts als hektische, schnaufende Atemstöße heraus. Seine Augen wanderten fieberhaft zwischen Johns Gesicht und dem Remington hin und her. Aus dem Bart um den aufgerissenen Mund tropften noch immer

Eintopfreste, und die vielen Schichten schmutziger Kleidung vermochten es nicht, das Zittern seines ganzen Körpers zu verbergen.

Mit dem Gewehr in beiden Händen wies John mit dem Kinn zur Stoppuhr auf dem Tisch. *»Wie viel Zeit?«,* fragte er noch einmal.

Hastig sah der Mann nach. »Sieben – sieben Minuten.«

John trat den Mann vom Stuhl. Er schlug hart auf dem Holzboden auf.

Der Obdachlose starrte hilflos zu seinem vormals großzügigen Gastgeber auf. Er starrte auf das inzwischen unverstellt lüsterne Grinsen. Er starrte in die schwärzesten aller Augen, blinde, seelenlose Fenster zu einer Seele. All das starrte er an, unfähig, den Blick abzuwenden, das Gesicht verzerrt, schockgefroren – das fleischgewordene Abbild unendlicher Angst.

Und John war hocherfreut. Er lachte, wischte sich über den Mund und zeigte mit dem Lauf des Gewehres zur Eingangstür. »Dann solltest du dich besser auf die Socken machen, Sportsfreund.«

Der Obdachlose stürzte durch die Wildnis Alaskas, und seine überbeanspruchten Lungen stießen krampfhaft Atemwolken in die Luft. Äste und Zweige klatschten und schnitten ihm ins Gesicht. Das dichte Unterholz griff mit grausamen hölzernen Klauen nach seinen Knöcheln und brachte ihn mehr als einmal zum Stolpern.

Hilferufe waren in dieser einsamen und menschenleeren Gegend vergebens; das war ihm bewusst, hielt ihn in seiner jedes rationale Denken auslöschenden Panik jedoch nicht davon ab, es dennoch zu versuchen. Also schrie er. Die Antwort bestand in einer Kugel, die knapp über seinem Kopf hinwegsauste, in die gigantische Fichte hinter ihm einschlug, Rinde absplitterte und ein Einschussloch von der Größe eines Zehn-Cent-Stückes hinterließ.

Zwei weitere Schüsse zischten zu beiden Seiten seines Kopfes vorbei und trafen die Fichte – man hätte die drei Löcher zu einem perfekten Dreieck verbinden können.

Er kreischte wie ein hysterischer Wildvogel, warf sich auf den Bauch und drückte die Wange und den Körper mit geschlossenen Augen so heftig gegen die Erde, als hoffte er, irgendwie in ihr versinken zu können und so Deckung zu finden.

Der böse Mann hatte ihn absichtlich verfehlt; diese Tatsache war ihm nicht weniger bewusst als die Kälte von Eis und Schnee, die jetzt in seine Wange und sein Ohr stach. Der böse Mann spielte mit ihm. Die Stoppuhr, der Vorsprung, all das bedeutete kein faires Rennen gegen die Zeit, bei dem er im Falle des Durchhaltens von seinem Verfolger mit dem Leben belohnt wurde, sondern diente einzig der Unterhaltung. Sein Tod war keine Möglichkeit; er war Gewissheit. Und nur noch eine Frage der Zeit.

Also fügte er sich bäuchlings im eiskalten Unterholz seinem Schicksal und begann zu weinen.

Knappe hundert Meter entfernt beobachtete John Brooks durch das maßgefertigte Zielfernrohr seines Remington-Gewehres, wie der Mann aufgab und zu schluchzen anfing. Es war ein zufriedenstellendes, aber gleichzeitig auch enttäuschendes Bild. Tränen der Todesangst waren eine grundsätzlich hübsche Sache – aber einfach so kapitulieren? Sich mit seinem Schicksal abfinden? Was für ein beschissener Waschlappen war das denn? Vielleicht konnte ein wenig Schmerz seine Beute anspornen und die Jagd beleben.

John hob das Remington, spähte durchs Fernrohr und hielt den Atem an.

Ein fernes Donnern. Das unmittelbar folgende Pfeifen einer Kugel, die die Luft zerschnitt. Und dann ein nasser, dumpfer Schlag, der eine Explosion brennenden Schmerzes im Bein des Obdachlosen zur Folge hatte. Er rollte sich auf die Seite und legte seine Hände um die Eintrittswunde. Sofort färbten sie sich rot.

Ja, der böse Mann spielte mit ihm. Ja, er wollte ihn töten. Doch er hatte es offenbar nicht eilig damit.

Der Obdachlose raffte sich auf, und sein Bein bereitete ihm Qualen, die alles überstiegen, was er in seinem Elend als Tippelbruder je hatte erleiden müssen. Er humpelte durch den Schnee und hinterließ dabei eine unübersehbar deutliche Spur dicker roter Tropfen. Sein Tränenfluss war fürs Erste versiegt; der Wundschmerz hatte ihn ironischerweise eingedämmt.

Der Mann lief ohne Ziel, sondern verschaffte sich lediglich etwas mehr Zeit bis zu seiner unvermeidlichen Ermordung, und das wusste er nur zu gut. Gab ihm dieses Wissen irgendwie Halt? Ja. Er hatte sich bereits zuvor in sein Schicksal gefügt und dafür einen entsetzlichen Preis bezahlt – sein Bein war jetzt ein pochendes, nutzloses Stück Fleisch.

Das unausweichliche Schicksal konnte ihn mal, er würde es versuchen. *Erfolgreich* versuchen. Im Wald verschwinden. Sich verstecken, bis die Lage sicher war, egal, wie lange das dauern sollte. Herrgott noch mal, immerhin war er ein Obdachloser in *Alaska* und dementsprechend geübt darin, den Elementen zu trotzen. Und sobald die Luft rein war, würde er in die Stadt zurückkehren. Zur Polizei gehen. Den

Beamten vom bösen Mann erzählen. Sie anbetteln, ihm wenigstens dieses eine Mal zuzuhören. Ja – er würde zur Polizei gehen, und der böse Mann würde seiner gerechten Strafe zugeführt. Ja ... ja, genau das würde er tun.

Mit einem neuen Ziel vor Augen bewegte der Obdachlose sich hinkend auf ein dichtes Kiefernwäldchen zu.

John war entzückt. Der Schuss ins Bein hatte seinen Zweck erfüllt und das Spiel neu gestartet – gewissermaßen. Wahrscheinlich hatte die Kugel die Oberschenkelarterie des Mannes getroffen, und wenn er es schaffen sollte, sich für den Rest der Jagd versteckt zu halten, würde er irgendwo langsam verbluten – *was stundenlangem Ficken ohne Höhepunkt entsprach,* dachte John. Das galt es um jeden Preis zu verhindern. Er wollte lieber vorzeitig kommen und ein *bisschen* Spaß mitnehmen, als eine derart quälende Enttäuschung zu erleiden.

Also belassen wir es bei einem schnellen Kopfschuss und machen Feierabend. Immerhin würde der entsetzte Gesichtsausdruck des Mannes in der Hütte ihm noch ein geraumes Weilchen Freude bereiten. Und das memmenhafte Schluchzen, das dem Kleinmädchen-Kreischen gefolgt war, schien ihm umso lustiger, je länger er darüber nachdachte. Nichts Weltbewegendes, aber wirklich nicht schlecht.

John wartete in aller Seelenruhe darauf, dass der Mann endlich anhielt und nach Atem rang. Er befand sich tief inmitten eines verschlungenen Kiefernwäldchens und war auf diese Entfernung praktisch unsichtbar, doch dank des maßgefertigten Remington-Zielfernrohrs hatte John das Gefühl, den Arm ausstrecken und ihn am Kinn kitzeln zu können.

John lächelte. Nahm den Kopf des Mannes aufs Korn. Zielte zwischen die Augen. Hielt den Atem an. Und sah dann, wie der Kopf des Obdachlosen zurückschnellte und die dahinter stehenden Kiefern mit roten Klumpen besprenkelte, bevor sein Leib zu Boden sackte.

Dabei hatte John den Abzug gar nicht betätigt.

Er drehte ruckartig den Kopf, während der rätselhafte Schuss im Wald nachhallte. Monica Kemp stand zehn Meter entfernt und hielt ihr eigenes maßgefertigtes Remington mit festem Griff in beiden Händen.

»Hi, Dad«, sagte sie grinsend.

John strahlte, legte sein Gewehr ab und breitete die Arme aus. »Wie geht's meiner kleinen Tochter?«

Monica saß am Küchentisch ihres Vaters, ohne den dicken Wollmantel ausgezogen zu haben. »Es ist *eiskalt* hier drin, Dad. Wie hältst du das bloß aus?«

John servierte seiner Tochter eine dampfende Schale Eintopf. »Wirst du etwa langsam empfindlich?«

Sie schob die Schüssel beiseite. »Herzlichen Dank, aber auf dein Wilde-Kreaturen-Gulasch verzichte ich lieber. Gott weiß, was drin ist.«

John nahm die Schale an sich und kippte ihren Inhalt in den Topf zurück. »Womit kann ich *dann* dienen, Eure Majestät?«

»Kaffee wäre nett.«

John machte sich in der chaotischen Metallnische, die er als seine Küche bezeichnete, an die Arbeit. »Ich hab leider nur löslichen.«

»Hauptsache heiß.«

Er füllte einen Kessel mit Wasser, entzündete eine Gasflamme und stellte den Kessel auf den Ofen. »Wird ein paar Minuten dauern.«

Monica nahm eine Zigarette heraus und steckte sie sich an. »Was wird aus deinem Kumpel, mit dem du Verstecken gespielt hast?«

John entnahm einem der Wandschränke einen Aschenbecher und stellte ihn seiner Tochter hin. »Die Welt der wilden Tiere erwartet eine schmackhafte Zwischenmahlzeit. Der ewige Kreislauf des Lebens, Kleines. Einer der Vorteile, wenn man hier draußen lebt.«

»Und die Knochen?«

»Die Knochen kümmern sich um sich selbst. Schlimmstenfalls sammle ich sie in einer Woche ein.« Er holte das Glas mit Instantkaffee aus dem Schrank. »Erzähl mal von Pittsburgh.«

Monica nahm einen Zug von ihrer Zigarette, stieß eine dicke Rauchwolke aus und zeigte dann darauf. »So ist die Luft da. Schlimmer als in L. A.«

Er wedelte den Rauch beiseite. »Dennoch inhalierst du diesen Dreck freiwillig.«

Das Wasser begann zu kochen, und John wandte sich für einen Moment ab, um den Kaffee zuzubereiten, den er ihr dann vor die Nase stellte.

Sie nippte daran und verzog das Gesicht. »Scheiße noch mal, Dad.«

»Tut mir leid, aber ich fürchte, meine Espressomaschine steht noch im Laden.« Er bot ihr eine kleine Schüssel mit Zucker an, doch sie winkte ab. »Das viele Geld und all die Reisen haben einen Snob aus dir gemacht.«

Sie lächelte. »Ein Snob, der vor wenigen Minuten schneller geschossen hat als du.«

»Du meinst, ich hätte dich nicht bemerkt?«

»Ich *weiß*, dass du mich nicht bemerkt hast. Du wirst alt, Dad.«

»Von wegen alt.« John krempelte den Ärmel seines Flanellhemdes hoch und ließ eine Kanonenkugel von Bizeps spielen.

Monica simulierte kindliches Staunen. »Daddy ist furchtbar stark.«

John zog eine finstere Miene, brummte etwas und packte sich dann ihr modifiziertes Remington, das sie gegen die Tischkante gelehnt hatte. »Himmel, schau sich das einer an. Sieht wie ein verdammtes M40A3 aus. Mit dem Ding könnte ich von hier aus einem verfickten Käfer in Anchorage den Arsch wegschießen.« Er sah sie neugierig an. »Von einem Marine hast du das bestimmt nicht …«

Sie klimperte mit den Wimpern und ließ beide Hände vor ihrer Brust kreisen. »Unterschätze nie ein Paar perfekte Titten, Dad.«

»Was zum Teufel ist bloß los mit dir? Scheiße, so was sagt man nicht zu seinem Vater.«

Sie hob den Kaffeebecher an die Lippen, um ihr selbstzufriedenes Lächeln zu verbergen. »Verzeihung.«

»Pittsburgh«, gab er zurück.

Sie nahm einen Schluck und setzte den Becher ab. »Ich habe im Krankenhaus Kontakt aufgenommen. Zuerst war er schockiert, hat mir aber schnell vertraut. Er hat mir seine Zustimmung gegeben, die Adoptivmutter zu erledigen. Sie ist mausetot.«

Er lächelte, nickte und setzte sich auf einen Stuhl ihr gegenüber. »Wie sah er aus?«

»Erschöpft und schwach. Er hat eine Menge Messerstiche abbekommen und wirkte ziemlich resigniert. Doch mein Anblick könnte sein Feuer neu entfacht haben, denke ich. Außerdem bin ich sicher, dass der Tod seiner falschen Mutter seiner Laune alles andere als abträglich ist.«

»Niemand hat dich bemerkt oder gar erkannt?«

Monica schürzte die Lippen und bedachte ihn mit einem bösen Blick.

John hob entschuldigend die Hand.

Monica zog ein letztes Mal an ihrer Zigarette und drückte sie dann im Aschenbecher aus. »Wie sehen unsere nächsten Spielzüge aus?«

Johns Miene verdüsterte sich. Einen Augenblick lang ließ er den Kopf hängen, bevor er ihn wieder hob. »Und der andere ist wirklich …?«

Monica nickte mit ähnlich finsterem Blick. »Er wurde in jener Nacht getötet. Sein Name war James.«

Der Vater nickte. »*Arthur* und *James*, oder?«, sagte er nach einem kurzen Moment des Schweigens.

»Hat sich unsere Mutter das ausgedacht?«

»Scheiße, keine Ahnung. Bezweifele ich. Würde auf die Adoptiveltern tippen. Deine Mutter hätte sie wahrscheinlich *Jack* und *Daniels* genannt. Und dich *Meth* oder so getauft.« Er spuckte auf den Boden. »Auf Nimmerwiedersehen, Miststück.«

»Wie hättest du uns genannt?«, fragte Monica. Sie schien aufrichtig daran interessiert.

Er zuckte die Schultern. »Weiß ich nicht. Jedes Mal, wenn ich Heimaturlaub hatte, war jemand von euch verschwunden. Weiß nicht, warum ich sie weiter gebumst habe. Wenn der eigene Schwanz so viel Zeit in asiatischen Mösen verbracht hat, sehnt man sich nach guter alter amerikanischer Punze, und ist sie auch noch so ausgeleiert.«

»Nette Art, mit deiner Tochter zu reden, Dad.«

»Das ist die Revanche für die Sache mit den Titten.« Er lehnte sich zurück. »Wie auch immer, die Familie, die dich aufgegriffen hat, war jedenfalls ein verdammter Sechser im

Lotto. Als wärst du eine Kennedy oder so was. Außerdem gefällt mir der Name Monica. Passt zu dir.«

»Werden wir ihn dann Arthur nennen?«

»Das muss er entscheiden, würde ich sagen.«

Monica schwieg und nippte an ihrem Kaffee.

»Was erzählst du den Kennedys eigentlich bezüglich deiner gegenwärtigen beruflichen Aktivitäten?«, fragte John.

»Internationale Bankgeschäfte. Dadurch erregen meine Auftragsreisen keinen Verdacht, und ihr guter Ruf bleibt komplett unbeschädigt. Die hochintelligente, ehrgeizige und weltgewandte Tochter, die ganz den Clan-Erwartungen entspricht.«

Er strahlte vor Wonne. Monica hatte John aufgespürt, als sie erst fünfzehn gewesen und noch zur Privatschule gegangen war. Die Sommerferien, die sie angeblich bei der Familie einer Klassenkameradin in den Hamptons verbracht hatte, die Skiurlaube in Aspen, die Frühjahrsferien in Tortolla – alles gelogen, um Zeit mit John zu verbringen, um zu lernen, zu trainieren, zu beobachten, Anweisungen zu befolgen und so dem tödlichen Trieb, der ihrer Blutlinie eingeschrieben war, zu voller und gleichwohl kontrollierter Blüte zu verhelfen. Während die meisten Frauen zur Feier ihres achtzehnten Geburtstags Kerzen auspusteten, pustete Monica an ihrem Ehrentag aus einer Distanz von fünfzig Metern ihr erstes Loch in einen menschlichen Schädel. Danach hatten sie sogar eine Kerze in das Loch gesteckt und hysterisch gelacht, als die Haare des Mannes schließlich Feuer fingen.

»Warum schaust du mich so an?«, fragte sie.

»Wie schaue ich dich denn an?« Sein Strahlen wurde zu einem breiten Grinsen.

»Selbstzufrieden. Wie die Katze im Taubenschlag.«

»Ist es verboten, das Produkt seiner Erziehung zu bewundern?«

»Oh, komm von deinem hohen Ross runter, alter Mann. Du bist nicht allein für meine Ausbildung verantwortlich, das kann ich dir versichern. Vielleicht kommst du ja auch irgendwann im einundzwanzigsten Jahrhundert an.«

Er stieß ein heiseres Lachen aus. »Besten Dank, aber ich würde den ganzen Computerscheiß lieber dir überlassen. Ich hab nach *Donkey Kong* und *Pac-Man* aufgehört.«

»Bedauerlich – bei *Call of Duty* würdest du garantiert einen Ständer kriegen.«

»Schon wieder dieses freche Mundwerk.«

Sie grinste. Er runzelte die Stirn. Dann versanken beide in düsteres Grübeln, und als ihre Blicke sich schließlich wieder trafen, wussten sie sofort, dass das Objekt ihrer Grübeleien identisch war.

»Dad, sie haben sich immer bedeckt gehalten. Sie haben sich keine Blöße gegeben. Selbst wenn diese beschissene Familie und ihr Arzt sämtliche Spuren der Adoption nicht verschwinden hätten lassen – und ich habe nachgeforscht, das kannst du mir glauben –, ist es offenkundig, dass Arthur und James unsere Selbstkontrolle und Beherrschung geerbt haben; sie haben das Rampenlicht jederzeit gemieden. Nur jämmerliche Serienkiller-Gestalten wollen gefasst werden, um ihre fünfzehn Minuten Ruhm auskosten zu können. James hat bis zum Tod gekämpft.«

John nickte knapp, erhob sich und ging zum Küchenfenster hinüber. Er blickte starr nach draußen. Die inzwischen untergehende Sonne spiegelte sich in seinen Augen, und seine Gedanken verloren sich in Fantasien von Dingen, die da kommen mochten. Als er sprach, tat er das in tiefem, träumerischem Ton – eine geisterhafte Stimme, die direkt aus den tiefsten Tiefen seiner schwarzen Seele aufstieg. »Es wird Zeit, Arthur heimzuholen. Ihn wissen zu lassen, was echte Familienbande bedeuten ... wozu wir tatsächlich imstande sind ...«

»Das werden wir«, sagte Monica. »Aber wir müssen Geduld haben, Dad.«

Er nickte bedächtig, starrte immer noch ohne ein Blinzeln aus dem Fenster und sah nichts als die Bilder, die seine Fantasie heraufbeschwor.

»In der Zwischenzeit werde ich die notwendigen Informationen einholen«, sagte sie. »Wir müssen sowieso warten, bis sich die Aufregung einigermaßen gelegt hat. Im Augenblick ist alles noch zu frisch. Zu aktuell. Wir müssen warten, bis sie sich wieder zu einem gewissen Grad sicher fühlen. Bis sie wieder Hoffnung schöpfen und die Wunden zu heilen scheinen.« Sie leckte über ihre Lippen. »Das ist der Moment, an dem du und ich ins Spiel kommen.«

John wandte sich vom Fenster ab und sah seine Tochter an; seine Augen waren nichts als riesige Pupillen. »Bevor all das endet ... werden sie um den Tod betteln.«

Monica leckte sich erneut über die Lippen. »Ja, das werden sie.«

4

Valley Forge, Pennsylvania

Drei Monate später

Familie Lambert hatte die Hölle überlebt. Nicht nur das. Sie hatte darüber hinaus einem ihrer teuflischen Kidnapper den Garaus machen können.

James »Jim« Fannelli war tot.

Arthur »Arty« Fannelli hingegen lebte, hatte während des Vorfalls allerdings etliche Wunden davongetragen und wartete jetzt in Gewahrsam der Allegheny County Police auf seinen Prozess.

Patrick und Amy Lambert sowie ihre zwei Kinder Carrie und Caleb waren alles andere als unbeschadet davongekommen. Patrick hatte sich üble Schläge und Stichwunden eingefangen, während man Amy aus nächster Nähe in die Brust geschossen hatte. Und schließlich waren da noch die psychischen Folgeschäden, verheerender als die physischen.

Da die Lamberts durchschnittliche, unbescholtene und geruhsame Vorstädter waren, wurden ihnen nach den erlittenen Qualen nachdrücklich mehrere therapeutische Maßnahmen ans Herz gelegt. Patrick brachte beim entsprechenden Vorbereitungsgespräch einen der Ärzte zum Lachen, als er sagte, dieses Angebot wäre, wie einen nach langer

Zeit auf See heimkehrenden Matrosen zu fragen, ob dieser Lust auf eine Nummer hätte.

Dementsprechend absolvierte die Familie in den drei Monaten, die den grauenvollen Ereignissen am Crescent Lake folgten, etliche psychotherapeutische Sitzungen.

Es überraschte keinen der Beteiligten, dass sich die Dinge von Anfang an schwierig und heikel gestalteten. Dr. Janet Stone erklärte, ihre seelischen Traumata würden ihnen in unmittelbarerer Zukunft mehr oder weniger stark zu schaffen machen, doch nach und nach zu nichts weiter als bösen Erinnerungen verblassen, auf welche die alte Weisheit zutraf: Die Zeit heilt alle Wunden. Sogar die siebenjährige Carrie, die vom ersten Tag an von Albträumen geplagt wurde, würde der Prognose Dr. Stones zufolge dieser Entwicklung folgen – das kleine Mädchen hatte die Jugend auf ihrer Seite.

Die Stimmigkeit dieser Ausführungen wurde besonders durch den vierjährigen Caleb belegt. Schon eine knappe Woche nach der Rückkehr in die heimische Geborgenheit schien der Vorfall aus seinem Gedächtnis gelöscht. Es war fast, als wäre der Junge diesen Gräueln niemals ausgesetzt gewesen. Bis er eines Abends mehr als ein Dutzend Reißnägel in Amys Hausschuh platzierte, die ihren Fuß in Fetzen rissen. Ein Scherz, von dem Caleb dachte, seine Mommy fände ihn lustig. Das tat sie ganz und gar nicht, sondern konsultierte stattdessen umgehend einen von Dr. Stone empfohlenen Kinderpsychologen. Caleb Lamberts Termin war für sieben Uhr abends angesetzt.

5

Zunächst wollte Dr. Bogan mit Caleb in Gegenwart seiner Eltern sprechen. Carrie wurde derweil in einem Nebenzimmer von der Frau des Arztes mithilfe einer Auswahl von Büchern und Spielzeugen bei Laune gehalten.

Die erste Hälfte der Sitzung (Caleb saß auf dem Schoß seiner Mutter, die ihm durch sein braunes Zottelhaar strich) hatte nichts mit den Ereignissen am Crescent Lake zu tun. Sie bestand vielmehr darin, dass der Doktor den Lamberts grundsätzliche Fragen bezüglich der Entwicklung ihres Sohnes sowie seiner alltäglichen Verhaltensmuster stellte.

Amy und Patrick antworteten freimütig und ohne das geringste Zögern; tatsächlich empfanden sie einen gewissen Stolz, als ihnen klar wurde, dass sämtliche Antworten positiv ausfielen:

Nein – es gab keine Komplikationen oder Unregelmäßigkeiten vor, während und unmittelbar nach der Geburt.

Nein – unser Sohn hat niemals irgendeine Form von Schädeltrauma erlitten.

Ja – unser Sohn konnte zum jeweils erwarteten Zeitpunkt laufen und sprechen, und nein, unser Sohn war nie Bettnässer; vielmehr war er im Alter von zwei Jahren in weniger als einer Woche sauber.

Ein paar weitere Fragen:

Grausamkeit gegenüber Tieren?

Auf keinen Fall.

Ungewöhnliche Anzeichen von Aggressivität?

Nee.

Schwache Impulskontrolle?

Nix da.

Leicht reizbar?

Eher im Gegenteil.

Mangel an Mitgefühl gegenüber anderen Menschen?

Wiederum eher das Gegenteil.

Dr. Bogan klappte das Notizbuch zu und öffnete ein zweites. Dann bat er Amy und Patrick, mit Caleb allein sprechen zu dürfen. Die Lamberts drückten ihren Sohn herzlich, versichertem ihm, dass sie ihn liebten, und schlossen sich dann Carrie und Mrs. Bogan im Nebenzimmer an.

Zu Dr. Stone pflegte Dr. Bogan immerhin eine flüchtige Bekanntschaft, doch es war alles andere als unüblich, dass ihm auch Ärzte, denen er nie begegnet war, Patienten überwiesen. Das lag an seiner überragenden Reputation.

Dr. Bogan war überzeugt davon, dass in der Arbeit mit Kindern eine besondere Kunst lag; je jünger das Kind, desto feinfühliger die Annäherung. Wenn der Arzt versuchte, sich mit leuchtenden Kulleraugen und sanfter Stimme einzuschmeicheln, zog sich das Kind mit hoher Wahrscheinlichkeit tiefer in seinen schützenden Schildkrötenpanzer zurück und lugte erst dann wieder daraus hervor, wenn sich der heuchlerisch-aufdringliche Blödmann vom Acker gemacht hatte. Und wenn seine Kollegen seine Ansicht, Kinder in derart jungen Jahren seien in der Lage, ein solch vorsätzliches Verhalten bei Erwachsenen auszumachen und dementsprechend abweisend zu reagieren, gelegentlich mit leisem Spott bedachten, erinnerte sie der gute Doktor gern an die Tatsache, dass Kinder nicht selten weinten, wenn sie auf den Knien des Weihnachtsmannes saßen, selbst wenn ihre Eltern ganz in der Nähe waren – der bärtige Riesenonkel mit der Bassstimme flößte ihnen mitunter Angst ein.

Also wollte Dr. Bogan, sobald er mit dem Jungen allein war, zunächst vor allem einer Sache auf den Grund gehen. Caleb hatte bereits erklärt, dass er die Reißzwecken in Amys Hausschuh getan hatte, weil er davon ausgegangen war, dass seine Mutter diesen Streich lustig finden würde. Dr. Bogan wollte herausfinden, ob – erste Möglichkeit – Caleb dies getan hatte, weil er die von zwei erwachsenen Männern inszenierten grausamen Folterspielchen (trotz der Qualen, die sie seiner Familie bereitet hatten) aufgrund seines geringen Alters als groben Spaß missverstanden hatte. Oder war der Junge – zweite Möglichkeit – furchtbarerweise zu einem so überzeugenden wie böswilligen Täuschungsmanöver in der Lage gewesen und hatte seine Mutter verletzt, weil sich in einem dunklen Teil seines so jungen Geistes ein unheilvolles Bedürfnis entwickelte … und Caleb den Streich tatsächlich lustig fand?

Ersteres war wahrscheinlich; Letzteres erschreckend.

Die Sitzung war beendet. Dr. Bogan öffnete die Tür zum Nebenraum. Caleb ging an dem Arzt vorbei geradewegs auf seine Mutter zu, die sich mit Mrs. Bogan unterhielt. Patrick saß auf dem Boden und las Carrie, die ihren Kopf in seinen Schoß gebettet hatte, aus einem Buch vor.

Amy beugte sich unverzüglich hinab, um ihren Sohn in den Arm zu nehmen und zu küssen. Patrick bat Carrie aufzustehen, und sprang dann seinerseits auf die Füße. Beide Elternteile sahen den Doktor an. Er lächelte und bat sie mit einer Geste, ihm in sein Büro zu folgen.

Dr. Bogan war von kleinem Wuchs und ungewöhnlich dünn. Sein kahler Kopf auf dem knochig-schmalen Hals wirkte übergroß. Dennoch genügten Patrick knappe fünf Minuten in der Gegenwart des Mannes, um Dr. Bogans außergewöhnliche Qualitäten zu erkennen. Durch seinen Tief- und Weitblick war er in der Lage, auch die ehrgeizigste und entschiedenste Expertenmeinung auf Amateurstatus zurechtzustutzen, und dabei legte er eine ruhige, selbstsichere Art ohne die kleinste Spur von Arroganz an den Tag.

Patrick fühlte sich trotz seiner beträchtlichen Körpergröße bald als der kleinere der beiden Männer, sah sich von dieser Erkenntnis jedoch keine Sekunde lang herausgefordert oder gar bedroht. Sie steigerte im Gegenteil Patricks Bewunderung für den Mann – er war schlichtweg genial und dabei vollkommen frei von jeglicher Herablassung.

»Mit Caleb ist alles in Ordnung«, sagte Dr. Bogan, der unverblümte Worte bevorzugte, nachdem alle drei Platz genommen hatten. »Ich würde gerne, falls Sie einverstanden sind, noch ein paar Sitzungen folgen lassen, aber meiner Ansicht nach müssen Sie sich in den nächsten Jahren abgesehen vom geliehenen Familienwagen und den Collegegebühren kaum Sorgen machen.«

Die Unbeschwertheit des Arztes kam überraschend, war jedoch höchst willkommen. Sowohl Amy als auch Patrick sanken im Sofa zurück und atmeten gleichzeitig hörbar aus.

Dr. Bogan – die Beine übereinandergeschlagen, sein Notizbuch auf dem Schoß – lächelte.

Dann wechselten Amy und Patrick einen Blick. Amy traute sich vor. »Also, warum hat mein Sohn das getan?«

»Das wissen Sie bereits – er hat gedacht, Sie fänden das lustig«, sagte Dr. Bogan.

»Klar, aber … wie kam er bloß darauf?«

»Er hat gesehen, wie zwei Männer eine Menge Spaß dabei hatten, Sie zwei zu quälen.«

Patrick versuchte angestrengt, die Sache zu verstehen, und seine Augen verengten sich dabei zu Schlitzen. »Aber sie – sie haben uns *wehgetan.* Das hat er gesehen. Er hat deswegen *geweint*«, stammelte er.

Dr. Bogan schüttelte den Kopf. »Caleb ist zu jung, um wirklich begreifen zu können, was am Crescent Lake geschehen ist. Er steckt noch immer in seiner ichbezogenen Entwicklungsphase, was bedeutet, dass es ihm schwerfällt, Dinge aus einer anderen Perspektive als seiner eigenen zu betrachten. Das ist nichts Schlimmes; jeder von uns durchläuft dieses Stadium.«

»Aber wenn er Zeuge wurde, wie seine Mutter und sein Vater gequält wurden und weinten und schrien ...«, wandte Amy ein.

»Er hat geweint, weil *Sie* geweint haben. Weil Carrie geweint hat. Es hatte nichts mit den körperlichen Misshandlungen zu tun, denen Sie ausgesetzt waren. Caleb kann in einem solchen Fall nicht zwischen Richtig und Falsch unterscheiden. Bald wird er das können, doch zum jetzigen Zeitpunkt noch nicht. Er war traurig, weil seine Mutter traurig war. Sein Verstand hat die grässlichen Taten dieser beiden Männer, die er mit ansehen musste, konsequent davon abgekoppelt.«

Patrick saß steif und gerade. »Verzeihung, aber das ergibt für mich keinen Sinn.«

»Sie sind auch kein vierjähriges Kind, Mr. Lambert. Ihr Gehirn ist voll entwickelt. Sie wissen, dass es sich um pure Fantasie handelt, wenn der Zeichentrick-Kojote in einem Moment von einem Amboss geplättet wird und im nächsten wieder dem Road Runner nachhetzt. Ihnen ist klar, dass Derartiges im wirklichen Leben nicht passieren kann.«

»Caleb weiß, dass Zeichentrickfilme nicht echt sind«, sagte Amy.

»Sicher. Es sollte lediglich eine Analogie sein. Ich muss allerdings nicht hinzufügen, dass das, was Caleb in jener Nacht sah, kein Zeichentrickfilm war.«

Amy und Patrick schwiegen eine Weile.

»Es ist einfach schwer zu schlucken«, sagte Patrick schließlich.

»Sie haben mir erzählt, Ihre Tochter leide seit Ihrer Rückkehr nach Hause an Albträumen«, entgegnete Dr. Bogan.

»Richtig.«

»Caleb hingegen hat keinerlei Probleme.«

»Genau.«

»Sie und Amy dagegen *haben* Probleme.«

Das Paar schnaubte übereinstimmend.

»Und doch würde ich darauf wetten, dass Sie Caleb glauben lassen, Sie hätten *keine* Probleme. Liege ich mit dieser Annahme richtig?«

»Ja«, antwortete Patrick nach einer weiteren kurzen Schweigeperiode.

»Deswegen schläft Ihr Sohn friedlich durch und wuselt tagsüber herum, als wäre alles gut. Er glaubt, dass es *Ihnen* gut geht. Seiner Auffassung nach hatte das, was vor drei Monaten geschah, nicht die geringsten dauerhaften Auswirkungen auf seine Mutter und seinen Vater. Der Amboss hat Sie geplättet, doch sobald Sie wieder daheim ankamen, standen Sie erneut in den Startlöchern, um dem Road Runner nachzujagen.«

Dr. Bogan schloss sein Notizbuch, entkreuzte seine Beine und beugte sich vor. »Also – Ihre Tochter ist gerade sieben geworden. Sie versteht wesentlich besser, was während des Martyriums am See geschah. Aus diesem Grund wird sie von Albträumen gequält.«

»Demnach war es kontraproduktiv, wie wir uns unserem Sohn gegenüber verhalten haben? Es hat dazu *geführt*, dass er Reißnägel in meinen Hausschuh schüttete?«, fragte Amy.

»Nein – völlig falsch. Selbst wenn Sie Caleb in aller Ruhe alles erklären würden, wäre es extrem schwierig für ihn, es zu begreifen.« Dr. Bogan drehte an seinem Ehering und holte tief Luft. »Caleb wollte seiner Mommy einen Streich spielen. Er wollte sie zum Lachen bringen. Er erinnerte sich daran, wie viel Spaß die beiden Männer bei ihrem Treiben hatten. Auf gewissermaßen ironische Art sind die beiden Kerle, die Sie überfallen haben, ihrer ichbezogenen Entwicklungsphase nie entwachsen. Das ist typisch für Soziopathen; sie betrachten die Welt ganz ähnlich wie Ihr Sohn gegenwärtig.«

»Betrachteten«, sagte Patrick energisch. »Vergangenheitsform.«

Dr. Bogan schloss die Augen und hob eine Hand: die wortlose Entschuldigung für einen Vergleich, der, so treffend er sein mochte, unangemessen früh gekommen war. Er hielt einen kurzen Augenblick inne.

»Mr. und Mrs. Lambert, bei Ihrem Sohn ist alles in Ordnung. Wir hatten ein gutes Gespräch. Er ist ein wunderbares Kind. Er hatte absolut keine Ahnung, dass er Ihnen wehgetan hat, Mrs. Lambert. Er mag vermutet haben, dass es sich um einen sehr *frechen* Streich handelte … aber er hat felsenfest geglaubt, Ihnen damit keinen Schaden zuzufügen. Seine Absicht war, Sie zu amüsieren. Hätte er auch nur eine Sekunde lang gedacht, er könnte seine Mutter verletzen, hätte er sein Zimmer an diesem Abend nicht verlassen. Dessen bin ich mir sicher.«

Amy gelang ein schwaches Lächeln.

In Patricks Verstand arbeitete es heftig – irgendwo war da etwas Wichtiges, das er zur Sprache bringen wollte, aber er kam einfach nicht darauf. Seine Miene trübte sich zu einem benommenen Starren, als er sich zu erinnern versuchte, und der nicht länger fassbare Gedanke waberte durch seinen Geist wie eine Melodie, die er weder einem Song noch einem Interpreten zuordnen konnte. Und dann fügte sich auf einmal alles zusammen. Das Leben kehrte in sein Gesicht zurück. Er wandte sich Amy zu. »Die ›Bastard‹-Affäre«, stieß er hervor.

Amy sah ihren Mann erstaunt an. Eine Strähne ihres braunen Haares fiel ihr ins Gesicht. *»Was?«*

»Als ich klein war ... die ›Bastard‹-Affäre ... mit meiner Mutter.«

Amy strich sich die Strähne aus dem Gesicht. »Was hat das mit all dem hier zu tun?«

Ein neugieriges Lächeln umspielte Dr. Bogans Lippen »Wollen Sie es mir erzählen?«, fragte er.

»Das ist nichts weiter«, sagte Amy. »Nur eine alberne Anekdote, die er gern auf Partys zum Besten gibt.«

»Erkennst du den Zusammenhang etwa nicht, Baby?«

Amy seufzte. »Du brauchst nur einen Vorwand, um eine deiner dämlichen Geschichten zu erzählen.«

Er tätschelte sanft ihren Oberschenkel, und sie konterte mit einem kräftigen Schlag auf seinen. Unter anderen Umständen hätte er ihr ins Bein gekniffen, sie zum Kreischen gebracht und dann bis zur Besinnungslosigkeit geküsst. Und sie hätte beim Versuch, ihn abzuwehren, hysterisch gelacht.

Amy und Patrick waren zweifellos Seelenverwandte. Es mochte Außenstehenden verrückt erscheinen, aber der Vorfall am Crescent Lake hatte ihre Liebe noch viel stärker werden lassen. Allerdings war Dr. Bogans Büro nicht der richtige Ort für eine derartige Zuneigungsdemonstration, die im Hinblick auf das vorherrschende Thema (trotz der guten Neuigkeiten des Doktors, dass es sich bei Caleb um keinen angehenden Jeffrey Dahmer handelte) auch mehr als unangebracht gewesen wäre.

»Seinerzeit war es alles andere als lustig«, sagte Patrick zu Amy. »Doch *inzwischen* ist es irgendwie komisch. Und ich glaube, es hängt mit dem, was Dr. Bogan gerade gesagt hat, auf bedeutungsvolle Weise zusammen.«

Amy schaute ihren Ehemann an. Seine Miene war plötzlich todernst, eine Seltenheit bei jemandem von Patricks sonnigem Gemüt. Auch sie wirkte schlagartig ernüchtert. Allmählich begriff sie.

Dr. Bogan lehnte sich, immer noch lächelnd, in seinem Stuhl vor.

»Ich war fünf«, begann Patrick. »Meine Eltern schmissen eine Party, und ich war spät auf. Es ist lustig – nüchterne Erwachsene finden einen Fünfjährigen, der ihnen zwischen den Beinen herumläuft, ziemlich nervig. Wenn sie jedoch einen im Kahn haben, tja, dann ist man auf einmal eine Quelle der Unterhaltung; sie kriegen nicht genug von einem. Sie wissen schon: ›Ist er nicht süß?‹ ›Er ist so groß geworden.‹ ›Sag was Komisches, Kleiner.‹ ›Hier, magst du einen Schluck? Ich werde es niemandem verraten.‹«

Dr. Bogan grinste wissend.

»Da bin ich also, genieße die Aufmerksamkeit, lausche einem Paar direkt über mir und höre zum ersten Mal das Wort ›Bastard‹. Ich weiß noch, wie die Frau ihrem Mann die Hand vor die Brust schlug, zu mir heruntersah und kicherte. Er lachte ebenfalls. Irgendwie wusste ich, dass ich soeben ein schlimmes Wort gehört hatte, und ich schätze, man konnte das an meinem Gesicht ablesen, denn der Mann beugte sich, um seine Spuren zu verwischen, zu mir und meinte, das Wort sei keine große Sache; es wäre kein Schimpfwort. Es würde lediglich einen Menschen ohne Vater bezeichnen.

Ich hatte meinem Sprachschatz also ein lustiges neues Wort hinzugefügt ... und mir fiel auch gleich die ideale Person ein, an der ich es ausprobieren konnte: meine Mutter. Warum?« Er atmete tief ein. »Sie hatte keinen Vater mehr. Mein Großvater war zwei Monate zuvor an einem schweren Schlaganfall gestorben.«

Patrick nahm einen zweiten gequälten Atemzug und stieß die Luft langsam wieder aus, bevor er sagte: »Also marschierte ich schnurstracks zu meiner Mutter und verkündete vor etwa zehn oder zwölf ihrer Freundinnen und Freunde voller Stolz: ›Ist meine Mutter nicht ein richtiger *Bastard*?‹«

Dr. Bogan grimassierte verständnisvoll, wie ein Mann, dem ein anderer Mann davon berichtet, wie man ihm einst in die Eier getreten hatte.

Patrick fuhr fort. »Natürlich klappte jedem die Kinnlade runter. Mein Vater sah aus, als wollte er mich quer durch das Zimmer treten. Meine Mutter nicht. Sie wurde nicht laut, sie weinte nicht, und sie schlug mich auch nicht. Sie sagte schlicht: ›Patrick, Mommys Vater ist gestorben. Das weißt du. Und jetzt hast du Mommy sehr traurig gemacht.‹ Und dann verließ sie das Zimmer und ging nach oben.

Das ist dreiunddreißig Jahre her, und ich habe ihren schmerzerfüllten Gesichtsausdruck immer noch deutlich vor Augen. Klar, ich war ein dummes fünfjähriges Kind, und mittlerweile können meine Mom und ich darüber lachen, aber damals war ich komplett durcheinander. Ich war mir *sicher*, dass es gut und richtig war, sie Bastard zu nennen. Aber sie war furchtbar verletzt …« Seine Stimme wurde leise. »Im Nachhinein ist mir natürlich bewusst, dass ich es einfach nicht besser wusste. Als hätte ich ein neues Spielzeug bekommen, mit dem ich herumprahlen wollte. Es war mir nicht im Geringsten klar, dass es meine Mutter so sehr verletzen würde.« Er schniefte und fügte hinzu: »Ein Teil von mir dachte, sie könnte sogar *stolz* auf mich sein, weil ich ein neues Wort gelernt hatte.«

Endlich schaltete sich Dr. Bogan ein. »Sie konnten sich zunächst nicht wirklich in irgendeine andere Perspektive außer Ihrer eigenen hineinversetzen.«

»Stimmt.«

»Sie wussten, dass Ihre Mutter kurz zuvor ihren Vater verloren hatte.«

»Ja.«

»Ich nehme an, dass sie ihn sichtbar betrauerte? Dass sie um ihn weinte?«

»Ja.«

»Sie haben sie so gesehen, aufgelöst, traurig, leidend.«

»Ja.«

»Die Wunde war noch sehr frisch. Es waren nur zwei Monate seit dem Tod Ihres Großvaters vergangen?«

»Ja.«

»Nichtsdestotrotz haben Sie sie Bastard genannt, obwohl Sie irgendwann irgendwie ahnten, was das Wort bedeutet.«

Eine Pause, dann: »Ja.«

»Sie tragen keine Schuld für das, was Sie getan haben, Patrick …« Bogan zuckte mit den Schultern und verzog den

Mund zu einem leisen Lächeln. »Genauso wenig wie Caleb. Sie waren beide schlicht zu jung, um die Konsequenzen ihrer Handlungen erfassen zu können. Es gab keine Weitsicht, keine Einsicht – nur Sie. Die Tatsache, dass Sie nach dreiunddreißig Jahren immer noch Reue empfinden, verrät mir eine Menge über Sie. Und die Tatsache, dass Caleb bitterlich weinte, nachdem er verstanden hatte, dass er seine Mutter tatsächlich verletzt hatte, verrät mir eine Menge über Ihren Sohn. Ich halte das für eine außergewöhnlich bedeutungsvolle Anekdote, Patrick. Danke, dass Sie sie mit mir geteilt haben.«

Patrick seufzte, lächelte und stupste dann Amy leicht an. »Siehst du? Meine abgeschmackten Geschichten können durchaus hilfreich sein.«

Sie stupste härter zurück. »Ein blindes Huhn findet auch mal ein Korn.«

Dr. Bogan belächelte ihre Neckereien und ergänzte dann: »Wer weiß? Vielleicht werden Sie alle eines Tages, wenn Caleb erwachsen ist, diese Anekdoten mit dem nötigen Fünkchen Humor mit ihm teilen können.«

»Wie ich meine Frau kenne, wird sie den Tag, an dem Caleb erwachsen ist, herbeisehnen, um ihre Rache zu planen«, erwiderte Patrick.

Amy schnaufte empört, beugte sich vor und rieb ihren lädierten Fuß. »Amen.«

Zum ersten Mal seit ihrem Eintreffen brach Dr. Bogan in helles Gelächter aus.

6

Die ersten fünf Minuten der Rückfahrt von Dr. Bogans Praxis verliefen schweigend. Patrick und Amy waren damit beschäftigt, die vorangegangene Therapiesitzung zu verdauen. Caleb hatte für einen Nachmittag genug mitgemacht und war nichts als eine Gähnmaschine, aber Carrie, die sowohl über eine gesunde Neugier als auch eine schnelle Auffassungsgabe verfügte, hatte nicht vor, die kurze Heimreise in Stille zu beenden.

»Warum hat Caleb Mommy wehgetan?«

Caleb sah seine Schwester an. Die Frage hatte der Gähnmaschine den Stecker gezogen, und er schien kurz vor dem Weinen zu sein.

»Carrie«, sagte Amy.

Unbeeindruckt vom scharfen Ton ihrer Mutter – eine nur geringfügige Hürde für ihre Neugier –, entschied Carrie sich, direkt an der Quelle zu forschen. »Warum hast du Mommy wehgetan?«, fragte sie ihren kleinen Bruder.

Caleb brach in Tränen aus.

»Carrie!«, rief Amy.

»Ihr Fuß hat *geblutet*«, sagte Carrie.

Caleb weinte heftiger.

Amy löste ihren Sicherheitsgurt, drehte sich herum und tätschelte Calebs Beine. Er hielt den Kopf gesenkt, und seine Schultern zuckten mit jedem Schluchzer. »Alles gut, Schätzchen, Mommy ist nicht böse auf dich – hoch und heilig versprochen.« Sie warf Carrie einen Blick zu. »Carrie, ich habe dir gesagt, dass wir das mit dir besprechen werden, wenn wir zu Hause sind. Es hilft uns nicht weiter, wenn du jetzt deinen Bruder aus der Fassung bringst.«

Carrie drehte verwirrt ihren Kopf zwischen Caleb und ihrer Mutter hin und her. »Warum schimpfst du mit *mir*? Ich hab dir nichts getan.«

»Caleb *wusste* nicht, dass er mir wehtun würde. Und das ist alles, was du im Moment wissen musst, verstanden?«

Carrie starrte Caleb zornig an. Sein Kopf hing noch immer herab, und auch das Beben der Schultern war nicht abgeebbt. Seine Wangen waren tränennass, und eine Rotzglocke bewegte sich auf seinen Mund zu. »Du hast es nicht *gewusst*? Wie *dämlich.*«

Amy zog ein Kleenex aus ihrer Handtasche und erwischte den Schnodder, bevor er Nase und Lippen verband. Dann faltete sie das Papiertaschentuch zusammen und tupfte damit seine Tränen auf. »Carrie, zum allerletzten Mal: Wenn du möchtest, dass dein Vater und ich heute Abend mit dir über das sprechen, was beim Doktor passiert ist, wirst du *auf der Stelle* aufhören, deinen Bruder zu schikanieren, ist das klar?«

Carrie schnaubte verärgert und verschränkte empört die Arme vor der Brust.

»Heißen Dank«, sagte Amy. Sie wandte sich wieder um und schnallte sich an.

Als Patrick den silbernen Highlander in die Einfahrt lenkte, war es Carrie, die zu weinen begann. Noch bevor Amy sich in ihrem Sitz umdrehen konnte, um sie zu trösten, sagte Carrie mit Blick auf ihren Bruder: »Du warst genauso wie die bösen Männer, von denen ich jede Nacht Albträume habe.«

Und damit waren auch Patrick und Amy einem Tränenausbruch nahe.

7

Echt? Wirst du deinen Wagen tatsächlich die ganze Nacht über in der Einfahrt stehen lassen, Patrick? Du machst es mir wirklich zu einfach. Und jetzt? Und jetzt?

Sie hatte ein klares Ziel vor Augen. Wie immer. Es war lediglich eine Frage des Wann und Wie.

Das Wann war heute Nacht, das Wie eine unerwartet glückliche Fügung – falls er das Auto in der Einfahrt geparkt ließ.

Warum hast du ihn nicht in die Garage gefahren? Weil die Kinder heulten? Ja, wahrscheinlich. Du und Amy wolltet den Wagen so schnell wie möglich abstellen, um sie reinzubringen, nicht wahr? Arme kleine Carrie, armer kleiner Caleb. Schätze, die heutige Sitzung mit dem neuen Therapeuten hat sie ganz schön aufgewühlt.

Die Verandalampen leuchteten auf, und die Eingangstür öffnete sich. Sie beobachtete alles erwartungsvoll.

Oscar.

Der Border Terrier schoss aus der Vordertür, startete seine routinemäßige Runde vor dem Haus, indem er an allem schnupperte, was ihm vor die Schnauze kam, bevor er auf dem Vorgartenrasen sein Geschäft verrichtete.

Immer der gleiche Ablauf, stimmt's, Oscar? Für einen Moment wandte sie den Blick ab und nahm die sie umgebende Vorstadtkulisse in sich auf; Reihe um Reihe kolossaler Einfamilienhäuser, sich endlos lang streckende glatt-schwarze Zufahrten, perfekter englischer Rasen und ebenso makellose Hecken und Blumenbeete; die Zäune waren hoch, stabil, sicher und der grundlosen Paranoia der Anwohner angemessen. Sie fragte sich, welche Spezies wohl stumpfsinniger war, Menschen oder Hunde.

Sie hörte, wie die Haustür sich schloss, und drehte sich um. Patrick stand barfuß und in einer Penn-State-Jogginghose und weißem T-Shirt auf der Veranda. Die Arme hatte er um seinen Oberkörper geschlungen, um sich warm zu halten.

Und da ist er, in all seiner Pracht. Ich geb's ja höchst widerwillig zu, aber er sieht ziemlich gut aus. Vielleicht kann ich ihn dazu bringen, mich zu ficken, bevor ich ihn töte ... oder mich von ihm ficken lassen, während ich ihn töte ... oder mich von ihm ficken lassen, während ich ihn töte und Amy zusieht ...

Sie fühlte das vertraute Kribbeln in ihrem Unterleib.

Patrick rief nach Oscar.

Der Terrier erschien schließlich wieder auf der Bildfläche und suchte mit der Schnauze dicht am Boden nach der idealen Stelle für sein Bedürfnis. Sie betrachtete den wackelnden Stummel an der Stelle, an der einst sein Schwanz gewesen war, und sie fragte sich, welcher ihrer Brüder ihn abgeschnitten hatte. Die Lamberts wussten es nicht, und demzufolge wusste es auch Dr. Stone nicht. *Ein Gedächtnis wie ein Sieb, diese bekloppte Seelenklempnerin – muss sich jede Kleinigkeit notieren. Was mich allerdings nicht überrascht; ihr Aktenablagesystem war ein vorsintflutlicher Witz.*

Oscar hob das Bein.

Also nur Pinkeln? Glücklicher Patrick – nichts sauber zu machen und daher kein Anlass, mit blanken Füßen den kühlen

Rasen zu betreten. Aber tu mir bitte einen Gefallen, Hübscher. Lass den Highlander heute Nacht bitte in der Einfahrt stehen. Nur dieses eine Mal.

Tief in den Schatten verborgen, beobachtete Monica Kemp, wie Oscar wieder hineinflitzte. Sie beobachtete, wie Patrick die Tür hinter sich zuzog, wie die Verandalampen ausgingen und die Lichter in der unteren Etage eins nach dem anderen ausgeschaltet wurden, zügelte ihre Ungeduld mit professioneller Disziplin und sah in Ruhe zu, wie das letzte Licht hinter dem Schlafzimmerfenster erlosch. Patrick und Amy waren zu Bett gegangen, und Patrick würde den Wagen heute Nacht nicht in die Garage fahren.

Monica lächelte. »Danke, mein Hübscher.«

8

Das Licht im Schlafzimmer war ausgeschaltet, doch Patrick und Amy schliefen nicht. Sie lagen flach nebeneinander auf dem Rücken und starrten zur dunklen Decke empor, als könnten dort plötzlich Antworten aufblitzen.

»Ich dachte, wir wären dabei, Fortschritte zu machen«, sagte Amy.

Patrick hielt die Augen zur Decke gerichtet. »Das *tun* wir … Dr. Bogan meint …«

»Hast du nicht *gehört*, was Carrie zu Caleb gesagt hat? Ich habe mich noch nie so hilflos gefühlt.«

»Ihre Albträume sind nichts Neues. Dr. Stone meinte, sie würden nach und nach verschwinden. Jetzt ist es notwendig, dass wir Carrie erklären, *warum* Caleb das getan hat, und ihr helfen, es zu verstehen, so wie Dr. Bogan uns geholfen hat, es zu verstehen.«

»Vielleicht sollte Carrie mit Dr. Bogan sprechen. Vielleicht kann er es ihr erklären.«

»Meinst du nicht, es wäre besser, wenn sie es von ihren eigenen Eltern hört?«

Amy erwiderte nichts darauf.

Patrick rollte sich zu ihr hinüber. Sie schmiegte sich in Löffelchenstellung an ihn, und er gab ihr einen Kuss auf den Hinterkopf. »Wir *machen* Fortschritte. Dr. Bogans Ausführungen waren eine große Erleichterung, keine Frage, aber du und ich, wir kennen unseren Sohn; tief in unseren Herzen wissen wir, dass er dir diesen Scherz nicht aus mutwilliger Bösartigkeit gespielt hat. Alles, was wir brauchten, war Bestätigung … und die haben wir heute bekommen.« Er küsste erneut ihren Kopf.

»Ich will einfach nur, dass alles vorbei ist«, sagte sie.

»Es *ist* vorbei. Glaubst du, Jim wird wieder lebendig? Glaubst du, Arty spaziert in der nächsten Zeit frei rum?«

»Was ist mit dem Prozess?«

»Was soll damit sein? Ist mir egal, auf welche Form von Unzurechnungsfähigkeit sein Drecksack von Rechtsanwalt plädiert. Sie werden einen Scheiß dadurch erreichen.«

»Ich will das alles nicht noch mal durchleben.«

Patrick drückte seine Frau sanft. »Es wird kein Spaziergang werden. Aber wenn wir überleben können, was wir erlebt haben, können wir definitiv auch die Erinnerung daran ertragen.«

Sie seufzte schwer, während sein Arm ihren Körper auf und ab strich. »Mag sein.«

Er drehte sie herum, sodass sie ihm ihr Gesicht zuwandte. »Lass es uns aus einem anderen Blickwinkel betrachten. Nehmen wir es als finales ›Fickt euch‹.«

»Als was?«

»Als finales *Fickt euch*. Wir sind gegen diese verrückten Wichser in ihrem eigenen Spiel angetreten und haben gewonnen, oder?«

Amy nickte in ihr Kissen.

»Nun, dann lass uns ohne Angst vor quälenden Erinnerungen in den Zeugenstand treten. Du kennst Arty. Du weißt, was für ein geistesgestörter Perverser er ist. Es würde ihm gefallen. Angst zu zeigen, wäre so, als gratulierte man seinen Feinden dazu, was sie für würdige Gegner waren.

Nein – im Krankenhaus waren wir diejenigen, die zuletzt gelacht haben, als wir dem Arschloch verraten haben, dass er adoptiert wurde. Und wir werden *wieder* zuletzt lachen. Treten wir vor Gericht, Kopf hoch, Brust raus, und schauen wir dem Scheißkerl geradewegs in die Augen, wenn wir aussagen. Wir werden unserem Gegner nicht gratulieren, sondern ihm unseren Sieg mit Schmirgelpapier in sein hässliches Fischgesicht reiben. Wir werden diesem Stück Scheiße dabei sogar zuzwinkern.«

Sie lachte.

»Wir haben gewonnen, Baby«, sagte er. »Wir haben den Krieg gewonnen. Aber es gibt keinen Krieg ohne Opfer. Im Augenblick pflegen und päppeln und betrauern wir die auf unserer Seite ... was Arty-Scheiß-Fannelli allerdings niemals erfahren wird.«

Sie lachte erneut und küsste ihn. »Ich liebe dich.«

Er streichelte ihre vernarbte Brust: Mehrere Monate nach der Operation war lediglich ein leicht erhobener rosafarbener Kreis von der Größe eines Fünf-Cent-Stückes zurückgeblieben. »Das ist dein ganz persönliches Ehrenabzeichen«, sagte er.

»Ich finde, du streichelst mein Abzeichen ein bisschen zu lange. Es schwappt langsam ins Unangemessene.«

»Schiere Bewunderung.«

»Soweit ich weiß, hast du dein eigenes«, sagte sie. Amy schob ihre Hand unter das Laken und ließ ihre Finger über die Narbe auf Patricks Bauch gleiten. »Dein Abzeichen ist auch einigermaßen beeindruckend, wie ich zugeben muss.« Ihre Hand kroch weiter südwärts.

Inzwischen hatte sich Patricks Hand von ihrer Narbe entfernt und bewegte sich ebenfalls nach unten.

»Das finale ›Fickt euch‹, ja?«, sagte sie.

»Das finale ›Fickt euch‹«, wiederholte er.

»Gefällt mir.«

Patricks Hand erreichte ihr Ziel zuerst. »*Du* gefällst mir«, flüsterte er und schob einen unschuldigen Finger hinein.

Amy stöhnte leise. Dann fand ihre Hand *ihr* Ziel. »Mmmh … *das* gefällt mir«, sagte sie, als sie ihn ergriff und zu massieren begann.

Zum ersten Mal seit Crescent Lake hatten Amy und Patrick formidablen Sex.

9

Patrick wachte eine Sekunde vor dem Klingeln auf. Er rollte sich behutsam herum und stellte den Wecker ab.

»Wie spät ist es?« Amys Stimme war kaum mehr als ein Flüstern. Sie wollte es um jeden Preis vermeiden, die Kinder zu wecken. Es galt, die Ruhe, die dem allmorgendlichen Sturm eines Schultages vorausging, so lange wie möglich auszukosten.

»Sechs.« Patrick sprach genauso leise. Auch er fürchtete den Sturm.

Amy kuschelte sich eng an ihn und grub ihre Lippen in seine Schulter. »Ich würde alles dafür geben, den ganzen Tag über mit dir im Bett bleiben zu können«, murmelte sie.

Er erwiderte ihre Zärtlichkeiten und küsste sie auf die Stirn. »Das wäre fantastisch.«

Ihr Mund löste sich von seiner Schulter und begann seine Brust zu liebkosen. »Bei mir prickelt es noch heftig von letzter Nacht.«

»Es war *verdammt* schön, oder?«

Sie drehte sich und fuhr mit der Zunge von seinem Nippel zu seinem Bauchnabel herab. »Wann müssen wir aufstehen?«

Er grinste. »Ein dich im Allgemeinen stark interessierender Teil meines Körpers steht bereits.«

»Den habe ich dir praktisch in den Mund gelegt. Billig. Kein Punkt.«

»Na gut.«

»Wann?«

»Halb sieben.«

Amys Kopf schwebte über seiner nackten Leistengegend. Ihr Mund war nur wenige Zentimeter entfernt. Er fühlte, wie ihr heißer Atem über ihn strich. Sie ließ ihre Zungenspitze kurz über seine pralle Eichel kreisen, und er wäre beinahe auf der Stelle gekommen. Halb sieben? Mit viel Glück und Tapferkeit würde er bis zwei Minuten nach sechs durchhalten.

»Genügend Zeit«, sagte sie.

Die ersten paar Minuten dachte Patrick intensiv an das Basketballspiel der Sixers, das an diesem Wochenende anstand, bis er sich wieder einigermaßen unter Kontrolle hatte.

Sieben Uhr. Der morgendliche Sturm war ausgebrochen.

Patrick, der sich gleichzeitig anzog, Kaffee trank und einen Proteinriegel verschlang. Amy, die Carrie mit der leeren Drohung, sie würde zu Hause bleiben, falls sie den Bus verpasste, dazu zu bringen versuchte, ihr Frühstück aufzuessen. Carrie, deren quietschendes Organ dagegenhielt. Caleb, stumm wie immer.

Patrick kam angezogen, koffeingeladen und voller Protein die Treppe heruntergelaufen. Er begrüßte beide Kinder, die am Küchentisch saßen, mit einem Kuss.

Amy trat nahe an ihn heran und richtete ihm die Krawatte. »Reden wir heute Abend mit Carrie?«, fragte sie flüsternd.

»Ja.«

»Denkst du an deine Präsentation?«

An die hatte er in der Tat gedacht – bis Amy das Gespräch mit Carrie am heutigen Abend ins Spiel gebracht hatte. »Nee, nicht wirklich.«

»Du hast noch ein paar Monate«, sagte sie.

»Weiß ich. Alles im grünen Bereich.«

Sie küsste ihn. »Ich weiß, dass du Vollgas gibst, wenn es drauf ankommt. Wie immer.«

Er lächelte. »Und du? Was steht heute bei dir auf der Tagesordnung?«

»Wenn ich Caleb abgesetzt habe, muss ich darüber nachdenken, wie ich den Rest dieser Software loswerde.« Sie zog eine entsetzte Grimasse und fügte hinzu: »Eventuell werde ich einige Kaltanrufe tätigen müssen.«

»Bääh … Tut mir aufrichtig leid, Schatz.« Er bewunderte das Arbeitsethos seiner Frau. Er wäre *unter keinen Umständen* dazu in der Lage, derart diszipliniert von zu Hause aus zu arbeiten. Kaltanrufe, ohne vom Boss eine Pistole an den Schädel gedrückt zu kriegen? Scheiße, niemals.

»Sei dankbar dafür, dass du in der Werbebranche arbeitest«, sagte sie.

»Ich werde dankbar sein, wenn diese Präsentation über die Bühne gegangen ist. Außerdem sind unsere Jobs gar nicht so verschieden.«

»Nein?«

»Nein – wir versuchen beide, etwas zu verkaufen.«

»Oh, dann würde es dir also nichts ausmachen, mir bei diesen Kaltanrufen ein wenig zur Hand zu gehen?«

Er sah auf die Armbanduhr. »Ich muss los.«

Sie lachte und gab ihm einen Klaps auf die Brust. Er küsste erst sie, dann erneut die Kinder am Tisch und machte sich auf den Weg zur Garage.

»Warte.«

Er hielt inne und drehte sich um.

»Wir haben in der Einfahrt geparkt, falls du dich nicht erinnerst.«

»Oh – stimmt ja.« Er wechselte die Richtung und ging durch die Haustür nach draußen.

Die große grüne Lache Frostschutzmittel in der Einfahrt entging Patricks Aufmerksamkeit völlig.

10

Das morgendliche Gewitter hatte sich fast verzogen. Nur eine letzte dunkle Wolke dräute noch.

»Ich sehe den Bus! *Abmarsch!*« Amy stand an der geöffneten Eingangstür. Die blinkenden roten und gelben Lichter des Schulbusses waren über zwei Blocks hinweg zu erkennen.

Carrie hastete zur Tür. Ihr Rucksack, der größer als ihr Oberkörper war, brachte sie ins Schlingern. Die Pausenbrotdose klapperte gegen ihre Knie.

»Gib mir einen Kuss«, sagte Amy und beugte sich vor.

Carrie küsste ihre Mutter und eilte dann durch die Vordertür auf den Vorgartenrasen. Eine bellende pelzige Kugel schoss ihr hinterher und wuselte mit einer solchen Geschwindigkeit um ihre Beine herum, dass jeder einzelne ihrer Schritte von einer vollen Umrundung begleitet wurde.

Amy lächelte, als sie zusah, wie Oscar ihre Tochter in den Tag verabschiedete. Das war ihr Morgenritual.

Der Schulbus kam langsam herangekrochen und blieb schließlich stehen. Sein kleines Halteschild klappte an der Flanke auf wie eine Fischflosse, während das rote und gelbe Blinken wieder einsetzte. Die breiten, rechteckigen Türen falteten sich auseinander. Carrie tätschelte Oscar ein letztes Mal, winkte ihrer Mutter zum Abschied und kletterte an Bord.

Amy winkte ihrerseits dem Fahrer zu, der die Geste erwiderte. Sie beobachtete durch die Busfenster, wie ihre Tochter nach hinten ging und schließlich einen Platz fand. Die Lichter stellten ihr Blinken ein, die Stopptafel wurde eingefahren, und der Bus tuckerte mit arthritischem Rumpeln vorwärts und verschwand außer Sicht.

Amy pfiff. »Oscar! Willst du reinkommen oder draußen bleiben?«

Der Kopf des Hundes fuhr in Richtung seines Frauchens und drehte sich dann zurück zu einer sich nähernden Joggerin. Die blonde Frau trug eine graue Hose, Brille und Kopfhörer.

Unverzüglich flitzte Oscar auf die Frau zu und sprang an ihrem Bein hoch. Amy wies ihn von der Haustür aus lautstark zurecht, lächelte und gestikulierte der Frau entschuldigend zu. Die Frau lächelte zurück, signalisierte stumm, dass alles in Ordnung war, und bückte sich dann, um Oscar zu streicheln.

Amy rief Oscar erneut zu sich, diesmal nachdrücklicher, und endlich ließ der Hund die Frau in Ruhe, um sich auf seine gewohnte Inspektionstour um den vorderen Teil des Lambert-Grundstücks zu begeben.

Amy wartete einen Augenblick, bevor sie neuerlich seinen Namen rief (normalerweise hätte er längst sein Geschäft verrichtet und sich dann von selbst auf den Weg zum Frühstücksnapf gemacht). Als er nicht kam, zuckte Amy die Achseln und zog die Tür hinter sich zu – wohlwissend, dass Oscars penetrantes Jaulen in spätestens zwei Minuten unüberhörbar sein würde.

Oscar war schwer beschäftigt. Er hatte am oberen Ende der Einfahrt etwas höchst Sonderbares entdeckt. Etwas, das traumhaft duftete und himmlisch schmeckte. Er schlabberte die grüne Pfütze auf und pausierte nur, um die blonde Dauerläuferin in der grauen Jogginghose zur Kenntnis zu nehmen.

Die Joggerin hatte das Szenario aus einiger Entfernung beobachtet und gewartet, bis sich die Eingangstür der Lamberts schloss. Sie wusste, dass das Frostschutzmittel Oscar anlocken würde. Wusste, dass Amy an einem solch kühlen Morgen ins Haus gehen und die Tür zuziehen würde, falls der Hund nicht sofort zurückkäme. Sie wusste außerdem, dass sie sich nicht allein auf eine Pfütze Frostschutzmittel verlassen durfte. Ja, theoretisch genügten ein paar Esslöffel davon, um einen Hund umzubringen, aber sich auf das Glück zu verlassen, war nicht ihr Stil – in ihrer Branche setzte man auf Gewissheiten. Die Rolle der Pfütze bestand ohnehin nicht darin, den Hund zu töten. Die Pfütze war eher so etwas wie ein Ablenkungsmanöver. Ein Ablenkungsmanöver, das schließlich und endlich gewaltig nach Schuld stinken würde.

Und so ging die blonde Joggerin, während Oscar munter in der grünen Lache herumschleckte, auf der Einfahrt in die Hocke, begann den Hund zu streicheln, sah sich in alle Richtungen um, zog eine mit weiterem Frostschutzmittel gefüllte Spritze aus ihrer Tasche und injizierte sie Oscar ins Genick. Der Hund zuckte zusammen, schaute für den Bruchteil einer Sekunde leicht ungehalten auf und setzte dann sein Schlabbern fort. Die Dauerläuferin tätschelte Oscar den Kopf, steckte die Spritze wieder ein und ging ganz beiläufig davon.

Etliche Blocks und ein Stadtviertel weiter stieg die Joggerin in ihren Wagen, nahm die Brille, die blonde Perücke sowie die Kopfhörer ab und warf alles auf den Beifahrersitz. Bevor sie losfuhr, zündete sie sich eine Zigarette an.

11

Amy sah ihrem Sohn über die Schulter. Er hockte still da und starrte auf den kärglichen Rest Frühstücksflocken in seiner Schale. Sie küsste ihn auf den Scheitel. »Fertig?«, fragte sie.

Caleb nickte, woraufhin Amy die Schüssel zur Spüle trug. Normalerweise wäre dies für Caleb das Zeichen gewesen, sich vom Tisch zu erheben und für die Vorschule fertigzumachen. Stattdessen blieb er sitzen und glotzte stur auf die Tischplatte.

Amy bemerkte es und ließ die Schüssel ungewaschen in der Spüle stehen. Sie ging zu ihrem Sohn zurück und strich ihm über das kurze braune Haar. »Geht's dir gut, Schätzchen?«

Caleb hatte inzwischen die Ellenbogen auf den Tisch gestellt und das Kinn in die Hände gelegt. Er nickte und senkte den Kopf noch tiefer, bis seine Handflächen seinen Mund bedeckten. Amy ergriff eine seiner Hände.

»So siehst du aber nicht aus«, sagte sie. »Was hat mein Kleiner denn für Sorgen?«

Sie ließ seine Hand los, die sich unverzüglich wieder auf sein Gesicht legte.

»Caleb?«

Er zuckte die Schultern.

»Bist du traurig wegen gestern Abend?«

Ein weiteres Achselzucken.

»Du weißt doch, dass Mommy und Daddy nicht böse auf dich sind, oder? Das haben wir dir gesagt.«

Caleb öffnete seine Hände einen Spaltbreit und hielt den Blick auf den Tisch gerichtet, während er sprach. Seine Stimme zitterte, als versuchte er krampfhaft, nicht zu weinen. »Carrie ist wütend auf mich. Sie sagt, dass ich ihr Albträume mache.«

Amy setzte sich und rieb ihrem Sohn beschwichtigend über den Rücken. Calebs Augen füllten sich mit Tränen, doch er vermied es nach wie vor standhaft, sie kullern zu lassen. Amy staunte über die Stärke ihres Sohnes. Sie war froh darüber, dass er seinen Kopf gesenkt hielt und deswegen nicht in der Lage war, die Andeutung des stolzen Lächelns um ihre Mundwinkel zu sehen und dieses womöglich falsch zu verstehen.

»Nein, Schatz, so hat sie das nicht gesagt.«

»Ich höre sie nachts schreien. Davon werde ich wach.«

Jetzt massierte Amy sanft seine Schultern. »Ja, Carrie träumt schlecht. Aber die Albträume haben nichts mit dem zu tun, was du mit Mommy angestellt hast.«

»Aber sie hat es doch *gesagt.*«

»Nein, Schatz, das hast du falsch verstanden. Carrie ist im Moment sehr durcheinander. Sie versteht nicht, warum du Mommy diesen Streich gespielt hast.«

»Es war ein *dummer* Streich ...«

Amy zog Caleb an sich, und schließlich fing er zu weinen an. »Ist schon gut, Schätzchen«, sagte sie, während seine Tränen ihre Brust benetzten. »Mommy weiß, dass du ihr nicht wehtun wolltest. Und Daddy weiß das auch. Carrie ist einfach verwirrt ... aber Daddy und ich werden heute Abend mit ihr reden und ihr helfen, die Sache zu verstehen.«

Seine feucht glitzernden braunen Augen sahen so vertrauensvoll und unschuldig zu Amy auf, dass es ihr fast das Herz brach. »Das macht ihr?«

Sie wischte ihm mit den Daumen die Tränen ab. »Auf jeden Fall. Alles wird gut, Liebling – das verspreche ich dir.«

Er brachte ein kleines Lächeln zustande, und Amys Herz schlug noch heftiger in ihrer Brust. »Wen hast du lieb?«, fragte sie.

Caleb wandte sich ab.

»Wen hast du lieb?«

Caleb drehte den Kopf noch weiter, aber sie konnte *spüren*, wie sein Lächeln breiter wurde. Sie schob sich langsam näher an ihn heran und ließ ihre Finger wie Spinnenbeine seinen Rücken hinaufkrabbeln. *»Wen hast du lieb?«,* flötete sie. Er begann zu kichern, und sie zog ihn an sich und kitzelte ihn. *»Wen?«,* fragte sie erneut. Das Lachen ihres Sohnes war pure Medizin.

Irgendwann quietschte Caleb ein »Dich« hervor, und Amy hörte mit dem Kitzeln auf, nahm sein Gesicht zwischen ihre Hände, rieb ihre Nase in Eskimo-Kuss-Manier gegen seine und gab ihm schließlich einen Schmatz auf die Stirn. »Ich hab dich auch lieb, Schatz.« Sie zerzauste seine Haare. »Jetzt aber ab in die Vorschule.«

Amy war gerade mit dem Aufräumen der Küche fertig geworden, als sie das Geräusch hörte, mit dem sie schon viel früher gerechnet hatte. Sie lief zur Haustür und öffnete sie.

»Schau an, wer mich endlich wieder mit seiner Anwesenheit beehrt«, sagte sie.

Oscar, der üblicherweise mit seinem Stumpf wedelte und eine kurze Streicheleinheit über sich ergehen ließ, bevor er sich wichtigeren Dingen (hieß: Futter) widmete, schlich in gemächlichem Tempo herein, trottete durch die Küche an seinem Fressnapf *vorbei* und rollte sich im Wohnzimmer in seinem eiförmigen Hundebett zusammen, wo er kurz darauf wegdämmerte.

»Willst du mich auf den Arm nehmen?«, sagte Amy. Sie betrachtete seine Schüssel: eine vor nur wenigen Minuten frisch angerichtete, aus Trocken- und Nassfutter gemischte Portion – Oscars Leibspeise. Amy klatschte in die Hände. »Oscar! Komm her und friss.« Der Hund hob flüchtig den Kopf und sah sie an, bevor er wieder die Augen schloss.

Amy schob die Unterlippe vor. »Tja, das ist eine Premiere.« Sie zuckte die Achseln. »Ganz wie du willst. Es wird auf dich warten, bis du aufwachst.«

Amy hatte soeben Caleb an der Vorschule abgesetzt und war gute drei Kilometer von ihrem Haus entfernt, als ihr Handy klingelte.

»Hi, Baby«, sagte sie, als sie das Gespräch annahm.

»Du wirst es nicht glauben«, sagte Patrick.

»Was?«

»Ich bin an einer Tankstelle im Stadtzentrum. Ich war fünf Minuten vom Büro weg, als die Kühlflüssigkeitsanzeige auf dem Armaturenbrett aufleuchtete.«

Amy konnte den Lärm der Tankstelle im Hintergrund hören. Ein Mann schrie einen anderen an. Ein Presslufthammer sirrte stoßweise. Sie drückte die Schulter gegen ihr freies Ohr. »Nun, das ist kein großes Ding, oder? Vielleicht ist der Pegelstand einfach zu niedrig.«

»Ich hab's schon kontrolliert. Es ist nicht zu wenig Kühlmittel vorhanden, sondern *gar nichts* mehr. Der Typ von der Tankstelle meint, da ist ein Riss in meinem Schlauch.«

»Gestern Abend schien er mir noch in Ordnung zu sein.«

»Wann hast du …?« Er unterbrach sich mitten im Satz und seufzte.

Amy grinste. Eigentlich war ihr Ehemann der Experte, wenn es um anzügliche Zweideutigkeiten ging, aber ihre Laune war bestens, und sie hatte schlicht nicht widerstehen können. »Tut mir leid, ich konnte nicht anders«, sagte sie, während sie sich auf die Zunge biss und nach wie vor lächelte.

»Schon gut, ich hätte es genauso gemacht«, gestand er. »Aber ich muss das jetzt reparieren lassen.«

»Okay, das heißt …?«

»Es wird spät werden.«

»Liebling, ich bin sicher, dass sie Verständnis dafür haben werden. Ruf einfach im Büro an und *oohh* …« Amy verstummte, als sie das Ende der Einfahrt ansteuerte. Da war sie: eine Frostschutzmittellache vom Durchmesser eines Basketballs genau an der Stelle, an der der Highlander in der vorherigen Nacht geparkt hatte.

»Was?«

»Ich sehe die Pfütze. Die Gefrierschutzflüssigkeit. Am Ende der Einfahrt.«

Sie hörte ihn erneut seufzen. Dann wieder den schrill knatternden Presslufthammer. Dann eine Hupe.

»Der Schlauch muss auf dem Rückweg von Dr. Bogan gerissen sein. Und während wir schliefen, ist alles ausgelaufen«, sagte er.

»Die Pfütze ist dir nicht aufgefallen, als du heute Morgen losgefahren bist?«, fragte sie.

»Dir etwa?«

»Touché.«

Amy lenkte den Wagen in die Garage und schaltete den Motor ab. »Ist nicht schlimm, Baby. Ruf in der Arbeit an, sag ihnen, was passiert ist und dass du ein bisschen später kommst. Keine Staatsaffäre.«

»Hab ich schon.«

»Wie lange wird es dauern?«

»Nicht lange – es ist nur der obere Teil des Schlauches.«

»Prima – ruf mich an, wenn du im Büro bist. Ich liebe dich.«

»Ich dich auch.«

Amy beendete das Gespräch und ging hinein. Das Erste, was ihr auffiel, war die Tatsache, dass Oscars Napf noch immer voll war. Sie trat ins Wohnzimmer. Er schlief noch immer in seinem Bettchen. Sie hockte sich hin und begann ihn zu kraulen. Seine Brauen hoben sich, aber er öffnete die Augen nicht. Sein Schwanzstumpf blieb unbewegt.

»Was ist los, Kumpel?« Sie kratzte ihn hinter den Ohren. »Letzte Nacht nicht genug Schlaf gekriegt?« Seine Augen öffneten sich endlich zu einem schwachen Schielen. Amy kraulte ihn weiterhin am Kopf. Er erhob sich, schwankte leicht, legte sich wieder hin und machte die Augen zu. »Zu viel wildes Nachtleben, Mister«, sagte sie. »Sie sollten die Sauferei ein wenig einschränken.«

Nach einem letzten zärtlichen Tätscheln ging sie rüber in ihr Arbeitszimmer. Sie sollte sich an die grausame Ironie dieses Witzes in jenem schmerzlichen Moment erinnern, in dem der Tierarzt Amy und Patrick mitteilte, woran Oscar gestorben war.

12

Der Tierarzt verließ den kleinen weißen Raum und ließ Patrick und Amy alleine zurück.

»Ich kann's nicht fassen«, sagte Patrick. »Wie konnte ich nur so verdammt dämlich sein?«

»Schatz, es ist genauso mein Fehler – meine Schuld ist sogar *größer* als deine, zum Teufel.«

»Wie kommst du darauf?«

»Sein Verhalten. Ich hätte wissen müssen, dass etwas nicht stimmt. Er wollte heute Morgen nicht mal fressen. Und das bei einem Hund, der einen abgeschnittenen menschlichen Finger verschlungen hat, um Himmels willen.«

Patrick erinnerte sich lebhaft an den Crescent Lake. Seine zum Angeln bereite Familie am Bootssteg. Caleb, der etwas aus der Köderschachtel fischte, das eigentlich ein Wurm hätte sein sollen. Patrick, dessen Blick auf einen Fingernagel fiel und der daraufhin das Ding von sich schleuderte. Oscar, der sich auf den Finger stürzte und ihn hinunterschlang, als wäre er ein Cocktail-Würstchen.

Er schloss die Augen, verdrängte die Bilder und war fast wütend auf Amy, weil sie den Filmprojektor in seinem Kopf überhaupt erst angeworfen hatte. »Das konntest du nicht wissen«, sagte er.

»Aber ich habe davon gehört. Ich weiß, dass Frostschutz- oder Kühlmittel für kleinere Haustiere tödlich sein kann«, sagte sie.

»Das mag dir durchaus bekannt gewesen sein, aber es ist noch mal was anderes, im richtigen Augenblick auch dran zu denken ...«

»Wie meinst du das?«

»Na ja, hatten wir je zuvor einen Hund? Oder ausgelaufenes Frostschutzmittel in unserer Einfahrt? Ob du nun wusstest, was das Zeug bei Haustieren anrichten kann oder nicht, es ist nicht verwunderlich, dass du nicht sofort die entsprechende Verbindung hergestellt hast. Ich habe ja auch nicht nachgedacht, sonst hätte ich dir verboten, Oscar vor die Tür zu lassen, nachdem du die Lache gesehen hast.«

»Aber nach deinem Anruf *war* er nicht mehr draußen. Es muss passiert sein, nachdem er Carrie zum Bus nachgelaufen ist. Es hat ewig gedauert, bis er wieder reinkommen wollte. Jetzt wissen wir, warum. Es ist in erster Linie meine Schuld.« Sie ließ den Kopf hängen.

Er nahm sie in die Arme. »Niemand hat Schuld daran, Liebling. Wie hättest du das mit dem Frostschutzmittel in Verbindung bringen sollen? Wenn wir jemandem die Schuld geben müssen, dann dem verfluchten Wagen.«

»Der Arzt hat gesagt, Oscar hätte möglicherweise gerettet werden können, wenn wir ihn unverzüglich hergebracht hätten.«

Patrick sah auf die Wanduhr. Neunzehn Uhr fünfzehn.

Amy fuhr fort. »Ich hätte wissen müssen, dass was nicht stimmte, Frostschutz hin oder her. Ich hätte es wissen müssen – er war wie verwandelt.«

Patrick trat einen Schritt zurück und schaute sie an. Tränen standen in ihren Augen. »Schatz, du darfst dich nicht quälen. Er hat weder gekotzt, noch ist er irgendwie durchgedreht oder so. Du hast gesagt, er hätte müde ausgesehen und einfach nur geschlafen, richtig?«

Sie nickte.

»Na bitte. Deshalb hätte ich ihn auch nicht zum Tierarzt gefahren. Ich meine, wir können uns endlos Vorwürfe machen – und bei Gott, das werden wir –, aber unterm Strich ist Oscar an den Folgen eines Unfalls gestorben.«

Amy wandte den Blick ab. Als sie ihn wieder auf Patrick richtete, las dieser ihre Gedanken, und das Blut gefror ihm in den Adern.

»Ich weiß, was du denkst«, sagte er, »und du musst *auf der Stelle* damit aufhören.«

»Was denke ich denn?«

»Ich werde es nicht einmal aussprechen.« Doch er hätte lügen müssen, um zu sagen, dass der lästige Gedanke nicht auch an der Peripherie seiner eigenen Psyche entlanggeflattert war.

Amy schnalzte mit der Zunge. »Also war das nur Pech?«

»Amy, lass es. Du weißt so gut wie ich, dass das hier *ein Unfall* war.«

Sie fixierte ihn stur. Und das machte ihn zornig. Ja, seine Ängste hatten eben jenen Überlegungen Nahrung gegeben, auf die sie anspielte, aber sie waren nicht mehr als das: Ängste. Er kannte die Wahrheit. Und sie *beide* wussten, dass Jim tot war. Beide *wussten*, dass Arty irgendwo in Pittsburgh sicher weggesperrt war und auf seinen Prozess wartete. Und trotz dieses Wissens und der ganzen Therapie und den vielen Fortschritten dachte sie beim ersten Rückschlag gleich *an ihn*?

Schuld. Ja – die Schuldgefühle waren dafür verantwortlich. Ihr Verstand wusste, dass niemand die Verantwortung trug. »Du hast Schuldgefühle«, sagte er. »Und das lässt dich irrationale Schlüsse ziehen.«

»Soll das heißen, dass ich doch schuld bin?«

»Nein – ich habe dir bereits gesagt, dass ich genauso dafür verantwortlich bin. Es war ein Unfall, Amy. Ein *Unfall.*« Er hielt inne und überlegte, ob er es laut aussprechen sollte. Sie dachten beide an das Gleiche, daran bestand kein Zweifel; sie hatte es bereits unmissverständlich angedeutet. Aber es auszusprechen, es *laut* zu *sagen*? *Scheiß drauf,* dachte er. *Wir lassen uns hiervon nicht alle Fortschritte zunichte machen.* »Und damit meine ich nicht die Sorte ›Unfall‹, die uns am Crescent Lake zugestoßen ist.«

Amy zuckte leicht zusammen. Patrick war klar, dass seine Frau nur durch ihre unbeugsame Selbstbeherrschung gefasst und ruhig blieb. Es erinnerte ihn an das alte »Wer zuckt, verliert«-Spiel, das er als Kind gespielt hatte und bei dem jemand einen Faustschlag ins Gesicht andeutete. Wer zurückwich oder mit der Wimper zuckte, kassierte zwei Ohrfeigen. Es war verdammt schwierig, völlig ruhig zu bleiben, wenn eine Hand so nahe am eigenen Gesicht vorbeisauste, vor allem dann, wenn sie unvorbereitet und plötzlich kam. Tja, Amy war alles andere als unvorbereitet, doch die auf ewig verhassten Wörter Crescent Lake waren, um im Bild zu bleiben, ein regelrechter Mike-Tyson-Schwinger. »Okay?«, fragte Patrick.

Sie hielt seinem Blick stand, aber ihre Schultern senkten such. »Schön. Was erzählen wir den Kindern?«

»Du meinst Carrie.«

»Nun – *und* Caleb.« Sie seufzte. »Doch, ja ... Carrie.«

Patrick holte tief Luft und stieß sie langsam wieder aus. »Zunächst mal erzählen wir ihr nichts von dem Frostschutzmittel. Wir sagen ihr einfach, dass Oscar alt war und ...« Er nahm einen neuerlichen tiefen Atemzug. »Und dass seine Uhr abgelaufen war.«

Amy verzog das Gesicht. »Alt? Er war energiegeladen wie eine Springbohne.«

»Schatz, er war ein Streuner. Wir wussten nicht, wie alt er wirklich war.«

»Er war eindeutig nicht alt genug, um eines natürlichen Todes zu sterben.«

»Stimmt, und du und ich wissen das. Carrie hingegen muss das nicht wissen.«

Amys Schultern sanken tiefer, und schließlich signalisierten ihre Augen resigniertes Einverständnis. »Ich weiß.«

»Wir sagen ihr, dass Oscar alt und seine Zeit gekommen war und er an der Regenbogenbrücke auf sie warten wird.«

»Wo?«

»Das suche ich im Internet, wenn wir zu Hause sind. Es ist ein wunderschöner kurzer Text eines anonymen Autors über das, was mit Haustieren geschieht, wenn sie sterben. Mir kommen jedes Mal die Tränen, wenn ich es lese.« Dann fügte er rasch hinzu: »Nicht vor Trauer. Vor *Glück*. Wenn du es liest, verstehst du, was ich meine.«

Amy seufzte. »In Ordnung. Ich setze dich daheim ab, du suchst diese Regenbogenbrücken-Geschichte, und ich hole die Kinder von deinen Eltern ab.«

»Klingt gut.« Er streckte ihr seine Hand entgegen. Sie nahm und drückte sie, blieb jedoch auf Distanz.

»Ich kann's noch immer nicht fassen«, sagte sie.

Er zog sie nicht an sich, sondern erwiderte ihren Händedruck und teilte ihre Trauer mit einem mitfühlenden Lächeln. »Ich weiß. Geht mir genauso.«

Monica saß im Wartezimmer und versteckte ihr Gesicht hinter einer Zeitschrift. Die Tür zu dem kleinen weißen Raum öffnete sich, und Patrick und Amy traten heraus. Die Rezeptionistin sprach ihnen ihr Beileid aus, als sie sich auf den Weg machten.

Monica legte das Magazin auf dem Nebenstuhl ab und näherte sich der Rezeptionistin. »Traurig«, sagte sie.

Die Empfangsdame, ein fülliges junges Mädchen in blauem Kittel, nickte mit aufrichtigem Mitleid. »Ja.«

»Die beiden haben ihren Hund verloren, oder?«, fragte Monica.

Die Rezeptionistin nickte.

Monica lächelte innerlich. »Eine Schande«, sagte sie.

»Ja«, sagte das Empfangsmädchen. »Ich weiß nicht, was ich täte, wenn meinem Baby etwas zustoßen würde.«

»Ich auch nicht«, murmelte Monica.

»Was für einen Hund haben Sie?«

»Einen Mops«, kam es ihr abrupt in den Sinn.

»Ich auch.« Das Gesicht der Rezeptionistin leuchtete auf. »Junge oder Mädchen?«

»Mädchen.«

»Ich auch.« Jetzt war das Empfangsfräulein regelrecht trunken vor Glück. »Sie ist für mich das Wertvollste auf der ganzen Welt. Sie heißt Sophia. Und Ihre?«

Monica hätte sie am liebsten geschlagen. Ihr wehgetan. Dieser verbale Austausch. Auf ... *Augenhöhe* ... als gehörten sie zur selben Spezies.

»Fotze«, sagte Monica.

Das Lächeln des Empfangsmädchens gefror. »Wie bitte?«, fragte sie leise.

Monica lächelte weder, noch sah sie finster drein. Sie sprach im ruhigen, selbstsicheren Ton gönnerhafter Liebenswürdigkeit. »Fotze«, wiederholte sie.

Das junge Mädchen errötete und sprach noch leiser. »Das verstehe ich nicht.«

»Was verstehen Sie nicht?«

»Wollten Sie mir nicht gerade ... den Namen ...?«

»Wessen Namen?«

Die Rezeptionistin räusperte sich, und ihre bleiche Haut wurde krebsrot. »Den Namen Ihres Mopses.«

»Ich habe keinen Mops.«

»Ich dachte, Sie hätten gesagt ...«

»Ich habe keinen Mops.«

Die Rezeptionistin konnte Monicas Blick nicht länger standhalten und heuchelte lebhaftes Interesse an einem Stapel Unterlagen, der vor ihr lag. »Gut, dann wünsche ich Ihnen noch einen schönen Tag«, sagte sie hastig.

Monica rührte sich nicht vom Fleck. Das Empfangsmädchen hielt den Kopf gesenkt und schob die Papiere ziellos umher wie ein unruhiges Kind, das unablässig an einer Haarlocke dreht. Sie riskierte einen kurzen Blick, ohne den Kopf zu heben.

Monica starrte sie noch immer an.

Die Rezeptionistin vergrub den Kopf wieder in den Unterlagen. Auf dem Tresen befand sich eine silberne Klingel. Monica schlug darauf, und die Rezeptionistin fuhr zusammen. Dann begann sie zu weinen – stille Tränen rannen aus furchtgeweiteten Augen ihre vollen roten Wangen hinab.

Monica lächelte und ging.

Auf dem Weg zum Auto wollte sich Monica eine Zigarette anstecken, doch die Schachtel war leer. Sie fluchte, zerknüllte die Packung und warf sie zu Boden.

»Entschuldigung.«

Monica drehte sich um.

Eine Frau in den mittleren Vierzigern, die einen kleinen weißen Pudel an einer rosafarbenen Leine führte. »Sie haben gerade Ihren Abfall auf die Straße geschmissen.«

»Weiß ich«, sagte Monica.

»Nun, das ist schändlich. Sie sollten sich schämen.«

Monica trat an die Frau heran, bis sie ungefähr dreißig Zentimeter voneinander entfernt waren. In allerfreundlichstem Ton sagte sie: »Könnten Sie das bitte wiederholen?«

»Ich habe gesagt ...«

Monica rammte der Frau ihre Stirn mitten ins Gesicht. Ein dumpfes Knacken hallte in ihren Ohren wider, als die Nase der Frau explodierte. Monicas Magen kribbelte, als die Frau mit dem Hintern auf das Pflaster schlug und dann langsam nach hinten kippte, bis sie wie ein Seestern auf dem Bürgersteig lag. Monica beugte sich über die Frau und wedelte mit einer Hand vor ihrem blutüberströmten Gesicht herum. Die Frau erkannte sie nicht, sondern starrte bloß mit aufgerissenen und glasigen Augen gen Himmel, während sich ihr Mund wortlos öffnete und schloss wie der eines sterbenden Fisches. Sie stand total unter Schock.

Danach stammte das einzige wahrnehmbare Geräusch von dem Pudel, dessen einzige Möglichkeit, sich zu wehren, in unermüdlichem Kläffen zu bestehen schien. Zu der Fremden, die sein Frauchen zu Boden geschickt hatte, blieb er jedenfalls auf sicherer Distanz.

Monica streifte den Hund mit einem Blick, als sie sich mit zwei Fingern Blut von der Stirn wischte. Die blöde Alte hatte sie vollgeblutet. Monica ging in die Hocke und hielt dem Pudel ihre blutigen Finger hin. Der Hund näherte sich vorsichtig, schnüffelte daran und leckte sie schließlich ab.

Monica lenkte den Pudel mit den beiden Fingern zum Gesicht ihres nach wie vor reglos daliegenden Frauchens, aus dem mehr von der schmackhaften roten Soße, die den Gaumen des Tieres gekitzelt hatte, hervorsickerte. Der Pudel begann ohne Umschweife zu schlabbern, und die benommene Frau konnte nur daliegen und es geschehen lassen.

Obwohl Monica wirklich starke Sehnsucht nach einer Zigarette hatte, fuhr sie mit dem Gedanken davon, dass heute ein toller Tag gewesen war.

13

Patrick und Amy saßen auf beiden Seiten des Bettes, in dessen Mitte Carrie schluchzte. Caleb hatte kurz geweint, aber dadurch eher dem Mitgefühl für seine Schwester Ausdruck verliehen; er hatte nicht so an Oscar gehangen wie sie. Er blieb in seinem Zimmer, während Amy und Patrick abwechselnd ihre Tochter trösteten.

»Ich konnte mich nicht mal von ihm verabschieden«, heulte Carrie.

Patrick strich über ihr seidiges Haar. »Ich weiß, Liebling. Es tut uns so leid.« Er warf Amy einen Blick zu. Sie hatte ihren bereits auf ihn gerichtet, und er hätte sein linkes Ei darauf verwettet, dass sie dasselbe dachte wie er: *Unsere Schuld, unsere Schuld, unsere Schuld.*

Amy löste ihre Augen von Patrick und wischte Carrie die Tränen von den Wangen. »Hast du schon mal von der Regenbogenbrücke gehört, Kleines?«

Carrie sah mit verquollenen Augen und laufender Nase zu ihrem Vater auf. »Hä?«

»Die *Regenbogenbrücke*«, wiederholte Patrick. Wie er es Amy versprochen hatte, hatte Patrick, als sie nach Hause gekommen waren, sofort eine Google-Recherche nach der »Regenbogenbrücke« gestartet. Tatsächlich gab es etliche Links zu dem anonym verfassten Text. Er klickte einen an, änderte einige Kleinigkeiten – zum Beispiel fügte er Oscars

Namen ein, um die Sache persönlicher zu gestalten, und strich oder ersetzte Wörter, die für Carrie möglicherweise unverständlich waren – und druckte es aus. Jetzt hielt er das Blatt seiner Tochter vors Gesicht.

Carrie heftete den Blick abwechselnd auf ihren Vater und das Stück Papier. »Was ist das?«, wollte sie wissen.

»Möchtest du, dass ich es dir vorlese?«, fragte Patrick zurück.

»Aber was ist das?«, fragte sie erneut.

Amy streichelte ihr über den Kopf. »Der Ort, an dem Oscar ist, Süße.«

Carries Kopf schnellte zu ihrer Mutter herum. *»Er ist gar nicht tot?«*

Patrick fühlte sich schlecht. Und wieder spürte er Amys Blick auf sich ruhen, die seinen Kummer teilte. Diesmal erwiderte er ihn nicht; er war dazu schlicht nicht in der Lage. Stattdessen schluckte er schwer und konzentrierte sich ganz allein auf Carrie.

»Doch, Schätzchen – Oscar ist von uns gegangen. Aber er befindet sich an einem wunderschönen Ort. Einem Ort namens Regenbogenbrücke. Soll Daddy dir davon erzählen?«

Als die so sehnlichst erhoffte Bestätigung, dass Oscar noch lebte, ausblieb, hatte Carrie sich mit trüb und schwer dreinblickenden Augen langsam ihrem Vater zugewandt. Sie nickte ihm nur stumm zu.

Patrick räusperte sich zweimal. Fast hätte er Amy um ein Glas Wasser gebeten, bevor er seinen Vortrag begann:

»Diesseits des Himmels gibt es einen Platz, der Regenbogenbrücke genannt wird. Wenn ein Tier stirbt, das jemandem besonders nahestand, kommt es zur Regenbogenbrücke. Dort sind Wiesen und Hügel für all unsere besten Freunde, sodass sie zusammen laufen und spielen können. Dort gibt es

Futter, Wasser und Sonnenschein im Überfluss, und unsere Freunde haben es warm und fühlen sich wohl und behaglich.

Alle Tiere, die krank und alt waren wie Oscar, haben wieder ihre alte Gesundheit und Energie; die, die verletzt waren, sind wieder gesund und stark, so wie wir sie aus früheren Zeiten in Erinnerung haben. Die Tiere sind glücklich und zufrieden, bis auf eine Kleinigkeit. Sie alle vermissen ihren Menschenfreund, den sie zurücklassen mussten.«

Carrie fing aufs Neue zu weinen an. Amy und Patrick spendeten ihr so lange Trost, bis das Weinen zu periodischem Schniefen abgeklungen war. Patrick fuhr fort:

»Sie laufen und spielen zusammen, aber der Tag kommt, an dem Oscar plötzlich stoppt und in die Ferne sieht. Seine strahlenden Augen sind aufmerksam; sein Körper zittert vor Spannung. Plötzlich läuft Oscar von der Gruppe weg, fliegt über das grüne Gras, seine Beine tragen ihn schneller und schneller.

Er hat dich gesehen!

Und wenn du Oscar endlich wiedersiehst, wirst du ihn fest umarmen, auf dass ihr nie wieder getrennt werdet.

Glückliche Küsse regnen auf dein Gesicht. Deine Hände liebkosen wieder den geliebten Kopf, und du siehst einmal mehr in die vertrauensvollen Augen deines Lieblings, welcher zwar lange aus deinem Leben, aber nie aus deinem Herzen verschwunden war.

Dann gehen du und Oscar zusammen über die Regenbogenbrücke …«

Patrick rechnete mit weiteren Tränen. Sein Glücksgefühl war unbeschreiblich, als er Hoffnung und Freude in den Augen seiner Tochter sah.

»Stimmt das alles wirklich?«, fragte sie. »Oscar wartet an der Regenbogenbrücke auf mich?«

Patrick nickte lächelnd. Carrie wandte sich ihrer Mutter zu. Amy nickte ebenfalls lächelnd.

Einen Augenblick lang runzelte Carrie die Stirn und presste die Lippen aufeinander. »Aber wenn ich in den Himmel komme, bin ich *alt*. Kann Oscar sich dann noch an mich erinnern?«

»Selbstverständlich«, antwortete Patrick. »Genau deswegen gibt es die Regenbogenbrücke. In diesem Moment spielt er und tollt herum und wartet, bis du kommst. Er wird dich *nie* vergessen. Niemals.«

Carries Stirnfalten glätteten sich. Ihre schmalen Lippen lösten sich voneinander und verzogen sich dann zu einem Lächeln. »Ich mag die Regenbogenbrücke.«

Patrick wusste nicht, wer den Text geschrieben hatte, aber sollte er es je herausfinden, würde er der Verfasserin oder dem Verfasser einen in Diamanten gefassten diamantbesetzten Diamanten schenken. »Ich bin so froh, Liebling«, sagte er, als er ihr einen Kuss auf die Stirn drückte. »Fühlst du dich ein bisschen besser?«

»Ein bisschen«, sagte sie. Ihre Augen waren noch immer verquollen, aber die Tränen trockneten bereits.

Jetzt war Amy mit dem Küssen an der Reihe, bevor sie und Patrick ihre Tochter ins Bett brachten. Als Patrick zehn Minuten später nach ihr sah, schlief Carrie schon tief und fest. Er hoffte inbrünstig, dass sie von Oscar und der Regenbogenbrücke träumte.

14

Monica Kemp konnte ihren Vater in den Menschenmengen, die durch die Flugsteige des Philadelphia International Airport strömten, ohne Umschweife ausmachen. Dank seiner Größe von einem Meter neunzig und einhundertzehn Kilogramm solider Muskelmasse, die bei *halb* so alten Männern neidisches Glotzen auslösten, hätte man den zweiundfünfzigjährigen John Brooks ohne Weiteres für einen ehemaligen Footballspieler der Philadelphia Eagles halten können, der in sein altes Revier zurückkehrte. Einen ehemaligen Footballspieler, der seinen Ruhestand im Fitnessstudio statt im Fernsehsessel verbrachte.

Monica, die sich ihrerseits nicht wenige verstohlene Blicke junger Männer einfing (aus allerdings völlig anderen Gründen), trug einen todschicken Hosenanzug, der nicht nur genug Wärme für den Winter spendete, sondern auch hier und da ein wenig Haut aufblitzen ließ und jede Kurve ihrer atemberaubend straffen Figur perfekt umschmeichelte.

John trug ausgeblichene Jeans, einen grauen Wollmantel und schwere Stiefel.

»Bis du immer so angezogen?«, fragte er unverzüglich, als er seine Reisetasche absetzte, um sie zu umarmen.

Sie erwiderte seine Begrüßung. »Wie denn?«

Er packte sie an den Schultern, hielt sie eine Armeslänge von sich und musterte sie von oben bis unten. »*Na, so.* Du siehst wie eine reiche Prominente aus.«

»Ich *bin* reich«, gab sie lächelnd zurück.

Er zog eine Grimasse. »So ein Aufzug ist ziemlich auffällig.«

»Dieser Aufzug«, sagte sie verächtlich, »ist nur einer von vielen.«

»Beängstigend.« Er nahm seine Tasche vom Boden auf.

Sie schüttelte den Kopf und konnte sich eines Grinsens nicht erwehren. »Arschloch.«

Sie gingen Seite an Seite zu den Rolltreppen hinüber. Ein Mann und ein Teenager, offenbar Vater und Sohn, liefen einen Schritt vor ihnen. John stieß sie zur Seite, als sie auf die Rolltreppe traten. Der Mann machte Anstalten, den Mund zu öffnen, aber ein flüchtiger Blick von John genügte, um ihn wieder zuschnappen zu lassen.

»Wie sieht unser Reiseplan aus?«, fragte er, als sie nach unten transportiert wurden. »Wann kann ich Arthur in Augenschein nehmen?«

»Das wird noch eine Weile dauern.«

Sie erreichten den Fuß der Rolltreppe und bewegten sich Richtung Ausgang.

»Ich muss also bis zur Gerichtsverhandlung warten«, stellte er fest.

Sie nickte.

Sie traten durch die Glastüren hinaus auf den Bürgersteig. Männer und Frauen in Flughafenuniformen bellten Leute an, die es wagten, ihre Fragen zu wiederholen. Hupende Autos umrundeten einander hektisch. Eine Familie, die auf dem Weg zum Parkplatz der Ankunftshalle die Straße überquerte, wurde beinahe von einem Taxi überfahren. Ein Polizist blies dem davonrasenden Taxi vergeblich mit seiner Trillerpfeife hinterher, während die Familienältesten dem Taxi mit vors Herz gehaltenen Händen nachsahen.

»Nett, nicht wahr?«, sagte Monica. »Ich bin schon oft in Philadelphia gelandet. Ob du es glaubst oder nicht, es war schon mal bedeutend schlimmer.«

John zuckte lediglich die breiten Schultern und machte sich daran, den Fahrstreifen zu überqueren, als wollte er die Taxen geradezu herausfordern, sich ihm ähnlich aggressiv wie der Familie vorhin zu nähern. Zum Glück für die Taxifahrer von Philadelphia und Umgebung nahm niemand die Herausforderung an.

Monica blieb vor einem glänzenden schwarzen BMW stehen, der mehr oder weniger versteckt in einer kleinen Parkbucht stand.

»Deiner?«, fragte ihr Vater.

»Im Augenblick ja.« Sie drückte auf ihren Schlüssel. Der Wagen piepte, die Lichter blinkten zweimal.

»Im Augenblick?« John grunzte und warf seine Tasche auf den Rücksitz. »Teufelsweib.«

Beide stiegen ein. »Demnach muss ich mich in Geduld üben«, sagte John.

Monica drehte den Zündschlüssel. »Bis dahin wird's uns schon nicht langweilig werden.«

Er grunzte ein weiteres Mal.

»Wir werden uns gut amüsieren, Dad. Vertrau deinem kleinen Mädchen.«

Er bedachte sie mit einem Seitenblick und einem dünnen Lächeln.

»Schon viel besser.« Sie griff nach rechts, öffnete das Handschuhfach und entnahm diesem ihre Zigaretten. Sie zündete sich eine an und ließ das Fahrerfenster einen Spaltbreit herab.

Er wedelte sich Rauch aus dem Gesicht. »Hör mal, kannst du nicht warten, bis wir angekommen sind?«

»Heul doch, du Riesen-Weichei.«

Er lachte, als sie auf die I-95 Richtung Valley Forge fuhr.

15

Sobald man in King of Prussia ein Ticket für den gebührenpflichtigen Pennsylvania-Turnpike-Highway zieht, bleiben nur ein paar Hundert Meter, um eine Entscheidung zu treffen. Östlich geht es nach New Jersey. Westlich nach Harrisburg … Richtung Crescent Lake.

Die Lamberts waren nicht auf dem Weg nach New Jersey. Und erst recht nicht auf dem Weg zum Crescent Lake. Aber dennoch fuhren sie in Richtung Westen: Ihr Ziel war ein Städtchen vor den Toren von Harrisburg, gleich hinter Hershey, wo sie Amys Familie einen Besuch abstatten wollten.

Jedes Mal, wenn sich Patrick auf dieser kurzen Schnellstraßenstrecke für die westliche Abzweigung entschieden hatte (was seit der furchtbaren Tragödie tatsächlich ein paar Male geschehen war, immer aus geschäftlichem Anlass und dankbarerweise nie weiter als hundertfünfzig Kilometer), waren die Erinnerungen an Crescent Lake wachgeworden – es zu leugnen, wäre geradezu absurd gewesen.

Doch es waren nicht die brutalen Einzelheiten des Martyriums seiner Familie, die ihm als Erstes in den Sinn kamen, wenn er nach Westen fuhr. Nicht das Grauen, mitansehen zu müssen, wie seine Kinder gequält wurden. Nicht das Wissen, dass seine Frau sexuell misshandelt wurde, während er gefesselt und hilflos im Nebenzimmer saß. Nicht die Tatsache, dass sie am Ende angeschossen worden und beinahe gestorben war. Nicht das Entsetzen darüber, dass er sich in ein Monster verwandelt hatte, um seine Familie zu beschützen, immer und immer wieder auf einen Mann eingestochen hatte, im festen Willen, ihn zu Hackfleisch zu verarbeiten (denn genau das hatte ihn seinerzeit angetrieben). Und auch nicht die Nase, die er einem anderen Mann abgebissen hatte, bevor er diesem so lange ins Gesicht geschossen hatte, bis die Waffe leer geklickt und der Mann toter als tot gewesen war. Nicht die von immensen Schmerzen begleitete physische Rehabilitation im Krankenhaus oder, schlimmer noch, die psychische Rehabilitation, nachdem sie nach Hause zurückgekehrt waren.

Die *Hoffnungen* waren es, an die Patrick sich erinnerte. Er erinnerte sich – so deutlich, wie er sich an diesen Morgen erinnerte – an die Hoffnungen, die er bezüglich seiner Familie vor ihrem Wochenendausflug zum See vor Monaten gehegt hatte. Er hatte auf schönes Wetter gehofft. Gehofft, seine Frau würde sich während der Auszeit erholen können. Gehofft, dass seine Kinder niemals wieder von dort wegwollen würden. Gehofft, es würde das perfekte Wochenende mit einer Familie werden, die er mehr liebte, als er je für möglich gehalten hätte. Er hatte gehofft, dass es ein unvergesslicher Ausflug werden würde …

Oh, das Leben kann manchmal grausam ironisch sein, dachte er.

»Du bist so still«, sagte Amy.

Patrick wandte die Augen für eine Sekunde von der Straße ab und lächelte sie an. »Mir geht's gut. Ich denke nur nach.«

»Worüber?«

Er wusste, dass sie es wusste. Dennoch wich er aus. Und er liebte sie dafür, dass sie nicht nachbohrte.

»Ich frage mich, ob du bereit bist, das Tor zu hüten, wenn dein Dad ein paar Drinks in meine Richtung schlenzt«, sagte er.

Amy lachte. »Auch wenn ich Ron Hextall persönlich wäre, würde mein Dad ein paar Treffer landen.«

Patrick schaute sie neugierig an. »Woher kennst du denn Ron Hextall?«

»Ein Ex-Freund. Ein wahrer Eishockey-Fanatiker. Fast so sehr wie Dad. Hat sich sogar bei den Hershey Bears beworben.«

Patrick grunzte.

»Allerdings ohne Erfolg«, sagte sie.

»Zu schlecht, was?«, meinte Patrick mit gewisser Befriedigung in der Stimme.

Amy ließ ein freches Grinsen aufblitzen. »Och, das würde ich so nicht sagen – er war ein atemberaubender Athlet ... hart ... heiß.« Nun grinste sie über beide Ohren. »Mmmmh, an *den* hab ich schon lange nicht mehr gedacht ...«

Patrick grapschte nach ihrem Knie, und sie kreischte auf.

Beide Kinder lehnten sich in ihren Sitzen vor. »Was ist los?«, fragte Carrie.

»Nichts«, sagte Patrick. »Mommy versucht bloß, Daddy eifersüchtig zu machen.«

»Mommy *hat* Daddy eifersüchtig gemacht«, sagte Amy.

»Wie auch immer ...«, sagte Patrick und kehrte zum ursprünglichen Thema zurück, »ich hoffe, du bist bereit, mich heute Abend sauber zu verteidigen.«

»Ach, hör auf. Du weißt, dass mein Dad Männerfreundschaften mittels Alkohol zu pflegen beliebt.«

»Dagegen habe ich auch nichts, und ich werde ihm gerne den ganzen Abend lang beim Trinken zuschauen. Was aber nicht heißt, dass ich bei jedem Drink mitziehe.«

Amys Grinsen kam zurück. »Oh doch, genau das heißt es. Und möge Gott dir beistehen, falls heute ein Spiel der Bears übertragen wird.«

»Du willst doch nur, dass ich morgen früh einen Kater habe, damit du mir das Leben zur Hölle machen kannst.«

»Korrekt.«

Patrick griff erneut nach ihrem Knie. Sie sah es kommen und wich aus. »Zu langsam.«

Patrick legte seine Hand zurück ans Lenkrad. »Schön – dann fährst du uns morgen nach Hause, und ich werde schlafen.«

Sie lächelte vergnügt. »Okay.«

»Gemeinheit. Mach dir für den späteren Abend bloß keine Hoffnungen, falls dein Vater mich abfüllt.«

Amy spähte nach hinten auf die Rückbank. Beide Kinder hatten die Anspielung ihres Vaters anscheinend überhört. Sie wandte den Blick wieder nach vorne. »Auch recht.« Dann flüsterte sie: *»Es ist sowieso nicht normal, es bei meinen Eltern zu treiben.«*

»Wie hast du es denn dann während der Highschoolzeit gehalten?«

»Aha, *jetzt auf einmal* willst du über meine Ex-Freunde reden?« Sie seufzte und starrte träumerisch zur Wagendecke hinauf. »Überlegen wir mal ... mit welchem fangen wir an?«

Diesmal gab es für ihr Knie kein Entkommen.

16

Harrisburg, Pennsylvania

Bob und Audrey Corcoran hatten offenbar Besuch von außerhalb der Stadt, weil ein Toyota Highlander in ihrer Auffahrt parkte. In dieser Nachbarschaft stach der Geländewagen inmitten der Fords, Chevrolets und Dodges heraus wie ein bunter Hund.

Patrick hatte sich nicht etwa für den Highlander entschieden, weil er wenig von amerikanischer Wertarbeit hielt. Er wollte seiner Familie einfach nur so viel Bequemlichkeit und Komfort wie möglich bieten. Der Highlander erfüllte diesbezüglich drei von vier Kriterien – er bot jede Menge Platz, geschmeidiges Fahrverhalten und hohe Sicherheit (jedenfalls soweit ein SUV diese zu bieten in der Lage war), war aber verdammt teuer. Und doch hatte er ihn gekauft. Weil er es sich leisten konnte. Patrick verdiente gut. Amy ebenfalls. Ihr gemeinsames Einkommen sicherte der Familie ein angenehmes Leben in einer Vorstadt, in der man ausgezeichnetes Sushi und Martinis mit originellen Namen bekam.

Auch wenn sie die noble Sicherheit ihres Vorortes verließen, gab es nicht die geringste Spur von Unbehagen oder Befangenheit. Patrick und Amy waren beide in für Pennsylvania typischen Arbeiterkleinstädten aufgewachsen. Trotz der in ihrem Nobelviertel geschlossenen standesgemäßen Freundschaften und der Ausflüge in Luxusrestaurants, in die man ging, um gesehen zu werden, nicht unbedingt, um gut zu essen, war es nichts Ungewöhnliches für Amy und Patrick, sich alleine auf die Suche nach weniger steifen Etablissements zu begeben – Läden, die ein Steak servierten, das größer als ein Fünf-Cent-Stück war, Läden, die darauf pfiffen, wie man aussah und angezogen war, Läden, in denen es die Gäste einen feuchten Dreck scherte, wen sie sahen und von wem sie gesehen wurden. Wo man sich auch mal öffentlich einen ansaufen konnte, ohne dass die anderen die Augen verdrehten und angewidert mit der Zunge schnalzten.

Den Lamberts war ihr mehr oder weniger luxuriöses Leben in Valley Forge alles andere als unangenehm; sie hatten hart dafür gearbeitet. Auch die dortigen Schulbezirke und ihre pädagogischen Einrichtungen waren eine Klasse für sich. Amy und Patrick fühlten sich in *beiden* Welten wohl; auch diesbezüglich waren sie Seelenverwandte. Ihre Ehe bestand nicht darin, dass Patrick furzend und biertrinkend auf dem Sofa saß und ein Footballspiel schaute, während Amy sich danach sehnte, extravagante Speiselokale und gesellschaftliche Großereignisse zu besuchen. Sie leistete ihm mit Freuden auf jenem Sofa Gesellschaft. Trank Bier und furzte mit ihm.

Allerdings weckten zu viele träge Abende dieser Art ihr Bedürfnis nach sozialen Aktivitäten, und sie hatten dann großes Vergnügen daran, sich aufzubrezeln und den Reizen des städtischen Lebens hinzugeben, die sie für gewöhnlich verschmähten. Es ging schlicht den goldenen Mittelweg. Die eine Abendgestaltung ließ sie die jeweils andere immer wieder aufs Neue schätzen.

Dementsprechend war es keineswegs eine lästige Pflicht für sie, sich hier vor den Toren Harrisburgs vorübergehend in einer Arbeitergemeinde einzuquartieren. Patrick wusste, dass ihm Fusel in den Hals geschüttet werden würde, sobald er seinen Fuß über die Schwelle setzte, und Amy wusste, dass ein Teil von ihm – trotz seiner zuvor geäußerten fadenscheinigen Bedenken – sich darauf freute. Sie würde wohl auch fünfe gerade sein lassen und ein bisschen was wegschlucken. Sie alle, abgesehen von Amys Mutter natürlich.

Mrs. Audrey Corcoran trank keinen Alkohol – dafür war ihr Ehemann zuständig. Wenn etwas in Amys altem Revier ihren Unmut erregte, dann die Tatsache, dass bestimmte Traditionen hochgehalten wurden. Obwohl es niemand laut aussprach, wurde nach wie vor vorausgesetzt, dass der Mann der Herr im Haus war und die Ehefrau es als ihre Hauptaufgabe betrachtete, ihrem Gatten zu Diensten zu sein, auch wenn sie dabei nicht unbedingt mit Babybauch auf Händen und Knien den Fußboden schrubbte. Der Mann brachte das Geld nach Hause, und die Frau kümmerte sich um sein Wohlbefinden. So war es nun einmal. Amy befürwortete diesen Zustand nicht gerade – zumal solche Regeln für sie und Patrick ganz und gar nicht galten –, aber sie akzeptierte ihn. Es blieb ihr auch keine Wahl. Außerdem war ihr Vater ein guter Ehemann. Ein guter Vater. Gelegentlich grob und streng, aber herzensgut. Er konnte herumbrüllen wie ein Geisteskranker und verlor schnell die Beherrschung (vor allem, wenn er ein paar intus hatte), doch Amy konnte sich an nichts Schlimmeres erinnern als an ein paar Standpauken und den gelegentlichen Klaps auf ihren Hintern oder den ihres Bruders.

Carrie und Caleb mochten Grandma und Grandpa Corcoran. Nicht ganz so sehr wie die Großeltern Lambert, was aber keine persönlichen Gründe hatte, sondern schlicht eine Sache des Standorts war. Die älteren Lamberts wohnten in Conshohocken – fünfzehn Minuten Fahrzeit von Valley Forge entfernt. Harrisburg dagegen war anderthalb Stunden weit weg, weshalb die Kinder Grandma und Grandpa Lambert häufiger sahen – im Schnitt fast einmal pro Woche. Deswegen hatten auch die Lamberts nach den Vorfällen am Crescent Lake die Kinder bei sich aufgenommen, obwohl die Hütte den Corcorans gehörte. Trost und Geborgenheit waren nach einer derartigen Tragödie das Gebot der Stunde, und Patrick und Amy hatten auf der Stelle und einstimmig entschieden, zunächst den alten Lamberts Bescheid zu geben. Die Corcorans waren am folgenden Tag nach Amys Anruf aufgetaucht, ohne auch nur ein einziges Mal kritisch nachzufragen, warum sie nicht als Erste kontaktiert worden waren. Amy hatte ihr Verständnis gespürt, und dafür liebte sie ihre Eltern.

Amy stand auf der dritten und letzten Stufe, die zur Eingangstür ihrer Eltern hinaufführte. Ein schwarzes Eisengeländer verband die kleine Treppe mit der weiß getünchten Backsteinaußenwand. Zwei ovale Windlichter leuchteten auf beiden Seiten der Tür. Als Kind hatte Amy immer gedacht, sie sähen wie gigantische Glühwürmchen aus. An diesem Abend war es nicht anders, und die nostalgischen Gefühle, die ihn ihr aufstiegen, wärmten ihr Herz.

Patrick stand hinter Amy auf der zweiten Stufe und hatte den beiden Kindern an seiner Seite eine Hand auf die Schulter gelegt. Carrie zupfte an einem schwarzen Lacksplitter auf dem Geländer herum. Patrick verpasste ihr einen leichten Klaps auf die Hand und ermahnte sie, damit aufzuhören. Eine Sekunde lang gehorchte sie, dann fing sie wieder damit an. Ein Windstoß ließ Caleb erschauern, und Patrick zog ihn zu sich heran.

»Hast du geklingelt?«, fragte Patrick.

Amy warf ihm einen genervten Blick zu. »Nein, Liebling – ich dachte mir, dass irgendwann irgendjemand rauskommen und uns in Empfang nehmen wird, wenn wir einfach lange genug hier draußen in der klirrenden Kälte rumstehen.« Sie drückte erneut den Klingelknopf.

Eine Stimme dröhnte von hinter der Tür. *»Wer ist da?«*

»Dad, mach auf, wir erfrieren.«

»Wir kaufen nix.«

»Dad!«

Das Klicken eines Schlosses, das Geräusch einer zurückgeschobenen Kette, und die Tür flog auf und offenbarte die Gestalt eines gedrungenen Mannes, der ohne jeden Vorbehalt als Weihnachtsmann durchgegangen wäre, wenn er sich entschlossen hätte, seinen braunen Bart weiß zu färben. Seine Knollennase war gerötet, die Augen wurden von den vollen Wangen und einem Dauerlächeln zu Schlitzen verengt, und sein Bauch hätte auch einer Hochschwangeren gut gestanden. Noch dazu trug er einen roten Pullover.

Amys Vater bellte ein triumphierendes Lachen und riss dann seine Tochter an sich. Er küsste sie kräftig auf die Wange und rieb seinen Bart daran.

Amy drückte ihn von sich weg und wischte sich wie ein kleines Kind über das Gesicht. »Pfui Spinne!«

Er grinste und spähte an ihr vorbei. »Und wer ist dieser große Saftsack, den du da mitgebracht hast? Ziemlich hübscher Kerl. Hast dich endlich von Patrick getrennt, was?«

Patrick lachte. »Wie geht's, Bob?«

»Ich werde nur älter und fetter.« Dann spähte Bob Corcoran über Carries und Calebs Köpfe hinweg und sah sich um, als suchte er etwas. »Komisch«, sagte er, »ich hätte *schwören* können, dass ich euch zusammen mit zwei kleinen Krabbelkäfern gesehen habe, als ich die Tür aufmachte.« Er setzte sein kleines Spielchen fort und hielt weiterhin ziellos nach ihnen Ausschau. »Schätze, sie sind abgehauen. Eine Affenschande, immerhin gibt's drinnen Kekse und heiße Schokolade.«

»*Grandpa*!«, platzte es aus Carrie heraus, als hätte man sie mit einer Nadel gestochen.

Bob zog ein verdutztes Gesicht. »Wer hat das gesagt?«

»Ich!« Carrie schüttelte die Hand ihres Vaters von der Schulter und trat neben Amy auf die dritte Stufe.

»Oh, da bist du ja ...« Bob beugte sich vor und stupste mit seinem Finger gegen Carries Nasenspitze. »Gut, dass ich dich gefunden habe ...« Er richtete sich wieder auf und ließ seine große Wange wackeln. »Sonst hätte ich all die leckeren Sachen alleine aufessen müssen!«

Carrie gluckste, und Bob streichelte ihre Wange, bevor er erneut den Blinden spielte. »Also, ich hätte schwören können, dass hier irgendwo noch ein anderer Käfer rumkrabbelt. Wohin ist der nur verschwunden?«

Caleb hielt sich eng an der Seite seines Vaters, hob jedoch eine Hand. Bob richtete seine Aufmerksamkeit auf ihn. »Aha! Da ist er!« Er ging eine Stufe hinab und legte seine Hand auf Calebs Kopf. »Jetzt werde ich wohl gar keine Kekse mehr abkriegen, wenn so ein Riesenkerl dabei ist!«

»Ich bin auch groß!«, krähte Carrie.

Bob sprang einen Schritt zurück und tat furchtbar erschrocken, als wäre Carrie ganz plötzlich einen Meter gewachsen. »Das bist du, verflixt noch mal! Ich kann nur hoffen, dass unsere Betten für euch zwei Monster groß genug sind.«

»Dad?«, sagte Amy. »Dürfen wir *bitte* reinkommen, bevor wir erfrieren?«

Bob Corcoran gab die Tür frei, machte einen Diener und vollführte mit der Hand eine schwungvolle, einladende Geste. »Ich erbitte untertänigst Eure Verzeihung«, sagte er. »Nach Euch, Eure Hoheit.«

Alle gingen hinein. Amy wurde mit einer zweiten Umarmung bedacht (diesmal ohne Bartgekratze), Carrie bis zur Decke hochgehoben, Caleb mit einem festen, sich für »echte Männer« geziemenden Händedruck, der in voller Absicht seinen kompletten Leib durchschüttelte und ihn zum Kichern brachte, geehrt, und Patrick bekam einen satten Klaps auf den Rücken, unmittelbar gefolgt vom Angebot eines Bourbons. Patrick warf Amy unverzüglich einen Blick zu; selbst als sie sich abwandte, spürte er ihr Grinsen noch.

Audrey Corcoran erschien aus der Küche und wischte ihre Hände an der bis zu den Knien reichenden grünen Kittelschürze ab. Ihre altmodische Brille mit den glasbausteindicken Gläsern vergrößerte die hellbraunen Augen, die sie ihrer Tochter vererbt hatte, erheblich. Patricks Ansicht zufolge war das die einzige Ähnlichkeit zwischen den beiden. Audrey war kleiner und fülliger, und ihr lockiges Haar ergraute allmählich. Patrick hielt seine Schwiegermutter nicht für hässlich, aber besonders attraktiv war sie auch nicht – gewiss kein Hingucker wie seine Frau. Auch auf alten Fotos, die sie im gleichen Alter zeigten, kam sie bei Weitem nicht an Amy heran. Und trotz der gutmütigen Hänseleien seiner Freunde war Patrick überzeugt davon, dass die alte Maxime, mit der sie ihn bevorzugt aufzuziehen pflegten (*»Wenn du wissen willst, wie deine Frau in dreißig Jahren aussieht, wirf einen Blick auf die Mutter!«*), so falsch, wie das Gebiss war, das zu tragen er Audrey Corcoran verdächtigte. Zumindest hoffte er das. Eigentlich *wäre* ihm ein Bourbon jetzt doch ganz recht, herzlichen Dank, Bob.

Audrey Corcoran vollzog nun ihr Begrüßungsritual in Form von Umarmungen und Küssen, bevor sie all ihre Aufmerksamkeit ihren Enkelkindern schenkte und diese in die Küche führte, um ihnen so schnell wie möglich Berge an Zuckerwerk zu verabreichen.

Bob machte mit ihnen eine schnelle Führung durch das kleine Haus und platzte vor Stolz auf die neuen Kacheln, mit denen er jüngst das Badezimmer gefliest hatte. Amy und Patrick heuchelten Interesse (Patrick strich ehrfürchtig mit den Fingerspitzen über die Fliesen und nickte anerkennend und fachkundig, als hätte er auch nur den Hauch einer Ahnung, was sein Schwiegervater da faselte), und nachdem alle Formalitäten erledigt waren, versammelten sich die drei im Hobbyraum, während Audrey weiterhin die Kinder in der Küche unterhielt.

Bob schenkte Amy ein Glas Cabernet und dann sich und Patrick eine großzügige Portion Bourbon – ohne Eis – ein, bevor er sich grunzend und seufzend in seinen Fernsehsessel sinken ließ. Amy und Patrick nahmen auf dem Sofa rechts davon Platz. Bob nippte an seinem Bourbon, strich sich durch den Bart und sagte zu Patrick: »Heute Abend spielen die Bears. Live-Übertragung.«

Amy erwiderte Patricks flüchtigen Seitenblick und brach in Gelächter aus.

17

Patrick hatte an der Penn State studiert und war durchgeknallte Sportfans daher gewohnt. Aber hier, in dieser Nachbarschaftsbar, kam Patrick der Verdacht, dass diese Einheimischen und ihre Hingabe an die Hershey Bears die leidenschaftlichen Fans der Penn-State-Footballmannschaft tatsächlich *übertrumpften.* Es war eine Nachbarschaftsbar im wahrsten Sinn des Wortes, vom nicht mehr ganz taufrischen, aber freundlichen Personal, das seinen ewig währenden Aufenthalt in diesen überschaubaren Räumlichkeiten aufrichtig zu genießen schien, bis hin zu dem Krempel, der sich in fünfzig Jahren an allen vier Wänden angesammelt hatte und mit denen jeder außerhalb eines Radius' von dreißig Kilometern nichts würde anfangen können …

Es war kein einfaches Unterfangen, einen Platz an der Bar oder – was weitaus wichtiger war – mit freier Sicht auf den Fernsehbildschirm zu finden, aber Bob Corcoran war in Gilley's Tavern beinahe so etwas wie eine Berühmtheit. Er wurde mit Handschlägen und Klopfern auf seinen mächtigen Rücken überschüttet. Dann teilte sich das Meer seiner Bewunderer und gab die Sicht auf zwei wundersamerweise immer noch vakante Barhocker frei.

Himmel, hier geht's ja zu wie bei Cheers, dachte Patrick.

Schwiegervater und Schwiegersohn setzten sich. Patrick widmete seine Aufmerksamkeit weder dem Fernseher noch den Getränken, sondern gänzlich der in die schlichte Kneipe gequetschten, illustren Gästeschar – Jung und Alt, Säufer, Geschäftsmänner, Handwerker. Leute, die sich zu anderen Gelegenheiten nicht mal mit dem Arsch angeguckt, geschweige denn auf der Straße ein freundliches Lächeln zugeworfen hätten, bildeten an diesem Abend eine verschworene Gemeinschaft, zusammengeschweißt durch die heimatliche Eishockey-Mannschaft. Die Stimmung wirkte sofort ansteckend. Patrick, der in der Vergangenheit vielleicht ein oder zwei Spiele der Bears gemeinsam mit dem angetrunkenen und den Fernseher lautstark zusammenstauchenden Bob im Heim der Corcorans weitgehend teilnahmslos verfolgt hatte, mutierte augenblicklich zum Fan. Nichts sehnte er mehr herbei als einen Sieg der Bears, eine Feier mit diesen Fremden, denen er sich nun so eng verbunden fühlte. Es war eine bizarre, aber beglückende Erfahrung, die den Wunsch in ihm weckte, dass auch die erfolgsverwöhnten Philadelphia-Fans Fremden gegenüber einen ähnlichen Kameradschaftsgeist wecken würden.

»Noch wach, Kumpel?«, fragte Bob Patrick mit einem leichten Ellenbogenstupser.

Patricks kehrte ins Hier und Jetzt zurück. »Hä?«

Der Barmann, ein massiger Typ mit Halbglatze, aus dessen fleckigen aufgerollten Hemdsärmeln haarige Unterarme ragten (stimmig ergänzt von feuchten Halbmonden unter den Achseln sowie einem Putzlappen über der Schulter, und wäre das Rauchen in den Kneipen Pennsylvanias nicht untersagt gewesen, hätte Patrick darauf gewettet, dass er sein Erscheinungsbild mit einem zerkauten Zigarrenstumpen im Mundwinkel vervollständigt hätte), stemmte sich auf die Theke und fixierte Patrick.

Bob lachte. »Was willst du trinken?«

Patrick lächelte den Barkeeper an. »Verzeihung.« Der Mann reagierte mit einem weder ungehaltenen noch freundlichen, sondern schlicht betriebsamen Nicken. Patrick wandte sich rasch Bob zu. »Ich weiß nicht – was nimmst du, Bob?«

»Whiskey und Bier.« Seine kurze Erwiderung war von einer solchen Selbstverständlichkeit, als fragte man das Krümelmonster aus der *Sesamstraße*, was es am liebsten aß.

»Prima, ich bin dabei«, sagte Patrick.

Der Barmann machte sich daran, ihre Getränke zuzubereiten.

»Alles klar bei dir?«, wollte Bob wissen.

»Unglaublich.«

»Was?«

Patrick umschrieb mit einer allumfassenden Handgeste die brechend volle Bar. »Das hier. Man kann die Energie dieses Ortes buchstäblich *fühlen.*«

Bob lächelte stolz, als hätte sein eigenes Kind gerade ein überschwängliches Lob eingeheimst. Der Barkeeper trat wieder in Erscheinung und stellte zwei Bourbons ohne Eis und zwei Flaschen Bier vor ihnen hin. Beide Männer nippten am Bourbon und spülten mit einem Schluck Bier nach.

»Randalieren die Leute hier manchmal?«, fragte Patrick.

»Darauf kannst du gewaltig einen lassen. Aber es gibt keine Schlägereien. Nie.«

»Nie?«

»Keine Chance. Es wäre respektlos gegenüber Gilley's und *besonders* gegenüber den Bears, wenn man sich am Abend einer Spielübertragung prügelt. Man fliegt achtkantig raus. Die Leute würden sich lieber die Beine amputieren lassen, als an einem Bears-Abend ein Lokalverbot zu riskieren.«

Patrick lächelte und nahm einen weiteren Schluck Bier. »Ich wünschte mir, die Fans aus Philly würden sich ein Beispiel an diesem Laden nehmen.«

»In Philly gibt's keine echten Fans ...« Und dann, als hätte er seinen Kommentar exakt choreografiert, brach lauter Jubel aus, als die Bears aufs Eis liefen. Bob grinste und rief laut: »*Das hier* sind Fans!«

Patrick grinste seinerseits breit. Dann folgte er dem Vorbild seines Schwiegervaters, kippte seinen Whiskey (die Grimasse, die normalerweise gefolgt wäre, hatte an einem Ort wie diesem nicht die *geringste* Chance, sich auf seinem Gesicht breitzumachen – bedaure, Gesicht), stieß erneut mit ihm an und löschte freudig das Feuer in seiner Kehle und seinem Magen mit einem kräftigen Zug eiskalten Bieres.

Bob ließ ein befriedigtes Keuchen vernehmen, wischte sich über den Bart und signalisierte dem Barmann, unverzüglich Nachschub zu bringen.

Die Hershey Bears schlugen die Norfolk Admirals mit 4 : 1, was Patrick eine Erfahrung bescherte, die er nicht so schnell vergessen würde. Er brüllte und jubelte, bis sein Hals kratzte, trank einen amtlichen Stiefel weg (obwohl er in dem Moment, in dem Bob endlich zur Toilette ging, geistesgegenwärtig den Barkeeper bat, den jedes neue Bier begleitenden Whiskey diskret wegzulassen) und schien innerhalb von drei Stunden mit restlos allen Einwohnern von Harrisburg, Pennsylvania, Freundschaft geschlossen zu haben.

Erst eine volle Stunde nach Abpfiff teilte sich die Kundschaft des Gilley's in zwei Lager. Manche blieben und rekapitulierten die Höhepunkte des Spieles mit nachdrücklicher Mimik, während andere blieben, um den feuchtfröhlichen Pegelstand, auf den sie sich während des Spiels gebracht hatten, nicht sinken zu lassen.

Bob Corcoran gehörte zur letzteren Gruppe. Er winkte den Barmann herüber und zeigte auf sich und Patrick. Patrick stellte kurz Augenkontakt zu der Thekenkraft her, die unmerklich nickte, bevor sie wenige Augenblicke später mit zwei Bieren und nur einem Whiskey zurückkehrte. Bob neigte sich sofort über den Tresen, um Einspruch zu erheben, doch Patrick legte ihm beschwichtigend eine Hand auf die Schulter, tätschelte sie und zog ihn sanft zurück.

»Schon gut, Bob, ich bleibe bei Bier.«

»Das ist ungefähr schon das fünfte Mal, dass er's mit deinem Whiskey verkackt.« Er lallte, seine Augen waren rot gerändert, die Lider hingen schlaff herab.

»Ist in Ordnung, Bob, wirklich. Außerdem muss irgendwer uns nach Hause fahren.«

»Ruf Amy an, die holt uns ab.«

Patrick zog eine Augenbraue hoch. »Wie gut kennst du deine Tochter eigentlich?«

Bob lachte schallend. »Du hast nichts bei ihr zu melden, stimmt's? Sie hat dich bei den Eiern.«

»Wenn ich sie jetzt anrufe und darum bitte, unsere besoffenen Ärsche einzusammeln, wird sie jedenfalls ziemlich fest zudrücken.«

Bob schluckte seinen Whiskey, als wäre es Eistee, und starrte stur geradeaus. »Das ist meine Kleine ...« Er nahm einen tiefen Zug aus seiner Bierflasche und schnaufte. »Knallhart.«

»Du rennst offene Scheunentore ein, mein Bester.«

Plötzlich wurde Bob still, und seine trunkene Redseligkeit verflüchtigte sich von einer Sekunde zur anderen. »Sie ist noch immer bei mir«, sagte er.

»Wie bitte?«

Bob wandte sich Patrick zu. In seinen vom Schnaps glasigen Augen schimmerte jetzt ein Tränenschleier. »Meine Tochter ist immer noch bei mir. Sie ist bei mir, weil es dich gibt.«

Selbst wenn Patrick die Worte nicht gefehlt hätten, wusste er, dass sie seinen Mund niemals verlassen hätten. Zumindest nicht in diesem Moment. Der Vorfall am Crescent Lake war bereits erschöpfend diskutiert worden. Einige Details hatte man zurückgehalten, andere nicht. Man war sich immer und immer wieder in die Arme gefallen. Audrey Corcoran hatte geweint. Amys älterer Bruder Eric hatte geweint. Aber so ein männlicher Typ wie Bob Corcoran? Weinen? Patrick war sich nicht mal sicher, ob ein Kerl wie Bob überhaupt wusste, wie das ging. Nichtsdestotrotz saß er vor ihm und befand sich offenbar am Rande eines echten Tränenausbruches. Selbstverständlich hatte der exzessive Alkoholkonsum das Ganze beschleunigt, aber Patrick war immer fest davon ausgegangen, dass höchstens ein Zug von einer verdammten Crackpfeife seinen Schwiegervater zum Weinen bringen konnte.

»Bob, ich ...«

Bob platzierte seine fleischige Pranke auf Patricks Schulter und drückte fest zu. Der Damm brach. Tränen rollten die Wangen hinab in seinen Bart. »Sie ist noch bei mir, weil es dich gibt.«

Jetzt fehlten Patrick die Worte nicht mehr. »Sie ist bei dir wegen mir *und* ihr. Sie hat mir genauso den Arsch gerettet wie ich ihr.«

Bob zog die Hand von Patricks Schulter und wischte sich die Augen. »Echt wahr?«

Die Lamberts hatten den Corcorans erzählt, wie Amy Maria Fannelli ein Küchenmesser an die Kehle gedrückt und deren Leben vor den Augen Arty Fannellis gegen das ihrer eigenen Familie gesetzt hatte. Unglücklicherweise war die Drohung nach hinten losgegangen und hatte Schüsse zur Folge gehabt – Arty hatte sowohl auf Amy als auch auf seine eigene Adoptivmutter gefeuert. Dank Patrick, der wenige Augenblicke später aufgetaucht war, hatte Amy die Schussverletzung überlebt; ihr Mann hatte Arty und Jim in einer derart brutalen Raserei außer Gefecht gesetzt (Jim war an Ort und Stelle gestorben, Arty hatte mit viel Glück überlebt), dass es Patrick häufig beim Gedanken daran schauderte und er sich gelegentlich ernsthaft fragte, ob er diese Dinge wirklich und wahrhaftig anderen menschlichen Wesen angetan hatte.

Doch jetzt ließ er seinen Geist an einen finsteren Ort abschweifen, den er um jeden Preis zu meiden versuchte. Er stand, im Gilley's, kurz davor, seinem Schwiegervater etwas zu enthüllen, was er noch niemandem erzählt hatte. Amy würde schwer angepisst sein, aber das war nicht zu ändern. Es war unvermeidlich. Ja, er war angeheitert, aber nicht besoffen wie Bob. Und Patrick glaubte fest – jedenfalls glaubte sein berauschter Schädel es –, dass Bob erfahren musste, was seine Tochter getan hatte: dass ohne Amy wahrscheinlich die ganze Familie tot wäre. Am Ende mochte es Patrick gewesen sein, der die wirklich grässliche Arbeit erledigt hatte, aber Amy hatte ohne den allergeringsten Zweifel einen nicht unerheblichen Teil davon übernommen und etwas getan, das viele für sogar noch grässlicher halten würden – die meisten Männer jedenfalls.

»Wenn Amy nicht gewesen wäre, hätte ich diese beiden Kerle niemals außer Gefecht setzen können«, sagte Patrick.

Bob nahm die Hand von den Augen, kippte sein Bier runter und unterdrückte ein Rülpsen. »Du meinst, als sie das

Messer gezogen und gedroht hat, die Mutter umzubringen?«, sagte er.

»Nein – ich meine das davor.«

Bob runzelte fragend die Stirn.

Patrick nahm einen kräftigen Schluck Bier und wog erneut seine Entscheidung ab, Bob einzuweihen.

Scheiß drauf.

»Sie hat einem der Brüder eine große, metallene Nagelfeile in die Eier gerammt. Dadurch konnte sie sich aus seiner Gewalt befreien.«

Bob entglitten die Gesichtszüge.

Patrick lehnte sich auf seinem Hocker zurück und wappnete sich für die wie auch immer ausfallende Reaktion … und sie ließ verdammt lange auf sich warten, zur Hölle noch mal.

Und dann, endlich, Gott sei Dank, ein ungläubiges Lächeln. »Sie hat *was* getan?«, polterte er los.

Patrick war extrem erleichtert darüber, dass die Information bei Bob anscheinend Entzücken statt Entsetzen auslöste. Dennoch hielt er es für nötig, sich zu ihm vorzubeugen, um ihm höflich, aber entschieden zu bedeuten, leiser zu reden. Bob Corcoran verkörperte in jeder Hinsicht das fleischgewordene Gegenteil von Subtilität und Feinsinn, und dies war wahrlich keine Unterhaltung, die für ein größeres Publikum taugte. Patrick legte flüchtig einen Finger auf die Lippen und vollführte dazu eine Beschwichtigungsgeste. »Nicht so laut, Bob. Das wissen noch nicht mal die Medien.«

»Warum hat sie mir nichts davon erzählt?«

»Vermutlich gehört das zu den Dingen, mit denen man den eigenen Vater verschont, wenn es sich vermeiden lässt.«

»Ich will alles wissen.« Bob strahlte, und Patrick spürte, wie angesichts des plötzlichen Interesses seines Schwiegervaters, der nach einem umfassenden Bericht der grausigen Vorkommnisse regelrecht zu gieren schien, leichtes Unbehagen in ihm aufstieg. Aber schließlich war seine Neugier berechtigt, und seine Reaktion auf die vorangegangene Auskunft hätte weitaus schlimmer ausfallen können.

Also berichtete Patrick so viel wie möglich mit so wenigen Einzelheiten wie möglich. Schließlich war Patrick sich sicher, dass Bob, trotz des geäußerten Verlangens, »alles« wissen zu wollen, und trotz des unverhohlenen Stolzes auf die Arschtritt-Begabung seiner Tochter, *nicht* in sämtlichen Details davon in Kenntnis gesetzt werden wollte, wie Amy gezwungen wurde, Jim Fannelli einen zu blasen. Wie sie insgeheim beabsichtigt hatte, ihm den Schwanz abzubeißen, und dieser Plan schrecklich nach hinten losgegangen war. Wie Amy dann mit Gewalt entkleidet und über eine Kommode gedrückt wurde, wo ihr die rettende Nagelfeile entgegengeklappert war und sich geradezu auf magische Weise angeboten hatte, in besagtem Hodensack versenkt zu werden. Was Patrick Bob hingegen mit großem Vergnügen erzählte, war die Tatsache, dass Amy Jim, nachdem dieser mit den Händen vor seinen gepeinigten Eiern zusammengeklappt war, eine schwere Lampe auf den Schädel gedonnert und ihm so »das Licht ausgeblasen« hatte.

Bob warf den Kopf zurück und bellte ein Lachen hervor, das die übrigen Gäste heftig zusammenzucken ließ. Er gab Patrick einen mächtigen Klaps auf die Schulter. »Und dann?«

Patrick zuckte die Achseln. »Den Rest *kennst* du doch. Sie ging die Treppe runter ins Erdgeschoss, hielt der Mutter das Messer an die Kehle ...«

»Und fing sich eine Kugel ein«, vollendete Bob ausdruckslos. Sein Grinsen war verschwunden.

Patrick nickte bedächtig und war verwirrt. Er konnte die abrupte Stimmungsschwankung seines Schwiegervaters nicht recht deuten. *Höre ich da etwa eine Anklage raus,* dachte Patrick. *Nach den überschwänglichen Dankbarkeitsbekundungen von vorhin?*

»Das stimmt«, sagte Patrick.

»Und dann hast du die Bühne betreten.«

Patrick nippte an seinem Bier und nickte.

»Du warst oben im ersten Stock?«

»Genau. Ich war an einen Stuhl gefesselt. Carrie hat mich losgeschnitten. Wir *alle* waren in jener Nacht Helden, Bob. Ich, Amy *und* die Kinder.«

»Du wurdest also befreit, bist dann runtergekommen und …?«

Bob kannte diesen Teil der Geschichte bereits in so gut wie allen Einzelheiten, doch ähnlich wie bei der Erinnerung an ein unvergessliches Rendezvous würde eine zweite – und aller Voraussicht nach dritte, vierte und immer so weiter – Schilderung diese zweifellos grässlichen Ereignisse zu einer kinotauglichen Heldentat verklären. Patrick gefiel das ganz und gar nicht. Alles spielte sich in seinem Kopf aufs Neue in einer grausamen Klarheit und Schärfe ab, gegen die weder die seither vergangene Zeit noch der Alkohol etwas ausrichten konnten – bis hin zu den allerletzten Blutspritzern und Fleischfetzen auf seinem Gesicht, als er einen Mann getötet und einen anderen schwer verwundet hatte. Seine Hoffnung, jenen dunklen Ort meiden zu können, verblasste. Er musste dieses Gespräch dringend zu einem Ende führen. Er hatte von Amys heldenhaftem Einsatz erzählt, das musste reichen.

Bob stieß ihn leicht gegen den Oberarm. »Und …?«

Patrick nahm einen tiefen Atemzug, ließ die Luft langsam wieder entweichen und sagte so leise, dass es einem

Flüstern nahekam: »Und dann habe ich mich um den Kerl gekümmert.«

»Um die *beiden* Kerle«, korrigierte Bob. Erneut schien er stolz zu sein. Stolz auf seinen Schwiegersohn.

»Nun ja, nicht gleichzeitig. Eher einen nach dem anderen.«

»Wie hast du es angestellt?«, fragte Bob.

»Was?«

»Wie hast du sie erledigt?« Er schlug mit den Fäusten spielerisch ein paar Haken in die Luft, wobei er beinahe von seinem Barhocker purzelte.

Patrick streckte einen Arm aus, um ihn aufzufangen. »Das weißt du doch schon, Bob. Das ganze *Land* scheint es zu wissen, zur Hölle noch mal.«

Bob lächelte. »Ja, aber von Amy und der Nagelfeile in den Eiern wusste niemand was …«

Patrick seufzte zum wiederholten Male. »Ich hab den einen erstochen und den anderen niedergeschossen«, sagte er knapp.

Bob neigte den Kopf. Die enttäuschte Miene auf seinem freundlichen Gesicht ließ keinen Zweifel daran, dass er nach mehr verlangte. *»Komm schon …«,* gurrte er.

Erzähl ihm was, Patrick. Himmel, liefere ihm irgendwas, sodass wir diesen Kram endgültig eintüten können.

Patrick beugte sich vor und flüsterte: »Einem hab ich die Nase abgebissen.«

Bobs versoffene Schlitzaugen weiteten sich. »Du hast *was*?«

Patrick warf einen schnellen Blick in die Runde, um sicherzustellen, dass niemand sie beobachtete, bevor er sein Hemd hochzog und die quer über seinen Unterleib verlaufende dicke rotblaue Narbe präsentierte. Bobs Augen fokussierten sie, als handelte es sich um ein Paar malerischer Möpse.

»Man hatte gerade auf mich eingestochen; ich war mit Adrenalin vollgepumpt ... also habe ich mir den Typen einfach gegriffen, seine Nase abgebissen, ihn zu Boden geworfen und erschossen.«

»Lieber Gott ...«

Lass es jetzt gut sein, Bob. Bitte.

»Ich denke, du könntest einen Drink vertragen«, sagte Bob.

Patrick hob sein Bier in die Höhe. »Bin versorgt.«

»Einen *echten* Drink. Einen Drink, mit dem ich dir angemessen Respekt dafür zollen kann, dass du das Leben meiner Tochter gerettet hast.«

Bobs laute Stimme sorgte dafür, dass Patrick ein Schauer über den Rücken fuhr. Er scannte rasch den Raum, um zu sehen, ob ihn jemand gehört hatte. Abgesehen von ein paar Einheimischen, die an der Bar herumhingen, sowie einem groß gewachsenen Mann, der alleine vor seinem Bier an einem Ecktisch saß, war der Laden ziemlich leer. Niemand schien mitgehört zu haben.

Patrick brachte seinen Mund an Bobs Ohr. »Na schön – ein letzter Drink. Dann bringe ich uns nach Hause«, sagte er leise.

Bob schlug mit der flachen Hand auf den Tresen und orderte lautstark zwei Gläser Whiskey. Der Barmann streifte Patrick mit einem flüchtigen Blick, auf den Patrick ein kaum merkliches Nicken erwiderte. Der Barkeeper zuckte mit den Schultern und schenkte ihre Schnäpse ein.

Bob zückte ein Bündel Scheine.

»Das übernehme ich, Bob«, sagte Patrick, hob eine Gesäßhälfte vom Hocker und griff nach seiner Geldbörse.

Mit der Grazie eines Gorillas schlug Bob seine Hand weg. »Nichts da. Du bist in *meiner* Stadt. Dein Geld ist hier nichts wert.«

Patrick legte keinerlei Einspruch ein.

Lass ihn zahlen. Wir kippen das Zeug zügig und verduften. Apropos …

»Kann ich bitte die Wagenschlüssel haben, Bob?«

Bob sah ehrlich erstaunt drein. »Weshalb?«

Es war unmöglich, einem Mann vom Schlage Bob Corcorans beizubringen, dass er zu besoffen zum Autofahren war. Ihm mitzuteilen, er habe einen kleinen Penis, hätte wohl weitaus weniger schlimme Folgen gehabt. Patrick war diese Tatsache bewusst. Er wägte die richtige Antwort ab und entschied sich für: »Weil du mehr getrunken hast als ich.«

Bob grinste. »Den Weg von Gilley's nach Hause finde ich verkackt noch mal mit geschlossenen Augen.«

Patrick gluckste und wählte eine weniger offensive Variante. Während seiner Zeit an der Penn State hatte er als Türsteher gearbeitet, weshalb er aus eigener Erfahrung wusste, dass es in der Regel vergebliche Mühe war, mit einem Besoffenen zu diskutieren. »Das glaube ich gern, aber wenn man uns anhält und kontrolliert …«

Bob schüttelte grinsend seinen Kopf. »Wir nehmen die Woodmere; da passiert uns nichts.«

Der Barmann brachte die Drinks, und Bob nutzte die Ablenkung, um die Debatte zu beenden. Er langte nach einem der Schnäpse, reichte ihn Patrick und grapschte sich dann seinen eigenen, wobei er sich etwas davon über die Hand schüttete. Er hob feierlich das Glas. »Auf meinen Schwiegersohn!«

Patrick zog ihn wieder näher zu sich heran. »Belass es dabei, okay, Bob? Du erzählst nichts über Amy oder das, was passiert ist.«

Bob zuckte die Schultern und wiederholte dann lauter: *»Auf meinen Schwiegersohn!«*

Patrick hatte nicht vor, abzuwarten, ob es Bob wirklich dabei belassen würde. Er hob sein Glas und kippte den Kurzen in einem Zug hinunter.

Bob schluckte den seinen, keuchte und knallte das Glas dann auf den Tresen. Er drehte sich zu Patrick und umarmte ihn schraubstockfest, was Patrick beinahe den Hockern unter dem Hintern wegzog. »Danke, mein Sohn«, wisperte er ihm ins Ohr. Und dann, nachdem er ihn aus den Armen entlassen hatte, umschlossen beide Hände Patricks Gesicht, als wollte er es zu einem Kuss an seines heranziehen: »Danke, mein Sohn.«

Bob Corcoran hatte Patrick *seinen Sohn* genannt – etwas, das er noch nie zuvor getan hatte. Schwiegersohn ja, aber niemals schlicht und einfach Sohn. Patrick war klar, dass Bob ordentlich einen im Kahn hatte, aber ebenso erkannte er wahre Dankbarkeit und Aufrichtigkeit, wenn sie ihm über den Weg liefen. Das machte es ihm noch schwerer, darauf zu reagieren; auf einmal hatte sich ein dicker Kloß in seinem Hals gebildet. »Gern geschehen«, brachte er heraus. Patrick ließ einen kurzen Augenblick verstreichen, bevor er ein neckisches Grinsen aufsetzte. »Also ... bekomme ich jetzt bitte die Wagenschlüssel ... *Dad?*«

Bob musterte ihn eindringlich.

Patrick wusste, dass er ihn so gut wie breitgeschlagen hatte, und daher fügte er – in der haarsträubenden Stimmlage, die Amy sowohl verabscheute als auch liebte – ein paar Zeilen von Harry Chapins »Cat's in the Cradle« hinzu, mit besonderer Betonung der Worte *Dad* und *geliehene Wagenschlüssel*, um seinen Widerstand ein für alle Mal zu brechen.

Schließlich ließ Bob ein herzliches Lachen ertönen und gab sich geschlagen. Er wühlte in seiner Tasche herum und händigte die Schlüssel aus. »Du bist ein Prachtkerl, mein Junge«, sagte er. »Aber versprich mir bitte, das Singen einzustellen.«

»Jawohl – du bist eindeutig Amys Vater.«

Beide Männer lachten und erhoben sich dann von ihren Barhockern. Bob stieß seinen um und lachte noch mehr. Patrick hob den Hocker auf, dankte dem Barmann und geleitete seinen schwankenden Schwiegervater aus dem Gilley's.

John Brooks saß alleine an einem Ecktisch. Er hatte die komplette Unterhaltung zwischen Bob Corcoran und Patrick Lambert mit angehört: Zuvor hatte er dort, wo die zwei Männer gesessen hatten, eine Wanze unter der Kante des Tresens installiert. Er hatte das Gerät dorthin geschmuggelt, als Patrick zur Toilette gegangen und Bob damit beschäftigt gewesen war, den Fernsehbildschirm anzubrüllen, unmittelbar nachdem die Admirals ihr erstes und einziges Tor geschossen hatten.

Zunächst fiel der Ertrag ihrer Konversation spärlich aus. Und auch wenn es um bedeutendere Dinge gegangen wäre, hätte kaum etwas davon den Weg in Johns so gut wie unsichtbare Ohrstöpsel gefunden. Der Lärm der Gäste fungierte wie ein Störsignal. Doch das war nicht so schlimm. Dadurch hatte er Zeit, die beiden eingehend zu studieren; ihre Körpersprache zu analysieren; ihre Gewohnheiten zu beobachten. Schwachpunkte zu entdecken.

Als sich die Menge nach dem Spiel allmählich ausdünnten, hörte und sah John alles: der dem Weihnachtsmann gleichende Trottel, dem vor Stolz der Sabber aus dem Mund lief, als Patrick ihm erzählte, wie dessen Drecksfotze von Tochter seinem Sohn eine Nagelfeile in die Eier gerammt hatte. Wie Patrick danach seinem Sohn die Nase abgebissen und ihn dann erschossen hatte. Wie er wiederholt auf Arthur eingestochen hatte.

John registrierte Angst bei Patrick, als dieser von den Geschehnissen jener Nacht berichtete. Sie war nicht unbedingt an seiner Stimme zu erkennen, sondern an der Art und Weise aus, in der er auf seinem Hocker herumrutschte, während er redete. Es löste offensichtlich nicht das geringste Vergnügen, geschweige denn ein Gefühl von Stolz auf seine Taten in ihm aus, die Tragödie erneut zu durchleben. Und das war gut. Es war eine Schwachstelle. Es belegte die Existenz eines Gewissens. John Brooks kannte Begriffe wie »Schuld« und »Reue« nur aus dem Kreuzworträtsel.

»Haben Sie noch einen Wunsch?«, fragte die Kellnerin.

John schüttelte den Kopf und gab ihr zwei Zwanziger. Mehr als genug. »Behalten Sie den Rest.«

»Danke, Schätzchen.«

Er wartete, bis die Bedienung wieder im hinteren Bereich verschwunden war, bevor er aufstand und zu Bobs Barhocker hinüberging. Der Barkeeper wischte gerade die Theke sauber.

»Der verpasst nie ein Spiel, nicht wahr?«

Der Barmann schaute auf. »Wer, Bob? Keine Chance. Mag es regnen, graupeln oder schneien.«

John lächelte ihn an. Der Barmann wandte sich um und wischte den gegenüberliegenden Teil des Tresens. John griff unter die Kante der Bar, entfernte die Wanze und starrte sie mit mühsam unterdrückter Wut an, als wäre das kleine Gerät auf seinem Handteller nicht Übermittler, sondern Verursacher all der Abscheulichkeiten und Gräueltaten, die er heute Abend vernommen hatte.

Als er ging, ignorierte er den Abschiedsgruß des Barmannes.

John Brooks saß auf dem Parkplatz des Gilley's in einem verbeulten, im Leerlauf vor sich hin tuckernden Dodge Dakota, den er sofort nach seiner Ankunft in Harrisburg gekauft und bar bezahlt hatte. Er spielte nochmals das Gespräch zwischen Patrick und Bob auf dem kleinen tragbaren Gerät ab, mit dem er es aufgenommen hatte. Als die Stelle kam, an der Amy seinem Sohn eine Nagelfeile in die Eier stach, spulte John zurück und spielte sie erneut ab. Er lauschte, drückte unverzüglich die Rückspultaste und hörte es sich erneut an. Beim vierten Mal verlor John Brooks für einen Moment die Beherrschung und drückte zu, bis das Gerät in seiner Hand zersplitterte und sich ein scharfrandiges Plastikstück tief in seine Handfläche bohrte. Er schmiss den kaputten Apparat auf den Wagenboden, zog die Plastikscherbe jedoch nicht aus seiner Hand, sondern trieb sie *tiefer* in sein Fleisch, drehte sie in der Wunde, quälte seine Nervenenden. Der Schmerz tat gut; er gab ihm ein Gefühl von Kontrolle zurück. Er stieß das Plastik kräftiger hinein. Warmes, klebriges Blut strömte seinen Arm hinab und ließ seinen Ärmel wie Frischhaltefolie an seiner Haut kleben.

John Brooks, dem es jetzt deutlich besser ging, zog die Kunststoffscherbe aus seiner Hand, wischte sich die blutverschmierte Innenfläche an seiner Jeans ab und schnippte die Scherbe aus dem Fenster wie einen Zigarettenstummel. Während er vom Parkplatz der Kneipe fuhr, summte er »Cat's in the Cradle« vor sich hin.

18

Patrick spürte, wie Amy sich rittlings auf ihn setzte, aber er weigerte sich, die Augen zu öffnen. Er wusste, dass ihn der Anblick eines verschlagenen Grinsens erwarten würde, gefolgt von sehr laut gesprochenen Worten, die ihn aus dem Bett treiben würden, in dem er seinen Kater pflegte.

»Ich weiß, dass du wach bist«, sagte sie.

Eines seiner Lider hob sich in qualvoller Langsamkeit. »Lass mich bitte in Frieden sterben.«

»Was ist los mit dir, Baby?«, rief sie.

Das Auge klappte wieder zu. Er zog eine Grimasse und stöhnte.

Sie hüpfte auf seiner Brust auf und ab. »Aufwachen, Schlafmütze!«

Diesmal öffneten sich beide Augen. »Warum hasst du mich?«

Ihr Grinsen war so breit wie das einer Zeichentrickfigur. »Guten Morgen, Liebster. Wie geht es dir?«

»Du weißt *genau*, wie es mir geht. Wie spät ist es?«

»Fast zehn. Ich hab dich ausschlafen lassen.«

»Danke. Wäre bis elf noch drin?«

»Mein Dad ist seit sechs auf.«

»Was? Er war gestern Abend *hackedicht*. Wie zum Geier hat er es so früh aus den Federn geschafft?«

»Um sechs aus den Federn und bis sieben mit Carrie und Caleb gespielt.«

»Dieser Mann ist monströs. Er hat doppelt so viel gesoffen wie ich, und ich fühl mich wie ausgeschissen.«

»Tja, auch wenn ich keineswegs stolz darauf bin, ist mein Vater das, was man einen kontrollierten Alkoholiker nennt.«

»Letzten Abend ist ihm die Kontrolle allerdings irgendwie entglitten. Er wollte am Ende noch fahren.«

Amy ließ eine Sekunde lang den Kopf hängen. »Ja ... so ist er eben. Ihm die Schlüssel abzunehmen, ist das Gleiche, wie ihm die Männlichkeit zu rauben.«

»Es ist gefährlich. Er war wirklich volltrunken, Amy. Ich meine, ich gebe zu, dass ich selber nicht mehr besonders nüchtern war, weshalb ich mich nicht allzu weit aus dem Fenster lehnen will, aber sich vorzustellen, wie er sich in seinem Zustand hinters Steuer setzt ...«

Amy rollte von Patrick herunter und legte sich auf ihre Seite des Bettes. Sie schien keine andere Antwort parat zu haben als: »Ich weiß.« Nach einem kurzen Moment des Schweigens, der von Patrick aus gesehen gerne eine Ewigkeit hätte andauern können, fragte sie: »Wie hast du es *geschafft*, an seine Schlüssel zu kommen?«

Patrick wälzte sich auf die Seite, um ihr ins Gesicht schauen zu können. »Ich habe ihm was vorgesungen.«

»Mein *Gott*. Kein Wunder, dass er kapituliert hat. Armer Daddy.«

»Es hat funktioniert, oder?«

»Hat dir der Abend wenigstens Spaß gemacht?«

»Und wie. Es war wirklich toll. Gegen Ende entwickelten sich die Dinge allerdings ein bisschen in die ernste Richtung.«

»Ich dachte, die Bears hätten gewonnen?«

»Nein, ich meine zwischen mir und deinem Dad.«

Amy sah ihren Mann neugierig an und stützte sich auf einen Ellenbogen. »Inwiefern?«

Patrick hatte nicht die Absicht, Amy zu gestehen, dass er ihrem Vater Einzelheiten über Crescent Lake offenbart hatte, die eigentlich tabu waren. Sicher, er war aus gutem Grund in Sorge, dass Bob in Zukunft irgendwann mal zu viel aus der Lippe fallen ließ, wenn er einen über den Durst getrunken hatte. Den Kopf darüber zerbrechen wollte er sich gegenwärtig jedoch nicht, nicht zuletzt weil sich dieser sowieso schon anfühlte, als stecke er in einem Schraubstock.

»Er wurde irgendwann sehr emotional bezüglich dessen, was uns zugestoßen ist. Er hat sich bei mir dafür bedankt, dein Leben gerettet zu haben. Ich habe ihm gesagt, dass du meines genauso gerettet hast wie ich deines. Das gefiel ihm. Er hat geweint.«

»Mein Vater hat *geweint*?«

»Wie ein Schlosshund. Er hat mich sogar ›seinen Sohn‹ genannt. Zweimal. Da war ich selbst ziemlich gerührt.«

»Ooh, Liebling ...« Sie kuschelte sich an ihn und küsste ihn auf die Nasenspitze. »Pass auf, ich lass dich bis elf in Ruhe, dann müssen wir los. Caleb hat morgen einen frühen Termin bei Dr. Bogan.«

»Du kannst dir nicht vorstellen, wie sehr ich dich liebe.«

Sie lachte, gab ihm einen neuerlichen Kuss auf die Nase und verließ das Zimmer. Eine Minute später schnarchte Patrick.

19

John Brooks saß auf der Kante des Motelbettes, ein Mobiltelefon in der einen, den Spielplan der Hershey Bears in der anderen Hand. Er wählte die Nummer seiner Tochter.

»Hallo?«

»Ich bin's. Es sieht gut aus. Du musst heute Abend spätestens um sieben hier sein.«

»Du klingst ungeduldig.«

»Ich bin ungeduldig«, antwortete er.

Sie lachte. »Siehst du? Ich hab dir gesagt, dass es lustig wird.«

Er gestand es mit dem von ihm gewohnten Grunzen ein.

Sie lachte erneut. »Heute Abend um sieben.«

John legte auf und überprüfte den Verband an seiner rechten Hand. Die Wunde, die er sich letzte Nacht zugefügt hatte, war nach wie vor frisch und feucht. Plötzlich loderte die Wut wieder in ihm auf. Er ballte die Hand so fest zur Faust, dass Blut zwischen seinen klotzigen Knöcheln hervorsuppte. Er öffnete die Hand, begutachtete ein weiteres Mal den Bears-Spielplan und beschmierte diesen mit Blut. Sein Zorn legte sich schließlich, als er sich ausmalte, Bob Corcoran das blutige Papier heute Abend fressen zu lassen.

20

Monica verließ Gilley's Tavern und zündete sich eine Zigarette an. Sie schob sich das Filterende zwischen ihre vollen Lippen und schlug mit beiden Händen ihren Mantelkragen hoch, um ihren Hals vor der Kälte zu schützen.

Zehn Meter entfernt wartete John Brooks unruhig in dem neuen, im Leerlauf befindlichen BMW seiner Tochter. In dieser Umgebung wäre der jüngst erworbene Dodge Dakota, der aussah, als wäre er einen Berghang hinuntergestürzt, weit unauffälliger gewesen, doch die Aktion des heutigen Abends verlangte nach dem funkelnagelneuen BMW: Er sollte die bedeutende Rolle des Köders spielen.

John drückte auf die Hupe. Sie nickte Richtung Auto, nahm einen letzten Zug von ihrer Zigarette und schnippte sie auf den Boden, wo sie orange aufglühte und dann verglomm. Sie schlenderte entspannt zum Wagen und stieg ein.

»Er hat mir einen Drink spendiert«, sagte sie, nachdem sie die Tür zugezogen hatte.

»Ach ja?«

Sie feixte und machte eine verächtliche Geste. »Der alte Lustmolch.«

»Wie lange geht das Spiel noch?«

»Nicht mehr lange. Er ist bereits ziemlich abgefüllt. Wenn er danach noch ein paar kippt …«

»Das wird er – besonders dann, wenn die Bears gewinnen.«

»Schätze, die können nicht mehr verlieren. Als ich gerade rausgegangen bin, hatten sie Adirondack ohne Gegentreffer bereits sechs Tore eingeschenkt.«

John gestattete sich ein schmales Lächeln. »Perfekt.«

Kurz nach Mitternacht torkelte Bob Corcoran endlich aus Gilley's Tavern. John stieß seine Tochter an. Monica setzte sich auf, augenblicklich hellwach.

»Wird auch langsam Zeit, verflucht«, sagte sie.

Vater und Tochter beobachteten ihr vollgetanktes Zielobjekt dabei, wie es sich schlingernd seinen Weg zu einem blauen Ford Taurus bahnte. Bob kramte nach seinen Schlüsseln, ließ sie fallen, bückte sich und kippte beinahe vornüber, als er sie aufklaubte.

»Stockbesoffen«, sagte Monica.

John nickte, legte den Rückwärtsgang ein und fuhr mit quietschenden Reifen vom Parkplatz. Sie brauchten mindestens zwei Minuten Vorsprung, um die Vorbereitungen zu treffen.

Monica sah ihren Vater aus dem Augenwinkel neckisch an. »Wollen wir nur hoffen, dass er die Woodmere nimmt, der alte Mann.«

John konterte mit einem giftigen Seitenblick. Er kannte Typen wie Bob Corcoran nur zu gut – Alkohol und Autofahren waren für einen solchen Mann kein Widerspruch. Und er hätte auch nicht im Traum daran gedacht, gelegentlich ein nullprozentiges Getränk dazwischenzuschieben. Es war, wie es war: Man soff, weil man eben soff, und irgendwann musste man nach Hause. Wer fährt, bleibt nüchtern? Leckt mich. Ich komme sehr gut alleine klar, heißesten Dank.

Man durfte ruhig betrunken sein, solange man nicht *dämlich* war und den schnellsten Heimweg über die Hauptstraße mit Dutzenden von Straßenlaternen und einem Bullen hinter jeder Kurve nahm, der scharf darauf war, seine Quote zu erfüllen. Der clevere Trinker wählte die längere Strecke die Woodmere Road runter ... wie Bob es schon letzten Abend mit seinem Schwiegersohn geplant hatte.

Unmittelbar nach seinem Aufenthalt im Gilley's hatte John einen Gutteil der vorigen Nacht damit verbracht, sich mit der Woodmere vertraut zu machen. Er hatte schnell herausgefunden, dass der Reiz, den die Straße auf betrunkene Fahrer ausübte, ein geradezu klassisches Beispiel für ein Paradoxon darstellte: Sie war eng, holprig und von schroffen, bewaldeten Böschungen gesäumt, und auch mit Fernlicht entsprach die Fahrt einer Höhlenwanderung mit nichts als ein paar Streichhölzern. John Brooks waren bei seinen fünfzehn Testfahrten exakt *null* Autos begegnet, und schon gar keine Verkehrspolizei. Kein Streifenwagen, der sich in einer dunklen Ecke versteckte. Und das ergab auch durchaus Sinn: Warum sollte man in einem fischfreien See angeln wollen?

Um wirklich auf Nummer sicher zu gehen, hatte er heute zehn weitere Durchläufe absolviert. Dabei hatte er lediglich zwei Autos überholt, die beide am helllichten Tag das Tempolimit um gute zehn Stundenkilometer unterboten hatten.

Daher *hoffte* er nicht, wie seine Tochter gescherzt hatte, dass Bob Corcoran die Woodmere nahm. Er war sich dessen absolut sicher.

»Wie traurig es ist, wenn der größenwahnsinnige Lehrling meint, den Lehrmeister überflügelt zu haben«, sagte er zu ihr.

»Nicht annähernd so traurig wie der hoffnungslos altmodische Lehrmeister, der die Tatsache nicht akzeptieren kann, dass der Setzling letztendlich denjenigen überragen wird, der ihn gepflanzt hat«, entgegnete sie schlagfertig.

»Träum weiter, kleiner Setzling.«

Sie grinste ihn an.

Er trat das Gaspedal durch und konnte sich seinerseits ein Grinsen nicht verkneifen. Es war wie Weihnachten.

21

Bob Corcoran nahm die Woodmere Road, wie er es in den letzten zig Jahren jeden Abend gemacht hatte, wenn er in Gilley's Tavern gewesen war. Sowohl in vollem als auch nüchternem Zustand – und er war in der Tat sternhagelvoll – kannte er jede noch so dezente Straßenbiegung, jede Erhebung, jedes verrottete Verkehrsschild beim Vornamen, kannte jede nicht einsehbare Kurve, die schneller als mit dreißig Stundenkilometern zu passieren nicht mal sein unerschütterlicher Säufer-Hochmut zuließ, wie seine Westentasche. Was Bob hingegen ganz und gar nicht erwartet hatte, war ein Wagen mit eingeschaltetem Warnblinklicht, der zwanzig Meter vor ihm am Rande einer Böschung stand. Und *niemals* hätte er mit einem brandneuen BMW gerechnet.

»Wie eine Nonne im Puff«, sagte er laut.

Zunächst zögerte er, in seinem besoffenen Zustand anzuhalten, doch als eine junge Frau – noch dazu der schärfste Feger, dem seine alten Augen je begegnet waren – von dem Auto wegtrat und ihn heranwinkte, hielt er am rechten Straßenrand an.

Monica ließ ihrem Vater den Vortritt; schließlich hatte er die Sache so passgenau eingefädelt. Sie beobachtete, wie der blaue Taurus verlangsamte, um schließlich wenige Meter vor ihrem BMW zum Stillstand zu kommen, und wartete darauf, dass Bob Corcoran ausstieg.

»Sie sind *eindeutig* zu weit vom rechten Pfad abgekommen, junge Dame!«, rief er, als er sich aus dem Wagen wuchtete. Er näherte sich schwankend, und die Warnblinker von Monicas Auto ließen dabei rhythmische Schnappschüsse eines bärtigen Lächelns aufblitzen. »Augenblick mal«, sagte er und kratzte sich den Bart. »Sie waren vorhin im Gilley's, oder?«

»Ach ja?«

Bob strich sich erneut durch den Bart und lächelte verschmitzt. »Ma'am, seien Sie gewiss, dass ich ein Gesicht wie das Ihre unter Garantie nicht vergesse«, sagte er.

Monica trat näher, ins Licht hinein. »Das ist sehr reizend.«

»Na ja, wissen Sie, eine Frau, die so attraktiv ist wie Sie, vergisst man nicht so leicht, Ma'am.« Er sah zu ihrem Wagen hinüber. »Ich nehme an, Sie haben sich verfahren? Leute mit 'nem 5er-BMW donnern höchst selten hier lang.«

Monica lehnte sich gegen ihr Gefährt. »7er«, sagte sie.

»Was?«

»Es ist ein 7er. Aber es hätte mich auch überrascht, wenn ungebildeter weißer Unterschichts-Abschaum wie du das unterscheiden könnte.«

Bobs Lächeln verblasste. Er blinzelte wiederholt. »Verzeihung?«

Monica zuckte die Achseln. »Ich habe dich als ungebildeten weißen Abschaum bezeichnet. Darüber hinaus wird deine Gemahlin nicht gerade begeistert darüber sein, dass du eine Frau anmachst, die halb so alt ist wie du. Wie fändest du es, wenn mein Vater Amy anbaggern würde?«

Die Verwirrung, die sich auf Bob Corcorans Zügen abzeichnete, schien sein alkoholbenebeltes Hirn bis an den Rand eines Kurzschlusses zu bringen. Insbesondere, als Monica

Amys Namen fallen ließ. Er setzte zu sprechen an, aber John legte ihm jäh eine Hand auf die Schulter und riss ihn herum.

»Keine schlechte Idee«, sagte John. »Ich könnte zu Ende bringen, was mein Sohn James angefangen hat.«

Bob war völlig überfordert. Betrunken oder nüchtern, Monica hatte fest damit gerechnet, dass Bob Corcoran ihren Vater mit vor Erstaunen offenem Mund und gerunzelter Stirn anstarren würde, während er angestrengt versuchte, die Puzzleteile zusammenzufügen. Die Tatsache, dass er betrunken war, zog diesen Moment der Verwirrung nur in die Länge.

John schlug ihm ins Gesicht.

Der Hieb brachte Bob ins Wanken. Er hielt das Gleichgewicht, sammelte sich rasch und holte zu einem rechten Schwinger aus, dem John ohne Mühe auswich. Die Wucht seines Schlages holte Bob beinahe von den Füßen.

»Hoppla!«, sagte John.

Monica lachte.

Knurrend drehte Bob sich um und griff John erneut an, indem er sich ihm mit dem Kopf voran auf Hüfthöhe entgegenstürzte. Er hätte größere Chancen gehabt, eine Steinmauer zu durchbrechen. John stand einfach da und ließ den betrunkenen Mann von seinem massigen Körper zurückprallen. Monica lachte wieder. John warf ihr einen amüsierten Blick zu, bevor er Bob hochriss und ihn mit seinem rechten Arm in den Würgegriff nahm.

Bob strampelte und schlug wild um sich, hatte damit aber ebenso viel Erfolg wie eine von einem Python umschlungene Ratte. Monica lachte weiter. Sie spürte, wie das vertraute Kribbeln ihren Unterleib wärmte.

»Bob?«, sagte John mit ruhiger Stimme in sein Ohr. »Bob, halt still. Wenn du nicht aufhörst, dich zu wehren, drehe ich dir den Hals um.«

Bob gab seinen Widerstand auf und keuchte heftig.

»Braver Junge. Ich will dich nicht verletzen, solange du mich nicht dazu zwingst.«

Bob presste unter dem Druck von Johns Unterarm eine Frage hervor. *»Was zur Hölle wollt ihr?«*

John atmete tief und bedächtig ein, bevor er antwortete. »Wir wollen Rache, Bob. Siehst du … Patrick, Amy, verdammt, sogar die kleine Carrie und der kleine Caleb – sie alle haben sich da draußen am Crescent Lake *wahrhaftig* mit der falschen Familie angelegt.«

Mit einem Schlag klärte sich das Bild zu unerträglicher Schärfe. Bob schrie, spuckte, trat aus und versuchte mit zu Klauen gekrümmten Händen vergeblich, Johns Gesicht zu fassen zu kriegen. Er kämpfte bewundernswert tapfer, doch John hielt ihn nach wie vor mühelos umklammert, und bald waren Bobs Reserven erschöpft. Völlig entkräftet gab er sich geschlagen und sackte in den Armen seines Angreifers zusammen. Monica gab ein neuerliches Kichern von sich, rührte sich jedoch nicht vom Fleck. Das hier war Sache ihres Vaters.

»Wir müssen die Dinge wieder ins Lot bringen, Bob«, sagte John. »Deine Fotze von Tochter und dein schwanzlutschender Schwiegersohn mögen *einmal* das unverschämte Glück gehabt haben, von einer Stippvisite in der Hölle zurückzukehren …« Er knirschte mit den Zähnen. »… aber das wird ihnen *todsicher* kein *zweites* Mal gelingen.« Er nahm Bob fester in den Schwitzkasten und drückte seine Lippen gegen dessen Ohr. »Weißt du noch was? Ich glaube, ich werde dem Vorschlag meiner Tochter folgen und Amy ficken. Und dann deine Frau.«

John gab Bob einen Kuss auf die Wange und brach ihm das Genick.

22

Wieder zu Hause träumte Patrick von einem Wecker, den er nicht abstellen konnte. Als sich Amys Ellenbogen, begleitet von einem durchs Kopfkissen gedämpften genervten Ausruf, der nach *»Geh ran!«* klang, zum zweiten Mal in seine Rippen bohrte, verließ Patrick schlagartig seine Traumwelt und stellte fest, dass der hartnäckige Traumwecker einen Komplizen in der Realität besaß: das Telefon. Er tastete blind auf seinem Nachttisch danach.

»Hallo.« Seine Stimme klang schwach und brüchig.

»Hi, Patrick. Tut mir leid, dass ich so spät noch anrufe.«

Wer war das? Amys Mutter?

»Audrey?«, sagte er.

Amy wälzte sich herum.

»Ja, entschuldigt den späten Anruf«, wiederholte sie, »aber Bob ist noch immer nicht zu Hause, und allmählich mache ich mir Sorgen.«

Patrick stützte sich auf einen Ellenbogen und schaute auf den Wecker. Die grünleuchtenden Ziffern waren verschwommen. Er blinzelte angestrengt, riss die Augen auf und sah erneut hin. Halb drei. Mitten in der Nacht.

»Vielleicht ging das Spiel in die Verlängerung«, sagte er und unterdrückte ein Gähnen. »Die Besitzer lassen ihn für gewöhnlich bis weit über die Sperrstunde hinaus bleiben. Hast du im Gilley's angerufen?«

»Ja, natürlich. Sie haben gesagt, er sei vor Stunden losgezogen.«

Patrick setzte sich auf und drückte den Lichtschalter. Er und Amy kniffen die Augen zusammen. Ein einziger Gedanke erfüllte jetzt seinen Kopf, und er fragte sich, ob Audrey ihn teilte. Wahrscheinlich war Untreue kein Thema für sie – in Audrey Corcorans wohlgeordneter Welt würde auch ein unmittelbar vor ihren Augen vollzogener Ehebetrug ebenso stillschweigend wie konsequent verdrängt, bis die Affäre sich auf wundersame Weise in Fiktion verwandelte –, und welche Alternative blieb dann noch übrig? Ja, Patrick war überzeugt davon, dass ihre Befürchtungen in dieselbe Richtung gingen. Was es ihm keinesfalls leichter machte, diese explizit anzusprechen, weshalb er das Telefon an Amy weiterreichte.

»Deine Mutter. Bob ist noch nicht zurück.«

Amy nahm das Telefon entgegen und richtete sich auf. »Mom?«

Amy hörte zu, sprach, hörte zu und sprach mit ruhiger und fester Stimme. Patrick beobachtete sie und dachte daran, wie der Kreislauf des Lebens sich schlussendlich vollendete. Nun hatte Amy die Mutterrolle übernommen; die Rolle der Versorgerin, den Posten derjenigen, die den Laden zusammenhielt. Andererseits hatte er schon seit jeher vermutet, dass Amy diese Rolle wohlbekannt war.

»Ruf die Polizei an, Mom«, sagte sie. »Es ist überhaupt nichts passiert, aber im Augenblick haben wir keine andere Wahl. Wahrscheinlich ist Daddy bloß in eine andere Kneipe gezogen, um nach dem Spiel weiter zu feiern.«

Patrick hätte gern gewusst, ob Amy selbst glaubte, was sie da sagte.

»Ruf einfach die Polizei an und erzähl ihnen, was du mir erzählt hast. Die kennen Daddy; ich bin sicher, dass sie ihn aufspüren werden.«

Das Telefonat ging eine Weile so weiter, und ab und an nickte Amy nachdrücklich, als könnte ihre Mutter sie sehen. »Es wird alles gut, Mom. Melde dich, sobald du was hörst. Daddy geht's garantiert prima.«

Sie legte auf und richtete den Blick auf Patrick, dem seine dunklen Vorahnungen deutlich anzusehen waren.

»Was denkst du?«, fragte sie.

»Keine Ahnung. Ich habe Angst, es auszusprechen.«

»Was auszusprechen?«

»Ich bitte dich, Amy. Ich hab dir gesagt, dass er neulich abends nach Hause fahren wollte.«

»Mein Vater fährt besoffen von dieser Bar nach Hause, solange ich denken kann.«

Patrick entfuhr ein kritisches Schnaufen. »Und?«

Ihre Augen und ihre Miene verrieten, dass ihr dämmerte, wie schwach ihr Argument war. »Ich will damit nur sagen, dass mir diese Möglichkeit ziemlich unwahrscheinlich vorkommt.«

»Das hoffe ich ja ebenfalls, Schatz. Ich hoffe, er *ist* in einer anderen Bar. Nur ... mir fällt sonst nichts anderes ein.«

Amy wandte den Blick ab. Sie fummelte nervös am Telefon herum und zuckte heftig zusammen, als es in ihrer Hand klingelte. »Mom?«

Patrick studierte das Gesicht seiner Frau eingehend – und betete, es möge weder erbleichen noch sich vor Trauer verzerren oder in Tränen ausbrechen. Was er wollte, war ein Lächeln, ein Seufzer der Erleichterung, ein: *»Ich hab dir doch gesagt, dass alles in Ordnung ist, Mom.«*

Stattdessen vernahm er nur ein weiteres: »Okay, dann ruf zurück, sobald du was hörst …«

Und plötzlich fiel es ihm ein, wie ein vergessener Songtitel. *»Woodmere!«*, platzte es aus Patrick heraus.

Amy Kopf fuhr zu ihm herum. »Wie bitte?«

»Sag ihr, sie soll die Polizei die Woodmere Road überprüfen lassen.«

»Mom, warte mal eine Sekunde.« Sie bedeckte den Hörer mit der Handfläche. »Wovon redest du?«

»Neulich abends, als wir zusammen unterwegs waren, meinte dein Vater zu mir, er würde uns über die *Woodmere* nach Hause fahren. Zumindest meine ich mich zu erinnern, dass sie so hieß. Kennst du eine Woodmere Road?«

»Ja – wobei die allerdings ziemlich weit ab vom Schuss liegt. Mit nichts als Wald drum herum und …«

»Genau das war der Punkt. Ich hab ihm gesagt, er solle nicht mehr fahren, weil man ihn anhalten könnte, und er winkte ab und meinte, es würde nichts passieren, wenn wir die Woodmere nähmen.«

Amy hob das Telefon wieder ans Ohr. »Mom? Ruf noch mal bei der Polizei an und lass sie die Woodmere Road kontrollieren.« Sie lauschte und sagte dann: »Weiß ich, aber würdest du es bitte einfach tun?« Sie hörte erneut zu. »Okay. Ich liebe dich. Ruf zurück.«

Patrick war gerade im Bad beim Pinkeln, als eine Stunde später das Telefon klingelte. Er verfluchte seine Blase und erhöhte den Druck seines Strahles, so weit es ging. Das Plätschern war so laut, dass er Amy im Schlafzimmer nur bruchstückhaft verstehen konnte.

Als er endlich fertig war, zog er seine Boxershorts hoch und eilte ins Schlafzimmer. Amy telefonierte noch. Sie sagte immer wieder in gepresstem Tonfall »okay« und beachtete Patrick, der mit erwartungsvoller Miene im Türrahmen stand, nicht weiter.

Endlich beendete sie das Gespräch mit einem Danke, sah Patrick an und sagte: »Mein Dad ist tot.«

23

Um kurz nach sechs Uhr morgens kamen Patrick und Amy beim Haus der Corcorans an. Zwei Streifenwagen parkten davor, einer davon mit eingeschaltetem Blaulicht, an dem ein Beamter lehnte. Er stellte sich gerade hin und zog seine Uniform zurecht, als Patrick und Amy sich ihm näherten.

»Morgen. Sie sind Amy und Patrick Lambert?«

»Kann ich zu meiner Mutter?«, erwiderte Amy.

Der Officer nickte. »Klar, Ma'am. Nur rein mit Ihnen.«

Patrick dankte dem Polizisten und führte Amy die drei flachen Stufen zur Eingangstür hoch. Er warf einen flüchtigen Blick auf das schwarze Eisengeländer mit der abplatzenden Farbe und erinnerte sich daran, wie er Carrie zurechtgewiesen hatte, nicht daran rumzuknibbeln. Der Mann, der sie an jenem Abend empfangen hatte, war jetzt tot. Als Kind hatte sich Patrick immer eine Zeitmaschine gewünscht, wenn ihn das Glück verließ. Die Möglichkeit, in die Vergangenheit zurückzukehren und die Dinge zu verändern. Es war ein alberner, unreifer Wunsch, dessen Unmöglichkeit ihm schon in jüngsten Jahren bewusst gewesen war. Trotzdem.

In diesem Moment erwischte er sich wieder dabei. So wie nach den Geschehnissen am Crescent Lake. Wie nach Oscars Tod. Seit Kurzem ermüdete es Patrick gewaltig, sich ständig eine verfickte Zeitmaschine zu wünschen.

Das Paar trat ein und entdeckte Audrey Corcoran in Gesellschaft einer Polizeibeamtin auf dem Sofa. Amy ging unverzüglich zu ihr hinüber. Die beiden fielen sich in die Arme und begannen zu weinen.

Er dritter Polizist kam mit einer Tasse Kaffee aus der Küche. Er streckte die Hand aus, und Patrick schüttelte sie.

»Sergeant Bennett«, stellte er sich vor.

»Patrick Lambert.« Er gestikulierte Richtung Sofa, wo Amy nach wie vor Audrey fest in den Armen hielt. »Das ist meine Frau Amy – Bobs Tochter.«

Amy sah kurz zu Bennett, woraufhin dieser seinen Hut abnahm und grüßend nickte.

Amy gab Audrey einen Kuss, flüsterte ihrer Mutter etwas ins Ohr und stand dann auf, um sich Patrick und Sergeant Bennett anzuschließen. Der weibliche Officer sprach Audrey Trost zu.

»Was genau ist passiert?«, fragte Amy, während sie sich ihre Tränen abwischte.

Der Sergeant bedeutete dem Ehepaar, ihm in die Küche zu folgen. Patrick und Amy nickten und gingen hinter ihm her.

»Also, was genau ist passiert?«, fragte Amy erneut.

Sergeant Bennett war kurz angebunden, aber professionell. »Ihr Vater ist eine der Böschungen an der Woodmere Road hinabgestürzt. Der Wagen stand auf dem Dach, als wir ihn beim Fluss fanden.«

»Und der andere Wagen?«, wollte Patrick wissen.

Bennett schüttelte den Kopf. »Bis jetzt sieht es so aus, als wäre kein anderer Wagen beteiligt gewesen.« Er wies mit dem Kinn zum Küchenfenster. Bei Patricks und Amys Ankunft war es ziemlich dunkel gewesen, aber jetzt sickerte die Morgendämmerung herein. »In ungefähr einer Stunde sehen wir mehr, dann können wir es bestätigen.«

»Dann verstehe ich's nicht«, sagte Amy. »Wenn es kein anderes Auto gab …?«

Sergeant Bennett bedachte Patrick mit einem um Unterstützung bittenden Blick.

»Sehen Sie, ich weiß, dass er getrunken hatte, okay?«, sagte Amy. »Aber mein Dad, er …« Bennett öffnete den Mund, doch Amy fuhr plötzlich fort und nahm ihm die Gelegenheit, das Wort zu ergreifen: »Er fuhr gut, wenn er betrunken war.« Sie lachte kläglich über ihre eigene Formulierung. »Mir ist klar, wie schwachsinnig sich das anhört, aber mein Dad …« Ihre Stimme brach, und sie hielt inne.

»Mrs. Lambert«, setzte Bennett an und stellte seine Kaffeetasse auf den Küchentisch. »Ich kannte Bob. Er war ein guter Mann. Aber er neigte definitiv dazu, einen über den Durst zu trinken. Was völlig in Ordnung ist … außer, wenn die Zeit gekommen ist, sich auf den Heimweg zu begeben. Natürlich weiß ich, wie bestürzt und traurig Sie sind – und Sie haben wahrhaftig mein aufrichtiges Mitgefühl –, aber ich zweifle nicht daran, dass eine kluge und rational denkende Frau wie Sie zustimmt, dass man nicht endlos mit einer geladenen Waffe herumspielen kann, ohne …«

Amy sah zu Boden. Als sie den Kopf hob, fragte sie: »Sie werden dennoch ein weiteres Mal rausfahren und nachschauen, oder? Zurück zur Woodmere?«

»Jawohl, das werden wir. Aber, Mrs. Lambert?«

Amy hielt ihre Augen schweigend auf den Sergeant gerichtet und verschränkte lediglich die Arme vor der Brust, eine Geste, die ihn auf verhaltene Weise aufforderte fortzufahren.

»Ich bin mir ziemlich sicher, dass wir nichts Neues entdecken werden«, meinte Bennett. »Das sage ich nicht, um Sie zu verstimmen oder zu entmutigen – ich sage es, weil ich es Ihnen schuldig bin, ehrlich Ihnen gegenüber zu sein. Ich will keine falschen Hoffnungen wecken. Der Blutalkoholspiegel Ihres Vaters war sehr hoch. Die Woodmere Road ist, wie Sie bestimmt wissen, eine tückische Strecke – *vor allem* nachts. Wenn man also diese Tatsachen berücksichtigt und sich anschaut …«

»Wie ist er gestorben?«, unterbrach Amy ihn.

Patrick drückte Amys Schulter. »Amy …«, sagte er.

Sie schüttelte seine Hand ab. »Wie ist er gestorben?«

»Ihre Mutter hat ihn bereits einwandfrei identifiziert, Amy«, sagte Bennett.

»Warum darf ich nicht wissen, woran mein Vater gestorben ist?«

»Sein Genick war gebrochen«, sagte Bennett mit monotoner Stimme.

Amy sog scharf die Luft ein und wandte den Blick ab. Patrick legte seine Hand wieder auf ihre Schulter. Diesmal erlaubte sie es. Mit noch immer abgewandtem Blick deutete sie ein verständiges Nicken an und sagte: »Vielen Dank.«

»Nichts zu danken«, sagte Bennett mit teilnahmsvoller Miene. Er setzte seinen Hut wieder auf und tippte zum Gruß zweimal gegen die Krempe. »Ich werde mich bei Ihnen melden. Kann ich Sie hier erreichen?«

»Ja«, sagte Patrick.

Bennett runzelte für einen winzigen Augenblick die Stirn. »Audrey erwähnte, sie hätte Enkelkinder?«

»Die sind bei meinen Eltern«, gab Patrick zurück.

Bennett tippte erneut gegen seinen Hut und verließ die Küche. Patrick konnte hören, wie er Audrey im Wohnzimmer sein Beileid aussprach, bevor er seiner Kollegin mitteilte, dass sie zur Woodmere Road zurückfuhren. Er vernahm, wie die Vordertür geöffnet und wieder geschlossen wurde. Jetzt war es außerordentlich still im Haus. Amys Kopf hing herab, und ihre Augen waren glasig – offenbar versuchte sie Ereignisse zu verarbeiten, die in allernächster Zukunft kaum verarbeitet werden konnten oder würden.

»Liebling?«, sagte Patrick.

Amy blinzelte sich aus ihrer Benommenheit, hielt den Blick jedoch gesenkt. »Ich sollte bei meiner Mutter sein«, murmelte sie und machte Anstalten, an ihm vorbeizugehen.

Patrick versperrte ihr den Weg und zog sie an sich. Sein Herz schmerzte vor Hilflosigkeit, als sie in seinen Armen zu schluchzen anfing. Wieder wünschte Patrick sich die gottverdammte Zeitmaschine.

24

Vater und Tochter saßen in einem kleinen Diner in Harrisburg einander gegenüber – Monica trank Kaffee, während John genug Essen in sich hineinschaufelte, um drei erwachsene Männer zu sättigen. Beide waren erschöpft und brauchten Ruhe, aber der Adrenalinstoß von letzter Nacht war noch nicht abgeklungen; momentan wären sie kaum in der Lage, Schlaf zu finden.

»Du willst nichts essen?«, fragte John, den Mund mit Eiern und Toast vollgestopft.

Monica schüttelte den Kopf und nahm einen kleinen Schluck Kaffee. John zuckte die Achseln und aß weiter. Die letzte Nacht war unglaublich gut verlaufen. Sie waren überragende Einzelspieler. Als Doppel hingegen waren ihre Fertigkeiten nachgerade Furcht einflößend. Die Inszenierung des vermeintlichen Unfalls, die Positionierung der Leiche, das Verwischen sämtlicher Spuren. All das hatte kaum Anstrengung gekostet, und das Resultat war makellos: Soeben hatte Monica die Nachricht empfangen, dass Bob Corcoran mit seinem Wagen einen der die Woodmere Road säumenden Abhänge hinabgestürzt und tödlich verunglückt war. Er war stark alkoholisiert gewesen. Ende der Geschichte.

»Ich will wissen, wann und wo die Beerdigung stattfindet«, sagte Monica.

John hob eine Augenbraue und spülte einen Mundvoll Pfannkuchen mit Milch runter. »Du meinst, wir sollten es riskieren?«

Monica schien von ihrem Vater enttäuscht zu sein. »Es gibt kein Risiko«, sagte sie.

»Ich sage nicht, dass wir das nicht schaffen können – wir haben nur einen ordentlichen Haufen Dinge zu erledigen. Wir müssen nach vorne schauen.«

Monica hob ihren Kaffee zum Mund und sagte, kurz bevor der Tassenrand ihre Lippen berührte: »Ich gehe zur Beerdigung.«

John nahm einen Bissen von seinen Eiern und nickte. Er verstand: ihnen beim Trauern zuzuschauen, ihren Schmerz zu schmecken und zu wissen, dass man dafür verantwortlich war. Bob Corcoran zu töten war nur ein Vorspiel gewesen.

25

Auf der Fahrt nach Hause gab es nicht viel zu bereden. Alle Fakten lagen auf dem Tisch, und Patrick verspürte nicht das geringste Bedürfnis, Amy über die Gefahren von Alkohol am Steuer zu belehren – schließlich wollte er mit dem nächsten Sex keinesfalls bis nach seinem vierzigsten Geburtstag warten. Außerdem verschloss sich Amy bei aller Trauer nicht der Wahrheit; sie wusste, dass die Schuld einzig bei ihrem Vater lag.

Patrick hatte leichten Groll bei Amy gespürt, als kurz vor ihrer Abfahrt ihr Bruder Eric aus Akron eingetroffen war. Bei Eric hatte er Ähnliches gewittert. Nichts von dem, was die beiden Geschwister empfanden, wurde offen angesprochen; sie hatten ihren Zorn in Form von gelegentlichen Seitenblicken oder passiv-aggressiven Kommentaren, die sie mit Absicht für ihre Mutter unverständlich formuliert hatten, geteilt. Für einen aufmerksamen Beteiligten wie Patrick war diese Wut so präsent wie ein rotleuchtendes Warnblinklicht, und die Botschaft, die er empfing, war eindeutig: Ihre Mutter war schwach. Es war die Verantwortung ihres Vaters gewesen, sich um sie zu kümmern, und durch seinen Leichtsinn hatte er sich sinnloserweise das Leben genommen und Mom alleine zurückgelassen. Und sie waren wütend und traurig und sauer.

Patrick warf während der Fahrt in regelmäßigen Abständen einen unauffälligen Blick auf Amy, musterte ihre Gesichtszüge und versuchte abzuschätzen, ob er richtiglag. Im Moment las er nichts als Kummer und Schmerz. Er fragte sich, wann die Wut – diesmal lautstark – in Erscheinung treten würde. Könnte es danach eine dritte Phase geben? Vielleicht eine der Akzeptanz? Nein. Amy war stark. Jesus, stark war eine regelrechte Beleidigung. Seine Frau war eine gottverdammte Eiche. Er war sich einigermaßen sicher, dass sie den Tod ihres Vaters akzeptiert hatte, unmittelbar nachdem er ihr von Sergeant Bennett bei dessen Rückruf am früheren Nachmittag bestätigt worden war. Eventuell waren Wut und Trauer die einzigen beiden Phasen, die sie je nach Tagesform durchlebte.

Er legte ihr eine Hand auf den Oberschenkel. »Wie geht's dir, Schatz?«

Sie hielt den Blick stur geradeaus gerichtet, während sie sprach. Ihre Stimme klang weder zornig noch traurig. Ihr Tonfall war beinahe verträumt, gedehnt, ermattet, so wie man nach einem langen, anstrengenden Arbeitstag redete.

»Keine Ahnung«, sagte sie. »Ganz normal, schätze ich.«

»Normal?«

Sie zuckte mit den Schultern. »Nun, wie geht es Leuten normalerweise, wenn ein Elternteil stirbt?«

»Ich könnte mir vorstellen, dass das bei jedem anders ist.«

Ihre Schultern hoben sich erneut. »Mag sein.«

»Wie also geht es *dir*?«, fragte er.

Sie sah ihn an. »Ich weiß es nicht.« Ihre Stimme klang noch immer tonlos und unbeteiligt. »Was willst du von mir hören?«

Um ehrlich zu sein, wusste Patrick das nicht so genau. Für gewöhnlich musste man Amy nicht drängen, wenn es darum ging, ihre Ängste zu artikulieren. Er rieb ihr sanft das Bein und sagte sehr leise: »Du musst gar nichts sagen, wenn du nicht willst. Ich wollte nur mal nachfragen, weil es mir nicht egal ist, wie es dir geht. Das ist alles.«

Sie drehte sich nach links und legte ihre Wange an die Kopfstütze. »Ich bin einfach furchtbar erschöpft.« Sie schloss die Augen. »Wir haben so viel durchgemacht …«

Patrick streichelte erneut ihren Oberschenkel. »Ich weiß.«

Den Rest des Heimwegs über schwiegen sie.

26

Bob Corcoran wurde eingeäschert, während Patrick und Amy in Valley Forge Carrie und Caleb einsammelten.

Die Lamberts waren keine sonderlich fromme Familie, sprachen jedoch von Zeit zu Zeit mit ihren Kindern über Gott und den Himmel. Grandpa Corcoran war anscheinend früher als erwartet in den Himmel berufen worden, um Gott dabei behilflich zu sein, die Engel zum Lachen zu bringen. Dieser einleuchtende Geistesblitz war Patrick spontan eingefallen, und er erfüllte seinen Zweck, Caleb mit einer absolut logischen Erklärung zufriedenzustellen, vollkommen. Carrie hingegen ließ sich damit nicht abspeisen. Ihre typische Skepsis ließ jedem Erläuterungsversuch ein furchterregendes Dauerfeuerwerk von *Warums?* und *Aber warums?* folgen, weshalb Patrick tiefer in seine argumentative Trickkiste greifen und Amy ein paar verärgerte *Darums* zischen musste, bevor Carrie schlussendlich die Tatsache akzeptierte, dass Grandpa Corcoran nicht zurückkam.

Ab da verlief die Reise nach Harrisburg still und traurig.

27

Die bescheidene Kirche in Harrisburg war bis an die Grenzen ihrer Aufnahmefähigkeit gefüllt. Bob Corcoran war in der Tat ein beliebter Mann gewesen. Der Trauergottesdienst war vorbei, und Amy verspürte leichte Schuldgefühle, als sie dachte, das Kondolieren nehme niemals ein Ende. Sie würde sich eine Million Beileidsbekundungen von einer Million Fremder anhören müssen, bevor sie heimkehren und ein wenig schlafen konnte. Unter den Trauergästen waren nicht wenige Bier-und-Whiskey-durchspülte Männer, auf deren grobporigen roten Kartoffelnasen-Gesichtern kein einziges Mal auch nur die Spur einer Ahnung zu erkennen war, dass es ohne Weiteres ihre eigene Asche in der Urne hätte sein können.

Patrick und Amy standen Seite an Seite, Eric und sein Freund, mit dem er seit inzwischen zehn Jahren zusammen war, neben ihnen. Carrie und Caleb wanderten mit den anderen Kindern in der Kirche herum, ohne jedoch mit diesen zu spielen. Ihre jungen Gemüter mochten Ernst, Schwere und Tragweite der Situation nicht wirklich erfassen, sie wussten aber offenbar instinktiv, dass dies kein Zeitpunkt zum Spielen war.

»Wie fühlst du dich, Liebling?«, fragte Patrick leise in Amys Ohr.

Sie hielten sich an den Händen, und sie drückte seine. »Müde«, flüsterte sie zurück.

Patrick sah sich die verbliebene Schlange an; sie war immer noch sehr lang. »Dein Dad war ein beliebter Kerl.«

Amy nickte nur.

Ein kahl werdender, großer, schwerer Mann kam auf sie zu. Patrick neigte seinen Kopf erneut zu Amys Ohr hinüber. »Das ist der Barkeeper vom Gilley's«, sagte er.

Amy drehte dem Mann den Rücken zu. »Vielleicht sollte ich ihm danken, meinen Dad so abgefüllt zu haben, dass er sich umbrachte«, sagte sie zu Patrick.

»Schatz«, sagte Patrick erschrocken und ließ seinen Blick rasch durch die Kirche schweifen, um zu sehen, ob es irgendwer gehört hatte.

Amy reagierte darauf mit einem *Mir-scheißegal*-Schulterzucken, wandte sich wieder dem Barmann zu und ignorierte dessen Beileidsbekundung.

Die Schlange wurde und wurde nicht kürzer, da sich immer noch weitere Menschen am Ende anstellten. Amy schaute zu ihrer Mutter hinüber. Sie weinte nicht. Verweigerung? Verdrängung? Schockstarre? Endgültiger psychischer Knacks? Amy trat einen Schritt hinter Patrick und zupfte ihre Mutter am Ärmel. »Wie geht's, Mom?«

Audrey Corcoran lächelte. »Eine wunderschöne Feier, nicht wahr? So viele Leute sind gekommen. Jeder hat deinen Vater geliebt.«

»Du darfst ruhig weinen, Mom«, sagte Amy.

Audrey schien fast entsetzt über Amys Anregung. »Ach, Amy, hör auf damit.«

Amy wusste, dass Patrick es mit angehört hatte. »Was zum Teufel soll das?«, flüsterte sie, als sie wieder neben ihm stand.

»Sie *hat* geweint, Schatz. Tagelang«, sagte er.

»Aber das hier ist seine *Beerdigung.*«

Patrick rieb ihr besänftigend den Rücken. »Jeder trauert anders.«

Amy ließ Patricks Worte auf sich wirken und betrachtete erneut ihre Mutter. Sie wirkte stolz und schien beinahe zu strahlen. Und auf gewisse Weise ergab das Sinn. Ihre Mutter lebte in einer Blase, in die kaum je etwas Negatives eindrang; das ließ sie einfach nicht zu. Wenn schlechte Nachrichten sie erreichten, fiel die Reaktion völlig automatisch ausnahmslos optimistisch sowie unangenehm nichtssagend aus.

»Alles wird gut, du wirst schon sehen, Liebling.«

»Ich bete jeden Abend für dich, Liebling, das wird schon wieder.«

»Oh je ... was soll man machen? ... es wird schon alles gut werden ...«

Nachdem Amy und ihre Familie dem Martyrium von Crescent Lake entkommen waren, war es ihr Vater gewesen, der seinen Gefühlen freien Lauf gelassen hatte.

»Verfluchte Scheißkerle, hoffe, sie verrotten in der Hölle. Wollten mir meine Kinder nehmen ...«

Audrey war überwiegend still geblieben, abgesehen von ihren hier und da geäußerten Floskeln. Den größten Teil ihrer Aufmerksamkeit hatte sie ihren Enkelkindern gewidmet – vermutlich, weil diese nicht dazu imstande waren, ihre Blase zum Platzen zu bringen. Aufgrund ihres geringen Alters drohten von ihrer Seite keine Fragen oder Bemerkungen, die nach aufrichtigen Rückmeldungen verlangten. Sie ließen sich bereitwillig mit Zucker und Fernsehen ablenken. Genau wie Audrey.

Amy begriff, dass sich ihre Mutter keineswegs in einem Zustand des Verdrängens oder Schocks oder der geistigen Verwirrung befand. Sie war schlicht ganz sie selbst, in ihrer eigenen, realitätsfremden Welt lebend. Also griff Amy hinter Patricks Rücken erneut nach dem Ellenbogen ihrer Mutter. »Tut mir leid, Mom«, sagte sie. »Es *ist* eine wunderschöne Trauerfeier.«

Audrey schenkte ihrer Tochter ein Lächeln, als hätte sie soeben ein Kompliment für ihr Kleid erhalten, und wandte sich dann der nächsten Person in der Schlange zu.

Amy atmete tief ein, blies die Wangen auf und ließ die Luft langsam wieder entweichen. Ihr Blick fiel auf den großen Eichentisch am Ausgang, um den mehrere Leute mit entspannt-glücklichen Mienen standen und auf Fotografien ihres Vaters zeigten. Manche hatten sich vornübergebeugt, um etwas in das pompöse Kondolenzbuch zu schreiben, das Patrick gekauft hatte.

»Die Leute tragen sich ins Kondolenzbuch ein«, sagte sie zu ihrem Mann.

Patrick lächelte auf seine Frau herab und gab ihr einen Kuss auf die Stirn.

Ein hünenhafter Mann baute sich vor Amy und Patrick auf. Er war ein bis zwei Zentimeter kleiner als der einen knappen Meter neunzig messende Patrick, übertraf sein Gegenüber jedoch hinsichtlich Schulterbreite und Brustumfang deutlich. In Amys Augen wirkte der große Mann, als fühle er sich in Anzug und Krawatte eher unwohl, doch das traf auf viele der anwesenden Männer zu. Im Gegensatz zu diesen, bei denen sich Knöpfe und Nähte über Bierwänste und Doppelkinns spannten, schien dieser Mann jedoch in der Lage zu sein, durch ein kurzes Spiel seiner Muskeln seine Kleidung sauber von seinem Oberkörper platzen zu lassen.

Der große Mann ergriff zunächst Patricks Hand. »Ihr Verlust tut mir sehr leid«, sagte er. Patrick dankte ihm, woraufhin der Hüne Patrick zu einer mächtigen Umarmung an sich zog und ihm kräftig auf den Rücken klopfte.

Patrick lachte und entwand sich auf höfliche Art den Armen des Mannes. »Woher kannten Sie Bob?«, fragte Patrick.

»Gilley's«, lautete die Antwort.

Der Mann trat einen Schritt nach links und stand nun vor Amy. Er streckte seine Hand aus, und Amy nahm sie. Sie war fleischig und rau. »Es tut mir schrecklich leid«, teilte er ihr mit. Und dann fing der Mann plötzlich damit an, auf einem Fingernagel seiner freien Hand herumzukauen, wobei er eine angestrengte Grimasse schnitt. »Verzeihung«, sagte er, als er fertig war. »Eingerissener Nagel.«

Amy musste sich beherrschen, um ihn nicht irritiert anzuglotzen. Sie tauschte einen flüchtigen Blick mit Patrick, der genauso verblüfft dreinschaute. Der Hüne passierte die Warteschlange und entfernte sich.

»Eingerissener Nagel?«, flüsterte Patrick Amy zu.

»Daddys Freunde«, flüsterte sie zurück. »Er sah aus, als würde er sich in diesem Anzug ungefähr so wohlfühlen wie in einer Zwangsjacke.«

Patrick grinste. Und dann weiteten sich seine Augen, und er errötete. Amy sah sofort, was der Grund dafür war. Unter normalen Umständen hätte sie einen Anflug stechender Eifersucht verspürt, doch dieses Mal ließ Amy gegenüber ihrem Ehemann Milde walten. Die Frau, die vor

Patrick stand, war atemberaubend. Amy stand selbst kurz davor, rot zu werden.

Die Frau streckte die Hand aus, und Patrick schüttelte sie. Dann legte sie auch ihre andere Hand auf Patricks. Sie blickte ihm tief in die Augen, und Patrick errötete erneut. Jetzt war Amy tatsächlich ein bisschen eifersüchtig.

»Ich bedauere Ihren Verlust zutiefst«, sagte die Frau. »Wirklich.« Sie hielt Patricks Hand umschlossen und starrte ihn ohne zu blinzeln eindringlich an.

Amy legte Patrick unverzüglich den Arm um die Hüfte und zog ihn zu sich heran. *Meiner!* »Woher kannten Sie meinen Dad?«, fragte Amy.

Die überirdisch schöne Frau gab Patricks Hand frei und wandte sich Amy zu. »Ich habe ihn ein paarmal bei Gilley's getroffen«, sagte sie und bedachte Amy mit einem schlaffen Händedruck, der die Antithese von dem bildete, den sie Patrick gewährt hatte. »Mein aufrichtiges Beileid.«

»Danke«, sagte Amy mit einem aufgesetzten, flüchtigschmalen Lächeln, das genauso auf das Wort *»Schlampe«* hätte folgen können.

Die Schönheit lächelte zurück, breit und aufrichtig und strahlend, bevor sie aus der Schlange trat und Richtung Ausgang schritt. Beim Kondolenzbuch hielt sie an, trug sich ein und ging davon.

»Du kannst deine Zunge jetzt wieder einrollen«, sagte Amy.

»Oh, hör bloß auf«, erwiderte Patrick.

»Du bist knallrot geworden.«

Eric beugte sich vor. »Wenn ich du wäre ...«

Amy warf ihrem Bruder einen giftigen Blick zu.

Patrick griente Eric an und kraulte dann Amy im Nacken.

Sie schüttelte seine Hand ab. »Wie auch immer. Eines kann ich dir sagen: Eine Frau wie die verirrt sich nicht ins

Gilley's. Sie würde auffallen wie ein Victoria's-Secret-Model auf einer Karnickelzüchtervereinstagung.«

Patrick lachte. »Vielleicht hatte dein Dad was mit ihr laufen.«

Amys Kopf wirbelte zu Patrick herum, und ihr finsterer Blick traf ihn wie ein scharfes Messer. Patricks Gesichtsausdruck belegte unmissverständlich, dass er seinen Ausspruch bedauerte; sein innerer Zensor hatte einmal mehr versagt. Sie liebte seinen trockenen Humor (und würde ihn immer lieben), aber sie war noch immer eifersüchtig auf die atemberaubend schöne Frau, und das hier war immerhin die Beerdigung ihres Vaters, Herrgott noch mal. Wäre es ein paar Monate später gewesen, hätte sie möglicherweise über seinen Witz gelacht oder zumindest gekichert. Aber in diesem Augenblick? Patrick hatte eindeutig eine Grenze überschritten, und so, wie er aussah – wie ein geprügelter Hund –, wusste er das auch. Und sie wusste, dass er es wusste. Und auch wenn sie nicht wirklich *so* sauer auf ihn war, würde sie ihn eine Weile schwitzen lassen.

»Entschuldige«, sagte er.

Sie schenkte ihm keinerlei Beachtung und sah ein weiteres Mal zu ihrer Mutter hinüber.

John Brooks und seine Tochter Monica Kemp (heute keine Verkleidung – makellose dunkle Augen, makelloses dunkles Haar und ein nicht zu auffälliges, aber dennoch verführerisches Kleid, das ihren makellosen Körper so eng umhüllte, als wäre er in schwarze Farbe getaucht) näherten sich einem zerbeulten Dodge Dakota, der auf dem Parkplatz der Kirche stand.

»Du hältst dich für ziemlich lustig, stimmt's?«, fragte sie.

»Wieso?«

»Eingerissener Nagel?«

John nestelte an seiner Krawatte herum und lockerte sie. »Ich wollte sie eigentlich noch fragen, ob sie mir eine Nagelfeile leiht.«

Monica feixte. »Ist mir klar. Ich bin froh, dass du dich zurückhalten konntest. Das wäre sonst ein bisschen zu deutlich gewesen.«

Sie stiegen in den Dakota. Monica zündete sich eine Zigarette an und inhalierte tief. »Das hat Spaß gemacht«, sagte sie.

28

Patrick überlegte während der schweigsamen Rückfahrt nach Valley Forge, ob er immer noch in die Hundehütte verbannt war, was ihm, so seltsam es scheinen mochte, durchaus recht gewesen wäre. Er hatte nicht die geringste Ahnung, was er seiner Frau sagen sollte. Sie hatten offiziell Abschied von Amys Vater genommen. Es wäre unnötig und ein Tabubruch gewesen, laut dem Wie und Warum seines Todes nachzugrübeln. Für das Schwelgen in seligen Erinnerungen war es noch zu früh. Das einzig Naheliegende schien ein gelegentliches Tätscheln des Knies zu sein, gefolgt von der in behutsamem Tonfall gestellten Frage »Alles einigermaßen im grünen Bereich, Liebling?«. Letztere blieb in der Regel unbeantwortet, es kamen höchstens ein Achselzucken und ein standhafter Blick aus dem Fenster. Doch trotz dieser sparsamen Reaktionen wusste Patrick, dass seine Bemühungen nicht umsonst waren. Amy hatte ihm einmal bei einem Problem mit einer ihrer engsten Freundinnen (für das Patrick ihr eine knappe und simple Lösung vorgeschlagen hatte) gesagt, dass er nicht ständig ihre Probleme lösen musste – manchmal wollte sie einfach nur, dass er *zuhörte.*

Dennoch war es für Patrick nicht einfach. In ihrer Beziehung war er derjenige, der die Dinge in Ordnung brachte. Im Zweifel pfiff er auf seine eigenen Ängste und Sorgen, um seiner überlasteten Frau nachdrücklich zu versichern, dass alles gut werden und er sich schon darum kümmern würde – auch wenn er nicht den leisesten Hauch einer Ahnung hatte, wie das anzustellen war. Seine Methode fußte nicht auf roboterhaften Phrasen wie bei einer Audrey Corcoran, sondern auf logischem Denken (dem Patrick selbst mitunter nur zweifelnd zu folgen bereit war), Verständnis und Trost. Und das erfüllte so gut wie immer seinen Zweck: Amy ging es dann besser.

Diese Beziehungsdynamik war niemals so deutlich zum Tragen gekommen wie bei den grässlichen Vorfällen am Crescent Lake. Rückblickend war es bereits vom ersten Tag sonnenklar gewesen: eine derartige Häufung von Pech und schlimmen Wendungen *hatte* einfach kein Zufall sein können. Amy war höchst argwöhnisch gewesen und hatte den Kurzurlaub abbrechen wollen. Patrick hatte sie beschwichtigt – wieder einmal im Widerspruch zu seinen eigenen Befürchtungen – und ihr versichert, dass es keinen ernsthaften Grund zur Sorge gab, dass sie nur eine Unglückssträhne hatten und er sie im übelsten Fall beschützen würde. Doch als dieser übelste Fall eintrat, war es zu spät gewesen – sie hatten bereits in Arty und Jim Fannellis teuflischem, maschendichtem Spinnennetz gezappelt. Und was dann kam, war die Hölle.

Patrick hatte den Eindruck, aus dieser Erfahrung gelernt zu haben. Es war eine in jeder erdenklichen Hinsicht schmerzhafte Lektion gewesen, gewiss, doch ebenso fraglos eine lehrreiche: Vertrau immer auf dein Bauchgefühl. Wenn sich was falsch anfühlt, ist es auch falsch. Patrick und Amy hatten, nachdem sie vor Monaten aus dem Krankenhaus in Pittsburgh entlassen worden waren, auf der Fahrt zurück nach Valley Forge einen Tankstopp eingelegt. Ein junger Mann hatte Patrick wegen des blauen Löwen, der am Heck ihres Toyota Highlanders prangte, gefragt, ob er Penn-State-Absolvent war.

Arty Fannelli hatte ihm in charmantem Tonfall bei ihrer ersten Begegnung die exakt gleiche Frage gestellt.

Also stillte Patrick die Neugier des jungen Mannes mit einem rechten Haken und schickte ihn auf einen kurzen Trip ins Reich der Träume. Vielleicht hatte er leicht überreagiert, aber fortan würde er im Zweifelsfall lieber zuschlagen, als noch einmal zuzulassen, dass seine Familie in Gefahr geriet.

Vertrau deinem Bauchgefühl. Vor allem dann, wenn ein Unglück bevorsteht. Das war die erteilte Lektion. Er hatte sie gelernt. Und wie er sie gelernt hatte.

Wie also solltest du dich jetzt verhalten, Patrick, dachte er. *Wie sagt dein Bauch?*

Er musste sich gestehen, dass ihm ein ganz bestimmter Gedanke bereits *tatsächlich* durch den Kopf geschossen war. *Erst Oscar und dann das hier? Geht es jetzt von vorne los?*

Doch das war ausgeschlossen. Hundertprozentig. Diesbezüglich musste er gegenüber sich oder Amy keine Überzeugungsarbeit leisten. Oscar war ihre Schuld. Bob war Bobs Schuld. Es war nicht nötig, Amy zu versichern, dass der Schwarze Mann nicht zurückgekehrt war; es war vielmehr nötig, ihr zu beteuern, dass der Schmerz über den Verlust ihres Vaters mit der Zeit nachlassen und er immer für sie da sein würde, dass er sie über alles liebte. Damit war er mehr als einverstanden – leichtes Spiel, verglichen mit dem Grauen, vor dem er wenige Monate zuvor gestanden hatte.

Er massierte erneut sanft ihren Oberschenkel. Diesmal belohnte sie ihn mit der Andeutung eines Lächelns. Patrick war zuversichtlich, dass der Hund heute Abend Auslauf bekam.

29

Die ersten Tage über hatte es Schuldzuweisungen im Überfluss gegeben. Daher all der Zorn. Für Amy und ihren Bruder Eric kam das, was ihrem Vater zugestoßen war, einem Selbstmord gleich – sein leichtsinniges und eigennütziges Verhalten hatte letztlich zu nichts als Leid und Trauer unter denjenigen geführt, die ihm in Liebe verbunden gewesen waren.

Dieser Zustand hielt jedoch nicht lange an. Schon sehr bald verwandelte sich der Zorn in Trauer, und Eric und Amy blieb nichts anderes übrig, als diesen Wesenszug ihres Vaters zu akzeptieren. Bob Corcoran war ein jederzeit offenes Buch gewesen. Sein Charakter, sein Lebensstil, seine Überzeugungen – all das kam innerhalb der ersten fünf Minuten des Kennenlernens auf den Tisch. Der Traum einer jeden Wahrsagerin. Und man brauchte wahrlich keine Wahrsagerin, um zu erkennen, dass im Leben eines solchen Mannes die Möglichkeit eines tragischen Endes angelegt war. Wahrscheinlich war Audrey Corcoran die Einzige, die demgegenüber die Augen verschlossen hatte. Natürlich ganz bewusst. Patrick fragte sich – fasziniert von der Fähigkeit, sich einer Wirklichkeit zu verschließen, die einem permanent vor Augen geführt wurde –, ob Audrey sich jetzt in stillen Momenten der Nachdenklichkeit eingestand, dass sie das, was ihrem Mann passiert war, schon vor Jahren hätte kommen sehen können. Oder hatte ihre Verdrängungsmanie bereits depressive Züge angenommen, sodass sie, hätte Bob sich in ihrem Wohnzimmer den Kopf weggeschossen, auf immer und ewig der Pistole die Schuld zugesprochen hätte statt dem Finger, der den Abzug gedrückt hatte? Ja – das erschien Patrick einleuchtend. Wenn in der überschaubaren Blase, die Audrey ihr Leben nannte, irgendwer oder irgendwas ihren Unmut erregte, dann keinesfalls ihr geliebter Bob. Es war der Schnaps. Der Schnaps war schuld. Der Schnaps war so tödlich wie eine verdammte Knarre. Egal, dass Bob ständig besoffen Auto fuhr. Egal, dass er jedes Mal die Woodmere nahm. Wenn der Schnaps nicht gewesen wäre, hätten sich diese Faktoren in Luft aufgelöst. Der *Schnaps* war schuld.

Patrick erinnerte sich an eine Meldung, die er vor ein paar Jahren in den Fernsehnachrichten gesehen hatte. Ein etwa zwanzig Jahre alter Junge hatte sich mit einer Schrotflinte den Kopf weggeblasen, weil man seine Figur in einem dieser beliebten Online-Videospiele getötet hatte. Die Medien hatten sich danach ekelhaft voyeuristisch an der Trauer der Mutter geweidet, die dem Videospiel vorwarf, »ihr Baby umgebracht zu haben«. Selbstverständlich verklagte die Mutter die Produktionsfirma des extrem erfolgreichen Spieles auf Schmerzensgeld in Millionenhöhe, aber darum ging es nicht wirklich, nicht wahr? Das Spiel hatte ihrem einzigen Sohn das Leben geraubt!

Als das Reporterteam in der Folge der Tragödie das Apartment des jungen Mannes aufsuchte, hatte sich einer beim Betreten die Nase zugehalten, wie sich Patrick noch gut erinnerte. Es war nicht etwa Leichengestank gewesen, der dem Journalisten zugesetzt hatte. Sondern der Geruch von Pizzaschachteln und Hamburger-Einwickelpapier, aus Pappboxen mit chinesischem Essen und Speiseresten, mannshoch gestapelt und sich wie ein widerwärtiges Labyrinth durch die komplette kleine Wohnung windend. Der Junge war ein völlig isolierter Stubenhocker gewesen und hatte seit Monaten in diesem Berg von Unrat dahinvegetiert. Job? Er hatte seinen Job sechs Monate zuvor gekündigt, um Tag und Nacht vor dem Spiel sitzen zu können. *Wo war Mom währenddessen?* Diese Frage hatte sich Patrick als erste gestellt. *Hast du auch nur ein EINZIGES Mal versucht, ihn aus seiner steilen Abwärtsspirale zu reißen? Himmel, selbst ein Blinder hätte beim Besuch der Wohnung sofort GEROCHEN, dass etwas nicht stimmte. Aber nein, Lady, Sie haben natürlich völlig recht; das Videospiel hat Ihren Sohn getötet. Er hatte sein Leben ja im Griff gehabt und war geistig so robust, stabil und dauerhaft wie der erste Ständer eines Teenagers gewesen. Das SPIEL hat den Lauf der Schrotflinte in seinen Mund geschoben und ihm den Kopf von den Schultern gepustet. Jau. Ganz klar. Das Spiel.*

»Hey! Hörst du überhaupt zu?«, fragte Amy.

Patrick wurde aus seiner Erinnerung gerissen, und die diffusen Nachrichtenbilder verschwanden. »Pardon, wie bitte?«

Amy schüttelte den Kopf, stürzte den Rest ihres Kaffees herunter und schenkte sich aus der Kanne nach. Patrick stand gegen die Küchentheke gelehnt, musterte die Kehrseite seiner Gattin und ertappte sich wieder einmal bei einem seiner notorischen Tagträume. Er war zweifelsfrei einer von der nachdenklichen Sorte. Was zu den Eigenschaften gehörte, die Amy sehr an ihm mochte. Er war allerdings ziemlich häufig auch dann leicht weggetreten, wenn es völlig unpassend war. Wie zum Beispiel jetzt.

Amy sah ihn an. Sie trank ihren Kaffee schwarz, was sie sonst nie tat. »Ich habe gesagt, dass Carrie und Caleb anscheinend nicht vollständig begreifen können, was mit ihrem Großvater geschehen ist.«

»Ich glaube, das ist in ihrem Alter völlig normal, Liebste.«

Amy runzelte skeptisch die Stirn. »Carrie hat tagelang geheult, als Oscar starb.«

»Das ist ein bisschen was anderes.«

»Was?«

»Das soll nicht heißen, dass er ihr mehr *bedeutet* hat, sondern nur, dass es was *anderes* ist. Versuch mal eine Sekunde lang, dich in eine Siebenjährige hineinzuversetzen.«

»Ein verstorbener Hund ist wichtiger als ein verstorbener Grandpa?«

Amys Trauer blockierte jede Möglichkeit der Rationalisierung. In jeder anderen Situation oder wenn eine andere Familie betroffen wäre, hätte sie ohne weitere Erläuterungen verstanden, worauf Patrick hinauswollte.

»Natürlich nicht. Das weißt du genauso gut wie ich. Aber weiß das auch ein siebenjähriges Kind, das jede freie Minute mit besagtem Hund verbringt? Sie hat Bob wie oft gesehen? Einmal im Monat? Wenn überhaupt? Sie ist zu klein, Schatz. Denk daran, was Dr. Bogan über kindliche Entwicklungsstadien gesagt hat. Die egozentrische Phase. Carries Kosmos endet mit ihrer Nasenspitze. Oscar war ein Teil dieser kleinen Welt. Du kannst nicht von ihr erwarten, den Ernst und die Tragweite der jetzigen Situation zu erfassen. Dazu ist sie noch nicht imstande. Auf dieser Entwicklungsstufe liegt das völlig außerhalb ihrer Reichweite. Und Caleb ist selbstverständlich noch weit weniger zu so etwas in der Lage.«

»Du willst also damit sagen, dass sie trauriger wären, wenn es um deine Eltern ginge?«

»Habe ich das gesagt?«

»Du hast es angedeutet.«

»Tja, wenn ich das getan habe, dann unabsichtlich. Fürs Protokoll: Nein, meiner Überzeugung nach hätte Carrie auch mehr Tränen für Oscar als für meine Eltern vergossen, wären die plötzlich gestorben.«

Amy stellte die Kaffeetasse ab, schlug die Hände vors Gesicht und begann zu weinen.

Patrick zog sie an sich. Darauf hatte er gewartet. Amy hatte noch immer nicht alles rausgelassen. Er drückte sie fest an sich und flüsterte ihr tröstende Worte zu. Sie schluchzte eine geraume Weile an seiner Brust.

30

Pittsburgh, Pennsylvania

Arty lag auf der Pritsche in seiner Zelle und starrte zur Decke empor, ohne die Decke wahrzunehmen. Er sah nur die Frau vor sich, die ihn vor Monaten im Krankenhaus besucht hatte, versuchte sich ihre Pläne detailliert auszumalen. Sie hatte ihn beim ersten Augenkontakt überwältigt und dann vollends überzeugt, als er vom Tod seiner Adoptivmutter erfuhr. Die Karte, die er am heutigen Nachmittag aus seinem Poststapel gezogen hatte, verschaffte ihm schließlich *absolute Gewissheit.*

Das Spiel war nicht vorbei. Er hätte es besser wissen müssen.

Jims Tod hatte ihm den Wind aus den Segeln genommen. Die Nachricht, ein Adoptivkind zu sein, hatte ihn gelähmt. Eine Zeit lang hatte er sich der vermeintlichen Tatsache stellen müssen, nicht einzigartig zu sein, keine Ausnahme von der Regel zu bilden. Gegenüber dieser Erkenntnis war die Aussicht auf ein Leben im Gefängnis so angenehm wie kühles Bier zu dicken Titten.

Jetzt war alles anders. Seine Schwester. Sie könnte Jims Zwilling sein. Sie hatte sich Monica genannt. Während dieser einen kurzen Begegnung hatte sie ihm Hoffnung gegeben. Sie würde das Spiel wiederbeleben. Es kümmerte Arty nicht mehr, ob er einen Ausnahmefall darstellte. Er *war* einzigartig. *War* etwas Besonderes. Natürlich. Zweifellos. Halbtot im Krankenhaus, die Aussicht auf lebenslänglich, der Bruder tot, alles vorbei, und dann ... *und dann* der rettende Engel, der ihm versicherte, er werde seine Rache bekommen. Ihm mitteilte, keinesfalls am Ende zu sein, sondern eine Zukunft vor sich zu haben.

Arty war kein religiöser Mensch, aber er glaubte an das Böse. Er *war* böse. Und um an das Böse glauben zu können, musste man, wie er annahm, auch an das Gute glauben. Ob es sich bei diesen Mächten um Gott und Satan handelte? Er wusste es nicht, und es war ihm auch gleichgültig. Er wusste nur, dass irgendwer oder irgendwas wollte, dass er sein Werk fortsetzte. Das Spiel weiterspielte. Und das war – sollte er überhaupt existieren – garantiert nicht Gott.

Er rollte sich von seiner Pritsche, hob die Matratze an, zog die Postkarte darunter hervor und las sie ein weiteres Mal. Es war eine Beileidskarte. Die Beamten hatten nichts damit anfangen können, sie Arty ausgehändigt und ihn gefragt, was das zu bedeuten hatte. Zunächst hatte Arty es selbst nicht gewusst. Die Polizisten waren misstrauisch – auf dem Umschlag stand kein Absender. Die Karte war nicht unterschrieben.

»Sie ist an dich persönlich adressiert, hier im Bezirksgefängnis. Willst du uns ernsthaft erzählen, du wüsstest nicht, was es damit auf sich hat?«, hatten sie ihn gefragt.

Arty hatte bloß mit den Schultern gezuckt. Er wusste es wirklich nicht. Er kannte keine Person namens May. Und wenn er schon keine May kannte, dann ihren Vater erst recht nicht.

Die Wachbeamten hatten die Karte zurück in ihren Umschlag und dann durch die Gitterstäbe geschoben.

»Dann viel Spaß damit. Mehr beschissene Post gibt's heute nicht.«

Arty hatte die Karte gelesen und dann mit gerunzelter Stirn beiseitegelegt. Er verstand nur Bahnhof. In den paar Wochen, die er seit seiner Entlassung aus dem Krankenhaus in Untersuchungshaft verbracht hatte, waren ihm zahlreiche merkwürdige Sendungen zugestellt worden. Bewunderungsbekundungen, Todesdrohungen, Liebesbriefe – doch jedes dieser Anliegen war unmissverständlich formuliert gewesen. Dies war die erste Nachricht, aus der er nicht schlau wurde. Was zum Teufel ging es ihn an, dass eine Frau namens May ihren Vater verloren hatte? Die Karte hatte nicht einmal einen namentlich identifizierbaren Absender. *Ein Irrer,* hatte er schließlich gemutmaßt. *Irgendein Schizophrener, der vor Gericht unter Eid schwören würde, dass sein Hamster ihm befohlen hat, das verdammte Teil abzuschicken.* Mit dieser Erklärung zufrieden, hatte er sich wieder sein Buch gegriffen, die Seite mit dem Eselsohr aufgeschlagen und seine Lektüre fortgesetzt. Er war nicht über den ersten Satz hinausgekommen, als er das Buch zugeschlagen, sich die Karte geschnappt und sie erneut gelesen hatte:

May.
Mays Vater.
Mays Vater war gestorben.
Dann eine Zeile über die Bedeutung der Familie.
Familie war doppelt unterstrichen.
May.
Amy.
May = Amy.
Amy Lambert.
Amy Lamberts Vater war gestorben.

Familie war doppelt unterstrichen.
Es war eine Botschaft von seiner Schwester.
Seine Schwester hatte Amy Lamberts Vater getötet.

Und nun saß Arty aufrecht da, las die Karte immer und immer wieder, liebkoste sie, sog ihren *Duft* ein und stellte sich währenddessen vor, wie es geschehen war, wie schwer die Lamberts unter dem Verlust litten. Das aufgeregte Flattern in seinem Magen war so intensiv, dass es bis in seine Kehle stieg und ihm beinahe das Mittagessen hochkommen ließ.

Er schob die Karte sorgfältig in ihr Versteck unter der Matratze zurück, legte sich wieder hin und fuhr fort, zur Decke emporzustarren, ohne die Decke wahrzunehmen.

Einzigartig. Besonders. Natürlich war er das.

31

Achtzehn Uhr dreißig. Patrick betrat den Vorraum und konnte es kaum erwarten, sich die Schuhe von den Füßen zu streifen. Erschöpfung, bereits gelockerte Krawatte, der Aktenkoffer schwer wie eine Zwanzig-Kilo-Hantel – was er jetzt brauchte, war kein Miller, sondern einen *Glenlivet*. Einen doppelten, pur, in einem Zug. Oh, und die Flasche bitte in Reichweite lassen, besten Dank auch.

Caleb hüpfte aus seinem Versteck hinter der Wohnzimmerwand hervor und hängte sich ans Bein seines Vaters, sobald es in sein Blickfeld geriet. Es war ein Ritual, aber Patrick simulierte jedes Mal Überraschung und tat so, als hätte er sich gerade den Schreck seines Lebens eingefangen. Caleb schaute aus seinen braunen Augen mit liebevollem Blick zu seinem Vater auf, das Gesicht ein einziges kicherndes Grinsen, und plötzlich verlangte es Patrick nicht mehr ganz so stark nach dem Scotch, wie er gedacht hatte. Er stellte seine Aktentasche ab, bückte sich und hob seinen Sohn in die Höhe.

»Wie läuft's, Kumpel?«

Caleb berichtete seinem Vater, dass er heute im Kindergarten ein Bild von einem Riesenkäfer gemalt hatte, der ein Auto fraß. Patrick küsste seinen Sohn, lächelte und fragte sich, welche Interpretation Dr. Bogan wohl dazu anzubieten hätte. Er setzte Caleb ab und warf einen flüchtigen Blick auf Carrie im Wohnzimmer. Seine Tochter lag mit in die Hände gestütztem Kinn und weit aufgerissenen Augen direkt vor dem Fernseher. Die Ankunft ihres Vaters schien sie nicht weiter zu interessieren.

»Hallo, Carrie«, brummte Patrick, ohne mit einer Reaktion zu rechnen. Er wäre fast in Ohnmacht gefallen, als sie ein leises »Hi, Daddy« erwiderte, wobei es natürlich für sie außer Frage stand, ihre Augen auch nur eine Sekunde vom TV abzuwenden.

»Wo ist Mommy?«, wollte er wissen.

Caleb zeigte quer durch die Küche auf den Nebenraum, in dem sich Amy ihr Büro eingerichtet hatte, bevor er neben seiner Schwester vor dem Fernseher niederplumpste.

»Warum probiert ihr nicht mal, eure Augäpfel direkt auf den Bildschirm zu drücken?«, fragte Patrick, als er zu Amys Büro hinüberging. Beide Kinder ignorierten seine Bemerkung.

Amy drehte sich auf dem Schreibtischstuhl von ihrem Computerbildschirm weg und streckte ihrem eintretenden Mann das Kinn zu einem Begrüßungskuss entgegen. Patrick bemerkte ein leeres Martiniglas neben dem Rechner.

Er deutete mit dem Kinn darauf. »Schon in Feierlaune?« Sein Tonfall war freundlich, doch er konnte die Neugier, die darin mitschwang, nicht gänzlich verbergen. Amy war keine Jungfrau, wenn es um Alkohol ging, und es war nichts Ungewöhnliches, wenn sie abends ein oder zwei Glas Wein trank, aber einen Martini? Patrick wusste, dass sie Martini mochte, konnte sich aber trotz aller Anstrengung nicht daran erinnern, wann sie sich das letzte Mal zu Hause einen eingeschenkt hatte.

»Was?«, gab sie zurück. Ihre Wangen und Nase waren leicht gerötet, und Verlegenheit war nicht der Grund dafür.

Patrick fragte sich, ob das leere Glas vor seiner Heimkehr schon ein- oder zweimal nachgefüllt worden war.

»Nichts«, sagte er. »Ich weiß nur nicht, wann du das letzte Mal Martini getrunken hast.«

»Ich trinke immer Martinis.«

»Ja, auswärts ... aber hier zu Hause kenne ich das nicht von dir.«

»Na und? Mir war danach.« Sie drehte sich wieder zu ihrem Computer herum.

Maß er der Sache zu viel Gewicht bei? Das Begräbnis ihres Vaters lag gerade mal ein paar Wochen zurück. Vielleicht war das hier ein ganz normaler Teil des Trauerprozesses. Er hatte einen harten Arbeitstag hinter sich und war daher selbst auf einen ordentlichen Drink scharf. Waren seine Bedenken deshalb heuchlerisch? Gut möglich. Abgesehen davon, dass es für ihn nichts Ungewöhnliches war, zu Hause Scotch zu trinken. Es *war* hingegen ungewöhnlich für Amy, zu Hause Martinis zu trinken.

Moment, Patrick, dachte er. *Du machst dir zu viele Gedanken. Du MISST der Sache zu viel Gewicht bei.*

Vielleicht sollte er sich ihr einfach anschließen? Oder würde er sich dadurch gewissermaßen der Beihilfe schuldig machen? Nein – ihr beim Trinken Gesellschaft zu leisten, würde zum Ausdruck bringen, dass er die Angelegenheit *nicht* aufbauschte und es völlig in Ordnung war, wenn sie einen oder zwei oder auch *drei* Martinis trank. Er hatte, wie ihm allmählich klar wurde, eigentlich nicht das Geringste dagegen einzuwenden, mit ihr zusammen ein paar zu kippen, solange sie sich nicht vor den Augen der Kinder die Kante gaben.

Patrick begann ihre Schultern zu massieren. »Ich mach dir einen Vorschlag. Wie wär's, wenn ich dir einen frischen mixe, mir einen Scotch einschenke und deinen Füßen dann die Massage ihres Lebens verpasse?«

Amy blieb dem Computer zugewandt.

»Was hältst du davon?«, fragte er.

»Die Kinder haben noch nichts gegessen«, sagte sie.

»Ich kümmere mich ums Abendessen. Ich werde Hähnchen-Nuggets und Makkaroni mit Käse machen. Sie werden auf Wolke sieben schweben.«

Er beugte sich vor und küsste ihren Nacken und wartete darauf, dass sie sich angesichts seines unwiderstehlichen Angebotes, ihr einen neuen Drink, den Kindern Abendessen und – die pralle Kirsche auf der Sahnehaube – ihren Füßen eine Massage zu servieren, mit einem verschmitzten Lächeln und einem Kuss auf den Mund revanchieren würde.

Stattdessen schockierte sie ihn zutiefst, indem sie aufstand, »Nein, lass nur« sagte und mit dem leeren Martiniglas aus dem Zimmer verschwand.

Als der völlig verdutzte Patrick schließlich zurück ins Wohnzimmer spazierte, saß Amy vor dem Fernseher und schlürfte einen frischen Martini. Sie bedachte ihn mit einem flüchtigen Blick. »Willst du immer noch Abendessen machen?«, fragte sie.

Patrick murmelte etwas wie ein »Ja« und stapfte dann in die Küche. Jetzt schien es durchaus angebracht, der Sache größeres Gewicht beizumessen.

Amy lag mit einem aufgeschlagenen Buch auf der Brust im Bett. Dank zu vieler Martinis verschwammen die Buchstaben vor ihren Augen, und sie konnte sich nicht konzentrieren. Doch das spielte keine Rolle. Das Buch war lediglich eine Requisite, ein visuelles Hilfsmittel, das ihrem Mann zeigen sollte, dass sie nüchtern genug zum Lesen war (was nicht stimmte) und keine Lust auf eine Unterhaltung verspürte (was stimmte). Ihr war bewusst, dass sie sich an diesem Abend seltsam benahm, und sie wusste *selbst* nicht genau, warum sie das tat. Aber darüber konnte sie sich morgen Gedanken machen, und morgen würden sie auch, was noch wichtiger war, darüber sprechen können. Heute Abend ging es ausschließlich darum, ihren hackedichten Hintern so schnell wie möglich und ohne großes Drama ins Bett zu verfrachten. Sie hatte in Erwägung gezogen, sich auf die Seite zu rollen und schlafend zu stellen, aber Patrick hätte das gemerkt. Mit Sicherheit.

So lag sie da, während die gedruckten Wörter an ihren Augen vorbeiflimmerten, und lauschte, wie Patrick zuerst Caleb und dann Carrie ins Bett brachte. Hörte, wie Carrie bat, ihre Tür offen und das Flurlicht eingeschaltet zu lassen. Hörte, wie Patrick ersterer Bitte stattgab und letztere verneinte. Hörte Carries künstlichen Klagelaut. Hörte erfreut, wie Patrick sie zurechtwies, sie ins Bett beorderte und das Licht im Flur ausschaltete.

Patrick betrat das Schlafzimmer. Sie hielt den Blick auf das Buch gerichtet, beobachtete ihn jedoch aus dem Augenwinkel. Er sah nicht in ihre Richtung. War er sauer oder besorgt? Sie hatten beim Essen kaum miteinander gesprochen, sondern sich eifrig darum bemüht, dass die Kinder ordentlich aßen und die Tischmanieren einhielten, auch wenn es an beidem kaum etwas auszusetzen gab. Amy hatte sich beiläufig nach dem Verlauf seines Arbeitstages erkundigt und Ausführungen über die Schwierigkeiten der in einem Monat anstehenden Präsentation als Antwort erhalten. Der Ton ihrer Unterredung war ausgesprochen sachlich ausgefallen, als hätten sie ihn in langen Jahren der Alltagsroutine einstudiert. Allerdings führten Amy und Patrick keine Beziehung dieser Art. Es gab keine Langeweile. Routine ja – schließlich hatten sie eine Familie, weshalb eine gewisse Routine unvermeidlich war. Aber es gab keinen ritualisierten, emotionalen Austausch von Nichtigkeiten, Tag für Tag wiederholt in der heimlichen Sehnsucht nach einem anderen, getrennten Leben. Sie *zusammen,* das war ihr Leben. Ein Unbeteiligter hätte die unbehagliche Atmosphäre, die am Esstisch herrschte, wohl nicht als dramatisch empfunden, aber für Leute, die das Ehepaar gut kannten, wäre der Konflikt unübersehbar gewesen.

Amy guckte zu, wie Patrick sich bis auf die Boxershorts auszog und seine Klamotten in den Wäschekorb warf. Er schenkte ihr nach wie vor keinerlei Beachtung, als er im Badezimmer verschwand. Sie hörte, wie der Wasserhahn rauschte, Patrick sich die Zähen putzte, mit Mundspülung gurgelte, ausspuckte und Wasser nachlaufen ließ. *Jetzt geht's los ...*

Patrick kam aus dem Badezimmer und schlüpfte zu ihr unter die Decke. Er lag auf dem Rücken und schaute zur Decke. *Gleich kommt's,* dachte Amy.

»Also, was ist los?«, fragte er.

Amy schwieg einen Moment, bevor sie das aufgeschlagene Buch flach auf ihrer Brust ablegte und Patrick abrupt das Gesicht zukehrte, als hätte man sie soeben aus einer besonders fesselnden Romanszene gerissen.

»Wie bitte?«

»Du kannst das Buch jetzt weglegen, Amy. Ich bezweifle stark, dass du auch nur ein verdammtes Wort erkennen kannst.«

Sie liebte ihn, war jedoch für den Bruchteil einer Sekunde versucht, ihm das Buch auf den Schädel zu schmettern, weil er sie so gut kannte. Stattdessen schmiss sie es zu Boden.

»Warum machst du so ein Theater um ein paar Martinis?«, fragte sie.

Er drehte den Kopf zu ihr. »Du weißt genau, dass es nicht darum geht – ich habe dir einen neuen angeboten.«

»Was ist dann das Problem?«

»Ich will wissen, warum du mein Angebot ausgeschlagen hast. Ich will wissen, warum du wütend auf mich bist.«

»Ich bin nicht wütend auf dich.«

»Was denn dann? Ich will Abendbrot machen, dir einen Drink einschenken und deine *Füße massieren*, und du hast keine Lust? Dann haust du ab, machst dir *selbst* einen Drink und hockst dich stumm vor den Fernseher? Was soll ich mir dabei denken?«

»Denk einfach *gar nichts*, okay? Denk dir ein einziges Mal bitte nichts dabei.«

»Was soll das nun wieder heißen?«

»Hör einfach auf ... die Dinge überzuinterpretieren.«

»Amy, ich ... na schön, ich gebe zu, dass ich manchmal zur Überinterpretation neige, aber du musst doch zugeben ... in diesem Fall würde sogar ein Höhlenmensch verzweifelt auf den Nägeln kauen.«

Amy fielen die Werbespots des Versicherungsunternehmens Geico mit den neandertalerhaften Höhlenmenschen ein, und ihr entfuhr unwillkürlich ein lallendes Kichern.

Patrick runzelte die Stirn. »Was zum Geier ist bloß los mit dir?«

»Tut mir leid, tut mir leid.« Sie bemühte sich ihr Grinsen zu unterdrücken, was ihr erst dann endgültig gelang, als sie sich eine Hand vors Gesicht legte.

Ein langer, extrem unangenehmer Moment der Stille folgte.

»Wollen wir jetzt reden oder nicht?«, fragte er.

Sie drehte sich zu ihm herum, und sie sahen sich in die Augen.

»Patrick, ich schwöre, dass alles in Ordnung ist, glaub mir. Ich bin nicht böse auf dich. Ich kann mir mein Verhalten auch nicht erklären. Ich wollte einen Drink. Was *Starkes*, verstehst du? Ich war gereizt und nervös und ein wenig niedergeschlagen. Erst habe ich an die ganze Scheiße denken müssen, die wir im vergangenen Jahr durchgemacht haben, und dann musste ich an Dad denken.

Dein Angebot war sehr lieb, und du weißt, dass ich es in neunundneunzig von hundert Fällen dankbar angenommen hätte. Aber heute Abend wollte ich einfach nur ... in Ruhe gelassen werden. Vielleicht ist das Teil der Trauerarbeit.« Sie streichelte seine Schulter und schien es ehrlich zu meinen, als sie hinzufügte: »Ich schwöre dir, dass ich weder wütend auf dich noch verrückt geworden bin, Liebling. Wir sollten es dabei belassen. Ich habe einfach ein bisschen Zeit für mich alleine gebraucht. Ich weiß, dass das nicht oft bei mir vorkommt, aber heute Abend war es so. Das ist alles. Ich liebe dich mehr als je zuvor. Ich schwöre, es ist alles okay.«

Ein mildes Lächeln zeichnete Fältchen um Patricks Augen. Er fuhr mit den Fingern durch ihr Haar. »Gut«, sagte er. »Ich liebe dich einfach so sehr. Ich habe mir Sorgen gemacht.«

»Ich weiß.« Sie drückte ihm einen sanften Kuss auf die Lippen. »Gute Nacht.«

Amy nahm den Platz auf ihrer Seite des Bettes ein, schaltete die Lampe auf ihrem Nachttisch aus und fragte sich, ob er versuchen würde, sich an sie zu kuscheln. Sie empfand widersprüchliche Gefühle: Einerseits hätte sie es begrüßt, denn dadurch würde er ihr beweisen, dass sie ihn überzeugt hatte und die Sache erledigt war; andererseits wollte sie nach wie vor ihre Ruhe.

Patrick wälzte sich auf den Rücken und langte nach dem Schalter seiner eigenen Nachttischlampe. Er startete keinen Annäherungsversuch. Amy ergriff seine Hand, drückte sie und hielt sie umschlossen. So schliefen beide ein.

32

»Geht es auf Schiffsreise?«, wurde Patrick von seinem Kollegen Steve Lucas gefragt, als er am nächsten Morgen die Büroküche betrat, um sich seine dritte Tasse Kaffee zu holen.

Patrick sah zu Lucas hinüber, während er seinen Zucker einrührte. »Hä?«

Lucas deutete mit dem Zeigefinger auf seine eigenen Augen und dann auf Patricks. »Sieht aus, als hättest du zwei zusätzliche Seesäcke dabei«, sagte er und ließ seinem höchst mittelprächtigen Joke ein dämliches Grinsen folgen.

Patrick kam gut mit Steve Lucas klar. Der Typ konnte einem mitunter leicht auf die Nerven gehen, war aber alles in allem erträglich. Dennoch überkam ihn – mit wenigen Stunden Schlaf hinter und einem gigantischen Berg Arbeit vor sich – spontan der Drang, dem Mann den dampfend heißen Kaffee ins Gesicht zu schütten.

»Hab nicht besonders gut geschlafen«, sagte Patrick.

»Bist du hinter dem Zeitplan?«

Patrick warf das hölzerne Rührstäbchen in den Abfalleimer. »Nein, damit hat's nichts zu tun.« Er nahm einen Schluck Kaffee. »Ich hab einfach nur schlecht geschlafen.«

»Vielleicht brauchst du statt Kaffee einen *Megablast.*« Ein weiteres breites Grinsen. »Hast du das Zeug schon mal probiert?«

Patrick schüttelte den Kopf und nippte erneut an seinem Kaffee. »Nein. Kürzlich sind Amy und ich mit einem jüngeren Pärchen zusammen ausgegangen, und die beiden haben uns einen Red-Bull-Wodka nach dem anderen bestellt. Wir haben beide ungefähr eine Woche lang nicht geschlafen.«

Lucas griente beharrlich weiter. »Demnach betreibst du Propaganda für ein Produkt, das du selber niemals anrühren würdest?«

Patrick stellte sich aufs Neue vor, ihn mit Kaffee zu verbrühen. Das harmlose Grinsen verwandelte sich in das einer gönnerhaften Arschgeige. »Das nennt man Werbung, Steve. Wir sind nicht gezwungen, das Produkt gut zu finden – wir müssen es lediglich anpreisen.«

Lucas gluckste, öffnete den Kühlschrank, nahm eine kleine Flasche Orangensaft heraus und schüttelte sie. »Tja, dann hoff ich mal, dass du dich irgendwann ein wenig ausruhen kannst. Und es könnte gewiss nicht schaden, das Zeug vor dem großen Tag zumindest ein einziges Mal probiert zu haben. Wäre sicher hilfreich. Ich an deiner Stelle würde *während* der Präsentation eine ganze Flasche von dem Mist saufen.«

Wäre Steve Lucas nicht bis zur vollen Auslastung mit seinem Job für einen ihrer neuen Auftraggeber – eine ausländische Software-Firma – beschäftigt gewesen, hätte Patrick wahrscheinlich angenommen, sein Kollege wolle sich ein Stück des riesigen Kuchens abschneiden, den ein Kunde wie Megablast darstellte: der allererste naturreine und Kraft für einen vollen Tag spendende Energy-Drink, quasi der jederzeit abrufbare, auf eine Halbliterblechdose gezogene Allzweck-Herzanfall. Patrick hatte Steve angelogen. Er hatte *selbstverständlich* eine Dose probiert. Und sich nach ungefähr zwanzig Minuten, als er seinen Pulsschlag in den Zähnen zu spüren glaubte, ernsthaft gefragt, ob Kokain nicht die harmlosere Alternative war – und bei acht Dollar und fünfundneunzig Cent pro Dose auch die billigere.

Doch in diesem Metier waren solche Argumente bedeutungslos. Patricks Job bestand darin, Marketingkampagnen für sämtlichen Kram zu entwickeln, der auf seinem Schreibtisch landete. Wen kümmerte es, ob er selbst damit etwas anfangen konnte oder nicht? Seine Aufgabe war es, der jeweiligen Sache unwiderstehlichen Glanz zu verleihen, und er kam seiner Arbeit gerne nach. Tatsächlich waren es, wie er zugeben musste, gerade diejenigen Produkte, die ihn nicht im Geringsten ansprachen, deren Vermarktung ihm den größten Spaß bereitete. Sie stellten die größte Herausforderung dar. Und Megablast war in der Tat eine Herausforderung, nicht zuletzt aufgrund der Unmenge an Energiegetränken, von denen der Markt bereits überflutet war. Das Schlüsselverkaufsargument von Megablast lautete »naturrein« – was immer das heißen mochte. Patrick wusste um die Inhaltsstoffe von Megablast sehr genau Bescheid und war außerdem ehrlich genug, um zugeben zu können, dass er zwei Drittel davon weder kannte noch überhaupt korrekt aussprechen konnte. »Naturrein« war in diesem Marktsegment offensichtlich ein äußerst dehnbarer Begriff. Doch an genau diesem Punkt setzte er – neben einigen anderen – wesentlich an, und er war fest entschlossen, diesem Zeug ein Image zu verpassen, als wäre es direkt aus dem Heiligen Gral gezapft worden. Im Falle eines Erfolges würde sich seine ohnehin vielversprechende Stellung innerhalb des Unternehmens massiv festigen.

Allerdings gab es noch eine Menge zu tun. Seine Präsentation ähnelte in ihrem jetzigen Zustand einem nur an den

Rändern zusammengefügten Puzzlespiel – der Umriss des Bildes war bereits zu erkennen, aber in der Mitte mussten noch etliche Stücke so zusammengefügt werden, damit etwas Ansehnliches dabei herauskam.

Und es handelt sich um ein verdammt großes Puzzle, dachte er, als er in seinen Bürostuhl sank und ein Dokument auf dem PC öffnete. *Ein verdammt großes.*

Patrick schlürfte seinen Kaffee, gähnte und machte sich an die Arbeit.

33

Um Viertel vor fünf gähnte Patrick noch immer, als das Telefon auf seinem Schreibtisch klingelte.

»Patrick Lambert.«

»Hi, Schatz, ich bin's«, sagte Amy.

Sie klang fröhlich. Regelrecht glücklich. Eine wunderbare Welle der Erleichterung durchspülte ihn, und er fühlte, wie die Reste der Anspannung von letzter Nacht dahinschmolzen.

»Hi, Süße. Wie geht's meinem Mädchen?«

»Gut. Ich stehe gerade vor dem Friday's und will mit den Mädels ein paar Happy-Hour-Drinks nehmen. Würde es dir was ausmachen, auf dem Heimweg von der Arbeit Carrie und Caleb abzuholen?«

Die Erleichterung war von kurzer Dauer. Natürlich hatte er kein grundsätzliches Problem damit, wenn Amy mit ihren Freundinnen ausging, was sie ohnehin regelmäßig tat. Doch nach dem, was am gestrigen Abend passiert war, kam es ihm unangebracht vor. Und dann hallten Amys Worte in seinem Kopf wider, so deutlich, als hätte sie diese soeben am Telefon wiederholt:

(»Hör einfach auf ... die Dinge überzuinterpretieren.«)

Also bemühte er sich, genau das zu tun. »Ach so, Happy Hour? Keine Nachwirkungen mehr von gestern Abend?« Er klang gezwungen fröhlich und bewegte sich auf dem außerordentlich schmalen Grat zwischen freundlich und passiv-aggressiv. Er wappnete sich für eine harsche Antwort.

Doch Amys Reaktion war alles andere als harsch, sondern fiel vielmehr so fröhlich aus wie ihre Begrüßung. Oder gar noch fröhlicher?

Weil sie was getrunken hat.

»Hör bloß auf«, sagte sie ausgelassen. »Kannst du die Kinder auflesen? Sie sind nebenan bei den Lehmans.« Beim letzten Satz lallte sie leicht. Die meisten hätten das überhört. Patrick bemerkte es sofort.

Noch nicht mal fünf Uhr, und sie hat einen sitzen.

(»Hör einfach auf ... die Dinge zu überinterpretieren.«)

Patrick schloss die Augen und kniff sich in den Nasenrücken. »Ja, ich übernehme die Kinder. Was denkst du, wann du ungefähr wieder zu Hause bist?«, sagte er.

»Keine Ahnung – Augenblick.« Eine Pause, gefolgt von zunächst gedämpftem und dann laut plärrendem Kneipenlärm, als Amy zurück in die Bar ging. »Hey! HEY! WAS MEINT IHR, WIE LANGE WIR BLEIBEN?«, schrie sie über den Geräuschpegel hinweg. Eine Frau johlte etwas zurück, und Amy lachte. Sie lachte immer noch, als sie das Gespräch wiederaufnahm. »Wir haben nicht die leiseste Ahnung.«

»Und wie kommst du nach Hause?«

»WAS?«

Patrick kniff sich kräftiger in die Nasenwurzel. *»WIE KOMMST DU NACH HAUSE?«*, brüllte er zurück, wodurch er die Blicke einiger Kollegen außerhalb seines Büros auf sich zog.

»Ich hab 'ne Mitfahrgelegenheit. Sarah trinkt nichts.«

Patrick hätte vor Gericht keinen Eid darauf geschworen, war sich aber ziemlich sicher, eine Frau »GANZ BESTIMMT NICHT!« rufen zu hören.

»Amy, ich …« Er unterbrach sich. Musste er auf das Offenkundige hinweisen? Ihr Dad? Letzte Nacht? Sie konnte seine Besorgnis mitnichten übersehen haben. Andererseits war sie schließlich dabei, sich zu betrinken, und derartige Überlegungen und Rücksichtnahmen neigten auf unheimliche Weise dazu, sich mit jedem neuen den Rachen runterrutschenden Drink weiter in Wohlgefallen aufzulösen.

»Was?«, fragte sie. Daraufhin wandte sie sich anscheinend ihren Mitstreiterinnen zu. »MAUL HALTEN! ICH KANN NICHTS VERSTEHEN!« Mehr Gelächter. »Was hast du gesagt, Schatz?«

»Nichts«, erwiderte Patrick. »Ich wollte dir nur viel Spaß wünschen. Pass auf dich auf.« Seine Stimme war absichtsvoll tonlos – ein reichlich blamabler Versuch, sie dazu zu bringen, eine Sekunde lang ernst zu bleiben und seinen Bedürfnissen wenigstens ein Stückchen entgegenzukommen.

»Danke, Liebling. Bis heute Abend. Ich liebe dich.«

Patrick sprach »Ich liebe dich auch« in eine tote Leitung. Er legte auf und starrte lange auf seinen Tisch hinab, ohne ein einziges Mal zu blinzeln.

Patrick saß am Küchentisch und ging einige seiner Notizen durch. Es war nach zehn, die Kinder schliefen, und Amy hatte sich noch immer nicht blicken lassen. Er hatte die erste Seite seiner Aufzeichnungen mindestens zehnmal gelesen. Obwohl, das war eigentlich eine Lüge. Er war nie bis zum Ende der Seite gekommen. Manchmal hatte er die Hälfte, dann wieder ein Viertel geschafft, bevor seine Gedanken abschweiften und er von vorne beginnen musste. Er dachte an Amy, wie sie letzten Abend mit dem Buch auf der Brust so getan hatte, als würde sie lesen, um von dem eigentlichen Problem, das zwischen ihnen bestand, abzulenken. War das, was er hier mit seinen Notizen veranstaltete, so anders? Erledigt bekam er jedenfalls gar nichts. Die Notizen waren nichts als eine Requisite, genau wie Amys Buch. Ein Vorwand, um am Küchentisch und damit genau in Amys Blickfeld zu sitzen, wenn sie durch die Eingangstür schritt. Ihre Motive unterschieden sich möglicherweise leicht voneinander – sie nutzte ein Buch als Vorwand, um ihren Rausch zu verbergen und einer unangenehmen Unterredung aus dem Weg zu gehen. Er hingegen benutzte seine Aufzeichnungen, damit es so aussah, als arbeite er, statt wie ein unruhiger Vater auf seine minderjährige Tochter zu warten, die zu spät nach Hause kam. Aber wenn man sich dem Kern der Sache widmete, taten sie beide etwas, das sie verabscheuten: Spielchen spielen. Nach so vielen gemeinsamen Jahren, nach all der Vertrautheit und selbstlosen Liebe zwischen ihnen, waren sie in heiklen Situationen wirklich auf ein Buch oder Notizblätter angewiesen? *Warum war der direkte Weg noch immer so schwierig zu beschreiten?*, grübelte Patrick. Amy hätte letzten Abend warten können, bis er ins Schlafzimmer kam, und ihm dann ihr Herz ausschütten können, und Patrick könnte jetzt mit nichts als einer Tasse Tee am Küchentisch warten, in berechtigter Sorge um das Wohlbefinden seiner Ehefrau.

Patrick hörte das metallische Knarzen des automatischen Garagentores, was seine Befürchtungen auf der Stelle in Ärger verwandelte. Sie war mit dem Auto nach Hause gefahren.

Scheiß auf die Notizen – diese Situation erforderte keine falschen Requisiten. Er schob energisch seinen Stuhl zurück, stapfte Richtung Vorraum und wartete dort darauf, dass sie im Eingang zur Garage auftauchte. Amys einzige

Rettung wäre eine ihrer Freundinnen, die sie nach Hause gefahren hatte.

Amy trat alleine in die Dreckschleuse.

»Hi«, sagte Patrick, ohne zu zögern.

Amys Kopf fuhr hoch, und sie legte eine Hand auf ihre Brust. Dann fing sie zu kichern an. »Oh Gott, Baby, du hast mir einen *Heidenschreck* eingejagt.« Sie war betrunken.

»Amy, was zum Teufel soll das?«

Sie schwankte, als sie ihren Mantel auszog und an einen der an der Wand aufgereihten Kleiderhaken hing. Sofort rutschte der Mantel wieder vom Haken und fiel zu Boden. Es entging ihr. »Was?«, fragte sie.

»Du bist betrunken und verdammt noch mal *gefahren.*«

»Ich bin nicht betrunken«, sagte sie. Sein Vorwurf schien an ihr abzuprallen – ihre Antwort klang unschuldig und nach reinstem Gewissen, so harmlos, als hätte sie beim Essen eine zweite Portion abgelehnt.

»Doch, *bist* du. Ich dachte, du hättest eine Mitfahrgelegenheit?«

»Hatte ich – *wollte* ich ... aber sie sind vorher weg.« Sie sagte das mit bestimmter Miene, als wäre es von schlagender Logik.

»Deine Freundinnen haben dich allein dort sitzen lassen? Sie haben dich *nach Hause fahren lassen*?«

Amy schüttelte nachdrücklich den Kopf und wankte hin und her. »Nein – nein, nein. Sarah wollte mich nach Hause bringen, aber ich bin mit diesem anderen Mädchen ins Gespräch gekommen, und wir haben uns angefreundet.« Sie hielt inne, augenscheinlich erneut felsenfest davon überzeugt, dass alles vollkommen logisch war und Patrick die verbliebenen Lücken problemlos füllen konnte.

»Wovon zur Hölle redest du? Welches Mädchen?«

Amy ging an ihm vorbei in die Küche. Sie roch stark nach Alkohol. »Bloß irgendeine Frau, mit der ich mich unterhalten habe. Sie war echt cool. Die anderen wollten früh los, also meinte diese Frau, sie würde mich heimfahren. Die Mädels haben sie kennengelernt. Sie fanden sie auch cool«, sagte sie über ihre Schulter hinweg, während sie ein Glas aus dem Schrank nahm und mit Leitungswasser füllte. Sie leerte das Glas in einem Zug.

In Patricks Kopf drehte sich alles. Es klang einleuchtend und doch nicht einleuchtend. »Aber du bist heimgefahren. *Du.*«

»Weiß ich – die Schlampe hat mich nicht mitgenommen.«

»Hat sie nicht? Eine Wildfremde?« Er legte in gespielter Verwunderung die Hand vor die Brust. »Ich fasse es nicht!«

»Wie auch immer, Patrick.« Sie verdrehte die Augen, drehte sich um und stellte das Glas in die Spüle.

»Warum hast du mich nicht angerufen?«, fragte er. »Ich hätte dich abgeholt.«

»Und die Kinder? Wer hätte auf die Kinder aufpassen sollen?«, gab sie zurück.

»Ich hätte mindestens ein halbes Dutzend Nachbarn mobilisieren können. Die hätten auf sie aufgepasst. Das weißt du.«

Amy zog eine alberne Grimasse. »Das wäre peinlich gewesen.«

»Und wenn du in einem Streifenwagen nach Hause gekommen wärst? Wie hätte das ausgesehen?«

Sie schaltete in den Verteidigungsmodus. »Hör mal, ich hatte eine Mitfahrgelegenheit, okay? Sarah wollte mich nach Hause bringen. Aber sie sind abgezogen, weil diese andere Frau meinte, sie würde das tun. Und dann ist *sie* abgehauen. Was hätte ich sonst machen sollen?«

»Mich anrufen«, sagte er. »Oder Sarah. Warum hast du Sarah nicht angerufen, damit sie zurückkommt und dich mitnimmt?«

»Die waren alle schon weg.«

Noch mehr bizarrer Unfug. Patrick war zornig. Ja, Amy hatte den Trauerbonus, aber die furchtbare Ironie der gegebenen Umstände hätte selbst das allerverkommenste Individuum davor abgeschreckt, diesen Trumpf auszuspielen. Amy tat genau das – gewissermaßen.

»Sieh mal, ich weiß, dass ich Mist gebaut habe«, bekannte sie freimütig. »Besonders nach dem, was Dad zugestoßen ist, aber …« Ein Achselzucken. »Ich hab Mist gebaut. Tut mir leid. Wird nicht wieder passieren, okay?«

Patrick starrte sie an. Sie starrte trotzig zurück, als wäre die Erwähnung ihre Vaters eine hinreichende Rechtfertigung für ihren Leichtsinn – eine andere (und nach Patricks Meinung: üblere) Variante, den Trauerbonus auszunutzen.

»Okay?«, wiederholte sie mit herausforderndem Blick.

»Ich gehe schlafen«, sagte Patrick frustriert. Er verließ die Küche und ging nach oben.

Amy kam zwanzig Minuten später ins Bett. Patrick lag von ihr abgewandt auf seiner Seite. Die Lichter waren gelöscht bis auf die Lampe auf Amys Nachttisch, die er gnädigerweise angelassen hatte. So stinkwütend er auch war, er wollte keinesfalls, dass sie im Dunkeln herumstolperte und sich irgendwo den Kopf stieß.

Amy zog sich bis aufs Höschen aus, ließ das Zähneputzen ausfallen und kroch wortlos und umständlich ins Bett. Nach weniger als einer Minute vernahm Patrick ein versoffenes Schnarchen. Er lag bis weit nach zwei Uhr wach.

Im Friday's trat Monica Kemp an die Bar und bestellte einen Wodka Martini. Sie war nicht abgehauen, wie ihre neue Freundin Amy gedacht hatte, sondern hatte sich in die Damentoilette begeben, die blonde Perücke gegen eine rote und die blauen Kontaktlinsen gegen grüne eingetauscht sowie ihre Kleidung gewechselt. Als sie wieder aus der Damentoilette trat, hätte sie genauso gut ein neuer Restaurant-Gast sein können. Sie setzte sich sogar Amy gegenüber ans andere Ende der Bar, und als ihre Blicke sich trafen, lag darin nicht einmal die Andeutung eines Wiedererkennens.

Dann, als Amy schließlich aufgab, ihre Rechnung beglich und aus der Tür stolperte, folgte Monica ihr. Als Amy sich hinters Steuer zwängte, grinste Monica. Sie bedauerte nur, dass sie Patricks Reaktion auf die Heimkehr seiner betrunkenen Gattin – nur wenige Wochen nachdem ihr Vater durch Trunkenheit am Steuer gestorben war – weder hören noch sehen würde.

Nichtsdestotrotz war der Abend zu ihrer vollen Zufriedenheit verlaufen. Monica hatte ständig Drinks für Amy bestellt, wohlwissend, dass es nicht lange dauern würde, bevor das unverbindliche Geplauder über Arbeit und Männer tiefer gehenden Themen wich – der Moment, in dem das unter dem Namen Alkohol bekannte Wahrheitsserum Fremde in beste Freunde verwandelte und die Zungen der Beichtbedürftigen löste. Monica hatte der gefühlsduseligen Amy mit einer gut einstudierten Betroffenheitsmiene gelauscht. Sie hatte sich angehört, wie Amy den Hund Oscar und den Tod ihres Vaters beklagte. Amy hatte sogar Crescent Lake erwähnt, allerdings nichts Weltbewegendes preisgegeben. Monica ahnte, dass nicht einmal eine ganze Flasche Tequila die Schlösser dieser Schatztruhe an Erfahrungen würde aufbrechen können. Amy war lediglich zu einer kurzen Zusammenfassung bereit gewesen (wobei Monica Überraschung geheuchelt und gesagt hatte, der Fall sei ihr aus der Zeitung und den Fernsehnachrichten bekannt. *»Das warst du?«*, hatte sie gefragt und sich ein Grinsen verkneifen müssen).

Doch obwohl Monica in der Bar eine großzügige Portion von Amys Schmerzen und Kummer hatte genießen können, begehrte sie *inständig*, die sich anbahnende Konfrontation zwischen Amy und Patrick mitverfolgen zu können. Der ganze Akt war eine unerwartete, aber umso willkommenere meisterliche Inszenierung ihrerseits gewesen, und sie wollte ihn bis zum Ende sehen, verdammt noch mal.

Na ja – sie würde ohne diesen Luxus auskommen müssen. Sie schob sich mit dem Zahnstocher eine Olive in den Mund und füllte die ihr verbleibende Zeit an der Bar damit, in Erinnerungen an ihre liebsten Morde zu schwelgen.

34

Am nächsten Tag erwachte Amy kurz vor Mittag. In ihrem Kopf hämmerte es, und ihre Zunge fühlte sich an wie ein schlammbeschmierter Biberschwanz. Die Laken klebten an ihrer heißen und verschwitzten Haut, die mit jeder über sie hinwegrollenden Übelkeitswelle noch heißer und verschwitzter zu werden schien.

Sie quälte sich auf die Seite und warf einen Blick auf den Wecker. 11:54 Uhr. Mit einem Ruck saß sie bolzengerade im Bett, schleuderte die Decke von sich und sprang auf die Füße. Das Zimmer drehte sich, und ihr Magen war plötzlich auf Halshöhe. Sie spürte eine ungewöhnlich hohe Speichel-Konzentration im Mund, die nur eine Folgerung zuließ: Mrs. Amy Lambert stand ein sehr intimes Rendezvous mit der Toilette bevor, bei dem sie sich keinesfalls verspäten durfte.

Die Tränensäcke unter Patricks Augen hingen von Minute zu Minute tiefer und schwerer hinab. Steve Lucas hatte erneut darüber gewitzelt, als sie sich an diesem Morgen in der Büroküche über den Weg gelaufen waren, nur war Patrick diesmal nicht so freundlich und gelassen gewesen. Tatsächlich hatte er so gut wie gar nicht reagiert, sondern Steve lediglich einen giftigen Blick zugeworfen, und wenn einem jemand von Patricks Statur einen solchen Blick zuwarf, riss man seine lahmen Scherze woanders. Was Steve Lucas sich auch schleunigst zu Herzen nahm.

Patrick saß an seinem Schreibtisch und wartete darauf, dass seine vierte Tasse Kaffee auf Trinktemperatur runterkühlte. Sein Magen gurgelte und blubberte und verlangte nach Nahrung, doch Patrick konnte nichts essen, wenn er aufgebracht war. Diejenigen, die während Stressphasen Unmengen in sich hineinstopften, bewunderte er. Bei ihm war es das genaue Gegenteil: Er bekam nicht mal so etwas Simples wie ein Glas Saft hinunter. Dementsprechend hatte er das Frühstück ausfallen lassen und hatte das Gleiche mit dem Mittagessen vor. Sein Magen und sein Kopf – er bekam immer Kopfschmerzen, wenn er über einen längeren Zeitraum hinweg nichts zu sich nahm – würden zweifellos unablässig protestieren und sein heutiges Leistungsvermögen und seine Arbeitsenergie darunter leiden, aber er war einfach extrem angespannt. Und das mit gutem Grund, nach dem, was sich Amy gestern geleistet hatte. Der letzte Abend war etwas gänzlich anderes gewesen als eine harmlose Meinungsverschiedenheit wie zum Beispiel, dass er das Spiel der Eagles sehen wollte, während Amy einen Sonntagspicknickausflug vorschlug. Diese Sorte Auseinandersetzung fand in der Regel noch vor dem Abendessen ein Ende (und resultierte für gewöhnlich darin, dass Patrick das Spiel aufzeichnete und sich während des verfluchten Picknicks mit Amy von allen technischen Geräten fernhielt, die ihm das Ergebnis verraten konnten).

In Wahrheit verhielt es sich jedoch ein klein wenig anders. Er hatte nichts gegen die Picknickausflüge. Natürlich wollte er die Eagles spielen sehen. Natürlich meckerte und quengelte er ein bisschen. Doch unterm Strich hatte er immer großen Spaß. Weil er seine Frau liebte. Und es mehr als alles andere genoss, Zeit mit ihr zu verbringen. Kein anderer Mensch auf Erden konnte ihm ein solches Lächeln ins Gesicht zaubern wie sie. Kein anderer Mensch konnte ihn in derart dröhnendes Gelächter ausbrechen lassen wie sie. Nach all den Ehejahren brachte sie ihn immer noch heftig in Wallung, wenn sie aus dem Bad kam, um ihm ein neues Kleid vorzuführen. Und nach all den Ehejahren dachte er noch immer an seine Frau, wenn er masturbierte. Die meisten seiner Freunde, denen er dies beichtete, sahen ihn an, als wäre er geistesgestört – beim Wichsen ging es darum, sich *fremde* Muschis vorzustellen, nicht die der eigenen beschissenen *Ehefrau*, Herrgott im Himmel. Dennoch kehrten Patricks Fantasien ständig zu Amy zurück, wenn er alleine war und das Bedürfnis verspürte, seinen Körper wie einen Spielplatz zu behandeln. Den Anfang mochten ein Victoria's-Secret-Model oder vielleicht ein Internetporno bilden, doch am Ende stand immer Amy. Warum, wusste er nicht. War das wahre Liebe? Oder lag es schlicht an dem Umstand, dass seine Frau so unendlich scharf und ihr beider Sexleben so großartig war? Fraglos spielten alle drei Faktoren eine Rolle, wobei die Vorstellung der wahren Liebe immer den ersten Platz belegte und die anderen Gedanken mit ihrem Licht überstrahlte.

Eben deshalb grummelte sein Magen in diesem Moment so lautstark. Deshalb brummte ihm der Schädel. Deshalb wurden seine Tränensäcke immer größer. Patrick war ernstlich besorgt. Amy hatte die Tragödie vom Crescent Lake einigermaßen überstanden – jedenfalls so gut, wie das unter diesen Bedingungen möglich war. Sie alle bewegten sich mit kleinen, aber festen Schritten in die richtige Richtung.

Und dann hatte Caleb ihre Hausschuhe mit Heftzwecken gefüllt und ihren Fuß in einen blutigen Klumpen verwandelt.

Und dann war Oscar gestorben.

Und dann war ihr Vater gestorben.

Patrick fragte sich, ob Amy – seine starke, so überaus starke Frau – eventuell dabei war, die Grenze ihrer Belastbarkeit zu erreichen. Ihr Psychiater hatte ihnen nach Crescent Lake eine medikamentöse Behandlung empfohlen. Nichts Hartes, nur gering dosierte Antidepressiva oder hin und wieder eine Kapsel Benzodiazepin, um schwereren Panikattacken bei den unvermeidlichen Albträumen und Flashbacks entgegenzuwirken. Amy lehnte das strikt ab. Ihre Kinder waren ihr Fluoxetin, ihr Mann ihr Alprazolam.

Sie war nicht pauschal gegen Drogen oder Medikamente, und sie vertraute der psychologischen Beratung und Verhaltenstherapie aus tiefster Seele. Doch irgendwann hatte Amy Patrick erklärt, auf Medikamente verzichten zu wollen, da andernfalls die Fannelli-Brüder das Spiel irgendwie gewonnen hätten. Genauer hatte sie es nicht erklären können oder wollen, es war einfach ein Gefühl. Patrick hatte sich tüchtig den Kopf darüber zerbrochen und sie immer wieder um nähere Erläuterungen gebeten, bis sie schließlich eine eindrucksvolle Metapher hinzuzog, die es ziemlich gut auf den Punkt brachte:

»Ich will die Goldmedaille ohne Doping gewinnen«, hatte sie gesagt.

Das hätte womöglich nicht jeder verstanden, aber für Patrick war es überzeugend genug, und er beließ es dabei.

Inzwischen befürchtete er, dass ihr fester Wille, dieses metaphorische Gold zu holen, bröckelte. Vielleicht entwickelte sich der Alkohol zu ihrem Anabolikum. Ein Dopingmittel, für das man kein Rezept brauchte und das sie nicht als Scheinheilige dastehen ließ, weil sie ihren eigenen Ansprüchen bezüglich des Verzichts auf Medikamente nicht gerecht wurde.

Er machte sich Sorgen, was er auch für absolut gerechtfertigt hielt, und dennoch hallten unablässig die Worte seiner Frau in seinem Kopf wider:

(»Hör einfach auf … die Dinge überzuinterpretieren.«)

Trotzdem. Verfluchte Scheiße. *Verfluchte Scheiße.* Wenn sie mit jemand anderem am Steuer nach Hause gekommen wäre, hätte er die Angelegenheit als einen leicht aus dem Ruder gelaufenen Mädelsabend abhaken können. Kein Problem. Der Abend davor? Sie hatte für sich sein, alleine ein paar Drinks kippen und ihren Vater betrauern wollen. Wiederum kein Problem – für all das gab es eine vernünftige Erklärung.

Doch man hatte sie nicht nach Hause gebracht. Sie war gefahren. Besoffen. Weshalb Patrick jetzt ratlos war. Er hoffte inständig, dass es sich um einen einmaligen Ausnahmefall handelte – ein ernstes und auf schreckliche Art ironisches Fehlverhalten, das nie wieder vorkommen würde. Patrick hatte an diesem Morgen geduscht, sich rasiert, angezogen und dann die Kinder zur Schule gebracht, ohne dass Amy auch nur ein Augenlid gelüftet hätte: Sie schlief den bleiernen Schlaf der Sternhagelblauen. Und wie er seine Frau kannte, würde sie sich wie ausgekotzt fühlen, wenn sie aufwachte. Darauf hoffte er. Wenn schon seine Worte eindruckslos verpufften, würde vielleicht ein Mordskater Wirkung zeitigen.

Patrick nahm die Augen vom Bildschirm und starrte so eindringlich auf das Telefon vor ihm, als könne er es durch schiere Willenskraft zum Läuten bringen. Er würde sie nicht anrufen, verdammt noch mal, *sie* würde *ihn* anrufen.

Noch mehr Spielchen, Patrick?

»Kacke«, murmelte er, nahm das Telefon und wählte Amys Nummer.

Amy saß schlaff am Küchentisch. Mit der einen Hand stützte sie ihren pochenden Schädel, in der anderen hielt sie ihre zweite Tasse pechschwarzen Kaffee. Der Linderungseffekt des stummen »Nie wieder«-Mantras, das in Dauerschleife durch ihren Kopf hallte, hielt sich allerdings in engen Grenzen. Dafür brachte sie jede neuerliche Umdrehung ihres Magens dazu, eine *dritte* innige Umarmung der Kloschüssel in Erwägung zu ziehen.

Sie hatte gewaltig Scheiße gebaut. *Mann*, hatte sie Scheiße gebaut. An einen erheblichen Teil des letzten Abends konnte sie sich nur verschwommen erinnern, aber die wichtigen, ernsten Dinge lagen in ihrer Tragweite unbarmherzig klar vor ihr. Sich volllaufen zu lassen, war nichts Ernstes. Das machte so gut wie jeder ab und an mal. Aber hackedicht heimfahren? Eine ernste Sache. Vor dem Hintergrund dessen, was mit ihrem Vater passiert war? Eine sehr ernste Sache mit einer Riesenkelle Idiotie als Beilage. Mann, hatte sie Scheiße gebaut.

Sie wollte Patrick anrufen. Sie hatte ihn in dem Augenblick anrufen wollen, als sie im Bett hochgefahren war und realisiert hatte, wie spät es war. Als ihr wieder eingefallen war, was sie letzten Abend getan hatte. Unglücklicherweise hatten überwältigende Kotzanfälle zusammen mit überwältigenden Schuldgefühlen Priorität genossen. Auch nach dem Kotzen war das Schuldgefühl unvermindert stark. Die Scham. Sie schämte sich zu sehr, um Patrick anzurufen. Anscheinend hatte er die Kinder zur Schule gebracht und war zur Arbeit gefahren, ohne sie zu wecken, und das vergrößerte Schuld und Scham nur noch. Sie stellte sich vor, wie Patrick auf Zehenspitzen herumhuschte und die Kinder mahnte, leise zu sein, um Mommy nicht zu wecken. Wie er den Kindern erzählte, dass Mommy sich nicht wohlfühlte, weil sie sich den Magen verdorben hatte. Wie die Kinder sich Sorgen wegen Mommy machten. Wie Caleb nach ihr schauen wollte.

Nie wieder, nie wieder, nie wieder, nie ...

Sollte sie ihn anrufen? Was sollte sie sagen? Es *gab* eigentlich nichts zu sagen außer *Tut mir leid* und *Bitte tausendmal um Vergebung*. Das würde erbärmlich klingen, doch andererseits fühlte sie sich auch erbärmlich. All das war eindeutig ihr Fehler – das ließ sich nicht im Geringsten leugnen. Die Martinis und das distanzierte Verhalten vom Abend davor hatte sie ohne Probleme rechtfertigen können, ohne irgendwelchen Bockmist auftischen zu müssen. Hierfür jedoch gab es keine Rechtfertigung. Sie würde sich schuldig bekennen und auf Milde hoffen.

Amy schob ihren Stuhl zurück und ging ins Wohnzimmer. Ihr Mobiltelefon lag auf dem Couchtisch und lud gerade. Sie starrte es an. *Vielleicht ruft er ja an. Vielleicht macht er sich Sorgen, wenn er nicht bald was von mir hört.* Sie schloss die Augen und seufzte. *Du spielst alberne Spielchen, blöde Kuh. Nimm das Telefon und ruf deinen Mann an ...*

Ihr Handy klingelte, und sie zuckte zusammen. Auf der Anzeige stand: Patrick/Büro.

Amys Gesicht wurde höllisch heiß, das Herz dröhnte ihr in der Brust, und zum ersten Mal in ihrem Leben hatte sie Angst davor, mit ihrem Mann zu sprechen.

Amys Mobiltelefon klingelte dreimal, bevor sie ranging. Patrick hatte damit gerechnet, eine Nachricht auf der Mailbox hinterlassen zu müssen. Als ihm die Stimme seiner Frau entgegenschlug, musste er plötzlich umschalten und sich auf ein Gespräch einstellen – keine einfache Aufgabe, wenn das Thema so heikel war wie das anstehende.

»Hey«, begrüßte er sie. Sein Tonfall klang so fest und bestimmt wie beabsichtigt. »Wie geht es dir?« Wäre es der Morgen nach einer Feier gewesen, an der sie beide ordentlich gebechert hätten, hätte er die Frage mit unüberhörbar teuflischem Vergnügen artikuliert, und ihr wäre ein gnadenloser Wettkampf der Sticheleien gefolgt.

Heute nichts dergleichen. Keine Spur.

»Entsetzlich«, sagte sie.

»Ist dir übel?«

»Nein ... na ja, entsetzlich übel ist mir auch, aber vor allem ... hundeelend entsetzlich.«

Patrick wusste, worauf sie anspielte, wollte es jedoch aus ihrem Mund hören. »Wie meinst du das?«

Er vernahm ihr Seufzen. Dann: »Es tut mir so leid.«

Patrick schwieg.

»Ich habe keine Ahnung, warum ich das getan habe«, fuhr sie fort. »Es war ein Fehler. Es war *viel mehr* als ein Fehler. Aber glaub mir, egal, was du sagst, schlechter als ohnehin schon kann ich mich nicht mehr fühlen.«

Er wollte es rauslassen, ihr so richtig die Leviten lesen, ihr zu verstehen geben, dass ihr unverantwortliches Verhalten aus ihm einen Witwer und aus ihren Kindern Waisen hätte machen können. Er wollte wissen, *wie in Gottes Namen* sie nach dem tödlichen Unfall ihres Vaters zu so etwas in der Lage gewesen war. Er wollte es wissen, und er wollte eine Wuttirade vom Stapel lassen. Stattdessen blieb er stumm. Was hätten sein Gezeter und ein Trommelfeuer von Fragen, auf die einzugehen sie sich weigerte, bringen sollen? Abgesehen davon war die wichtigste Frage, die Patrick stellen wollte, nicht mit Worten zu beantworten. Nur der Lauf der Zeit würde zeigen, ob sie es niemals wieder tun würde.

»Patrick?«

»Ich bin noch dran.«

»Was denkst du?«

»Ich glaube, das weißt du. Willst du es wirklich hören?«

»Nein«, gestand sie leise.

»Ich will nicht lügen, Amy …« Er nannte sie selten Amy. Es war ihm immer zu pathetisch erschienen, in ernsthaften Diskussionen den Namen des Gegenübers auszusprechen. Heute entfuhr er ihm gänzlich unbewusst. »Ich mache mir Sorgen um dich.«

Patrick wappnete sich gegen Widerstand. Er blieb aus.

Es liegt am Kater, dachte er. *Ein monströser Kater, verbunden mit starken Schuldgefühlen, ist wie ein wiederholter Schlag in die Magengrube.*

»Ich weiß«, sagte Amy. Und dann erneut: »Es tut mir so leid.«

Das Versprechen, nie wieder eine derartige Dummheit zu begehen, wäre schön gewesen (obwohl Patrick nur wenige Augenblicke zuvor zu dem Schluss gekommen war, ein solches für müßig zu halten), doch irgendwie mutmaßte er, dass sie es nicht aussprechen würde. Mit Überraschung bemerkte er seine Freude darüber, dass sie sich nicht in ein solches Versprechen geflüchtet hatte. Andernfalls wären es leere Worte gewesen – wie die eines Süchtigen, der für immer seiner Droge abschwor und kurz darauf den nächsten Schuss organisierte. Patrick kannte seine Frau nur zu gut. Ihm war klar, dass sie eine Bitte um Vergebung wie diese nicht mit berechenbaren und hohlen Versprechungen verderben würde, auch wenn diese durchaus ehrlich und wahrhaftig gemeint sein mochten.

Patrick rieb sich die Nasenwurzel und blinzelte nachdrücklich, um den Kopfschmerz zurückzudrängen, der ihn seit dem frühen Morgen begleitete. »Ist okay, Baby«, sagte er und bemerkte in genau diesem Moment, dass er sie zuvor Amy genannt hatte. »Das Beste wäre wahrscheinlich, wenn du dir ein paar Ibuprofen und ein großes Glas Wasser holst und dich dann noch ein bisschen hinlegst.«

»Geht nicht – ich muss Caleb bald abholen und mich um ihn kümmern«, sagte sie. »Schätze, darin besteht meine Buße, was?«

»Nein. Wenn du ihm sagst, dass es Mommy nicht gut geht, wird er mucksmäuschenstill sein, wenn ihr heimkommt. Wenn *Carrie* allerdings wieder zu Hause ist …«

Er hörte, wie sie ins Telefon stöhnte. Er kicherte. Eine Pause von gut zehn Sekunden folgte.

»Sind wir wieder Freunde?«, fragte sie schließlich.

»Jawohl.«

»Es tut mir wirklich leid, Liebling.«

»Weiß ich.«

»Ich liebe dich.«

»Ich dich auch. Wir sehen uns später.«

Patrick legte auf, saß einen Moment lang da und ließ das Gespräch Revue passieren. Als er zufrieden feststellte, dass es unter den gegebenen Umständen kaum besser hätte laufen können, wandte er sich wieder seinem PC zu und widmete sich zum ersten Mal an diesem Tagen der Arbeit am Megablast-Projekt.

35

John Brooks lag auf seinem Motelbett und schaute eine Naturdokumentation darüber, wie Krokodile ihre Beute belauerten und rissen. Unweigerlich stellte er Vergleiche zwischen diesen tödlichen Reptilien und sich und seiner Tochter an:

Das Krokodil gleitet, unbemerkt von seiner am Flussufer trinkenden Beute, unter der Oberfläche des trüben Wassers dahin. Das Krokodil kommt näher, immer noch unentdeckt. Es wartet so lange, bis der perfekte Augenblick gekommen ist. Der perfekte Angriff. Die perfekte Art zu töten.

Das war Monica.

Und dann schnappten die mächtigen Reptilienkiefer nach dem Beutetier, das sich so verzweifelt wie aussichtslos zu wehren versuchte – der Kampf, das Blutbad, das Massaker, der Rausch des Tötens, die Wonne des Zerreißens und Zerfetzens und Vernichtens des Opfers aus nächster Nähe …

Das war er. Das war John.

Natürlich waren er und seine Tochter keineswegs so unterschiedlich wie Tag und Nacht. Was sie einte, war der bedeutsamste Wesenszug von allen: die Eigenschaft, sich ihrem Schaffen ganz und gar hingeben zu können, das, was sie waren, und das, was sie taten, aus vollstem Herzen zu leben. Auf bekloppte Küchenpsychologie, FBI-Persönlichkeitsprofile und den anderen Quark, der ihren Charakter und ihr Verhalten zu ergründen versuchte, konnten sie dankend verzichten. Sie waren hier, Ende der Geschichte. Dass sie auf Arthur und James gestoßen waren, hatte das noch eindeutiger belegt. Es lag ihnen im Blut. Johns Familie war auf dieser Welt, um Tod und Verderben über andere Menschen zu bringen – und dabei so viel Spaß wie möglich zu haben.

Ein Klopfen an der Moteltür riss John aus seinen Gedanken. Er hatte auf den Fernsehbildschirm gestarrt, aber seit Beginn seiner verschlungenen Selbsterkundungsreflexionen keines der Bilder wahrgenommen, die darüber hinwegflimmerten. Der Dokumentarfilm war inzwischen vorbei, und irgendein Kerl in hellblauem Anzug bat um Spenden.

John langte unter das Kissen, das neben ihm lag, und umschloss den Griff seiner maßgefertigten M1911-Pistole. »Wer ist da?«

Eine weibliche Stimme, tief und streng. »Polizei. Öffnen Sie.«

»Okay, nur eine Sekunde, bitte.« Mit der Waffe in der Hand glitt John behutsam vom Bett und schlich zur Tür hinüber. Er drehte behutsam den Schlüssel im Schloss herum und zog die Sicherungskette geräuschlos aus ihrer Schiene, bevor er sich flach an die Wand hinter der Tür drückte. Dann wandte er den Kopf zum Badezimmer und legte eine hohle Hand seitlich an den Mund, um den Hall seiner Stimme in eine andere Richtung zu lenken. *»Kommen Sie rein.«*

John beobachtete den sich langsam drehenden Knauf. Die sich Stück für Stück aufschiebende Tür. Er hielt die entsicherte M1911 fest umklammert und wartete.

Die Tür stand jetzt vollständig offen, John dahinter. Er wagte es nicht, durch den Spalt zwischen den Angeln zu spähen. So berechenbar war er nicht. Er rührte sich nicht vom Fleck, dicht an die Wand gepresst, angestrengt lauschend. Er hörte fernen Verkehr, den Wind, jemanden, der auf dem Parkplatz eine Autotür zuschlug.

Das Klicken einer Schusswaffe.

John wirbelte herum und sprang mit vorgehaltener Pistole in den Türrahmen.

Nichts.

Dann von unten das erneute Klicken einer leeren Patronenkammer. Er sah hinab und sagte: »Oh *Scheiße.*«

Monica lag mit dem Kopf zu seinen Füßen und einem unfassbar breiten Grinsen im Gesicht auf dem Rücken. Ihre Waffe zielte auf seinen Schritt.

»Ich würde sagen, damit steht es zwei zu null für mich«, sagte sie, nach wie vor in Rückenlage, nach wie vor die Pistole auf ihn richtend, nach wie vor kindlich grinsend.

John dachte an das unter der Wasseroberfläche lauernde Krokodil, unsichtbar, bereit, zuzuschlagen. Er konnte nicht anders, als das Grinsen zu erwidern.

»Alt, Dad … du wirst alt«, sagte Monica, als sie sich auf das Motelbett plumpsen ließ und beide Kissen unter ihren Kopf schob.

»Was soll dieser Zwei-zu-null-Käse?«, fragte John. »Wann hast du denn den ersten Punkt gemacht?«

»Bei deiner Hütte – ich hab schneller gezogen und den Penner erlegt. Dich hätte ich auch noch abknallen können.«

»Hör mal, ich wusste doch genau, dass du da bist.«

Sie verdrehte die Augen. »Klar.«

Er setzte sich aufs Fußende des Bettes. »Was ist letzten Abend passiert?«

Monica verschränkte beide Hände hinter dem Kopf, und langsam verzogen sich ihre Lippen zu einem Feixen. »Es hat sich eine günstige Gelegenheit ergeben.«

»Nämlich?«

»Ich bin ihr gefolgt. Sie ist von ihrer üblichen Alltagsroutine abgewichen und mit ihren Yuppie-Freundinnen in einer Bar hängen geblieben. Ich blieb in der Nähe, und nach ein paar Drinks hat ihre Körpersprache mir verraten, dass das Gespräch eine ernstere Richtung nahm und sie ihren Freundinnen gegenüber Dampf ablassen musste. Ich habe meinen Ohrstöpsel lauter gedreht und alles mitbekommen. Sie hat über Patrick und dessen Überreaktion am Abend davor gejammert, weil sie so viel getrunken hatte. Offenbar aus Trauer um ihren Vater.«

»Ein Jammer«, sagte John.

»Eine Tragödie«, sagte Monica. »Egal, jedenfalls hat sie an jenem Abend anscheinend alleine ein paar Martinis gekippt und sich ziemlich abgeschossen. Sie erzählte den anderen in der Bar, dass ihr nicht nach Gesellschaft war, dass sie einfach ihren Kummer ertränken wollte, Patrick aber ein Riesengeschiss darum gemacht hatte und die Sache wie immer dramatisieren musste ...

Schlussendlich wollten ihre Begleiterinnen aufbrechen, aber mir war klar, dass sie noch bleiben wollte; es war nicht zu übersehen, dass sie sich ordentlich einen angezwitschert hatte. Also bin ich die Theke runtergerutscht, habe sie angequatscht, ihr ein paar Runden spendiert und ihren dämlichen Freundinnen weisgemacht, dass ich sie sicher nach Hause bringe.

Die Ladys haben sich vom Acker gemacht, ich hab den Alk-Nachschub gesichert und bin irgendwann in der Damentoilette verschwunden, um schnell einige Äußerlichkeiten zu verändern. Danach hab ich mich ans andere Ende des

Tresens gesetzt, ihr direkt gegenüber. Sie hat mich einige Male direkt angeglotzt – nicht das geringste Anzeichen dafür, dass sie mich erkannt hat.«

»Wahrscheinlich, weil sie so besoffen war«, meinte er herausfordernd.

Sie nahm die Herausforderung an und gab sie prompt zurück. »Eifersucht ist was für Schwächlinge. Wobei ich bei einem, dessen Verwandlungskapazitäten nicht über Riesenochse mit Hut zu Riesenochse ohne Hut hinausreichen, durchaus Verständnis für Eifersucht habe.«

John verdrehte die Augen und vollführte eine Wichs-Pantomime. Monica schaute angewidert. »Und dann?«, fragte er lächelnd.

»Ich hab eine Zeit lang gewartet, zugesehen, wie sie immer ungeduldiger wurde, und dann ...«

Johns Augen leuchteten auf. »Sie ist gefahren?«

Monica strahlte.

John klatschte in die Hände, warf den Kopf in den Nacken und stieß ein bellendes Lachen aus. »Einfach genial, verdammte Scheiße noch mal. Verflucht, du überraschst mich immer wieder, Mädchen.«

»Danke, danke.«

»Wie ist es ausgegangen?«

»Tja, ich vermute, Mr. Patrick Lambert wird nicht allzu erfreut gewesen sein, als seine Frau zu Hause aufschlug.«

»Du bist ihr nicht gefolgt?«

»Nein.«

»Und was, wenn sie es gar nicht bis nach Hause geschafft hat? Was, wenn sie in einen anderen Wagen oder in den Graben gerauscht ist?«

»Ernsthaft? Du stellst mir ernsthaft diese Frage?«

»Wieso?«

»Willst du mir etwa erzählen, dass dich das enttäuscht hätte?«

Er hielt eine Sekunde lang inne. »Da hast du auch wieder recht. Trotzdem wissen wir nicht, ob sie es bis nach Hause geschafft hat.«

»Hat sie. Ich bin heute Morgen vorbeigefahren, nachdem Patrick zur Arbeit aufgebrochen war. Ihr Auto stand in der Garage.«

John stand auf, schlenderte zum einzigen Fenster des Zimmers hinüber und sah hinaus auf den Parkplatz. »Also, was jetzt? Wollen wir einen weiteren Unfall arrangieren?«

Monica schüttelte den Kopf. »Nein. Der Schaden ist schon angerichtet – lassen wir die Sache schwären. Von jetzt an wird sie nie wieder auch nur einen Drink nehmen können, ohne dass Patrick eine Panikattacke erleidet.« Sie faltete die Hände hinter dem Kopf. »Zu schade, dass wir keine Praxis eröffnen können, in der Familien auseinandergebracht statt sie zusammengehalten werden. Die Leute würden Schlange stehen.«

»Wir wären die neuen Freuds«, sagte John.

»Freud war ein sexistisches Dreckschwein. Ich habe in meinem ganzen Leben noch keinen um seinen Penis beneidet, recht herzlichen Dank auch.«

»Ihr verdammten Weiber solltet wissen, wo euer Platz ist«, schnaubte John.

Monica zog eines der Kissen hinter ihrem Kopf hervor und warf es nach ihm. Er fing es auf und lachte.

»Also – was ist *deiner* Ansicht nach der nächste Schritt?«, fragte er.

»Letzten Abend hat Amy irgendwas von einer großen Werbekampagne gelallt, an der Patrick arbeitet. Das würde ich mir gerne näher anschauen.«

»Der Prozess fängt bald an«, sagte er.

»Das weiß ich.«

»Meinst du nicht, wir sollten uns darauf konzentrieren?«

»Überfordert es dich, mehrere Dinge gleichzeitig anzugehen? Außerdem ist diese Familie robust und widerstandsfähig – denen können wir noch eine ganze Weile zusetzen.«

»Solange Arthur aus dem Knast kommt.«

»Was ist denn mit dir los?« Sie zündete sich eine Zigarette an. »Du hast wohl vergessen, wer Arthur überhaupt erst aufgespürt hat.« Sie inhalierte tief und stieß eine lange Rauchfahne aus. »Erst lassen deine Fähigkeiten nach, und jetzt wirst du auch noch senil?« Sie schüttelte den Kopf und schenkte ihm ein mitleidiges Lächeln. »Schon scheiße, wenn man alt wird.«

Mit der Schnelligkeit einer Klapperschlange packte John seine Tochter am Knöchel und riss sie vom Bett, als wäre sie eine Puppe. In Sekunden fand sich Monica auf den Fußboden gedrückt, sein Knie in ihrem Rücken, ihr Kinn in eine seiner Hände geklemmt, ihr Haar von der anderen umklammert.

»Soll der senile alte Mann, der es nicht mehr draufhat, dir das Hälschen brechen?« Er deutete mit beiden Händen eine Drehung ihres Kopfes an. »Du bist vielleicht das Krokodil unter Wasser, aber hier sind wir an Land, und du steckst im Maul eines anderen Krokodils fest.«

Seine Hand presste noch gegen ihren Kiefer, weshalb Monica durch die Zähne zischen musste: *»Was verdammt noch mal redest du da? Lass mich los!«*

John bog ihren Kopf langsam bis zum Anschlag. Eine schnelle Drehung, und es wäre vorbei mit ihr gewesen.

»Wie steht es jetzt?«, fragte er.

Monica knurrte und fauchte. Das Knie in ihrem Rücken erschwerte ihre Atmung erheblich.

»Wie steht es jetzt?«, fragte er erneut.

»Du hast gewonnen, du hast gewonnen!«, brachte sie heraus.

John lächelte und sprang auf. »Das bei der Hütte zählt nicht«, sagte er. »Daher haben wir jetzt Gleichstand. Es steht eins zu eins.«

»Schön.« Monica erhob sich zögerlich und mühsam auf die Beine, klopfte sich den Staub ab und rieb sich den Nacken. Sie bemerkte die brennende Zigarette auf dem Bett, nahm sie und hielt sie ihrem Vater entgegen. »Siehst du? So passieren Unfälle.«

»Wenn du nicht rauchen würdest, hätte sie auch nicht …«

Sie schnippte ihm die Zigarette ins Gesicht. John wich instinktiv zurück, und sie verpasste ihm unverzüglich einen Tritt zwischen die Beine, der ihn auf alle viere schickte. Monica rannte aus dem Zimmer. Das Echo ihres Gelächters hallte über den Parkplatz, als sie den Motor aufheulen ließ und davonzischte.

Mit einer Hand auf seinen schmerzenden Eiern zog John sich langsam hoch, schob die Tür zu und drehte sich zum Bett um. »Raffiniertes Aas«, grummelte er mit stolzem Grinsen.

36

Pittsburgh, Pennsylvania

Arty lag auf seiner Pritsche und las Fanpost. Er las diese Briefe nicht wegen seines Egos, sondern aus purem Vergnügen. Diese unbedeutenden charakterlosen Lemminge versuchten eine Verbindung zu ihm herzustellen, sich ihm auf Augenhöhe zu nähern, sich mit ihm zu identifizieren, als wären sie ihm ebenbürtige Spielkameraden. Lachhaft.

Arty hörte, wie sich ein Wärter näherte. Er legte den Brief auf seiner Brust ab und sah zur Uhr hoch. Zeit fürs Mittagessen.

Der Beamte erschien mit einem Tablett, auf dem ein Sandwich, eine Tüte Chips und eine kleine Packung Saft standen, vor Artys Zelle.

»Mittagsmahl, Fannelli.«

Arty knirschte mit den Zähnen. Zu seiner Schande traf es ihn immer noch tief, diesen Namen zu hören – und die Beamten wussten das genau. »Hören Sie«, hob Arty in ruhigem, geradezu höflichem Tonfall an, »es ist kein Geheimnis, dass ich es nicht schätze, bei diesem Namen genannt zu werden. Und ich kann mir vorstellen, dass es bei eurer Wenn-du-deinen-Namen-buchstabieren-kannst-hast-du-den-Job-Alltagsroutine selten zu intellektuellen Höhenflügen kommt. Aber wenn ihr Jungs in eurer nächsten Pause eure weitgehend hohlen Köpfe zusammensteckt, anstatt dem Kautabak und eurer latenten Homophobie zu frönen, fällt euch vielleicht was Originelleres ein.«

Der Officer erwiderte nichts. Seine Miene zeigte nicht den geringsten Anflug von Verärgerung. In aller Seelenruhe balancierte er das Tablett auf einer Hand, zog mit der anderen seine Unterlippe vor, um Arty den Tabakklumpen zu präsentieren, den er sich vor die Zahnleiste geschoben hatte, klappte Artys Schinken-Käse-Sandwich auf und platzierte eine saftige Portion braunen Tabakspeichel direkt in dessen Mitte, bevor er die obere Brotscheibe kräftig auf Schinken und Käse zurückdrückte.

»Guten Appetit«, sagte der Officer und ließ das Serviertablett auf dem Boden stehen, statt die Essensdurchreiche aufzuschließen und es in die Zelle zu schieben. »Ich würde mich beeilen, bevor es sich die Ratten holen.«

Arty fühlte sich nach seiner Schmährede sehr gut, und natürlich war er nicht so naiv anzunehmen, der Wachmann würde sie ihm nicht in irgendeiner Form vergelten. Doch er hatte Hunger, und bevor er sich beherrschen konnte, rutschte ihm ein *»Schwanzlutscher«* heraus.

Das nach und nach verklingende Klacken von Dienstschuhabsätzen auf Beton stoppte abrupt. Dann ertönte es erneut, wurde diesmal allerdings lauter und lauter, bis der Beamte wieder vor der Zelle stand. »Wie war das, Fannelli?«, sagte er.

In Arty brodelten Wut und Scham. Wütend war er aus naheliegenden Gründen auf den Officer, und die Scham rührte daher, dass er sich von dem Beamten auf dessen niedriges Niveau hatte herabziehen und zu einer derart primitiven Beleidigung wie *Schwanzlutscher* hinreißen hatte lassen. Das deutete auf Kontrollverlust, auf einen Mangel an Beherrschung hin – zwei seiner einzigartigen Fähigkeiten, die ihm so lebenswichtig waren wie Sauerstoff und Trinkwasser. Und dennoch waren merkwürdigerweise plötzlich die Gäule mit ihm durchgegangen. Was daran lag, dass er einen Volltreffer gelandet hatte. Ein einziges Wort hatte den Officer innehalten lassen. War das unter seinem Niveau? Ja. Primitiv? Ja. Aber letztlich lief es doch darauf hinaus, dass ein primitiver Angriff nach einem primitiven Konter verlangte. Also blieb er hartnäckig.

»Ich hab Sie Schwanzlutscher genannt«, sagte er mit freundlicher Stimme.

Als der Wachbeamte die Zelle aufzuschließen begann, wurde Arty mit einem Schlag bewusst, dass seiner grundlegenden Erkenntnis ein wichtiger Punkt fehlte: Ein primitiver Angriff mochte nach einem primitiven Konter schreien, aber ein primitiver Konter konnte schnurgerade wieder zu einem primitiven Angriff zurückführen. Anders ausgedrückt: Arty musste sich darauf gefasst machen, dass ihm die Scheiße aus dem Leib geprügelt wurde.

Als der Officer aus Artys Zelle trat, bückte er sich nach der Trinktüte auf dem Essenstablett, riss sie auf und verteilte ihren Inhalt auf dem Zellenboden.

»Siehst du, was passiert, wenn du deinen Saft verschüttest, Fannelli?«, fragte er. »Du rutschst aus und fällst hin und verletzt dich.« Er warf das leere Päckchen nach dem geschundenen Arty, der zusammengerollt wie ein Fötus auf dem Boden lag. Dann sperrte der Beamte die Zelle ab und schlenderte den Korridor hinab, wobei er eine fröhliche Melodie pfiff, die offenkundig eher für Artys als für seine eigenen Ohren gedacht war – eine perfide akustische

Erinnerung daran, wie skrupellos er sein konnte, wenn es darum ging, jemanden zusammenzuschlagen.

Arty verharrte einen Augenblick lang in seiner fötalen Stellung, bis er sicher sein konnte, dass der Wachmann wirklich verschwunden war. Seine Haltung war keine der Feigheit oder Schwäche, sondern eine des Schutzes. Die ersten zwei Schlagstockhiebe hatten ihn ziemlich benommen zurückgelassen. Arty fürchtete Kopfverletzungen. Viele Serienmörder waren in ihren frühen Entwicklungsjahren am Kopf verletzt worden, was entscheidend zu ihrem Mangel an Triebkontrolle beigetragen hatte. Arty und sein verstorbener Bruder Jim waren von gänzlich anderem Kaliber. Sie hatten die völlige Kontrolle über sich. Serienkiller waren erbärmliche und schwache Kreaturen. Darum wurden sie auch früher oder später gefasst. Keine Triebkontrolle.

Dementsprechend hatte sich Arty, als er nach den ersten beiden Schädeltreffern Sterne gesehen hatte, unverzüglich zu Boden geschmissen, seinen Kopf bedeckt und den Restkörper ungeschützt gelassen, ein Angebot, das der Officer nur allzu gern angenommen hatte, ohne sich allerdings völlig gehen zu lassen. Der Mann war nicht dämlich genug, um einen simplen Ausrutscher und Sturz als hinreichende Ursache für den Zustand eines Insassen vorzubringen, wenn dieser aussah, als hätte er mindestens eine volle Woche Aufenthalt auf der Krankenstation nötig. Nach ein paar gezielten Schlägen war die Sache erledigt.

Langsam entrollte sich Arty und streckte sich dann auf seinem Feldbett aus. Sein Kopf pochte, seine Rippen stachen, und er wusste, dass es morgen noch schlimmer sein würde. Doch es waren bloß körperliche Schmerzen, die irgendwann nachließen und verschwanden. Das Gefühl von Hilflosigkeit schmerzte viel schlimmer – die Ohnmacht.

Wäre Arty frei gewesen, hätten er und Jim den Officer mitten in der Nacht aus seinem Haus geholt, ihm sämtliche Gliedmaßen amputiert und schön langsam die Stümpfe kauterisiert.

Arty verfiel in eine leichte tagträumerische Trance, als er sich an einen ähnlichen Vorfall vor etlichen Jahren erinnerte. Ein Unglücklicher war als lebender Torso geendet, nachdem die Brüder fertig mit ihm gewesen waren. Als er wie ein Fisch auf dem Trockenen auf dem Boden herumgezappelt hatte, waren seinem Mund endlose Schreie um Gnade entfahren. Die Gnade war ausgeblieben.

Dann hatten sie die vollgedröhnte Nutte reingeholt.

Irgendwie hatte sie es hinbekommen, dem Gemarterten einen Ständer zu verschaffen.

Und danach hatten alle drei über den heulenden Torso mit der Erektion Tränen gelacht.

Jim hatte die Angelegenheit schließlich mit zwei Kugeln beendet; eine für den Torso, eine für die Nutte – weil die so gemein gewesen war.

»Sie war ein verdammt fieses Miststück«, hatte Jim grinsend zu einem entzückten Arty gesagt. »Der arme Kerl hat eine Latte und weder Arme noch Beine, und sie lacht sich kaputt, statt es zu Ende zu bringen.«

Ein Winkel von Artys Mund hatte sich zu einem leisen, nostalgischen Lächeln verzogen, als er sich das Vergangene ins Gedächtnis rief. Jetzt war es wieder verschwunden, woran zornerfüllte Trauer um seinen verblichenen Bruder die Hauptschuld trug. Doch was war mit seiner Schwester? Ihr plötzliches Erscheinen auf der Bildfläche war ein Geschenk des Himmels, doch er wusste noch immer nicht, was genau sie im Schilde führte. Diskretion und Umsicht waren fraglos das Gebot der Stunde, und während er nicht daran zweifelte, dass sie sich da draußen um Dinge kümmerte – seine falsche Mutter, Amys Vater –, fragte er sich, ob sie Pläne hegte, ihn zu befreien.

Und ach, sollte sie das tatsächlich tun …

Die Lamberts. Was er mit ihnen anstellen würde … Diesmal würde er die Kinder töten, keine Frage. Normalerweise hatten er und Jim Kinder verschont, oft als Mittel zum Zweck eingesetzt, um die Qualen der eigentlichen Opfer zu vergrößern, aber sie umzubringen hatte nicht in ihrer Absicht gelegen. Sie hatten eine Menge traumatisierter Waisen in ihrem Kielwasser zurückgelassen, und er nahm an, dass das im Zweifel ein schlimmeres Schicksal als der Tod war (dessen Endgültigkeit ihn völlig kaltließ), doch das gezielte Töten von Kindern war gegen ihre Regeln. Nicht aus Mitleidsgründen, sondern als Vorsichtsmaßname. Ermordete Erwachsene? Schrecklich. Furchtbar. Tragisch. Ermordete *Kinder*? Die Welt stand still. Kindsmörder wurden unweigerlich aufgespürt und gnadenlos bestraft. Auch der härteste und brutalste Häftling hielt sich an diesen Ehrenkodex.

Daher hatten sie keine Kinder getötet. Aber die Kinder der Lamberts?

Arty ballte seine Hand zur Faust, bis die Knöchel weiß hervortraten und die Fingernägel ins Fleisch seiner Handfläche schnitten. Jim war tot, und wenn seine Schwester tatsächlich vorhatte, ihn zu befreien (und in der Tiefe seines Herzens war er davon überzeugt), würde er einige neue Regeln aufstellen.

Er würde die Lambert-Kinder töten. Als *Erste.* Langsam. Und Amy und Patrick zwingen, zuzusehen – und wenn er ihnen dafür die Augenlider auf die Stirn nageln müsste.

37

Seit dem Vorfall, den Patrick und Amy – wenn überhaupt – als »diesen Abend« bezeichneten, war eine Woche vergangen. Es hatte nicht gleich wieder eitel Sonnenschein geherrscht – Bob Corcoran war schließlich so tot wie zuvor, und Amy trauerte noch immer –, aber es lief ganz gut, und ganz gut war für die Lamberts ein sehr vertrauter Zustand. Nach allem, was sie im vergangenen Jahr durchgemacht hatten, war *ganz gut* die Silbermedaille der Lageberichte. *Gut* war das begehrte Gold. *Großartig?* Sporadische *Gut*-Momente hatten sie seit Crescent Lake durchaus erlebt, aber das schier unerreichbare *Großartig* wurde allmählich zu einer bloßen Erinnerung. Einer Erinnerung, die seit Kurzem mehr Melancholie als Hoffnung mit sich brachte.

Patrick goss Kaffee in seinen Reisebecher, als Amy hinter ihn trat und ihm die Arme um die Hüften schlang. Er sah über die Schulter. »Morgen, Schatz.«

Sie schmiegte die Wange an seinen Rücken und murmelte einen Morgengruß zurück.

Er drehte sich zu ihr um. Er war sauber, frisch, adrett und steckte in seinem Arbeitsoutfit, sie trug ein labberiges T-Shirt plus Jogginghose und hatte zerzaustes Haar und verquollene Augen. Er setzte zu einem Kuss an.

Sie wandte sich ab und bedeckte mit der Hand ihren Mund. »Hab meine Zähne noch nicht geputzt.«

»Ach, Quatsch.« Er umklammerte mit Daumen und Zeigefinger ihr Kinn und drückte seine Lippen auf ihre. Sie fügte sich, aber nur schnell und flüchtig.

»Hast du für mich auch welchen mitgekocht?«, fragte sie und spähte um ihn herum nach der Kaffeemaschine.

»Ja, aber nicht deinen Hippie-Scheiß. Es ist eine dunkle Röstung.«

Amy löste sich von Patricks Taille, öffnete den Schrank und nahm die Packung mit dem kräftigen Kaffee hervor. »Wann hast du den gekauft?«

»Vor ein paar Tagen. Ich muss jeden erdenklichen Vorteil nutzen, wenn ich diesen Megablast-Bericht bis nächsten Monat eintüten will.«

»Warum trinkst du nicht einfach Megablast?«

»Sehr witzig.«

Sie grinste. Sie wusste, wie widerlich das Zeug war. Amy steckte den Kopf tiefer in das Schränkchen. »Wo hast du meinen Hippie-Scheiße hingetan?«

Er legte ihr die flache Hand auf den Scheitel und drehte ihren Kopf weg vom Schrank Richtung Arbeitsfläche, wo ein Beutel mit Bio-Kaffee stand.

»Wie dumm von mir«, sagte sie. »Im Kaffeeschränkchen nach Kaffee zu suchen.«

»Ich habe ihn für dich rausgeholt, damit du nicht im Schrank suchen *musst*.«

»Wenn du dich für einen solchen Heiligen hältst, hättest du den Rest von deiner Plörre ausschütten und mir eine frische Kanne von *meinem* Stoff kochen können.«

Patrick küsste sie auf den Hinterkopf und kniff sie dann in den Hintern. Amy sprang hoch, fuhr herum und wollte ihm eine Ohrfeige verpassen. Er duckte sich weg, lachte und hastete mit Kaffee und Aktentasche zur Dreckschleuse.

Es war fünf Uhr nachmittags. Patrick hatte vor, bis mindestens um sieben zu bleiben. Sein Nacken tat weh, seine Augen brannten, und er war hungrig. Eine kurze Ablenkung von seinem PC wäre jetzt genau das Richtige.

Steve Lucas klopfte gegen Patricks Bürofenster und steckte ungebeten seinen Kopf hindurch. Patrick musste an die Sitcom *Laverne & Shirley* denken. Wann immer Laverne oder Shirley gerade etwas Schräges, Schleimiges, Ekelhaftes oder schlicht Saublödes von sich gegeben hatten, flog ihre Wohnungstür auf, hinter der die zwei liebenswerten Volltrottel Lenny und Squiggy zum Vorschein kamen und wie aus einem Mund ihr nasales verbales Markenzeichen blökten: *»Hallo!«*

Nur war Steve Lucas kein liebenswerter Volltrottel. Er war einfach nur ein Volltrottel.

»Alles im Lack, Großer?«, fragte Lucas.

Patrick atmete tief ein, blies die Luft langsam durch die Nase wieder aus und zwang sich zu einem Lächeln. »Läuft prima, danke der Nachfrage.« Er machte Anstalten, sich wieder seinem Rechner zuzuwenden, in der Hoffnung, Lucas möge den Wink verstehen.

Das tat er nicht. Er zeigte mit dem Finger auf Patrick. »Du …« Er zeigte auf sich. »Ich …« Er griente. »Happy Hour. Jetzt sofort. Was hältst du davon?«

Die reine Erwähnung des Begriffs »Happy Hour« erinnerte Patrick an den Vorfall mit Amy, was ihn nur noch gereizter machte. »Nein, lass mal lieber«, antwortete er.

Lucas baute sich vor Patricks Schreibtisch auf. »Ach, komm schon, Mann. Geht auf meine Rechnung, okay? Außerdem musst du unbedingt dieses Mädchen treffen, das ich kennengelernt habe. Schärfer als Chili.« Er senkte die Stimme und runzelte die Stirn wie ein Autoverkäufer, der kurz davor stand, seinem Kunden ein unschlagbares Angebot zuzuflüstern. *»Geht noch dazu im Bett ab wie eine Rakete. Du machst dir keine Vorstellung.«*

Patrick nahm einen neuerlichen tiefen Atemzug. »Ganz toll für dich, Steve.« Er wies mit dem Daumen über seine Schulter Richtung PC. »Ich hab einfach noch zu viel zu erledigen.«

»*Loooooos* … es ist Freitag. Ruf Amy an, sie kann auch kommen.«

Patricks Gereiztheit erklomm die nächste Stufe. »Lieber nicht.«

Steve legte neugierig den Kopf schief. »Alles in Ordnung?«

Patrick nickte knapp. »Prima.«

Steve stemmte die Arme auf Patricks Tisch und beugte sich vor. »Hör mal, wenn du und Amy Probleme habt, könnte ich schauen, ob mein neues Mädchen eine Freundin hat …«

Patrick war sich der Natur des Blickes, den er Steve Lucas daraufhin zuwarf, nicht wirklich bewusst, aber als dieser mit erhobenen Händen den Rückwärtsgang einlegte, als wäre eine Pistole auf ihn gerichtet, wurde Patrick klar, dass die Flammen des Vulkans, der in seinen Eingeweiden brodelte, offenbar bis zu seinem Gesicht emporgezüngelt waren – mit rauchenden Nüstern, rot glühenden Augen und allem, was dazugehörte.

»Nur die Ruhe, Mann«, sagte Lucas mit nach wie vor abwehrend erhobenen Händen. »Vergiss es einfach.« Er schlich ohne ein weiteres Wort aus Patricks Büro.

Die Wut auf Steve Lucas erlosch auf nachgerade erfreuliche Weise, als Patrick sah, wie der Typ auf Hasenfüßen aus seinem Büro huschte, als hätte er sich in die Hose geschissen. Patrick gestattete sich ein kurzes Lächeln, bevor er sich wieder an die Arbeit machte.

38

Samantha Hurst, auch als Monica Kemp bekannt, saß auf einem Barhocker in der Bravo's Tavern, trank einen Wodka Martini und wartete auf Steve Lucas. Sie trug ihre blonde Perücke, ihre grünen Kontaktlinsen, eine dicke Schicht Kajal um die Augen und ein Outfit, das förmlich nach Sex schrie – in exakt dieser Rolle und Aufmachung hatte sie Steve vor einer Woche kennengelernt.

Monica hatte sich im Parkhaus von Patricks Bürogebäude auf die Lauer gelegt – reine Observationsroutine, die ihr die Muße verschaffte, sich Gedanken über einen möglichst unverfänglichen Zugang zu Patrick und dem wichtigen Werbeprojekt zu verschaffen, das Amy erwähnt hatte. Sie fand diese Zugangsmöglichkeit in Gestalt von Steve Lucas. Monica verstand Körpersprache genauso gut zu lesen wie Englisch, und was sie gelesen hatte, als Patrick mit einem dauergrinsenden und -plappernden Steve Lucas an den Hacken zu seinem Wagen geeilt war, präsentierte sich ihr in fettgedruckter Schriftgröße 72: Steve Lucas war ein lästiges Arschloch, und Patrick konnte ihn nicht ausstehen. Zum Glück waren sie Kollegen.

Es war nicht schwierig gewesen, Steve anzumachen. Der Mann hätte jede genommen, bei der noch schwache vegetative Regungen zu spüren waren, ganz zu schweigen von einer Granate wie Monica. Der Sex hatte ihre Entschlossenheit ganz schön auf die Probe gestellt. Zu seiner großen Freude hatte sie schon am ersten Abend mit ihm geschlafen, und es hatte sich als schwieriger herausgestellt, als sie erwartet hatte. Der Mistkerl verfügte über ziemliches Standvermögen. In jener ersten Nacht war sie etliche Male kurz davor gewesen, auszutrocknen, und nur die Vorstellung sämtlicher grafischer Details dessen, was die Lamberts erwartete, wenn ihr Bruder auf freiem Fuß war, hatte für die nötige Feuchtigkeit gesorgt.

Die folgenden sieben Tage und Nächte waren mehr oder weniger ähnlich verlaufen. Obwohl es einiges an Anstrengung gekostet hatte, war es Monica gelungen, den dauergeilen Steve Lucas mit ausreichendem Sex bei der Stange und bezüglich ihrer Hintergedanken in einem Zustand seliger Ahnungslosigkeit zu halten. Einem kurzen Mittagspausenbesuch im Büro am vierten Tag war ein weiterer am sechsten gefolgt. Beide Male war Patrick außer Haus gewesen (das hatte sie durch vorherige Nachprüfungen sichergestellt), und am Ende jenes sechsten Tages war sie mit dem Grundriss des Gebäudes so vertraut, dass sie sich in Patricks Büro auch mit verbundenen Augen zurechtgefunden hätte.

Alles, was sie jetzt noch wollte, war ein Schlüssel oder, besser noch, eine Magnetkarte – eine Magnetkarte, die auf den Namen Steve Lucas registriert war. Selbstverständlich *brauchte* sie die Karte nicht. Sie wäre auch auf anderem Weg in das Büro gelangt, aber sie bevorzugte die sprichwörtlichen zwei Fliegen mit einer Klappe. Sie lächelte und nippte an ihrem Martini.

Kurz darauf traf Steve ein. Sie bestellte ihm einen doppelten Bourbon und drückte dann ihre Lippen an sein Ohr. *»Heute Nacht hab ich Lust auf was Wildes«*, flüsterte sie und erkundete unter der Theke mit ihrer Hand die Innenseite seines Schenkels.

Steve grinste und sah aus, als würde ihm jeden Augenblick ein schrilles Kreischen entfahren. Er grapschte sich seinen Bourbon und leerte das Glas in drei kräftigen Zügen. Monica orderte umgehend einen neuen für ihn. Er grinste erneut, und sie grinste zurück – diesmal war ihr Grinsen nicht gespielt.

Steve Lucas saß gleich einem bis zur Halskrause abgefüllten Hornochsen lallend und debil glotzend auf seinem Sofa. Er brabbelte unablässig irgendwas von »Endlich zur Sache kommen«, doch Monicas einzige Antwort bestand in einem koketten Augenaufschlag, der eine angemessene Belohnung seiner Geduld verhieß. Hinzu kam ein frischer und großzügig bemessener Bourbon, sein achter an diesem Abend. Und bei einem genaueren Blick auf Bourbon Nummer acht wären einem die nicht aufgelösten Bröckchen der Clonazepamtablette aufgefallen, die in der bernsteinfarbenen Flüssigkeit herumtrieben. Nicht, dass Steve noch in der Verfassung für einen solchen Blick war. Er hätte es höchstwahrscheinlich nicht einmal bemerkt, wenn sie die Pillen nicht zerbröselt hätte. Blieb die Möglichkeit, dass Bourbon Nummer acht irgendwie seltsam schmeckte. Nun, nicht nur der Alkoholrausch stand ihr hilfreich zur Seite, sondern auch das Clonazepam selbst. Monica gab ihm gegenüber Alprazolam den Vorzug, da Alprazolam einen außergewöhnlich bitteren Beigeschmack hatte. Clonazepam war zwar nicht völlig geschmacklos, aber für jemanden, dem in seinem Vollsuff sowieso alles scheißegal war, kaum zu bemerken.

Es dauerte keine dreißig Minuten, bis Steve Lucas auf seinem Sofa schnarchte. Monica schlug ihm leicht mit der Hand ins Gesicht, und er zuckte nicht mal mit den Wimpern. Sie schlug ihn erneut, nur so zum Vergnügen, und begann dann seine Brieftasche zu durchwühlen, die er auf dem Couchtisch abgelegt hatte. Sie fand die Magnetkarte nach wenigen Sekunden, nahm ihr Mobiltelefon und wählte eine Nummer. Eine männliche Stimme meldete sich nach dem ersten Freizeichen.

»Kennwort.«

»Neco. 8122765.«

»Sprachauthentifizierung läuft … identifiziert. Was gibt's?«

»Ich brauche 7146.«

»Augenblick.«

Ein Klicken, Stille, dann eine andere Männerstimme. »Was und wie schnell?«

»Kartensicherheitsschlüssel. Standard-Magnetstreifen. Nichts Abgefahrenes. Ich benötige mehrere Kopien. Noch heute Nacht.«

Die Männerstimme gab ihr einen Bestätigungscode und eine Adresse in Philadelphia. Monica legte auf und rief ihren Vater an.

»Du musst die Karte abholen und sie dann vervielfältigen lassen. Dazu musst du in die Stadt fahren, deshalb ist es wichtig, dass du sofort aufbrichst.« Sie teilte ihm Steves Vorstadtadresse, die Adresse in der Innenstadt und den Sicherheitscode mit. »Mach dich auf die Socken.«

John grunzte und legte auf. Fünfzehn Minuten später hielt sein zerbeulter Dodge Dakota vor Steves Haus. Monica erwartete ihn mit einer Zigarette in der Hand vor der Tür. Als sie zu ihm rüberkam, kurbelte er das Beifahrerfenster runter.

»Hier.« Monica übergab ihrem Vater die Karte sowie ein Blatt Papier, auf dem die Adresse und der Bestätigungscode notiert waren.

»Das hast du mir alles schon am Telefon durchgegeben«, sagte er.

»Noch nie was von Gründlichkeit oder doppelt hält besser gehört?«

Er verdrehte die Augen, nahm den Zettel jedoch entgegen.

»Beeil dich.«

John kurbelte die Scheibe hoch und brauste davon.

John Brooks mochte keine Städte. Er fühlte sich unter freiem Himmel, in der Wildnis heimischer. Wenn es um Aufträge ging, wählte er bevorzugt solche, die seiner Vorliebe entsprachen, zuletzt eine Familie auf einer Ranch in Montana. Der Ehemann und Vater jener Familie hatte seine Komplizen ans Messer geliefert, wofür ihm seine Gefängnisstrafe erlassen worden war. Danach waren er und seine Sippschaft in der vermeintlichen Sicherheit des Zeugenschutzprogrammes und mitten im Nirgendwo gelandet – der letzte Ort, an dem ein Mafia-Gangster einen anderen Mafia-Gangster suchen würde. Wobei sich kein einziger Mafia-Gangster überhaupt auf die Suche machte – sondern John.

Er hatte sie innerhalb einer Woche aufgespürt. Nach der Beseitigung des Sicherheitspersonals hatte John dem Mann den Kopf abgeschnitten, seine Frau erschossen, die Kinder (gemäß seinen Instruktionen) unversehrt zurückgelassen, dann den abgetrennten Kopf in Trockeneis gepackt und seinem Auftraggeber eigenhändig zugestellt. Es war so perfekt gelaufen, wie ein Job nur laufen konnte.

Jetzt und hier, in einem der heruntergekommensten Viertel Philadelphias, fühlte John sich eingeengt und verwundbar. Seinen Dakota hatte er ein paar Blocks weiter geparkt. Den Rest des Weges legte er zu Fuß zurück. Zu Fuß war es ihm irgendwie wohler.

Abgewrackte Reihenhäuser säumten beide Seiten der Straße. Manche waren dunkel und ausgestorben, in anderen brannte trübes Licht. Die hinterletzten Absteigen, dachte er. Warum residierte ausgerechnet hier einer von Monicas Geschäftspartnern? Es war unauffällig und erregte keinerlei Verdacht, sicherlich, aber er wollte ja schließlich keine Atomwaffen kaufen oder so.

John hatte zwei Blocks hinter sich gelassen, als sich ihm jemand näherte – ein junger dunkelhäutiger Mann um die zwanzig, dicker Mantel, beide Hände in den Taschen.

»Was geht, großer Mann? Brauchst du Hilfe?«

Laut den Informationen, die John erhalten hatte, sollte er besagte Adresse aufsuchen und dort klingeln. Von einem Kontaktmann war nie die Rede gewesen. Also sah er dem Jungen unverwandt in die Augen. »Nein.«

Der junge Mann schaute sich flüchtig in alle Richtungen um und kam näher herangeschlichen. »Hast du dich verlaufen, Kumpel?«

»Nein.«

Die rechte Hand des Jungen bewegte sich in der Manteltasche. John schlug unverzüglich nach ihm. Ein einzelner Hieb – eine rechte Gerade exakt aufs Kinn mit der Wucht eines Güterzuges. Der Junge war bewusstlos, bevor er auf den Boden traf, wo sein Hinterkopf lautstark auf Beton schlug und sein Körper alsbald in schaufensterpuppenhafte Starre verfiel. John beugte sich bedächtig über den reglosen Leib und durchsuchte die rechte Manteltasche. Er zog eine Pistole Kaliber .22 daraus hervor.

»Eine .22er?«, sagte er und wedelte mit der Waffe über dem ohnmächtigen Gesicht des Jungen herum. »Du wolltest mich mit einer beschissenen .22er überfallen?« John hob den Stiefel und stampfte ein-, zwei-, dreimal auf den

Kopf des jungen Mannes. Dann warf er die Pistole in einen eingezäunten Hinterhof auf der anderen Seite der Straße. »Das ist ein Spielzeug für kleine Kinder«, sagte er, bevor er den Jungen angewidert anspuckte und seinen Marsch zur angewiesenen Adresse fortsetzte.

Als sich John mit dem Kartenschlüssel-Original und etlichen perfekten Kopien desselben auf den Rückweg zum Dakota machte, lag der Junge noch immer dort, wo er ihn zurückgelassen hatte. Er bückte sich und überprüfte den Puls. Tot. Wahrscheinlich haben ihn die Tritte erledigt, dachte er, zuckte die Achseln und ging weiter zu seinem Pick-up.

39

Monica behielt unterdessen Steve Lucas im Auge. Er hatte sich keinen Zentimeter gerührt, saß nach wie vor aufrecht auf der Couch, mit dem Kopf im Nacken und weit offenem Rachen, aus dem ein donnerndes Schnarchen rasselte. Sie war kaum dazu imstande, ihn länger zu betrachten. Sie wusste, dass sie ein Profi war, aber wie sie es geschafft hatte, so oft mit ihm zu ficken, ohne ihn auszuweiden, würde ihr für immer ein Rätsel bleiben.

Ihr Handy vibrierte zweimal. Eine SMS. Sie ließ es aufschnappen.

Von: Dad
BIN DA.

Sie klappte das Telefon zu und eilte nach draußen. John parkte wieder an derselben Stelle am Straßenrand. Das Beifahrerfenster war runtergekurbelt. Monica schob ihren Kopf hindurch.

»Hier.« John gab Monica die Magnetkarten.

Sie inspizierte sie.

»Krieg ich eine?«, fragte John.

»Nein – warum solltest du?«

»Na ja, du hast drei«, sagte er.

»Reine Vorsichtsmaßnahme, Väterchen«, sagte sie.

Er knurrte und ließ sich wieder in seinen Sitz zurückfallen.

»Halt«, sagte sie. »Du musst mit reinkommen.«

»Weswegen?«

»Komm einfach, sei so gut.«

John knurrte erneut und schaltete die Zündung aus.

Monica und John starrten auf den komatösen Steve Lucas auf dem Sofa.

»Herr im Himmel«, sagte John. »Wie viel hat er getrunken?«

»Sehr viel. Ich hab ihm allerdings auch noch ein paar Tabletten untergeschoben.«

»Hoffentlich krepiert er nicht.«

»Dem wird nichts passieren. Abgesehen von der Mutter aller Kater.« Sie wandte sich ihrem Vater zu. »Du musst ihn ins Schlafzimmer tragen.«

»Was?«

»Es muss so aussehen, als hätten wir rumgemacht.«

»Schön – solange ich den Wichser nicht ausziehen muss.«

John lud sich Steves schlaffen Körper mühelos auf und folgte Monica ins Schlafzimmer. Er schleuderte Steve auf das Bett. »Gut so?«, fragte er.

»Hau noch nicht ab. Warte im Wohnzimmer auf mich«, sagte sie.

John nickte und verließ das Zimmer. Monica zog Steve Lucas rasch bis auf die blanke Haut aus und verteilte seine Klamotten überall im Raum. Sie zog die Decken unter ihm hervor und arrangierte sie auf dem Boden zu einem wirren Haufen. Sie stieß einige Fotos von seiner Kommode und zertrampelte die Rahmen. Sie trat eine Lampe um, rammte ihren Ellenbogen so oft gegen den Spiegel an der Wand, bis er splitterte, ging dann in die Küche und kehrte bald mit einer offenen Flasche Bourbon zurück. Sie warf sie auf den Teppich und sah zu, wie sich der grobe Stoff mit der bernsteinfarbenen Flüssigkeit vollsaugte, bis nur noch ein oder zwei Schluck davon in der Flasche verblieben.

Zufrieden ging sie schließlich ins Wohnzimmer zurück. John saß auf der Couch und blätterte in einer Zeitschrift. Steve Lucas' Geldbörse lag noch immer auf dem Tisch. Monica nahm sie an sich, stopfte den Original-Kartenschlüssel hinein und legte die Brieftasche wieder auf den Tisch.

»Was zum Teufel hast du da drin getrieben?«, wollte John wissen, ohne den Blick von seinem Magazin abzuwenden. »Klang so, als hättest du alles demoliert.«

»Habe ich auch«, sagte sie. »Es muss überzeugend wirken.«

»Was muss überzeugend wirken?«

»Schlag mich«, sagte sie.

John schaute von seiner Zeitschrift auf. »Was soll ich?«

»Wir haben alles, was wir brauchen. Du hast doch nicht geglaubt, ich würde mich weiter von diesem Deppen vögeln lassen, oder?«

John warf einen Blick Richtung Schlafzimmer und sah dann wieder Monica an.

»Dank Schnaps und Clonazepam wird er sich an nichts mehr erinnern können«, sagte sie.

John nickte und stand auf. »Wohin?«, fragte er.

Monica wies auf ihr linkes Auge. »Übertreib es nicht, du Gorilla. Er ist nicht gerade Bruce Lee.«

John lächelte und schlug ihr an der gewünschten Stelle ins Gesicht, nicht zu fest, aber doch so stark, dass sie ein paar Schritte rückwärts taumelte.

»Aua, au, Scheiße noch mal«, sagte sie, während sie ihr Gesicht mit beiden Händen bedeckte.

»Lass mal sehen«, sagte John.

Sie nahm die Hände weg, und John betrachtete ihr Auge. Er nickte, als würde er eine Antiquität begutachten. »Das gibt ein hübsches Veilchen«, sagte er.

»Gut.« Sie drehte sich um und trat für eine letzte Inspektion ins Schlafzimmer. Steve lag nach wie vor nackt auf dem Bett ausgestreckt und schnarchte so laut wie zuvor. Sie überlegte, ihm den Schwanz abzuschneiden und in sein Maul zu stopfen, um dem Schnarchen ein Ende zu machen. Vielleicht ein andermal.

Monica gesellte sich im Wohnzimmer erneut zu ihrem Vater. »Komm, lass uns aufbrechen. Wir müssen morgen früh wieder hier sein.«

»Wie bitte? *Warum?*«

Sie schubste ihn die Tür hinaus und sagte: »Damit du mir nicht umsonst ein blaues Auge verpasst hast, Dummerchen.«

40

Steve Lucas wachte unbekleidet und desorientiert auf. Er stellte schnell fest, dass er sich in seinem eigenen Bett befand. Weitere Nachforschungen ergaben, dass in seinem Zimmer Chaos herrschte. Die Lampe lag auf dem Boden. Das Glas seines Spiegels hatte Sprünge wie ein Spinnennetz. Die Ablage seiner Kommode war komplett freigeräumt – die gerahmten Fotos waren über den Boden verteilt, einige davon verbogen und zerbrochen. Neben einem kaputten Rahmen lag eine fast leere Flasche Jim Beam, deren offener Hals von einem braunen Fleck umgeben war.

Wo war Samantha? Er hob die Laken vom Boden auf, umwickelte damit seine untere Leibeshälfte und rief nach ihr. »Hallo? Samantha?«

Nichts. Das Rufen ihres Namens schickte eine Stoßwelle von Schmerzen durch seinen Kopf, und er musste reflexartig die Augen zukneifen. Wie viel hatte er gestern getrunken, verdammt noch mal? Und wichtiger noch, dachte er, als er sich im Schlafzimmer umsah, *was zur Hölle ist passiert?*

Ein plötzlicher Schlag gegen die Haustür ließ ihn zusammenschrecken. Rasch schlüpfte er in die Klamotten vom letzten Abend und eilte ins Wohnzimmer. Er öffnete und hoffte, Samantha würde vor ihm stehen – was sie auch tat, allerdings in Begleitung eines sehr großen Mannes, der

Steve an der Kehle packte, ihn zurück in seine Wohnung stieß und gegen die nächstliegende Wand wuchtete. Der Würgegriff des Mannes war übermenschlich stark; Steve fühlte, wie ihm das Blut in den Kopf stieg, sein Gesicht heiß pulsieren ließ und seine Augen aus den Höhlen quetschte. Wenn der Mann seinen Griff nicht lockerte, würde er sehr bald das Bewusstsein verlieren. Der Riese schien dies ebenfalls zu bemerken, und seine Schraubstockfinger gaben Steves Hals ein bisschen mehr Spielraum. Er drückte seine Stirn gegen Steves und brüllte los.

»Du gestörtes Arschloch! Nenn mir einen einzigen Grund, warum ich dir nicht deinen verkackten Hals brechen soll!«

Steve war sprachlos. Er konnte lediglich darauf setzen, dass sein schockierter Gesichtsausdruck seine Ahnungslosigkeit deutlich machte.

»Denkst du etwa, du könntest meine kleine Schwester ungestraft schlagen?«

Als er die Tür aufgemacht hatte, war es Steve nicht aufgefallen, – es war alles zu schnell gegangen. Doch als er jetzt über die Schulter des großen Mannes sah, erblickte er eine wütende Samantha, die seinen Blick aus einem unversehrten und einem zugeschwollenen, violett verfärbten Auge erwiderte.

»Oh mein Gott … oh Scheiße, *war ich das*?«, platzte es abrupt aus Steve heraus. Er riss die Augen von Samantha los, richtete sie wieder auf den Riesen und betete, dass sie so reumütig leuchteten, wie er hoffte. »Es tut mir so leid … Ich habe keine Ahnung, was geschehen ist … Ich … Alles ist eine einzige Lücke. Totaler Filmriss. Ich kann mich an nichts erinnern, was …«

Die Hände des Hünen schlossen sich wieder fester um Steves Hals zusammen, was diesem die Stimme abschnürte.

»Jetzt hör mir ganz genau zu, du kranker kleiner Scheißer. Wenn du meiner Schwester noch ein einziges Mal näher als hundert Meter kommst, werde ich dich erneut aufsuchen und dir höchst aktiv Sterbehilfe leisten.« Mit der Wucht eines Schrotflintenschusses durchschlug die rechte Faust des großen Mannes wenige Zentimeter neben Steves Kopf die Wand. Dann nahm er seine linke Hand von Steves Kehle und sah ihm zu, wie er die Wand hinabrutschte, um schließlich wie ein völlig verängstigtes Kind mit verschränkten Armen auf den Knien zu landen. Der Riese tätschelte Steves Schädel. »Haben wir uns verstanden?«

Steve nickte hastig. Er wagte nicht, den Kopf zu heben.

Der Hüne wandte sich zum Aufbruch um, und Steve richtete die Augen auf Samantha. Er war zu sehr eingeschüchtert, um sie anzusprechen; stattdessen bemühte er sich darum, all seine Reue durch seinen verzweifelt-flehenden Blick zu kommunizieren.

»Arschloch« war alles, was sie sagte, bevor sie auf dem Absatz kehrtmachte, dem Riesen folgte und die Tür zuschlug.

Steve Lucas schob den Kopf zwischen seine Knie und fing an zu weinen.

Monica steckte sich eine Zigarette an, sobald sie im Dakota saßen. »›Kleine Schwester‹?«, sagte sie.

»Was?«, fragte John zurück und öffnete das Fenster einen Spaltbreit. »Ich könnte als dein älterer Bruder durchgehen. Ein Daddy, der seine Tochter errettet, schien mir zu klischeehaft.«

»Aber du *bist* mein Daddy«, sagte sie mit ironischer Kinderstimme.

»Tja, dieses ganze Theater war ein einziger Haufen schwachsinniger Scheiße, wen also kratzt es?«

Sie inhalierte tief, grinste und blies ihm Rauch ins Gesicht. Er zog die Stirn in Falten und wedelte ihn aus dem Fenster.

41

Es war kurz nach zehn, und Patrick klapperte am Küchentisch noch immer auf den Tasten seines Laptops herum. Zu seiner Linken stand ein Glas Glenlivet.

»Oh, ich verstehe«, sagte Amy, als sie sich von hinten an ihn heranschlich, seinen Nacken küsste und seinen Drink nahm. »Du darfst zu Hause trinken, aber ich nicht?«

»Ich habe nicht vor, danach noch eine Spritztour zu machen«, sagte er, ohne sich umzudrehen.

Sie verpasste seinem Kopf einen leichten Klaps und setzte sich dann auf seinen Schoß. Er nahm die Hände vom Laptop, umschlang ihre Taille und küsste sie.

»Du bist so unglaublich komisch«, sagte sie, nachdem ihre Lippen sich voneinander gelöst hatten. Amy war froh darüber, dass sie an einem Punkt angelangt waren, an dem sie »diesen Abend« mit etwas Humor nehmen konnten. Er war noch nicht in Schenkelklopfer-Stimmung, aber definitiv einem gewissen Unernst zugänglich.

Er küsste sie erneut. »Ich bin bald fertig«, sagte er.

Sie überflog, was er geschrieben hatte. »Sieht wie ein Drehbuch aus.«

Er gluckste, sah wieder auf den Bildschirm und sprach, während er seinen Text durchsah. »Ja – bei der PowerPoint-Präsentation habe ich zwischen den Fotos jeweils zehn Sekunden Zeit, aber jede Formulierung muss sitzen wie eine geschliffene Dialogzeile. Wenn ich diese Leute davon überzeugen kann, dass so eine Giftplörre wie Megablast das absolute A und O ist, bin ich reif für Hollywood.«

Sie kicherte leise und gab ihm einen Kuss auf die Wange. »Du wirst das schon hinkriegen.«

Er holte tief Luft. »Das hoffe ich. Die Uhr läuft langsam ab. Zehn Tage.«

Sie legte ihren Kopf auf seine Schulter. »Demnach bist du also so gut wie durch?«

Er tippte mit der rechten Hand ein paar Wörter, ohne den linken Arm von ihrer Taille zu nehmen. »Glaub schon. Wieso?«

»Ich dachte, ich könnte dir vor dem Schlafengehen einen blasen, um deinen Stressabbau ein wenig zu fördern.«

Patrick speicherte ab und klappte den Laptop zu. »Fertig«, sagte er.

42

Patrick überprüfte zum wiederholten Male diverse Grafiken seiner PowerPoint-Präsentation, als sein Mitarbeiter Todd Hartnett an sein Bürofenster klopfte. Patrick winkte ihn herein.

»Hey, Todd, wie läuft's?«

»Wollte wissen, ob du das mit Lucas gehört hast.«

»*Steve* Lucas?«

Todd nickte. »Ist heute nicht aufgekreuzt.«

»Hat jemand angerufen?«

Todd nickte erneut. »Nur der Anrufbeantworter.«

»Vielleicht ist er krank.«

»Jedenfalls hat er nicht angerufen«, sagte Todd. »Er muss doch demnächst diese Präsentation halten, oder? Für diese Fremdsprachensoftware?«

»Ja, am Freitag, glaube ich.«

»Ich müsste schon auf der Schwelle des Todes stehen, um nicht zur Arbeit zu kommen, wenn meine Präsentation am Ende der Woche anstünde.«

Patrick reagierte mit einem zustimmenden, aber abwesenden Nicken. Er war in leichte Benommenheit verfallen und entsann sich des Vorfalls mit Steve Lucas vom vorigen Freitag. Lucas hatte seine neue Freundin treffen wollen und einen aufgedrehten Eindruck gemacht. Vielleicht waren sie nach Vegas durchgebrannt, um heimlich zu heiraten?

»Hm«, grunzte Patrick.

»Was?«

»Nichts, nur … Lucas hat mich letzten Freitag auf einen Feierabend-Drink eingeladen. Wollte, dass ich seine neue Lady kennenlerne. Ich habe gerade überlegt, ob sie durchgebrannt sind oder so was.«

Todd schnaubte. »Wenn das der Fall sein sollte, hoffe ich für ihn, dass das Mädchen Geld hat – denn wenn er nicht bald verkündet, wo er sich rumtreibt, ist er seinen Auftrag ganz schnell los.«

Patrick nickte erneut zustimmend.

Todd Hartnett zog ab. Patrick dachte kurz über das soeben geführte Gespräch nach, bevor er die Sache ad acta legte und sich wieder an seine Arbeit machte.

Patrick nippte an einer Flasche warmer Cola und sah auf die Uhr. Es war vier Uhr nachmittags. Steve Lucas hatte sich noch immer nicht gezeigt. Doch was zum Geier ging ihn das eigentlich an? Der Penner konnte froh sein, sich nach seinem Gequatsche vom Freitag keine eingefangen zu haben.

Patrick trank den letzten Schluck warmer Coke, warf die Flasche in den Mülleimer und rollte wieder vor seinen Rechner. Er glotzte auf den Monitor, der genauso gut tintenschwarz hätte sein können. Doch, es *ging* ihn etwas an. Wenn er auch nicht wusste, weshalb.

Patrick griff sich sein Telefon und gab zwei Ziffern ein. »Suzy, könnten Sie mich bitte mit Steve Lucas' Privatnummer verbinden?«

»Es geht nur der Anrufbeantworter dran«, sagte seine Sekretärin. »Alle möglichen Leute versuchen es schon den ganzen Tag.«

»Was ist mit seinem Handy?«

»Haben wir auch probiert.«

Patrick seufzte. »Und die Adresse? Haben Sie seine Privatanschrift?«

Eine Pause.

»Suzy?«

»Ich schaue nach … hier ist sie.«

Sie las sie ihm vor, und Patrick schrieb mit.

»Wollen Sie vorbeifahren?«, fragte sie.

»Ich weiß noch nicht. Eventuell. Danke, Suzy.«

Patrick kontrollierte die notierte Adresse zum zweiten Mal, sah zum Haus hinüber, warf den Adresszettel auf den Beifahrersitz und stieg aus seinem Highlander. Er ging durch den Vorgarten zu Steve Lucas' Eingangstür und drückte die Klingel.

Nichts.

Er klopfte laut. »Steve? Bist du da? Patrick Lambert hier.«

Die Tür wurde einen Spaltbreit geöffnet, die Sicherungskette blieb vorgehängt, und dahinter kam ein Teil von Steves Gesicht zum Vorschein.

»Steve? Alles in Ordnung bei dir?«

»Bist du allein?«, fragte Lucas.

Patrick schaute sich um und sah dann mit befremdlichem Blick wieder Lucas an. »Äh … ja. Was zum Teufel ist los, Mann?«

Lucas entriegelte die Kette und öffnete die Tür ein wenig weiter. »Komm rein. Mach schnell.«

Patrick trat ein. Lucas schloss die Tür hinter ihnen ab und schob die Kette in die Schiene.

»Steve, was wird hier gespielt? Du führst dich auf, als würden dich Außerirdische im Visier haben.«

Lucas schlurfte ins Wohnzimmer und warf sich aufs Sofa. Er trug eine Jogginghose sowie ein weißes Unterhemd, und der Länge seiner Bartstoppeln nach zu urteilen hatte er sich seit einigen Tagen nicht rasiert.

Patrick machte ein paar umsichtige Schritte vorwärts. Er entdeckte ein Loch von der Größe einer kleinen Melone in Lucas' Wand.

»Steve?«

Lucas hob den Kopf.

»Eine Menge Leute aus der Firma haben sich nach dir erkundigt«, sagte Patrick. »Sie haben dich ständig angerufen.«

»Ich weiß.«

Patrick verzog das Gesicht. »Okay ... gibt es einen Grund dafür, dass du nicht reagiert hast? Oder zurückgerufen?«

Lucas massierte sich die Schläfen und sperrte den Mund auf, doch es kam keine Antwort heraus.

Patrick ging weiter ins Wohnzimmer hinein. »Bist du krank?«

Lucas schüttelte den Kopf.

Patrick bewegte sich nach links Richtung Küche. »Was ist dann los? Willst du es mir nun erzählen oder nicht?«

Lucas kauerte schweigend auf der Couch. Patrick befand sich jetzt in der Küche. Er öffnete einen Schrank und erblickte eine Flasche Wodka. Ein Drink. Vielleicht könnte ein Drink ihn entspannen und seine Zunge lösen.

Patrick nahm die Flasche aus dem Wandschrank und rief: »Wie wär's, wenn ich uns einen einschütte?«

»NEIN.« Lucas' Stimme war fest und klang sehr bestimmt. Und einige Sekunden später kam leise und schwächlich: »Ich werde das Zeug nie wieder anrühren.«

Aha, dachte Patrick, *so langsam kommen wir der Sache näher.* Er verließ die Küche und setzte sich an den Couchtisch. »Was ist passiert?«

Patrick kam zwei Stunden zu spät nach Hause. Der sich anbahnende Megablast-Auftritt stellte eine gute Entschuldigung dar, doch er hatte Amy versprochen, pünktlich zuhause zu sein. Als er die Küche betrat, war sie bereits mit dem Abwasch beschäftigt. Sie sah ihn nicht an.

»Das Essen steht in der Mikrowelle, falls du was willst«, sagte sie.

Er stellte sich an der Spüle hinter sie und drückte ihr einen Kuss auf den Scheitel. »Tut mir leid, dass ich so spät bin. Aber es gibt einen ziemlich guten Grund dafür, das kannst du mir glauben.«

Sie saßen nebeneinander auf dem Sofa. Amy hatte die Beine ausgestreckt und in Patricks Schoß gebettet. Patrick massierte ihre Füße – so konnte er wiedergutmachen, dass er zu spät zum Abendessen gekommen war.

»Wie schlimm war es?«, fragte Amy.

»Er ist nicht allzu sehr ins Detail gegangen«, sagte Patrick. »Er hat behauptet, sie wäre mit einem Veilchen aufgetaucht. Was schlimm genug ist, schätze ich.«

Amy nickte. »Ich erinnere mich von euren Betriebsfeiern an ihn. Eine Nervensäge, aber alles andere als ein Schläger.«

»Er behauptet, sich an nichts erinnern zu können. Nicht mal irgendwie unscharf.« Er zog an einer Zehe und brachte sie zum Knacken.

Sie schlug ihm auf den Handrücken. »Ich hasse das.«

Er lächelte wissend.

»Also, hat diese Dame die Polizei verständigt?«

»Ich glaube nicht«, sagte Patrick. »Dann hätten die sich schon längst gemeldet. Außerdem scheint von dem Bruder der Dame, dem Loch im Mauerwerk nach zu urteilen, eine weitaus größere Bedrohung auszugehen als von der Polizei.«

»Und jetzt …? Will sich der Kerl für immer in seinen eigenen vier Wänden verkriechen? Was ist mit seinem Job?«

»Genau das habe ich ihn auch gefragt. Er hat dieses Riesenprojekt an der Backe. Wenn es aus schierem Pech nicht klappt, dann ist das eben so, höhere Gewalt, passiert auch den Besten von uns. Aber wenn es nicht klappt, weil er sich wenige Tage vor der Präsentation in einen untätigen Einsiedler verwandelt …«

Amy zog sich den Daumen über die Kehle und gab ein gurgelndes Geräusch von sich.

»Exakt«, sagte Patrick.

»Und du hattest Angst, er würde sich Megablast unter den Nagel reißen.«

»Ich hatte keine Angst.«

Sie hob den Fuß an und kitzelte ihn am Kinn.

»Hatte ich *nicht*«, beharrte er. »Höchstens davor, dass er mir … reinpfuschen, mich aus der Spur bringen könnte.«

»Aus der Spur bringen?«

Patrick versuchte, einen anderen Zeh zu erwischen, aber sie entzog sich ihm rechtzeitig und warf ihm einen triumphierenden Blick zu. »Genau – der Kerl lenkt einen ab, wenn du verstehst, was ich meine. Ich wollte nicht, dass er jeden meiner Arbeitsschritte kritisiert, wenn irgendwas nicht so läuft, wie er es will.«

»Für wen hält der sich, dass er dich beurteilen darf?«, fragte sie.

»Tut er ja nicht, ich meine ja nur.« Patrick ächzte und versuchte die richtigen Worte zu finden. »Er ist wie der lästige Kumpel, der dich daran hindert, die Braut abzuschleppen.«

Amy neigte den Kopf und hob beide Brauen. »Interessante Analogie.«

»Oh, hör auf – du weißt genau, was ich meine.«

Sie fixierte ihn stumm mit unveränderter Miene.

»Hey, ich massiere jetzt schon seit über zehn Minuten deine übel riechenden Füße. Da solltest du mir eine fragwürdige Analogie verzeihen können.«

Sie drückte ihren Fuß in sein Gesicht und gegen seine Nase. Patrick drehte sich weg und ließ Würgegeräusche ertönen.

»Leck mich«, sagte sie.

»Du willst was bitte?«

»Träum weiter.« Sie stieß ihm neuerlich den Fuß ins Gesicht. Patrick lachte, packte ihren Knöchel und attackierte weitere Zehen.

43

Als Steve Lucas am Mittwoch endlich wieder bei der Arbeit erschien, sah er aus, als käme er soeben von einer Beerdigung. Die Präsentation für die Fremdsprachensoftwarefirma am Freitag fand wie geplant statt – und lief alles andere als glatt. Obwohl Patrick es nur aus zweiter Hand erfuhr, waren die potenziellen Kunden insgesamt zwanzig Minuten geblieben, bevor sie ihre Sachen zusammengepackt hatten und rausgestürmt waren. Anscheinend hatte es Lucas sofort danach zerbröselt, und er war in Tränen ausgebrochen. Ob es an dieser jämmerlichen Vorstellung lag oder nicht, irgendwas stimmte ihre Vorgesetzten milde, und Steve Lucas durfte bleiben. Zugegebenermaßen handelte es sich bei seinem nächsten Auftrag um einen, den ein viertelwegs aufgeweckter Highschool-Schüler hätte bewältigen können, aber es war trotzdem ein Job. Er hatte einen neuen Auftrag.

Am folgenden Montag klopfte Lucas dezent an Patricks Bürotür. Normalerweise wäre er einfach unaufgefordert reingetrampelt. Ganz offensichtlich hatte seine Begnadigung sein Trampeltiernaturell leicht gedämpft, womit Patrick mehr als einverstanden war. Er winkte ihn herein.

»Hey, Patrick«, sagte Lucas schüchtern. »Darf ich mich kurz setzen?«

Donnerschlag, dachte Patrick, *der Mann ist wie neugeboren.* »Klar«, sagte er. »Nimm Platz.« Als sie einander gegenübersaßen, fragte Patrick: »Was gibt's?«

»Tatsächlich so einiges. Erstens möchte ich mich bedanken, dass du vorbeigekommen bist, um nach mir zu sehen.« Trotz der geschlossenen Bürotür blickte er über die Schulter und senkte dann die Stimme. *»Ich hoffe, du hast niemandem was erzählt?«*

Patrick schüttelte den Kopf. »Nein – ich habe gar nichts gesagt.«

Lucas seufzte erleichtert. »Danke.«

Patrick nickte knapp. »Keine Ursache. Ich bin froh, dass sie dich nicht rausgeworfen haben.«

Lucas ging nicht auf diesen Kommentar ein; er schien zu sehr mit anderen Dingen beschäftigt. Er bedachte Patrick mit einem flehentlichen Blick. »Du wirst nichts verraten, oder?«

Patrick verzog die Lippen zu einem dünnen Lächeln. »Nein, Steve, werde ich nicht. Was geschehen ist, ist geschehen, nicht wahr? Konzentrieren wir uns auf die Zukunft.«

Steve Lucas' Züge erhellten sich allmählich. Er stand auf und streckte seine Hand aus. »Das ist toll. Vielen Dank, Mann.«

Patrick schüttelte ihm die Hand. »Kein Problem. Jetzt machen wir uns wieder an die Arbeit, okay?«

Lucas' Stimmung schien immer weiter aufzuklaren, gänzlich ins Positive zu kippen, als *wäre* wahrhaftig alles vergessen. War das möglich, fragte Patrick sich. War der alte Steve Lucas mit einem Schlag zurückgekehrt? Patrick verspürte einen merkwürdigen Anflug von irgendwas. Neid etwa?

»Hast bald die große Megablast-Präsentation, stimmt's? Mittwoch?«, sagte Lucas und setzte sich wieder hin.

Patrick nickte zögerlich. »Zwei Tage noch.«

Lucas lehnte sich zurück und legte seine Füße auf Patricks Tisch. »Und, hast du ein gutes Gefühl?«

»Alles prima«, gab Patrick zurück und hielt den Blick auf Lucas' Schuhsohlen gerichtet.

»Nervös?«

Patricks Zehen ballten sich wie Fäuste, und seine Kiefermuskulatur verkrampfte sich heftig. Erneut stellte er sich innerlich die Frage nach dem Warum. Die Präsentation war so gut wie fertig. Er war mehr als gut vorbereitet – wie ein Boxer, der härter trainiert hatte als je zuvor in seinem Leben. Er musste nur noch in den Ring steigen und auf den Gong warten. Warum also stresste ihn diese Knalltüte so sehr? Spätestens nach den jüngsten Ereignissen stellte Steve Lucas keinerlei Gefahr mehr für sein Projekt dar. Doch vielleicht hatte die neulich abends gegenüber Amy geäußerte Analogie trotz ihrer Vulgarität den Punkt getroffen: Er stand kurz davor, flachgelegt zu werden, und er wollte nicht, dass ein lustbremsender Vollidiot wie Steve Lucas ihm das irgendwie ruinierte.

»Nicht im Geringsten«, sagte Patrick in gepresstem Ton. »Warum sollte ich nervös sein?«

»Gibt keinen Grund.« Steve wickelte einen Streifen Kaugummi aus und schob ihn sich in den Mund. Er kaute und schmatzte seelenruhig. »Ist halt nur ein fettes Ding. Wollte sichergehen, dass du der Herausforderung gewachsen bist, dich stark fühlst.«

Patrick wurde rot. Seine Kiefer mahlten.

Du hast eine arme wehrlose Frau zusammengeschlagen, einen Riesenauftrag vermasselt, beinahe deinen Job verloren, und jetzt sitzt du hier, hast die Füße auf meinen Schreibtisch gelegt und kaust seelenruhig Kaugummi, als wäre nichts geschehen.

An dieser Stelle entschied sich Patrick, Steve Lucas nicht länger lediglich für eine verachtenswerte Nervensäge zu halten. Er hasste ihn. Und so sehr es auch an seinem Ego kratzte – Patrick war jetzt überzeugt davon, dass Neid tatsächlich die Hauptrolle dabei spielte. Steve Lucas war nach seinem Debakel wie eine Rosenknospe aufgeblüht, ohne lange von dunklen Erinnerungen geplagt zu werden. Für Patrick und seine Familie war jeder Tag wie die lange Fahrt durch einen dunklen Tunnel – eine endlose Schmerzensreise, auf der gelegentlich ein schwaches Licht in der Ferne Linderung verhieß, bis sich dieses Licht beim Näherkommen als Irrlicht erwies, erlosch und sie ins Dunkel zurückstieß, egal, wie schnell oder entschlossen sie weiterfuhren. Steve Lucas war die Idealverkörperung dessen, was diese Irrlichter für Patrick und seine Familie bedeuteten. Steve Lucas war der Handlanger des bösen Schicksals, welches das Licht am Ende des Tunnels für die Lamberts als Illusion entlarvte.

(Crescent Lake)

(wochenlange Genesung in kalten Krankenhäusern)

(monatelange Psychotherapie)

... nervt hier mit den verdammten Füßen auf dem Tisch, während er Kaugummiblasen macht und grinst ...

(Caleb und die Reißnägel)

(ständige Albträume)

(der drohende Prozess)

... als wäre nichts geschehen ...

(Oscar tot)

(Bob tot)

(Amy betrunken hinterm Steuer)

»Ja, ich fühle mich bestens, Steve.« Patrick erhob sich und wischte Steves Füße mit solch mächtigem Schwung vom Tisch, dass er den Mann beinahe mitsamt Stuhl umgeschmissen hätte. »Warum auch nicht, verfluchte Scheiße?«

Steve Lucas starrte Patrick wie ein verschreckter kleiner Junge an, mit in Schockstarre offen stehendem Mund, sodass man die Kaugummikugel sah.

»Wie zur Hölle kannst du nach dem, was du getan hast, hier sitzen und so mit mir reden?«, sagte Patrick. »Meinst du, du hast irgendeine Sondererlaubnis? Hältst du dich für was Besonderes? Als ich letzte Woche bei dir war, hast du ordentlich den Schwanz eingekniffen. Genau wie vor ein paar Stunden, als deine Karriere auf der Kippe stand. Und jetzt führst du dich auf, als wäre alles in Ordnung? Als könnte ich nicht jederzeit rausspazieren und allen erzählen, was wirklich passiert ist? Was du getan hast?«

Lucas' Lippen zitterten, als er die Sprache wiederzufinden versuchte.

»Was *verfickt noch mal* kümmert dich meine Präsentation, Steve? Was hast du verfickt noch mal damit zu tun?«

Jede Spur des alten Steve Lucas hatte sich wieder verflüchtigt. Er war wieder das eingeschüchterte Häufchen Elend, das Patrick in seinem Haus empfangen hatte. Er beugte sich über Patricks Tisch und stieß die Worte geflüstert und hastig aus. *»Patrick, es tut mir leid. Es tut mir leid. Ich habe es nicht böse gemeint, sondern nur so dahergeredet, verstehst du? Ich wollte nur plaudern. Bitte verrate es nicht. Bitte. Ich hab nur so dahergeredet.«* Er stolperte zur Bürotür. *»Es tut mir leid, okay? Furchtbar leid.«*

»Du kannst nicht einfach so tun, als wäre nichts passiert, Steve. So läuft es nicht.« Patrick Gesicht war knallrot angelaufen und brannte heiß. Er atmete schwer. Die Narbe der Stichwunde, die über seinem Bauch verlief, pochte – zum ersten Mal seit längerer Zeit –, was seinen Ärger noch verstärkte. »Verpiss dich aus meinem Büro, Steve. Halt dich fern von mir. Geh mir aus dem Weg, bis ich dir was anderes sage. Verstanden?«

»Alles klar, Mann. Alles klar.« Zum zweiten Mal in diesem Monat kroch Steve Lucas verängstigt aus Patricks Büro. Das erste Mal hatte Patrick ihn mit einem Lächeln begleitet; er hatte sich im Recht, geradezu wohlgefühlt.

Was er jetzt empfand, wusste er nicht genau. Wohlig war ihm jedenfalls bestimmt nicht zumute.

44

»Hoppla«, sagte Amy an diesem Abend, als Patrick ihr schilderte, was geschehen war.

»Ich weiß«, sagte er, während er seinen Teller zur Spüle trug. Die Kinder sahen fern und waren außer Hörweite. »Ich habe die beschissene Beherrschung verloren«, sagte er nichtsdestotrotz in Flüsterlautstärke, denn Carrie verfügte über das Hörvermögen einer Superheldin, wenn es um Flüche oder schmutzige Wörter ging.

Amy blieb am Küchentisch sitzen und reichte Patrick ihren Teller. Er brachte auch ihn zur Spüle hinüber und begann abzuwaschen, während er weitersprach.

»Keine Ahnung, was da mit mir los war. Klar ist der Kerl ein Kackspecht, aber ich habe ihn echt fertiggemacht. Irgendwie schlug auf einmal alles gleichzeitig über mir zusammen.« Er drehte sich um und schaute Amy an, Teller in der einen, Handtuch in der anderen Hand.

»Was meinst du mit *alles*?«, fragte sie.

Er zuckte mit den Schultern, wandte sich wieder zum Spülbecken um und nahm den Abwasch wieder auf. »Alles.«

Amy schielte zu den Kindern hinüber. »Du meinst CL?«

Patrick sah ihr erneut ins Gesicht. »Nein, nicht nur das. Nun ja, das schon, aber auch alles andere, kapierst du? CL und die Nachwirkungen sind schlimm genug, aber hatten wir seitdem auch nur eine einzige kurze Pause von all der Scheiße, Herrgott noch eins?«

Carries Kopf ruckte Richtung Küche. »Hat Daddy gerade das S-Wort gesagt?«

»Nein«, brummten Patrick und Amy wie aus einem Mund.

Carrie sah Caleb an, sagte: »Doch, hat er« und wandte sich dann wieder dem Fernsehprogramm zu.

Amy senkte die Stimme und beugte sich über den Tisch. »Sprichst du von Wau-Wau und Dad?«, wollte sie wissen, achtsam darauf bedacht, nicht Oscars Namen und schon gar nicht den ihres Vaters zu erwähnen.

»Ja«, erwiderte Patrick. »Ich meine, was soll das Ganze? Nach dem, was wir durchmachen mussten, hätten wir Medaillen verdient, aber stattdessen kriegen wir tote Hunde, tote Väter und mehr und noch mehr Scheiß-Benzin, das auf unseren seit ungefähr Scheiß-Ewigkeiten lodernden Großbrand geschüttet wird …«

Amy schnitt ihm das Wort ab, indem sie kräftig mit dem Fuß aufstampfte. Beide Kinder starrten ihren Vater fassungslos und mit aufgerissenen Augen an. Das S-Wort war jetzt schwerlich zu dementieren. Auch bei den »toten Hunden« und »toten Vätern« handelte es sich nicht gerade um Poesie, aber diese Formulierungen waren mit ziemlicher Sicherheit schnell vergessen, wenn der gute alte Paps einmal mit der guten alten »Scheiße« anfing.

Patrick seufzte und nickte Amy zu. Er trat ins Wohnzimmer. »Das tut Daddy sehr leid, Kinder. Ich habe was ganz Schlimmes gemacht und das S-Wort benutzt. Könnt ihr mir verzeihen?«

»Ich verzeihe dir, Dad«, sagte Caleb.

»Danke, Kumpel.«

»Kaufst du uns ein Geschenk?«, sagte Carrie.

45

John Brooks schlief am frühen Mittwochmorgen tief und fest. Monica konnte ihn durch die Moteltür hindurch schnarchen hören. Sie versetzte der Tür einen amtlichen Schlag.

Das Schnarchen hörte auf. »Wer ist da?« Seine Stimme auf der anderen Seite klang tief und bedrohlich.

»Zimmerservice, Dummerchen.«

Einen Moment lang war es still, dann war zu hören, wie der Riegel zurückgeschoben und die Kette entsichert wurde. Er öffnete die Tür und schirmte seine Augen mit der Hand vor der Morgensonne ab. »Warum so früh?«, brummelte er.

»Ich war die ganze Nacht auf, du Weichei.« Sie überreichte ihm einen großen Pappbecher mit Kaffee und nippte dann an ihrem eigenen.

John sah auf den Kaffee und dann zu Monica. »Du hast nicht geschlafen?«

Sie ging ins Zimmer hinein und nahm sich einen Stuhl. Ihr linkes Auge schillerte von dem Hieb ihres Vaters inzwischen leuchtend blau. »Nö.«

»Warum nicht?«

»Das weißt du genau. Außerdem war ich zu aufgeregt.« Sie entzündete eine Zigarette und lächelte.

John stand in nichts als Boxershorts an der offenen Tür – das Haar zerzaust, die Augen verquollen. Er warf einen erneuten Blick auf seinen Kaffee, als wüsste er nicht recht, was er damit anfangen sollte.

»Dann mal los, Väterchen«, sagte Monica. »Zieh dich an, und nimm dein Koffein zu dir, damit wir starten können.«

46

Patrick fand Dienstagnacht kaum Schlaf. Er döste kurz ein und träumte von seiner Präsentation ...

PowerPoint verweigerte den Dienst.

Er fuhr aus dem leichten Schlaf hoch. Dämmerte endlich wieder weg ...

Filmriss vor all den wichtigen Leuten. Alles, was er vorbereitet und geprobt hatte, war aus seinem Hirn gelöscht.

Er fuhr aus dem leichten Schlaf hoch. Dämmerte endlich wieder weg ...

Er stand nackt vor seiner Zuhörerschaft.

Er fuhr aus dem Dämmerschlaf hoch. Lieber Gott, hatte er soeben tatsächlich geträumt, den Vortrag nackt zu halten? Wie war das laut Dr. Sigmund Freud doch gleich mit Traumdeutung und Angststörung? Er lachte lautlos und schlief endgültig ein.

Patrick hörte das Gescharre winziger Füße, hörte, wie Amy die Kinder im Flüsterton zur Ruhe mahnte, hörte das Klirren von Porzellan, Glas und Besteck. Er spürte ihre Anwesenheit körperlich und freute sich innerlich auf das, was kam.

»Morgen, Daddy!«, plärrte Carrie, hörbar erpicht darauf, ihren Vater als Erste zu begrüßen. Caleb tat es ihr eine Sekunde später nach.

Patrick rollte sich herum. Amy, Carrie und Caleb standen am Bettrand. Amy trug ein Frühstückstablett, die Kinder hatten ein begeistertes Grinsen im Gesicht.

»Oha!«, sagte Patrick. »Was ist denn das?«

Erneut kam Carrie den anderen zuvor. »Frühstück im Bett!«

Patrick setzte sich auf. »Junge, Junge! Für mich?«

Amy stellte das Tablett auf seinem Schoß ab und gab ihm einen Kuss. Er sah auf Schinken, Eier und Kaffee hinab und dann wieder hoch zu seiner Familie. Ihm ging das Herz auf. Er stellte das Tablett auf seinem Nachttisch ab und zog beide Kinder zu sich ins Bett. Sie kieksten und wanden sich, als er mit ihnen rang und sie küsste. Carrie schlängelte sich frei und sprang auf der Matratze herum. Patrick krempelte Calebs Schlafanzugoberteil hoch und versetzte ihm einen mächtigen Lippenfurz auf den Bauch, woraufhin er zunächst quiekte und dann kicherte. Als Carrie das sah, startete sie einen Fluchtversuch, doch Patrick bekam ihren Fuß zu fassen. Sie kreischte. Beide waren gleichermaßen entsetzt und aufgeregt. Patrick riss seine Tochter zurück aufs Bett und bedachte sie mit der gleichen Aufmerksamkeit wie ihren kleinen Bruder. Sie schrie erneut auf, unfassbarerweise noch viel lauter als zuvor, und Amy hielt sich die Ohren zu.

»*Okay, das reicht* ... lassen wir Daddy frühstücken«, sagte sie.

Caleb sprang vom Bett. Carrie blieb und setzte sich rittlings auf die Brust ihres Vaters. Sie hüpfte ein paarmal auf und ab, und jede ihrer Landungen ließ Patrick ein gequältes Keuchen ausstoßen. Sie gluckste und machte mit ihren Reitübungen weiter.

»Los jetzt, kleines Fräulein«, sagte Amy.

Patrick schaute seine Tochter entschuldigend an und zog sie zu einem Kuss zu sich heran. »Tu, was Mum sagt, Kleines.«

Carrie wich zurück und schlug sich die Hand vor die Nase. »Bääh, Daddy, du stinkst aus dem Mund.«

Patrick blickte Amy an. »Ich stinke aus dem Mund, Liebling. Willst du mal riechen?«

»Ich hab es bereits gerochen, herzlichen Dank auch.«

Patrick setzte sich erneut aufrecht hin und schob sich das Frühstückstablett auf den Schoß. »Schön, nun also trollt euch, und lasset den Hausherren mit seinem Morgenmundgeruch sein Morgenmahl einnehmen«, sagte er affektiert näselnd. Er klatschte zweimal in die Hände. »Hinfort!«

Carrie und Caleb verschwanden. Amy blieb. Sie beugte sich zu Patrick vor. »Ich halte den Atem an«, sagte sie und küsste ihn.

Der gewohnte Morgensturm flaute ab. Patrick hatte mit angehört, wie Carrie ihr Frühstück nicht aufessen wollte und mit einer wütenden Amy dicht auf den Fersen quer durchs Erdgeschoss fegte, um ja den Bus nicht zu verpassen (*Hat sie es schon jemals pünktlich geschafft,* fragte Patrick sich), und jetzt war offenbar nur noch Caleb übrig, der wartete, dass seine Mutter ihn in den Kindergarten brachte. Er stellte sich vor, wie sein Sohn still am Küchentisch saß, die Beine baumeln ließ und geduldig ausharrte, bis Mommy sich um ihn kümmerte. Er liebte beide Kinder über alles, keine Frage, aber sie waren wirklich unterschiedlich wie Tag und Nacht.

Er wälzte sich im Bett herum, streckte sich und gähnte. Heute konnte er sich erlauben, später als üblich zur Arbeit zu gehen. Die Präsentation fand frühestens um elf statt. Er wollte so ausgeruht wie möglich sein, den Berufsverkehr meiden und rechtzeitig eintreffen, um noch ein wenig entspannen zu können, bevor es losging.

»Klopf, klopf.« Amy stand im Türrahmen.

Er lächelte sie an und gähnte abermals.

»Wie fühlst du dich?«

»Gut«, sagte er. »Hatte letzte Nacht ein paar Albträume.«

Amy schnitt eine Grimasse. »Ist nicht wahr.«

»Keiner von *diesen* Albträumen«, erläuterte er. »Es ging um heute. Hab sogar geträumt, ich stünde nackt vor meinem Publikum.«

Sie lachte. »Tiefer kann man kaum in die Klischeekiste greifen.«

»Ist mir auch schon aufgefallen, heißen Dank.«

Sie setzte sich auf die Bettkante und rieb ihm die Brust. »Du kriegst das hin. Du hättest es schon vor einem Monat mit links geschafft.«

Er atmete tief durch. »Stimmt«, sagte er.

»Wie war dein Frühstück?«

Er ergriff ihre Hand und drückte sie. »Himmlisch.«

Sie gab ihm einen Kuss. »Ich muss Caleb zum Kindergarten bringen. Brauchst du noch was, bevor ich losfahre?«

»Das Versprechen, mich nach meiner Präsentation unbekleidet und willig zu erwarten?«

Sie bedachte ihn mit einem koketten Blick. »Abgemacht.«

»Wirklich? Das war aber einfach.«

Amy beugte sich zu seinem Ohr vor. *»Wenn mein erstaunlich talentierter und erfolgreicher Ehemann seinen Vortrag über die Bühne gebracht hat, werde ich ihn vögeln, bis er seinen eigenen Namen vergisst.«*

Name? Ich habe einen Namen? Und was bedeutet dieses Gerede über einen Vortrag?

Amy ließ einen sprachlosen Patrick zurück. Es dauerte ein oder zwei Minuten, bevor er einigermaßen bequem aus der Schlafanzughose steigen konnte.

47

Patrick saß in seinem Schreibtischstuhl und leerte seine dritte Tasse Kaffee. Er sah zur Uhr. Halb elf. Nicht mehr lange. Er erhob sich und spazierte in den Konferenzraum. Auf dem gigantischen ovalen Tisch fand sich eine geradezu verschwenderisch breite Auswahl an Esswaren, Tee und Kaffee. Vor jedem Stuhl lag eine in Leder gebundene Mappe mit sämtlichen Megablast-Dokumenten. High-Tech-Projektor und Leinwand standen stolz am Kopf des Raumes. Eine große Informationstafel, auf der sich diverse Megablast-Logos und Slogans fanden, flankierte die Projektionswand.

Es sah gut aus. Verdammt gut. Patrick lächelte und ging zurück in sein Büro.

Viertel vor elf. Jonathan Miles, Vorsitzender von Miles and Associates, klopfte gegen die Scheibe von Patricks Bürofenster. Patrick winkte seinen Boss enthusiastisch herein und stand von seinem Stuhl auf, als dieser eintrat. Jonathan Miles war ein kurzgewachsener und vollschlanker Mann in den mittleren Sechzigern mit dichten grauen Haaren. Außerdem war er sympathisch, ein fairer Vorgesetzter und ein höchst professioneller Geschäftsmann. Patrick mochte ihn.

»Wie geht's dir?«, fragte Miles.

»Prima. Wirklich alles bestens«, antwortete Patrick.

Miles schüttelte Patrick die Hand und klopfte ihm auf die Schulter. »Sehr gut. Ich bin höchst zuversichtlich.« Miles sah auf seine Armbanduhr und wies dann mit dem Daumen Richtung Konferenzraum. »Fünf Minuten?«

»Alles klar, Boss.«

Jon Miles machte sich lächelnd davon. Patrick blieb stehen und dachte an seine Analogie vom Boxer, der wie ein Verrückter trainiert hatte und jetzt nichts anderes mehr wollte, als in den Ring zu steigen und seinem Gegner ordentlich in den Arsch zu treten. Der Vergleich erwies sich inzwischen als noch treffender als zuvor. Er war der Kämpfer, der in seiner Kabine wartete, hin und her tänzelte, schattenboxte, aufgewärmt und bereit, zu seiner Erkennungsmelodie durchs Stadion in den Ring zu marschieren. Diese Vorstellung belebte und stärkte Patrick. Er war zum Kampf gerüstet. Bereit, in ein paar Ärsche zu treten.

Und dann lief Steve Lucas an Patricks Fenster vorbei und sah flüchtig in Patricks Richtung. Für einen kurzen Moment trafen sich ihre Blicke.

Lucas hatte Patricks so subtil artikulierte Anweisung vom Montag akkurat befolgt und war ihm die letzten Tage über aus dem Weg gegangen. Patrick war lediglich bei einer einzigen Gelegenheit in der Gemeinschaftsküche mit ihm zusammengestoßen, wo sich die beiden in eisernem Schweigen ihren Kaffee bereiteten – Lucas hatte nicht mal einen Seitenblick aus dem Augenwinkel gewagt.

Heute lagen die Dinge offensichtlich anders. Lucas erwiderte Patricks Blick nicht nur, sondern *hielt* ihm ein paar Sekunden lang *stand.* Und der Ausdruck in seinen Augen war kein verängstigter, wie Patrick erwartet hätte. Ein finsterer war es auch nicht. Es war schlicht ... ein normaler

Blick. Der erste Augenkontakt, den sie pflegten, seit Patrick Lucas befohlen hatte, sich außer seiner Reichweite zu halten.

Halt, sagte Patrick sich, sobald Lucas außer Sicht war. *Da war gar nichts. Konzentriere dich.*

Patrick verließ sein Büro und steuerte den Konferenzraum an.

Die Megablast-Kunden hatten um den ovalen Tisch herum Platz genommen. Die meisten von ihnen hatten sich beim Kaffee bedient, manche sogar einen Teller vor sich stehen. Jonathan Miles saß Patrick, der am Kopf des Raumes die Einführungsworte sprach, am nächsten. Bislang lief alles tadellos. Regelmäßig spähte Patrick kurz zu Miles hinüber, auf dessen Miene sich dezenter Stolz abzeichnete. Er hatte sich warmgelaufen.

Patrick drückte eine Fernbedienung, und die Lichter wurden gedimmt. Zeit für die PowerPoint-Präsentation.

Einen Moment später brach die Hölle aus.

48

Die ersten Bilder der Präsentation zeigten das, was Patrick erwartet hatte, und seine Kommentare fielen dementsprechend perfekt aus:

Megablast spricht Sportler und Normalverbraucher gleichermaßen an …

Verführerisches visuelles Material der »naturreinen« Ingredienzen, durch welche Megablast die Konkurrenz im Energiegetränkesektor weit hinter sich lässt …

Und dann:

Eine Frau, die von hinten gefickt wird, während sie den Schwanz eines Mannes, der vor ihr kniet, im Mund hat …

Ein Knäuel von Frauen, die sich gegenseitig lecken …

Ein erigierter Penis in Großaufnahme …

Nach dem ersten dieser Bilder hatten die Anwesenden kollektiv nach Luft geschnappt. Nachdem sich sein erster Schock gelegt hatte, hatte sich Patrick die Fernbedienung des Projektors geschnappt und fieberhaft deren Knöpfe gedrückt, sich an die unwirkliche Hoffnung klammernd, das Löschen der Bilder würde auch die kollektive Erinnerung seiner potenziellen Kunden löschen.

Als Patricks hektisches Fummeln zu nichts geführt hatte, war Jonathan Miles aus dem Stuhl gesprungen, hatte sich den Projektor gegriffen, ihn auf dem Boden zerschmettert und war auf den Einzelteilen herumgetrampelt, obwohl die Bilder nicht mehr über die Leinwand flimmerten.

Die versammelte potenzielle Kundschaft war eiligst aufgesprungen und aus der Tür des Konferenzraumes gestürmt. Patrick und Miles waren ihnen hinterhergerannt und hatten den Leuten versichert, dass es sich um ein fürchterliches Missverständnis, einen schrecklichen Irrtum handelte.

Die entsetzte Megablast-Sippe hatte nichts erwidert, sondern war stumm den Aufzügen entgegengehastet, als würden sie vor dem Angriff eines verfeindeten Stammes Reißaus nehmen. In seiner Verzweiflung hatte Patrick versucht, das Schließen der Fahrstuhltüren zu verhindern, indem er eine Hand dazwischengehalten hatte. Eine Kundin hatte sie weggewischt und ihn ein widerliches Schwein genannt.

Patrick hatte seinen Arm eingezogen, als hätte er plötzlich auf eine heiße Herdplatte gepackt, und dann hilflos zusehen müssen, wie sich die Metalltüren schlossen und seine Kunden offiziell verloren waren. Er wandte sich um und glotzte Miles mit weit aufgerissenen Augen an.

»In mein Büro – *sofort*«, sagte Miles.

Patrick saß zusammengesackt vor Miles' Schreibtisch, den gesenkten Kopf in beide Hände gelegt. Miles tobte über zwanzig Minuten lang:

»Niemals in den 35 Jahren, die ich in diesem Geschäft bin …«

»Was, verdammt noch mal, ist los mit dir …?!«

»Du hast es geschafft, du Scheißkerl! Du bist erledigt, und dank dir bin ICH erledigt! Weißt du, was uns blüht, wenn sich das rumspricht?!«

Als Miles seine Tirade beendete – Patrick hatte es nicht gewagt, währenddessen auch nur einmal das Wort zu erheben –, traten die Sehnen in seinem violett verfärbten Gesicht und an seinem Hals hervor. »Was hast du dazu zu sagen?«

Patrick hob den Kopf, und eine seltsame Ruhe überkam ihn. Er war natürlich nach wie vor erschüttert, natürlich nach wie vor verwirrt, aber ... er trug keine Schuld. Das war eine Tatsache. Und durch diese unleugbare Wahrheit fühlte er eine Woge der Rechtschaffenheit in sich anbranden.

»Ich war es nicht«, sagte Patrick.

Miles kniff wiederholt die Augen zu. »Wie war das?«

»Ich war es nicht.«

Miles ließ sich wieder in seinen Bürosessel fallen und warf die Hände in die Luft. »Na dann, halleluja! Das erklärt alles.« Er griff zum Telefon. »Gestatte mir, sie kurz anzurufen und ihnen mitzuteilen, dass der verfluchte Porno, den sie bei *deiner* Präsentation gesehen haben, nichts mit dir zu tun hatte. Lass mich das aufklären, und alles ist wieder in bester Ordnung.« Er knallte das Telefon zurück auf den Tisch.

Patrick schien äußerlich ruhig zu bleiben, während sein Verstand hektisch Vermutungen in alle möglichen Richtungen anstellte. »Da steckt jemand anders dahinter«, sagte er. »Irgendwer hat mir das angetan. Ich weiß nicht, wer, und ich weiß auch nicht, wie, aber irgendjemand ...«

Als Miles und Patrick Miles' Büro betreten hatten, hatte Miles das Rouleau mit solcher Wucht zugezogen, dass eine der Lamellen sich verhakt hatte und nun einen schmalen diagonalen Streifen Blick auf den Empfangsbereich freigab. Und wie ein von Gott gesandtes lebendes Indiz spazierte in diesem Augenblick Steve Lucas vor Patricks Augen vorbei.

Dieser Blick von vorhin. Was hatte dieser Blick zu bedeuten? Was hatte der Blick dieses Mistkerls zu bedeuten???

Patrick sprang mit einem Satz aus dem Stuhl und riss Miles' Tür auf. Mit zwei großen Schritte war er bei Steve Lucas und packte dessen Arm, als wollte er einen flüchtigen Ladendieb aufhalten.

»Hey!«, rief Lucas aus. »Was zum ...«

Patrick zerrte Lucas in Miles' Büro, trat mit der Ferse die Tür zu und schubste Lucas in eine Ecke des Raumes.

»Er«, sagte Patrick und zielte mit seinem Zeigefinger wie mit einer feuerbereiten Pistole auf Lucas. »Er steckt dahinter.«

»Was zum Teufel ist ...«, stotterte Lucas.

»Halt die Klappe!«, schrie Patrick ihn nieder. Er drehte sich zu Miles um und hielt dabei den Finger auf Lucas gerichtet. »Er hat das große Software-Projekt versaut, und jetzt versaut er mir meines! Er rächt sich, weil ich weiß, was er getan hat.«

Lucas erbleichte. »Sir, ich habe keine Ahnung, wovon er spricht. Ich ...«

»Schwachsinn!«, fauchte Patrick ihn an. Er wandte sich wieder an Miles. »Weißt du, warum er diese Softwaresache vermasselt hat, Boss? Weil er schwer damit beschäftigt war, sich vollaufen zu lassen und eine Frau zu vermöbeln. Darum. Keiner außer mir weiß davon, und das kann der kleine Pisser nicht ertragen.« Er schnellte zu Lucas herum. »Ist es nicht so? Du kannst nicht ertragen, dass ich etwas gegen dich in der Hand habe. Also zapfst du meine Dateien an und versuchst, mich zu ruinieren!«

»STOPP!«, rief Miles laut dazwischen. »Sendepause.« Er schüttelte seufzend den Kopf. »Ich weiß nicht, was für ein Streit zwischen euch läuft, und das ist mir, ehrlich gesagt, auch egal – wer für mich arbeitet, gibt so einen Scheiß an

der Garderobe ab. Mit dem Finger auf andere zeigen wird das von heute Morgen nicht ungeschehen machen, Patrick.«

Patrick nickte heftig. »Sicher, das ist mir klar. Aber ich *werde* meine Unschuld beweisen. Dieser Auftrag hat mir alles bedeutet.« Wieder hob er den Finger Richtung Lucas. »Und *er* wusste das. *Er* trägt die Verantwortung für das, was passiert ist.«

Miles ließ den Kopf hängen, atmete lautstark aus und wandte sich schließlich an Lucas. »Steve?«

Lucas sah völlig entsetzt aus. »Was?«

Miles legte die Spitzen seiner gespreizten Finger aneinander. »Hast du irgendwas zu sagen?«

»*Nein*. Ich habe nicht den geringsten Schimmer, was eigentlich los ist!«

»Irgendwer hat Patricks Präsentation sabotiert. In die automatische Slideshow wurden pornografische Bilder geschmuggelt. Der Auftrag ist futsch.«

Patrick studierte Lucas' Reaktion genauestens. Trotz seiner immensen Wut konnte er nicht leugnen, dass Lucas aufrichtig schockiert aussah. Er war ein Schwächling – Konfrontationen waren nichts für seinesgleichen. Die Annahme, er würde in dieser Situation derart überzeugend schauspielern und lügen, war schwerlich zu akzeptieren.

War es möglicherweise ein anderer Mitarbeiter gewesen? Vielleicht. Entgegen den überraschenden Wendungen, für die Hollywood eine solche Vorliebe hatte, ist im wirklichen Leben der am meisten verdächtige Kandidat üblicherweise *tatsächlich* der Schuldige, dachte Patrick.

»Er war es«, sagte Patrick. »Es kann gar nicht anders sein. Wer sonst hätte sich Zutritt zu meinem Büro verschaffen können?«

»Patrick, ich schwöre ...«

»Halt's Maul«, sagte Patrick, ohne die Augen von Miles abzuwenden.

Miles stieß ein abermaliges Seufzen aus und bedachte beide Männer mit einem leicht verächtlichen Blick. Dann nahm er das Telefon und wählte. »Stan? Jon Miles hier. Du musst für mich sämtliche Sicherheitscodes checken, die in den letzten – warte mal ...« Miles legte eine Hand über die Sprechmuschel. »Wann hast du die Präsentationsdatei zum letzten Mal kontrolliert, Patrick?«

»Gestern Abend, kurz bevor ich ging. Irgendwann nach sechs«, sagte Patrick ohne das geringste Zögern.

Miles nahm die Hand vom Hörer. »Bist du noch dran, Stan? Überprüf bitte, ob gestern nach sechs noch jemand reingekommen ist.«

»Ich bin um fünf gegangen«, protestierte Lucas. »Mein Bruder und seine Kinder sind zu Besuch!«

Die anderen beiden ignorierten ihn – sie warteten auf die unumstößliche Wahrheit vom anderen Ende der Leitung.

»Ich versichere euch, ich ...«, jammerte Lucas verzweifelt.

Miles brachte ihn mit erhobener Hand zum Schweigen. »Ja, Stan, ich höre ... aha.« Sein harter Blick fiel auf Lucas. »Danke.« Miles legte auf. »Steve, laut Sicherheitssystem hast du das Gebäude gestern Nacht um genau Viertel nach zwölf betreten. Die Wachleute haben ihre Schicht um zwölf beendet. Die Überwachungsdaten sagen, dass du die Karte beim Rausgehen um genau drei Uhr siebenundvierzig am frühen Morgen durchgezogen hast. Würde es dir was ausmachen, mir zu verraten, was du ...«

Patrick wirbelte herum, hämmerte Lucas die Faust ins Gesicht und schlug ihm die Nase zu Brei. Lucas stürzte gegen die Wand und sackte benommen zusammen.

»Du Drecksau!«, brüllte Patrick und grub seinen Fuß schwungvoll in Lucas' Rippen. Der Mann schrie auf, ächzte und krümmte sich auf dem Boden zusammen.

Patrick trat ihm gegen die Wirbelsäule.

Er trat ihm gegen den Hinterkopf.

Dann erneut gegen die Wirbelsäule.

Miles eilte hinter seinem Tisch hervor und nahm Patrick von hinten in den Klammergriff. Patrick schüttelte ihn problemlos ab und trat weiter auf Lucas ein. Miles gab auf, fuhr herum und riss die Tür auf. *»Ruft den Sicherheitsdienst!«*

Eine Bestie, von der Patrick angenommen hatte, sie sei seit langer Zeit tot – eine Bestie, von der kaum glauben konnte, dass sie einst in ihm gesteckt hatte –, war erneut zum Leben erweckt worden, und als die Wachleute ins Zimmer hasteten und ihn zu bändigen versuchten, entfuhr ihm wirklich und wahrhaftig ein tierisches Brüllen.

Vier Sicherheitsbeamte konnten ihn schließlich mit vereinten Kräften überwältigen.

49

Nach diesem Vorfall waren sie nicht in Miles' Büro zurückgekehrt. Vielmehr befanden sie sich in dem im Parterre gelegenen Büro des Sicherheitsdienstes. Patrick saß mit einem Wachmann an jeder Seite auf einem Stuhl. Miles ging vor Patrick auf und ab, während er sprach.

»Lucas ist auf dem Weg ins Krankenhaus«, sagte Miles. »Er sieht aus, als wäre er vom gottverdammten Trecker überfahren worden.«

Patrick schwieg und hielt den Blick gesenkt. Sein Furor war keineswegs verflogen; doch die Vernunft gewann inzwischen einigermaßen die Oberhand.

»Es war zweifellos die Wahrheit«, sagte Miles. »Das mit dem Besuch von Bruder und Neffen und so.«

Patrick hob den Kopf. »Was?«

»Wir haben es überprüft. Sein Bruder und dessen Kinder *waren* letzten Abend bei ihm zu Besuch.«

Patrick runzelte die Stirn und schloss kurz die Augen, während er über eine Erklärung nachgrübelte. Dann richtete er sie wieder auf Miles. »Laut Sicherheitsdatensystem ist er um zwölf gekommen und bis fast vier geblieben. Er hätte sich davonstehlen können, nachdem sie ins Bett gegangen sind.«

»Sein Bruder behauptet, sie hätten sich bis *zwei Uhr nachts* unterhalten. Er ist bereit, das unter Eid auszusagen.«

Patrick blieb unnachgiebig. »Aber das ist nicht – wie erklärst du dir dann …«

Miles blieb stehen und sah Patrick unverwandt an. »Ich kann es nicht erklären, Patrick.«

Patrick schlug sich gegen die Brust. »Du glaubst doch nicht etwa noch immer, dass *ich* irgendwas damit zu tun hatte, oder?«

Miles schloss die Augen und schüttelte den Kopf. »Nein«, sagte er mit ernster Miene.

»Was zum Geier kann dann …«

Miles erhob die Hand. »Ruhig, Patrick. Ganz ruhig.« Er hielt einen Moment lang inne. »Die einzige logische Erklärung, die mir vorerst einfällt, lautet, dass irgendjemand Lucas' Magnetkartenschlüssel in die Finger bekommen hat.«

Patrick zog erneut eine nachdenkliche Miene. In der Eile, in der er Lucas als Schuldigen ausgemacht hatte, war ihm diese Möglichkeit zu keiner Sekunde eingefallen. »Na schön … Wer hätte Interesse daran …?«, sagte er.

»Allerdings«, unterbrach Miles, »hatte Lucas seine Magnetkarte bei sich, als er in die Notaufnahme gefahren wurde. Das haben wir nachgeprüft.«

»Also lügen sowohl Lucas als auch sein Bruder«, sagte Patrick.

Miles schnappte sich einen Stuhl und stellte ihn unmittelbar vor Patrick auf. Er nahm Platz und sah Patrick in einer ausgewogenen Mischung aus Ernst und Mitgefühl an. »Ich glaube nicht, dass sie lügen, Patrick.« Miles senkte seine Stimme – die Wachen konnten zweifelsfrei noch immer mithören, daher deutete nach Patricks Einschätzung der gedämpfte Ton auf ein Von-Mann-zu-Mann-Gespräch hin. »Hör zu, Patrick. Ich bin weder ein dummer noch ein gleichgültiger Chef. Und blind bin ich auch nicht. Ich kenne meine Angestellten, und mir ist bewusst, was für eine Nervensäge Steve Lucas sein kann. Ich weiß allerdings auch, dass er so etwas nicht tun würde. Dazu ist er nicht imstande, dafür fehlen ihm die Eier. Er ist ein korrekter Mitarbeiter und erledigt gewissenhaft seine Arbeit, aber es hat seinen Grund, dass er keine wirklich großen Aufträge bekommt.« Miles beugte sich näher vor. »Also, würdest du nach diesem Geständnis immer noch ernsthaft behaupten wollen, Steve Lucas wäre zu einer *solchen* Aktion in der Lage? Zu etwas in dieser Größenordnung?«

Patrick erinnerte sich daran, wie Lucas letzte Woche in seinem Apartment ausgesehen hatte. Wie verängstigt. Wie kindlich. Patrick erinnerte sich, wie er Lucas aus seinem Büro geschmissen hatte. Auch da: verängstigt, kindlich. Miles lag richtig: Steve Lucas war ein nervtötender Trottel, aber niemals zu so etwas fähig. Dergleichen verlangte Planung, fundiertes technisches Wissen ... und ein dickes Paar Eier. Einmal mehr musste Patrick Miles zustimmen: Lucas hatte keine dicken Eier. Durchschnitt, wenn überhaupt.

Patrick kniff sich in die Nasenwurzel. »Gut«, sagte er. »Was jetzt? Hab ich nun wieder den Schwarzen Peter?«

Miles lehnte sich zurück. »Nein«, erwiderte er. »Ich gehe auch nicht davon aus, dass der Patrick, den ich kannte, dazu imstande war.«

Patricks Stirn legte sich in Falten. »Der Patrick, den du *kanntest*?«

Miles warf beiden Wachleuten einen Blick zu. »Könntet ihr uns ein paar Sekunden lang alleine lassen, Jungs? Ist alles in Ordnung.«

Die Wachen wechselten einen flüchtigen Blick und verschwanden.

Miles fuhr fort. »Ich weiß, was du und deine Familie durchgemacht habt, Patrick.«

»Jon ...«

Miles hob eine Hand. »Ich meine, wer weiß das nicht? Die Medien haben sich nicht gerade bemüht, es geheim zu halten. Und die Öffentlichkeit schaut Nachrichten, lässt sich ein bisschen Angst einjagen und geht dann zum Tagesgeschäft über, bis die nächste Sau durchs Dorf getrieben wird. Nichts wirklich anderes, als einen Horrorfilm zu gucken. Doch bei dir funktioniert das so nicht – was vorbei ist, ist deswegen noch lange nicht vergessen. Ich bin kein gleichgültiger Arbeitgeber. Ein Krieg hinterlässt Spuren bei einem Menschen. Er verändert ihn. Manche sagen, der Krieg selbst sei der einfachere Teil. Das Danach macht dich fertig.«

Patrick wollte das Wort ergreifen, doch Miles hob erneut die Hand.

»Du hingegen bist ein starker Hundesohn, Patrick. Nicht nur hier ...« Er berührte Patricks kräftigen Arm. »Sondern auch hier ...« Er legte Patrick die Hand aufs Herz. »Und hier oben ...« Er wies auf Patricks Schädel. »Ich hätte dich nicht zurückgeholt, wenn ich nicht geglaubt hätte, dass du bereit dafür warst. Und ich habe dir Megablast anvertraut, weil ich *wusste*, dass du das bewältigen kannst. Scheiße, vielleicht habe ich auch irgendwie gedacht, du hättest etwas von dieser Größe *nötig*, um dich abzulenken. Aber das hat nichts mit Mitleid zu tun, weiß Gott nicht. Das hier ist immerhin meine Firma; ich kann mir keine Barmherzigkeiten zulasten meiner Geldbörse leisten.« Er lächelte.

Patrick lächelte nicht.

»Und dann erfahre ich das mit deinem Schwiegervater. Sogar das mit deinem Hund.«

Patrick zog das Kinn an die Brust.

»Ich bin kein dummer, gefühlskalter Vorgesetzter, Patrick …«

Ja, das habe ich langsam verstanden.

»Ich hätte in diesem Business nicht so lange und erfolgreich überlebt, wenn ich nicht ständig meine Angestellten im Auge hätte.« Miles lehnte sich wieder zurück. »Also will ich dir nichts vormachen, Patrick. Ich habe sogar in Betracht gezogen, dich von Megablast abzuziehen. Ich habe das Projekt in vollem Vertrauen in deine Hände gelegt, als du wieder zu arbeiten angefangen hast. Doch nach dem, was in den letzten Monaten passiert ist …«

»*Was* ist passiert?«

Miles vollführte eine beschwichtigende Geste. »Entspann dich, Patrick. Ich will damit nur sagen, dass jeder Mensch Grenzen hat.«

»Grenzen? Du glaubst, ich schnappe über? Du glaubst, ich hätte die größte Präsentation meiner Karriere nur so aus Spaß mit Pornobildern gewürzt?«

»Habe ich das etwa gesagt?«

»Du deutest es an.«

»Ich deute gar nichts an, Patrick. Ich spreche klar und deutlich aus, was ich denke. Und wenn ich gedacht hätte, du würdest überschnappen, hätte ich dir das Megablast-Projekt auf der Stelle weggenommen.«

»Was soll dann dieser ›Der-Patrick-den-ich-kannte‹-Mist? Willst du damit zum Ausdruck bringen, dass ich nicht mehr derselbe bin?«

Allmählich wirkte Miles verstimmt. »Ich will zum Ausdruck bringen, dass du eine Auszeit benötigst.«

»Du feuerst mich.«

»Nein – wie gesagt, du brauchst eine Auszeit.«

Patricks Atem beschleunigte sich. »Eines musst du mir noch sagen«, brachte er schließlich hervor.

Miles' Oberkörper spannte sich. »Was?«

»Sag mir, was deiner Meinung nach geschehen ist. Du deutest nicht an, sondern sprichst *Klartext*, richtig? Also sag mir, was geschehen ist. Sag mir, was mit der Präsentation passiert ist, für die ich mir monatelang *den Arsch aufgerissen* habe. Willst du nochmals die Sicherheitsdaten durchsehen lassen? Damit du weißt, wie lange ich jeden Abend geblieben bin? Wie viel Zeit ich in dieses Projekt investiert habe, nur um einen *beschissenen Riesenschwanz* auf die Leinwand zu bringen ...«

»Patrick!«

Patrick verstummte. Er schnaufte, und sein Puls hämmerte in seinem Kopf.

Beide Männer nutzten den Moment der Stille, um sich zu sammeln.

»Okay«, sagte Patrick schließlich. »Ich benötige also eine Auszeit. Wie lange – zwei, drei Wochen?«

»Eher *Monate*, Patrick.«

»Monate.« Patrick ließ ein verächtliches Lächeln aufblitzen. »Wenn du mich feuern willst, Jon ...«

»Du bist nicht gefeuert, Patrick. Aber du *wirst* eine beträchtliche Auszeit nehmen.«

Patrick wandte den Blick ab.

»Natürlich nicht unbezahlt. Die Zusatzleistungen bleiben dir erhalten«, verkündete Miles.

Patrick hätte am liebsten laut geschrien. Löcher in alle vier Wände geschlagen. Stattdessen schluckte er seine Galle hinunter, sah Miles an und sagte: »In Ordnung.«

Beide standen auf und gaben sich die Hand. Normalerweise tätschelte Miles Patrick nach einem Handschlag die breite Schulter. Diesmal nicht.

Patrick stieß die Glastüren des Bürogebäudes auf und bahnte sich mit einem mit Privatgegenständen gefüllten Pappkarton unter dem Arm den Weg nach draußen. Die Winterluft stach in seine Nase und ließ seine Augen tränen, was er für eine gehässige Fügung des Schicksals hielt.

Patrick überquerte eilig den Parkplatz, wobei ihm der Karton beinahe unter der Achsel weggeglitten wäre. Er konnte ihn gerade noch auffangen, doch ein Tacker fiel raus und knallte auf den Beton. Auch das hielt Patrick für eine gehässige Fügung des Schicksals. Er kickte den Tacker über den Parkplatz, wo er unter einem Wagen verschwand. Erst dann bemerkte er, dass ein Mann und eine Frau ihn aus der Ferne beobachteten.

»Was gibt's hier zu glotzen?!«, brüllte er.

Das Paar wandte ihm den Rücken zu und begann sich so eifrig zu unterhalten, als hätten sie ihn gar nicht bemerkt.

Patrick schloss den Highlander auf, pfefferte den Pappkarton auf den Beifahrersitz, verließ mit quietschenden Reifen den Parkplatz und raste heimwärts.

»Da kommt er«, flüsterte Monica ihrem Vater zu.

»Was gibt es hier zu glotzen?«

Sie wandten sich von Patrick ab, drängten sich zusammen und kicherten leise wie kleine Kinder. Als der Highlander verschwunden war, brachen sie in lautstarkes Gelächter aus.

Sobald sie sich wieder eingekriegt hatten, zündete sich Monica eine Zigarette an und inhalierte tief. »Wie schlecht es wohl um meinen kleinen Liebling Steve steht?«

John grinste. »Er sah nicht besonders gut aus, als sie ihn rausgeschoben haben.« Johns Grinsen wurde breiter, als er seine Tochter beäugte. »Du hast gewusst, dass er durchdrehen und ihm eine Tracht Prügel verabreichen würde, stimmt's?«

Monica blies eine üppige, von der Kälte akzentuierte Rauchwolke in die Luft und schlug die Augen nieder. »Jedenfalls habe ich darauf gehofft. Betrachte es als angenehme Dreingabe.«

Er strahlte. »Habe ich dir je gesagt, wie stolz ich auf dich bin?«

»Heute noch nicht.«

»Du mein kleines geliebtes Augäpfelchen, du.«

50

Patrick und Amy saßen auf dem Sofa. Patrick hatte ihr alles erzählt.

»Irgendwas läuft hier, Amy.« Er schüttelte den Kopf. »Irgendwas ist faul«, wisperte er.

Amy war auf zwei Resultate der Präsentation ihres Mannes vorbereitet gewesen: Erfolg oder Scheitern. Natürlich hatte sie auf Erfolg gesetzt und sich bereits auf eine zünftige Jubelfeier gefreut. Ein Scheitern war zwar nicht gänzlich ausgeschlossen gewesen, doch auch abzüglich ihrer naheliegenden Befangenheit und ihres Optimismus' war ein Scheitern angesichts der Zeit und Mühe, die Patrick in Megablast investiert hatte, höchst unwahrscheinlich. Hinzu kam Patricks kontinuierlicher Aufstieg in der Firmenhierarchie, seit man ihn dort unter Vertrag genommen hatte. Und auch wenn er scheitern sollte, war das nichts Weltbewegendes. Es war schließlich nicht sein letztes Projekt.

Allerdings *war* Patrick gescheitert, da biss die Maus keinen Faden ab. Und all die rationalen Erklärungen, die Amy sich zurechtgelegt hatte, um Patricks Niedergeschlagenheit im Falle schlechter Neuigkeiten auffangen zu können, verpufften schlagartig, als ans Licht kam, *warum* und *woran* er gescheitert war. Statt Mitleid und Beschwichtigung und Bestärkung hatte Amy nur *Wie bitte?* und *Du verarschst mich!* auf Lager, als sie sich anstrengte, die haarsträubende Geschichte zu verdauen. Dabei glaubte sie ihrem Ehemann jedes Wort. Sie zweifelte keine Sekunde lang an ihm. Das Leben schrieb, wie die alte Weisheit lautete (die ihr nach dem, was ihre Familie hinter sich hatte, wahrer als je zuvor erschien), die absonderlichsten Geschichten.

Amy streichelte seinen Oberschenkel. »Wie meinst du das? Was soll laufen?«

»Das lässt sich nicht mehr durch eine Pechsträhne erklären«, sagte Patrick. »Oscar? Dein Dad? Pech, von mir aus. Aber dann noch das hier? Unmöglich.«

»Dann sag mir, was deiner Ansicht nach passiert ist.«

»Ich hätte geschworen, dass es Steve Lucas war. Da hätte ich alles darauf verwettet. Aber jetzt …«

Amy wusste nicht, was sie sagen sollte. Sie teilte die Gefühle ihres Mannes – Oscar und ihr Vater, das waren böse Zufälle gewesen. Doch bei diesen neuen Ereignissen handelte es sich um Vorsatz. Eine andere Erklärung gab es nicht. »Du bist dir also inzwischen sicher, dass Steve nichts damit zu tun hat?«

Patrick ließ den Kopf auf die Sofakante zurücksinken und seufzte. »Keine Ahnung. Wer kommt denn sonst infrage?«

»Hast du jemand anderen aus dem Büro in Verdacht?«

»Nein. Wie hätte man das außerdem bewerkstelligen sollen? Auf welchem Weg wäre es möglich, mit Lucas' Identität ins System zu gelangen, meine Dateien zu knacken und meine Präsentation derart professionell zu verändern? Soweit ich weiß, steht Jason Bourne nicht auf unserer Gehaltsliste.«

Amy lächelte, obwohl sie wusste, dass der Scherz nicht witzig gemeint war. »Vielleicht solltest du mit Lucas sprechen.«

»*Was?* Wie kannst du glauben, dass *er mich* sehen will? Scheiße, ich bete noch immer, dass er keine Anzeige erstattet.«

Amy kannte ihren Mann zu gut, um auf ihrem Vorschlag zu beharren. Ihr war klar, dass er auch schon daran gedacht hatte. »Bist du wirklich davon überzeugt, dass er es war?«

Einen stillen Moment lang starrte Patrick an die Decke. »Nein«, sagte er schließlich niedergeschlagen. »Jon hat recht. Lucas geht einem auf den Sack, aber für so was ist er zu weich.«

Amys Blick war die stumme Wiederholung ihrer vorigen Anregung.

»Was soll ich ihm sagen?«, fragte Patrick.

»Zunächst mal, dass es dir leidtut.«

»Schön – ich werde um Verzeihung bitten und ihm in den Arsch kriechen, damit er mich nicht verklagt. Und dann?«

»Was meinst du?«

»Nun ja, ich kann die Sache nicht einfach abhaken. Ich muss rausfinden, wer dahintersteckt.« Patrick hielt inne und ballte eine Faust. »Ich wette, dieser Mistkerl hat irgendwas damit zu tun.«

»Du hast gerade gesagt ...«

»Nicht Lucas.«

Amy las seine Gedanken. »Patrick ...«

»Was?«

»Du weißt, dass das unmöglich ist.«

»Und wer war es dann? Der Geist seines beschissenen Bruders?«

»Rede mit Lucas«, sagte sie. »Und danach solltest du Dr. Bogan aufsuchen.«

»Dr. Bogan?«

»Du hast großen Respekt vor Dr. Bogan. Du hast Dutzende Male erwähnt, dass du den Mann für ein Genie hältst.«

»Er ist für *Kinder* zuständig, Amy. Außerdem haben wir Dr. Stone.«

»Rede einfach mit ihm. Lad ihn zu einem zwanglosen Gespräch ein. Nichts Amtliches.«

»Was ist mit Dr. Stone?«

»Dr. Stone ist großartig – aber sie ist unsere gemeinsame Therapeutin. Hier geht es um dich. Ein Anruf ist doch keine große Sache. Erzähl Bogan, was passiert ist. Bitte ihn um eine private Unterhaltung, von Mann zu Mann. Sag ihm, dass du seine Expertise für enorm hilfreich halten würdest.«

»Ich weiß nicht.« Patrick musterte Amy eindringlich. »Beunruhigt dich das nicht? Du zweifelst nicht daran, dass ich keinerlei Schuld trage. Willst du nicht wissen, *wer* die Schuld trägt?«

»Selbstverständlich will ich das wissen, Liebling.« Und plötzlich fragte eine innere Stimme: *Könnte* es Arty sein? Amy litt seit ihrer Heimkehr aus dem Krankenhaus ebenso sehr unter Paranoia wie Patrick, aber die Möglichkeit, dass der mehrere Hundert Kilometer entfernt in Pittsburgh inhaftierte Arty irgendwie dahintersteckte, schien ausgeschlossen. Sie wischte den Gedanken beiseite. »Wir werden bestimmt irgendwann rausfinden, wer dafür verantwortlich ist. Bis dahin halte ich es für vernünftig, mich bei Steve Lucas zu entschuldigen. Wir haben schon eine Gerichtsverhandlung vor uns, und eine zweite wäre das Letzte, was wir brauchen können. Abgesehen davon, hat er eventuell ein paar eigene Theorien für das parat, was passiert ist. Es wäre nicht unwahrscheinlich, dass ihm was einfällt, was du noch nicht in Betracht gezogen hast.«

»Ich habe alles in Betracht gezogen.«

»Aber du bist durcheinander und aufgebracht. Vermutlich vernebelt deine Wut dir den Verstand.«

Patrick sackte tiefer ins Sofapolster und rieb sich die Augen. »Na gut.«

»Und du rufst Dr. Bogan an?«

»Ich weiß nicht, ob er überhaupt Hausbesuche macht.«

»Fragen kostet nichts. Es geht ja nicht um eine richtige Behandlung – nur darum, jemanden zu finden, dem du dich anvertrauen kannst. Wie oft hast du mir gegenüber den Wunsch geäußert, er wäre *unser* Therapeut?«

»Okay. Ich werd's versuchen.«

51

Steve Lucas war noch am selben Tag aus dem Chester County Hospital entlassen worden. Er hatte eine gebrochene Nase, zwei gebrochene Rippen und diverse Prellungen davongetragen.

Zu Patricks großer Überraschung bat Lucas ihn hinein und bot ihm ohne Umstände an, Platz zu nehmen. Auf Lucas' Nase prangte ein weißer Verband, und beide Augen waren tiefblau. Er zuckte vor Schmerz zusammen, als er sich auf seiner Couch niederließ. Patrick saß links von Lucas in einem Sessel.

»Ich werde keine Anzeige erstatten, wenn es das ist, was dir Sorgen macht, Patrick«, sagte er. »Ich habe darüber nachgedacht, darauf kannst du Gift nehmen, aber du warst der Einzige, der sich nach … du weißt schon, nach dieser Affäre um mich gekümmert hat.«

»Es tut mir leid, Steve. Ich habe keine Entschuldigung für mein Verhalten.« Das war nicht die ganze Wahrheit. Zu jenem Zeitpunkt hatte er das, was er getan hatte, als vollkommen gerechtfertigt empfunden. »Ich habe so verdammt hart an diesem Projekt geschuftet. Was passiert ist … war … Himmel, ich weiß nicht mal, wie ich es nennen soll.«

Lucas nickte. »Eine Riesenscheiße.«

Versuch es, dachte Patrick. *Was hast du zu verlieren?* »Fällt dir irgendwer aus dem Büro ein, der zu so etwas imstande ist?«

Lucas schüttelte den Kopf. »Nein. Vor allem fällt mir niemand ein, der imstande sein könnte, meinen Kartenschlüssel zu klauen, sich damit ins Büro zu schleichen und ihn Stunden später wieder zurück in meine Brieftasche zu schieben, ohne dass ich das Geringste merke.«

Eben das war das große Rätsel. Würde die Magnetkarte fehlen, hätten sie zumindest ein Detail geklärt – jemand hatte die Karte gestohlen, das wäre ein Anfang. Leider war die Karte nicht verschwunden – Lucas hatte sie noch, hatte sie offenbar die ganze Zeit über gehabt.

Jemand hätte das Sicherheitssystem hacken und Lucas als den Schuldigen hinstellen können, überlegte Patrick. Es war denkbar. Aber es warf Fragen auf. Die erste lautete: Warum sollte man es Steve Lucas in die Schuhe schieben wollen? Die Antwort war relativ einfach: Weil Lucas ein echtes Arschloch sein konnte. Die zweite Frage war weniger einfach zu beantworten. Warum sabotierte man Patricks Präsentation, nur um Lucas etwas anzuhängen? Worin bestand die Verbindung? Jemandem, der über das Fachwissen verfügte, in ein High-Tech-Sicherheitssystem einzudringen, würde höchstwahrscheinlich etwas Besseres einfallen, um Steve Lucas zu schaden, als ausgerechnet Patricks Projekt zu ruinieren. Vielleicht hatten Lucas und Patrick einen gemeinsamen Gegenspieler in der Firma? Doch wen? Patrick hatte den Eindruck, mit allen gut klarzukommen. Und er war sich mehr als sicher, in der Vergangenheit niemals jemanden in einer Weise verärgert zu haben, die eine derartige Vergeltungsmaßnahme gerechtfertigt hätte. Nein. Es passte nicht zusammen. Es ergab keinen Sinn, wie man es auch drehte und wendete.

»Wer könnte es *deiner* Meinung nach gewesen sein? Außer mir natürlich«, sagte Lucas.

Patrick lächelte schwach, dankbar dafür, dass Lucas bereits darüber scherzen konnte. »Ich habe nicht den Hauch einer Ahnung, Mann.«

Sie saßen stumm da. Patrick ließ den Blick im Raum umherschweifen und bemerkte, dass das große Loch in der Wand noch nicht repariert worden war. Sollte er die Gangart wechseln und es ansprechen? Er wusste, dass Lucas nicht gerne darüber sprach, aber vielleicht konnte Patrick seinen Status als tröstender Beistand dadurch zementieren, dass er stärkeres Interesse an dem Debakel zwischen Lucas und seiner letzten Freundin zum Ausdruck brachte – falls der Mann es sich bezüglich der Strafanzeige irgendwann anders überlegen würde.

»Neuigkeiten von …?« Patrick zeigte auf das Loch in der Wand.

Lucas machte keine Anstalten, sich danach umzudrehen. »Nein, Gott sei Dank nicht.«

»Du erinnerst dich wirklich überhaupt nicht mehr an diese Nacht?«

Lucas schüttelte den Kopf. »Ich weiß noch, dass ich sie in der Bar getroffen habe. Der Rest ist gelöscht.«

»Vielleicht hat dir jemand was in den Drink getan.«

Lucas zuckte die Achseln. »Ist jetzt nicht mehr zu überprüfen – wenn ja, dann sind alle Spuren davon längst aus meinem Körper gespült. Eines musst du aber wissen, Patrick: Du magst von mir halten, was du willst, aber ich habe in meinem ganzen Leben niemals einer Frau ein Haar gekrümmt. Ich bin kein Heiliger, das gebe ich zu, aber selbst dann, wenn ich mich von meiner schlechtesten Seite gezeigt habe, gab es nie, kein *einziges* Mal …« Er ließ den Kopf hängen und strich sich mit einer Hand durch die Haare. »Irgendwas Seltsames ging in dieser Nacht vor. Und das hatte nichts mit mir zu tun.« Er sah zu Patrick auf. »Darauf verwette ich mein Leben.«

Patrick fiel Lucas' Mobiltelefon auf dem Wohnzimmertisch auf. »Bist du dein Handy durchgegangen? Hast du die Anruflisten kontrolliert? Irgendwelche seltsamen Textnachrichten? Bilder?«

Lucas nickte. »Ja – gar nichts. Nur das eine Foto, das ich von uns gemacht habe, als wir in der Bar saßen. *Das* weiß ich noch.«

»Zeig mal«, bat Patrick.

Lucas hielt sich die Rippen und ächzte, als er sich vorbeugte und nach seinem Handy griff. Er drückte ein paar Knöpfe und reichte es Patrick.

Es war ein Foto von Lucas, wie er breit grinsend das Selfie schoss. Ein Arm befand sich außerhalb des Bildes, den anderen hatte er um eine atemberaubende Blondine gelegt, die Patrick irgendwie bekannt vorkam.

»Hm«, murmelte Patrick.

»Was?«

»Sie kommt mir bekannt vor.«

»Tatsächlich?«

»Ja«, sagte Patrick mit gerunzelter Stirn. »Woher kenne ich sie bloß?«

Lucas schwieg.

»Wo hast du sie kennengelernt?«

»In einer Bar um die Ecke. Im Bravo's.«

»Wie heißt sie?«

»Samantha.«

Patrick starrte auf das Foto, bis es vor seinen Augen verschwamm. Er blinzelte und starrte weiter. Wo hatte er sie schon einmal gesehen? Es war noch nicht lange her. Erst kürzlich, da war er sich sicher. Vielleicht hatte er sie auch im Bravo's gesehen. Nur war er lediglich ein einziges Mal im Bravo's gewesen – und das war lange her.

Kürzlich. Kürzlich. Wo? W...

Patricks Herzschlag setzte aus. Bobs Beerdigung. Was er vor Augen hatte, war ein Foto der hinreißend schönen Frau von Bobs Beerdigung.

»Das kann nicht sein«, flüsterte er.

»Hä?«, gab Lucas von sich.

Patrick schenkte ihm keine Beachtung. Es konnte nicht sein. Er wusste noch, dass die Frau dunkle Haare und dunkle Augen gehabt hatte. Diese Frau war blond und grünäugig. Außerdem war Bob in *Harrisburg* beigesetzt worden. Die Frau hatte sich als Einheimische vorgestellt und behauptet, Bob aus Gilley's Tavern zu kennen. Dieses Foto dagegen war *hier* aufgenommen worden.

Sie konnte es nicht sein. Ausgeschlossen.

»Nichts«, sagte Patrick, schüttelte den Kopf und gab Lucas das Handy zurück. »Sie hat mich an jemanden erinnert, den ich neulich getroffen habe.«

»Du hast sie kennengelernt?«

»Nein, nein. Die Frau, die ich meine, lebt in Harrisburg. Sie war bei der Beerdigung meines Schwiegervaters. Außerdem war sie brünett und dunkeläugig. Sie sehen sich einfach nur ziemlich ähnlich, schätze ich.«

»Tja, solltest du ihr jemals über den Weg laufen, dann nimm schleunigst die Beine in die Hand. Das Mädchen bedeutet nichts als Ärger.«

52

Amy brach auf, um mit ein paar Freundinnen auszugehen. Patrick bat sie, sich nicht betrunken hinters Steuer zu setzen. Sie verpasste ihm einen leichten Schlag gegen die Brust und meinte, er sei ein echter Komiker.

Eine Stunde später klingelte es an der Tür. Dr. Bogan lächelte freundlich, als Patrick ihn hereinbat und ihm den Mantel abnahm.

»Ich bin wirklich sehr dankbar, dass Sie gekommen sind, Dr. Bogan. Mir ist bewusst, dass so etwas nicht unbedingt üblich ist.«

Dr. Bogan winkte ab. »Überhaupt kein Problem.«

Sie durchschritten den Flur und traten ins Wohnzimmer. »Darf ich Ihnen etwas zu trinken anbieten? Wir haben Scotch, Gin …«, fragte Patrick.

»Gemüsesaft haben Sie nicht zufällig, oder?«

»Ich …« Patrick wandte sich zur Küche um. »Ich bin nicht sicher. Lassen Sie mich nachsehen.« Patrick eilte zur Küche und durchsuchte den Kühlschrank nach Dr. Bogans Wunschgetränk. Er hatte kein Glück. Er schaute in der Vorratskammer nach und fand schließlich eine große, nicht angebrochene Flasche. Niemand in ihrem Haus trank Gemüsesaft, doch da war er. Leider war diese Plastikflasche die einzige angenehme Überraschung, die er diese Woche erlebt hatte, schoss es Patrick durch den Kopf. »Heureka«, rief er Richtung Wohnzimmer. »Er ist allerdings nicht gekühlt. Möchten Sie Eiswürfel?«

Dr. Bogan, der im Zimmer herumspaziert war, Bücher befingert und Familienfotos belächelt hatte, bejahte.

Patrick kehrte mit einem großen Glas geeistem Gemüsesaft zurück. »Stört es Sie, wenn ich mir einen Drink einschenke?«, fragte er.

»Natürlich nicht.«

Patrick öffnete die an ein Bücherregal grenzende Hausbar, goss sich einen ordentlichen Glenlivet ein und bedeutete Dr. Bogan, Platz zu nehmen, wo immer er wollte. Dr. Bogan wählte den Sessel neben dem Sofa, Patrick Letzteres.

»Zum Wohl«, sagte Patrick.

Dr. Bogan lächelte mit den Augen und stieß mit Patrick an.

Sie tranken, seufzten und lehnten sich zurück.

Patrick hatte Dr. Bogan bereits alles am Telefon erklärt und dabei sogar seine paranoiden Befürchtungen erwähnt, Arty Fannelli sei auf irgendeine unerklärliche Weise für die jüngsten Ereignisse verantwortlich. Ursprünglich hatte er Dr. Bogan das Ganze nicht am Telefon erzählen wollen, doch als es so weit war, schien es notwendig zu sein – vielleicht um den guten Doktor davon zu überzeugen, persönlich vorbeizukommen.

Dennoch hielt Patrick es für das Richtige, sich langsam vorzutasten. »Caleb macht sich bestens«, sagte er. »Wirklich toll. Er freut sich jedes Mal auf Sie.«

Dr. Bogan stellte seinen Gemüsesaft auf dem Beistelltisch ab. »Reden wir über Sie«, sagte er.

Patrick lächelte. Er hätte wissen müssen, dass oberflächliches Geplauder nicht auf Dr. Bogans Agenda stand.

»Was Sie da vermuten, ist einigermaßen unwahrscheinlich, geradezu fantastisch, Patrick«, sagte Dr. Bogan.

»Ich weiß – mir scheint es ja selbst extrem abwegig. Mein Gott, ich habe heute Morgen sogar in Pittsburgh angerufen und mir versichern lassen, dass er nach wie vor eingelocht ist.«

Dr. Bogan kam ihm entgegen. »Und, ist er?«

»Ja«, sagte Patrick lächelnd.

Bogan erwiderte das Lächeln und nippte an seinem zweiten Glas Gemüsesaft.

»Es ist nur so, dass diese ganze Angelegenheit – alles, was nach Crescent Lake passiert ist – *seine* Handschrift trägt.«

»Die Sabotage ihres Projektes?«

»Nein. Nun ja, doch, schon, aber ...« Patrick schnaubte frustriert. »Es geht darum: Bevor es am Crescent Lake richtig schlimm wurde, hatten wir diese ... Pechsträhne. Ich meine, hinterher ist man immer klüger, und ich bemühe mich, mir deswegen keine Vorwürfe zu machen, aber wir hätten viel früher von dort abhauen müssen, lange bevor dort die Hölle ausbrach. Verstehen Sie, so tickten er und sein Bruder, sie spielten *Spiele*. Sie hätten uns wahrscheinlich jederzeit töten können – schon am Tag unserer Ankunft, um Himmels willen. Aber sie haben mit uns gespielt. Auch dann, als sie uns gefangen hielten ...« Patrick ballte die Faust. »Sie wollten nichts als ihren Spaß, spielten ihre Spielchen weiter.

Sie hatten ihre Pläne geschmiedet und uns ausgewählt, bevor wir ihnen überhaupt begegnet sind. Und sie waren verdammt schlau. Offenbar hatten sie diesen Scheiß schon seit Ewigkeiten getrieben. Sie spielen kleine Streiche und stellen kleine Fallen. Sie wecken den Selbstzweifel in einem, sodass man alles als Missgeschick runterspielt. Jedes noch so winzige Detail– nochmals, ich rede von den Ereignissen, bevor wir wehrlos und gefesselt waren und die Scheiße *richtig* hochkochte – war Teil ihres Planes. In dem Moment, in dem ich den Mistkerl an der Tankstelle traf, ging das Spiel los. Von da an entwickelte es sich weiter und weiter, und als mein stolzes dämliches Ego die Tatsache akzeptierte, dass es sich *nicht* um schlichtes Pech, um *keine* verrückten Zufälle handelte, war es zu spät. Sie hatten uns, wo sie uns haben wollten.« Patrick leerte seinen zweiten Scotch. »Sie hatten uns, Scheiße noch mal.«

»Und jetzt also glauben Sie, diese Pechsträhne – all Ihre Erlebnisse seit der Rückkehr von Crescent Lake – ist keine Pechsträhne, sondern Arthur Fannelli, der von einer Zelle in Pittsburgh aus ein *neues* Spiel inszeniert.«

»Das letzte Mal, als ich nicht auf meinen Bauch gehört habe, bekam ich ein Messer hineingerammt«, sagte Patrick. »Ich hätte beinahe meine Familie verloren. So weit wird es *nie wieder* kommen. So wahr ich hier sitze.«

Dr. Bogan stand auf und wanderte während seiner Ausführungen im Zimmer herum. »Das geplatzte Geschäft gibt Anlass zur Sorge. Doch der Hund? Ihr Schwiegervater?«

»*Plus* Amys besoffene Fahrt nach der besoffenen *Todesfahrt* ihres Vaters«, ergänzte Patrick.

Dr. Bogan warf einen wissbegierigen Blick über die Schulter. »Trauer, gefolgt von einem Aussetzer des Urteilsvermögens und einer krassen Fehlentscheidung?«

»Sehen Sie, eben darum geht es, Dr. Bogan. Es scheint ausgeschlossen, es klingt komplett aberwitzig. Aber nach dem, was ich hinter mir habe, nachdem ich aus allernächster Nähe erleben musste, wozu dieser Psychopath imstande ist, kann ich Ihnen ohne Einschränkung versichern: Es ist *nicht* ausgeschlossen. Es *könnte* so sein.« Patrick starrte sein leeres Glas an. »Auch wenn ich nicht weiß, wie.«

Wieder nahm Dr. Bogan ein Buch aus Patricks Regal in die Hand. »Vielleicht ein Fan?«

»Wie bitte?«

»Es ist eine traurige Wahrheit, dass Serienkiller über eine treue und enorm große Fangemeinde verfügen. Es könnte sein, dass Arthur Fannelli einen Bewunderer als Marionette hat und im Hintergrund die Fäden zieht.«

Patrick war perplex. Er hatte befürchtet, Dr. Bogan würde starke Zweifel anmelden und das Ganze unter Paranoia verbuchen, wie es wohl neunundneunzig Prozent der Seelenklempner getan hätten. Doch jetzt erinnerte er sich voller Dankbarkeit daran, was Bogan von diesen neunundneunzig Prozent unterschied. Der Mann hatte keine Vorurteile oder vorgefasste Meinungen. Er zog keine vorschnellen lehrbuchmäßigen Rückschlüsse. Er eliminierte das Unmögliche, und was dann übrig blieb, war, so unwahrscheinlich es auch sein mochte, dem Kern der Wahrheit zumindest nahe. Ein moderner Sherlock Holmes ... mit einer Vorliebe für Gemüsesaft.

»Daran habe ich noch gar nicht gedacht«, sagte Patrick. »Diese Möglichkeit ist mir *nie* in den Sinn gekommen, Herrgott noch mal.«

Dr. Bogan schritt weiterhin im Zimmer auf und ab. »Bei vielen Serienmördern gibt es Nachahmungstäter. So huldigen sie auf makabre Art ihren Idolen.«

Patrick sprang auf. »Das ist die Lösung! Er hat einen durchgeknallten Fan, der ...«

Dr. Bogan hob die Hand und bedeutete Patrick mit einer sanften Geste, sich wieder niederzulassen. »Es ist eine Möglichkeit, Patrick, mehr nicht. Wir wissen, dass irgendwer

Ihre Präsentation verdorben hat, das ist unbestreitbar. Aber die anderen Vorfälle? So inszeniert, dass sie nach misslichen Umständen und Unfällen aussehen? Das würde einen bemerkenswerten Grad an Raffinesse voraussetzen. Ich bezweifle, dass ein Mensch, der eine Person wie Arthur Fannelli vergöttert, zu derartigen Kunststücken in der Lage ist.«

»Na, wie Sie selbst gesagt haben – was, wenn Arty die Strippen zieht? Dem Kerl *befiehlt*, was er tun soll?«

»Nun denn, das führt uns zum Problem der Kommunikation. Wie könnte Arty diese Strippen ziehen? Ich wäre schockiert, wenn seine Post nicht äußerst gewissenhaft überprüft würde.«

»Vielleicht hat Arty einen der Beamten bestochen. Ich habe schon oft von korrupten Wachen gelesen, die die Gefangenen unterstützen. Sie erledigen die verrücktesten Dinge für sie. Manchmal helfen sie ihnen sogar bei der Flucht.«

Dr. Bogan nickte. »Möglich.«

Patrick fühlte sich seltsam aufgeregt, wie ein Detektiv, der sich der Lösung eines Falles näherte. »Wie können wir vorgehen?«

Dr. Bogan nahm das Kondolenzbuch von Bobs Beerdigung in die Hand. Audrey Lambert hatte es nicht haben wollen; es wäre eine Mahnung gewesen, die Trauerwunden aufriss und die Blase ihrer kleinen Welt der Verdrängung zum Platzen gebracht hätte. Also hatte Amy es mitgenommen.

Dr. Bogan lächelte angesichts des überdimensionierten Fotos von Bob Corcoran auf dem Deckel. »Wir könnten erneut das Gefängnis kontaktieren«, sagte er, während er das Buch durchblätterte. »Fragen, ob irgendwelche Post einen ungewöhnlichen Eindruck machte.«

»Sollen wir sofort anrufen?«

Dr. Bogan schlug eine neue Seite auf. »Ich denke, damit können wir bis morgen warten.«

»Der Prozess startet an diesem Montag.«

»Arty geht nirgendwohin, Patrick.«

»Aber wenn wir was rausfinden, haben wir etwas gegen ihn in der Hand – sein Plädoyer auf Unzurechnungsfähigkeit hätte keine Chance.«

»Die meisten, die auf Unzurechnungsfähigkeit plädieren, haben keine Chance.« Dr. Bogan blätterte zu einer weiteren Seite mit zahllosen Einträgen und Unterschriften. »Ihr Schwiegervater war ein beliebter Mann.«

Patrick verspürte durch Dr. Bogans Abzweigung einen leichten Anflug von Verärgerung; er wollte beim Thema bleiben. »Weiß ich, aber hören Sie, wenn wir jetzt anrufen …«

»Stopp«, unterbrach Dr. Bogan.

Patrick dachte zunächst, Dr. Bogan wolle ihn für sein unaufhörliches Drängen irgendwie zurechtweisen. Doch der Blick des Doktors blieb auf das Kondolenzbuch gerichtet, wo sein Zeigefinger eine Stelle zu markieren schien.

Der Ausdruck von Dr. Bogans Miene änderte sich selten; er war so gut wie immer gelassen und selbstsicher. Freundliches Interesse war das höchste seiner positiven Gefühle und dasjenige, das so etwas wie Begeisterung am nächsten kam. Wut oder Ärger gehörten nicht zum Bestand seines Affekthaushaltes. Doch nun zeigte sein Gesichtsausdruck etwas anderes, etwas, das Patrick zuvor noch nicht bei dem Mann beobachtet hatte. Sein Mienenspiel knisterte regelrecht vor Spannung und Konzentration. Dr. Bogan überreichte Patrick das Buch und wies auf einen Namen:

A. Fannelli.

Patrick löste seinen Blick von der Seite und starrte Bogan an. Jetzt hatte ihn Patrick identifiziert, diesen neuen Ausdruck des Doktors: Holmes hatte das so gut wie Ausgeschlossene als Wahrheit entlarvt.

»Ich fasse es nicht«, sagte Patrick.

Amy freute sich, Dr. Bogans Wagen noch in ihrer Einfahrt vorzufinden, als sie nach Hause kam. Die Länge seines Besuches verlieh ihr die Hoffnung, dass sich die Dinge bestmöglich entwickelt hatten und der Doktor Patrick auf eine Art Hilfe spendete, zu der sie sich nicht in der Lage sah.

Amy fuhr in die Garage, schloss das automatische Tor, betrat die Dreckschleuse und hatte sich kaum den ersten Schuh ausgezogen, als Patrick auf sie zustürmte und ihr das Kondolenzbuch vor die Nase hielt.

»Ich wusste es«, sagte Patrick. »Ich habe es verdammt noch mal *gewusst*. Das Gleiche wie am Crescent Lake, Amy. Genau die gleiche Scheiße.«

Patrick und Amy saßen auf dem Sofa. Dr. Bogan hatte sich wieder in seinem Sessel niedergelassen.

»Eine solche Pechsträhne – schlicht unmöglich«, fügte Patrick hinzu.

Amy hielt den Blick auf die Unterschrift im Kondolenzbuch gerichtet. »Ich kapiere es nicht. Wie?«

»Wir glauben, es handelt sich um einen Verehrer. Um jemanden außerhalb des Gefängnisses, der von Arthur Fannelli manipuliert wird«, sagte Dr. Bogan.

»Aber *wie*?«, fragte Amy abermals.

»Nun, eben das ist die Frage«, antwortete Bogan.

»Immerhin beweist die Unterschrift, dass *jemand* beim Begräbnis deines Vaters war«, meinte Patrick.

Amy versuchte sämtliche Möglichkeiten in Erwägung zu ziehen. »Vielleicht war es ein schlechter Witz. Jemand mit einem sehr makabren Sinn für Humor.«

»Ich bitte dich, Amy. Das war die *Beerdigung* deines Vaters. Auch ein noch so kranker Sinn für Humor wäre keine Erklärung für ein derartiges Verhalten. Wer auch immer das geschrieben hat, hat es mit Bedacht getan. Und wusste – was noch beunruhigender ist – über jeden unserer Schritte Bescheid.«

»Und warum hat er oder sie dann nichts unternommen?«, wandte Amy ein. »Wenn wir verfolgt wurden, warum haben sie uns dann nicht gleich nach der Beerdigung angegriffen?«

»Weil das alles ein beschissenes Spiel ist!«, rief Patrick laut. »Warum haben sie uns am Crescent Lake nicht auf der Stelle umgebracht? Du weißt genau, wie dieser Wichser tickt!«

Amys Pulsschlag beschleunigte sich. »Demnach ist diese Unterschrift eine Drohung, eine Vorwarnung? Eine neue Gefahr, wegen der wir uns Sorgen machen müssen?«

Dr. Bogan blickte Patrick an. »Ich denke, wir sollten Allegheny County kontaktieren. Uns nach Fanpost erkundigen. Schauen, ob es irgendwas Auffälliges oder Ungewöhnliches gab.«

»Meinen Sie nicht, die hätten uns in einem solchen Fall informiert?«, fragte Amy.

»Nicht unbedingt«, gab Dr. Bogan zurück.

»Ich rufe sofort an«, sagte Patrick.

Patrick klappte sein Handy zu und kam kopfschüttelnd ins Zimmer zurück. »Alles in allem nichts Ungewöhnliches, sagen sie. Nur eine Beileidskarte hat ihnen Kopfzerbrechen bereitet.«

»Eine was?«

»Eine an Arty adressierte Beileidskarte. Kein Absender. Eine Trauerbekundung anlässlich des Hinscheidens von Mays Vater.«

Amy verschlug es vorübergehend die Sprache.

»Die Gefängnisbeamten meinen, es wäre die einzige Mitteilung, die sich von seiner übrigen kranken Fanpost abhebt.«

Dr. Bogan stand mit einem Ruck auf. Das Holmes-Gesicht war wieder da. »Ich bin neugierig, ob der selbstgefällige Mistkerl die Dreistigkeit hatte, den Namen mit *y* zu schreiben.«

»Hä?«, sagte Patrick.

Amy fixierte Dr. Bogan. Nun war sie sein Watson. »Ich bin May.«

Dr. Bogan nickte. »Das sind Sie in der Tat.« Er richtete den Blick auf Patrick. »May ist ein Anagramm von Amy. Wie auch immer man es buchstabiert – ob M-a-e oder M-a-y –, die Botschaft ist ziemlich eindeutig. Die Beileidskarte hat Arthur Fannelli die Nachricht vom Tod ihres Vaters gebracht, Mr. Lambert.«

Patrick knallte den Hörer auf die Station zurück. Er hatte erneut mit der Allegheny County Police telefoniert, den Beamten ihre Erkenntnisse dargelegt, dann die örtliche Polizei angerufen, das Ganze noch einmal wiederholt und Personenschutz für seine Familie verlangt. Die Beamten von Allegheny County hatten Patrick versichert, dass Arthur Fannelli ganz sicher keine Post verschickt hatte. Sogar den Zugang zum Internet hatte man ihm verweigert. Das schloss einen unmittelbaren Einfluss Artys aus. Man mutmaßte, der »Verehrer« habe einfach nur von Bob Corcorans tragischem Unfall gehört und Arty auf zweideutige Art darüber zu unterrichten versucht, um Eindruck bei ihm zu schinden. Die örtliche Polizei teilte die Einschätzung der Allegheny-County-Kollegen, versprach allerdings, der Sache nachzugehen und regelmäßig einen Streifenwagen bei den Lamberts vorbeizuschicken. Es war nicht zu ignorieren, dass sich irgendwo da draußen ein durchgeknallter Fan herumtrieb und den Lamberts Gefahr drohte, wie diffus diese auch zum gegebenen Zeitpunkt sein mochte. Besonders tröstend war das nicht.

»Blöde Affenkacke«, sagte Patrick, während er durch das Zimmer tigerte. »Der Pisser sitzt hinter Gittern und kommt *immer noch* an uns ran. Das ist ein gottverfluchter Albtraum.«

»Ist es denkbar?«, fragte Amy. »Ist es denkbar, dass mein Vater ermordet wurde?«

»Warum nicht?«, erwiderte Patrick. »Wer immer da draußen sein Unwesen treibt, hätte es wie einen Unfall aussehen lassen können.« Er wandte sich an Dr. Bogan. »Stimmt's?«

»Ich nehme es an«, sagte Dr. Bogan. »Obwohl es wahrscheinlich so war, wie die Polizei vermutet: Der unbekannte Verehrer hat gelesen, dass Amys Vater verstorben ist, und er hat diese Gelegenheit ergriffen, um sich Arthur Fannelli zu erkennen zu geben und ihn auf kryptische, verschlüsselte Weise darüber zu informieren.« Dr. Bogan kratzte sich den kahlen Kopf, bevor er fragte: »Die Polizei hat den Unfallhergang gründlich untersucht und rekonstruiert?«

»Ja«, sagte Amy.

Dr. Bogan nickte und verdaute diese Information schweigend.

»Was ist mit Oscar?«, meldete Patrick sich. »Vielleicht hat dieser Fan sich an meinem Wagen zu schaffen gemacht –

den Schlauch durchgeschnitten, sodass das Frostschutzmittel auslaufen und sich in der Einfahrt verteilen konnte.«

»Was die nicht ganz einfache Aufgabe nach sich zöge, den Hund unter Garantie zum Verzehr des Frostschutzmittels zu bewegen«, sagte Dr. Bogan.

»Der arme kleine Kerl *hat* es aber nun mal verzehrt«, sagte Patrick. »Welchen Trick er auch aus dem Ärmel geschüttelt haben mag, er hat jedenfalls hundertprozentig funktioniert.«

Dr. Bogan richtete sich an Amy. »Bei der Beerdigung Ihres Vaters – ist Ihnen da irgendwer aufgefallen? Jemand, der Ihnen unbekannt war?«

»Da waren etliche Leute, die wir nicht kannten«, gab Amy zurück. »Mein Dad hatte eine Million Freunde.«

»Hat irgendwer Sie angesprochen? Auf ungewöhnliche Art?«

Amy und Patrick verneinten.

Die Türklingel läutete. Patrick verließ das Zimmer, um zu öffnen. Er kehrte mit einem Beamten des Upper Merion Police Department zurück. Der Polizist blieb stehen, während Patrick wieder seinen Platz auf dem Sofa einnahm.

»Ich bin Detective Knauer«, stellte der Beamte sich vor. »Ich werde Ihnen jetzt ein paar Fragen stellen, falls das in Ordnung geht.« Damit holte er ein kleines Notizbuch und einen Stift hervor.

Amy und Patrick wiederholten für Detective Knauer ihren Bericht in sämtlichen Details. Dr. Bogan blieb stumm. Die Fragen, die der Detective stellte, waren in Patricks Augen unspezifisch und deshalb belanglos:

Werden Sie verfolgt?

Nein.

Von Fremden belästigt?
Nein.
Wurde Ihr Eigentum beschädigt?
Nein.
Irgendetwas, das Ihnen ungewöhnlich vorkam?
Das war der Tropfen, der Patricks Geduldsfass zum Überlaufen brachte. »Sie meinen, abgesehen von unserem toten Hund, meinem toten Schwiegervater und der in meine Präsentation geschmuggelten Pornografie?«
Den Detective schien Patricks frustrierter Temperamentsausbruch kaltzulassen. Er setzte seine Befragung ungerührt fort. »Wie geregelt ist Ihr Tagesablauf?«
Amy bat ihn um eine nähere Erläuterung.
»Ich will auf Folgendes hinaus – läuft Ihr Alltag ab wie ein Uhrwerk? Unternehmen Sie planmäßige Spaziergänge auf festgelegten Wegen? Besuchen Sie bestimmte Orte regelmäßig? Brechen Sie jeden Tag zum exakt gleichen Zeitpunkt zur Arbeit auf? Solche Sachen.«
»Wir sind hier in der Vorstadt«, sagte Amy mit einem Anflug von Verachtung in der Stimme. »Das trifft hier wohl auf jeden zu.«
Erneut zeigte sich der Beamte immun gegen diese passiv-aggressive Bemerkung und kritzelte weiterhin in seinem Notizbuch herum. »Nachbarn«, sagte er dann. »Haben Ihre Nachbarn Ihnen gegenüber irgendwas erwähnt? In der Vorstadt schaut für gewöhnlich hinter jeder Gardine ein Augenpaar hervor. Haben irgendwelche Nachbarn von verdächtigen Gestalten berichtet, die sich hier herumgetrieben haben?«
»Uns jedenfalls nicht«, sagte Patrick.
»Es gibt eine Nachbarschaftswache oder Bürgerwehr, nehme ich an?«

»Ja«, antwortete Amy. Dann sah sie Patrick an und sagte: »Margaret Connors würde schon den Notruf wählen, wenn nur ein Reh durchs Viertel streunt.«

Patrick nickte seiner Frau bestätigend zu, bevor er sich wieder dem Detective zuwandte. »Eine Nachbarin. Eine Rentnerin, die permanent durch die Gardine späht, um es mit ihren Worten zu sagen.«

Der Detective notierte sich das und steckte sein Büchlein dann ein. »Okay, Leute – für den Augenblick wäre das alles. Ich werde Kontakt zum Allegheny County Police Department halten, und wir werden regelmäßig Ihr Haus kontrollieren. Einstweilen rate ich Ihnen, so gut es geht mit Ihrer täglichen Routine zu brechen.«

»Kein Problem«, spöttelte Patrick. »Ich bin arbeitslos.«

Amy tätschelte sein Bein. »Nein, bist du nicht«, flüsterte sie.

»Wenn Ihnen zwischenzeitlich irgendwelche verdächtig wirkenden Männer oder Frauen auffallen, melden Sie sich bitte. Nichts ist bedeutungslos.«

Frauen, dachte Patrick. Er hatte nie daran gedacht, dass es sich bei dem Fan um eine Frau handeln könnte, dass eine Frau zu solchen Dingen fähig wäre. *Wäre das nicht perfekt? Wer würde Verdacht schöpfen? Wer würde ...*

»Halt.« Patrick stand auf. »Halt, halt, halt.« Er dachte an die Frau, deren Foto ihm Lucas auf seinem Handy gezeigt hatte. Die Frau auf der Beerdigung. Ihre Ähnlichkeit. Ihre Schönheit. Was hatte Amys Bruder Eric noch gleich bei der Trauerfeier gesagt, nachdem sie die Frau getroffen hatten?

Wenn ich du wäre ...?

Nein, das war es nicht. *Amy* hatte es gesagt:

Ein Mädchen wie das verirrt sich nicht ins Gilley's. Sie würde auffallen wie ein Victoria's-Secret-Model auf einer Science-Fiction-Messe.

Seine Frau hatte recht. Er war im Gilley's gewesen, und die hübscheste Frau, die er den ganzen Abend über dort zu Gesicht bekommen hatte, hatte es zu fünf von zehn möglichen Punkten gebracht. Wenn überhaupt.

»Die Frau vom Begräbnis«, sagte Patrick zu Amy. Scheiß drauf, dachte er und fügte hinzu: »Die Granate. Du hast es selbst gesagt: Eine wie die würde nicht ins Gilley's gehen; sie fiele auf wie ein Model auf einer Science-Fiction-Messe. Erinnerst du dich?«

Amy nickte. »Ja. Und?«

»Es könnte sein, dass ich sie ein weiteres Mal gesehen habe.«

»Wie bitte?«

»Nein, nicht so. Es ...« Patrick eilte zur Küche und griff sich sein Handy. Er wählte die Nummer von Steve Lucas, während die anderen ihm aus dem Nebenraum zusahen.

»Hallo?«

»Steve! Patrick hier.«

»Hey, Mann, was ist ...«

»Das Mädchen. Das Mädchen, das nichts als Ärger bringt. Du sagst, du hast sie in der Gegend kennengelernt, richtig?«

»Ja.«

»Was kannst du mir sonst noch über sie erzählen?«

»Wieso?«

»Bitte, Steve. Was noch?«

»Keine Ahnung. Was meinst du?«

»War irgendwas merkwürdig an ihr? Irgendwas Außergewöhnliches?«

Eine kurze Stille folgte.

»Steve?«

»Lass mich überlegen ... weiß nicht, sie war irgendwie aggressiv, würde ich sagen.«

»In welcher Hinsicht?«

»Tja, sie hat gleich am ersten Abend mit mir geschlafen. Und zwar auf ihre Initiative hin. Ich dachte, es wäre ein One-Night-Stand, aber am nächsten Abend sind wir wieder zusammen ausgegangen. Sie schien irgendwas im Schilde zu führen.«

»Wie kommst du darauf?«

»Nun, sie hat mich ein paarmal während der Arbeit besucht. Mir Mittagessen gebracht. Ich schätze, ein Mädchen, das einfach nur ein bisschen Spaß haben will, würde so etwas nicht ...«

»Sie hat *was*? Sie war im Büro? Wo war ich da? Warum habe *ich* sie nicht gesehen?«

»Ich weiß es nicht. Du warst wahrscheinlich gerade nicht da.«

»Verflucht noch mal. Was noch?«

»Ihr großer Bruder ist ein Monster. Aber das habe ich dir ja bereits erzählt.«

Das *hatte* er. Und Patrick war es entfallen. *Es sind zwei,* schoss es ihm durch den Kopf. *Himmelherrgott, sie sind zu zweit.*

»Allerdings sah er deutlich älter aus«, ergänzte Steve.

»Bitte?«

»Der Kerl meinte, er sei ihr großer Bruder, aber er wirkte zu alt. Nicht steinalt, meine ich, sondern schlicht zu alt, um ihr Bruder zu sein. Aber wer weiß?«

»Vielleicht ihr Vater?«

»Könnte passen, schätze ich.«

»Hast du ihr Foto noch auf dem Handy?«

»Nein, das habe ich gelöscht.«

»Kacke.«

»Was soll das alles?«

»Egal. Vergiss es. Danke.« Patrick beendete das Gespräch und kehrte ins Wohnzimmer zurück. Er vermutete, dass die anderen das Telefonat mit angehört hatten, und lag richtig damit.

»Diese Frau hat sich Lucas gegenüber ziemlich aggressiv verhalten – sie hat ihn offensiv angegraben und ist gleich am ersten Abend mit ihm ins Bett gehüpft. Du hast die Frau gesehen, Schatz, sie ist ein echter Brummer. Wie würdest du Lucas einstufen, rein äußerlich?«

Amy zuckte mit den Schultern. »Höchstens guter Durchschnitt.«

»Genau. Was treibt eine Granate wie sie dazu, einem wie Lucas hinterher zu hecheln? Ihn ohne Umschweife zu verführen?« Es blieb still im Raum. Der Detective lauschte jetzt mit der unverhohlenen Spannung eines Zivilisten. »Lucas behauptet, sie wäre in der Woche, nach der sie sich kennengelernt haben, etliche Male im Büro vorbeigekommen.«

»Echt?«, meinte Amy. »Und du hast sie nicht gesehen?«

Patrick verspürte einen seltsamen Anflug von Vergnügen dabei, die Einzelheiten des Rätsels zu erklären. Für einen Moment ließ ihn das sogar vergessen, dass das ganze Debakel ihn sein Projekt gekostet hatte. »Nein – ich war nie anwesend. Sie tauchte immer dann auf, wenn ich nicht im Büro war. Das bedeutet, dass sie mich ausspioniert hat.« Er warf dem Polizeibeamten einen Blick zu, den er für den Ausdruck von Geistesverwandtschaft hielt, und fügte hinzu: *»Meine Gewohnheiten studiert.«*

Detective Knauer nickte zustimmend.

»Machen wir uns nichts vor«, sagte Patrick wieder der Gruppe zugewandt. »Sie *hatte* Lucas bereits um den Finger gewickelt. Seit dem ersten Abend, als sie mit ihm geschlafen hat. Warum also die Mühe mit den Bürobesuchen und den Fresspaketen?« Er legte eine kurze Pause ein, während der er jedem in die Augen sah. Als niemand das Wort ergriff, sagte er: »Sie hat die Örtlichkeit ausgekundschaftet.«

»Aber wie ist sie nach Geschäftsschluss reingekommen?«, fragte Amy.

»Lucas hatte an besagtem Abend einen Filmriss. Sagt, dass er sich an nichts erinnern kann. Meine Vermutung? Sie hat ihn narkotisiert und seinen Kartenschlüssel an sich gebracht.«

»Aber du hast mir erzählt, Lucas hätte seine Karte bei sich *gehabt*; sie war nicht verschwunden«, sagte Amy.

»Dann hat sie sie genommen, schnell eine Kopie angefertigt und sie in Lucas' Brieftasche zurückgesteckt, bevor er wieder zu sich kam.«

»Kann man diese Dinger kopieren?«, fragte Amy. »Es ist schließlich kein analoger Metallschlüssel.«

»Klar geht das. Beim gegenwärtigen Stand der Technik ...«

Einen Augenblick lang ließen alle das Gesagte schweigend auf sich wirken.

Detective Knauer schrieb erneut etwas in sein Notizbuch. »Können Sie mir eine Beschreibung der Frau geben? Vielleicht einen Namen?«

»Laut Lucas hieß sie Samantha. Ich bezweifle jedoch, dass das ihr wirklicher Name ist.«

»Beschreibung?«, wiederholte der Detective seine Forderung.

Amy und Patrick tauschten einen Blick aus. »Ich weiß es nicht«, sagte Patrick. »Bei der Beerdigung hatte sie dunkles Haar und dunkle Augen.«

»Ungefähr einen Meter siebzig groß, schätze ich. Knappe sechzig Kilo.«

Patrick nickte beipflichtend.

»Sonst noch was? Irgendwelche besonderen Merkmale?«, fragte Knauer.

»Sie war sehr hübsch«, sagte Amy. »Eine wahre Schönheit. Und sie hatte was an sich – etwas von einem sexy Model oder einer Schauspielerin oder so.«

Hierzu verkniff sich Patrick das Nicken.

Knauer notierte und notierte.

»Wie auch immer«, sagte Patrick, »auf dem Bild, das Lucas mir auf seinem Mobiltelefon gezeigt hat, sah sie anders aus. Sie hatte *blondes* Haar und *grüne* Augen.«

Endlich ergriff Dr. Bogan das Wort. »Eine Verkleidung?«

»Wahrscheinlich«, sagte Patrick.

Auf einmal sah Knauer enttäuscht aus. »Diese Beschreibungen unterscheiden sich erheblich, Mr. Lambert.«

»Sie war es«, beharrte Patrick. »Ich bin mir ganz sicher.«

»Hat dieser Steve Lucas das Foto noch?«, fragte Knauer.

Jetzt war es Patrick, der enttäuscht aussah. »Nein – er hat es gelöscht.«

»Also wissen wir nicht wirklich, *wie* sie aussieht«, sagte Detective Knauer.

»Ich würde sie erkennen, wenn sie mir über den Weg läuft«, sagte Patrick.

»Das ist nicht besonders hilfreich«, gab Knauer zurück. »Wir können nur etwas erreichen, wenn wir eine exakte Personenbeschreibung an die Öffentlichkeit geben.«

Patrick empfand leichten Ärger über die plötzliche Skepsis des Polizisten; einen flüchtigen Moment lang hatte er tatsächlich gedacht, Detective Knauer würde ihm Glauben schenken. »Etwas erreichen? Welche Erklärung haben Sie dann für all das? Mir scheint es vollkommen einleuchtend.«

Knauer nickte. »Es klingt in der Tat plausibel, aber ohne Beschreibung …«

»Wir haben Ihnen eine Beschreibung geliefert«, sagte Amy.

»Eine Frau, die wie ein sexy Filmstar aussieht und entweder dunkles Haar und dunkle Augen oder blondes Haar und grüne Augen hat?« Knauer hob ratlos die Hände.

Der Detective hatte recht. Es wurmte Patrick fürchterlich, aber der Mann hatte recht. Dann fiel ihm plötzlich Lucas' Anmerkung bezüglich des großen Mannes wieder ein, der das Loch in die Wand geschlagen hatte.

»Da ist noch was«, sagte Patrick. »Ich glaube, es sind zwei. Ein Mann hat ebenfalls damit zu tun – ein Riesenkerl, älter als sie. Lucas hat gesagt, der Typ habe sich als der große Bruder dieser Frau ausgegeben, aber dem Alter nach eher wie ihr Vater ausgesehen.«

Knauer blätterte in seinem Notizbuch zurück. »Der Mann, dem sich Steve Lucas am Morgen nach dem Filmriss gegenübersah.«

»Richtig«, sagte Patrick. »Das wäre eine Erklärung für Bobs Unfall. Eine Frau allein könnte so etwas nur schwerlich inszenieren. Aber mit der Unterstützung eines großen starken Mannes?«

»Aus zuverlässiger Quelle weiß ich, dass der Tod Ihres Schwiegervaters ein Unfall war. Sein Blutalkoholspiegel betrug 2,9 Promille. Er war sehr betrunken.«

»Ja – das ist uns allen nur zu gut bewusst. Mein Vater ist viele Jahre lang betrunken von dieser Bar nach Hause gefahren«, sagte Amy.

Die Logik von Amys Kommentar war genauso zweifelhaft wie an jenem Abend, als sie das Gleiche in Harrisburg gegenüber Sergeant Bennett geäußert hatte. Detective Knauers ablehnender Gesichtsausdruck reflektierte diesen Mangel an Logik. »Ein einziges Mal genügt leider, Ma'am.«

Nun meldete sich Patrick. »Sie haben recht. Wir wollen sein Handeln nicht rechtfertigen. Worauf meine Frau hinweisen will, was unser Bauchgefühl uns sagt, ist Folgendes: Irgendwie …« Er hielt inne und holte tief Luft. *»Irgendwie …«*

Detective Knauer verstaute sein Notizbuch. »Wir werden mit der Beschreibung der Frau anfangen. Ich werde veranlassen, dass sich ein paar Männer mit den Leuten aus Ihrem Büro unterhalten, vielleicht kommt ja etwas dabei heraus. Bezüglich Mr. Corcoran werden wir wohl nichts Neues erfahren. Er wurde eingeäschert, nicht wahr?«

Amy schaute auf ihre Füße hinab. »Ja.«

Knauer nickte. »Das schließt eine Autopsie aus.«

»Was im Grunde bedeutet, dass wir nichts tun können«, sagte Patrick.

»Das habe ich nicht gesagt«, meinte Knauer. »Wie ich bereits erwähnte, werden wir regelmäßig nach Ihnen sehen und einen Wagen in der Gegend Streife fahren lassen. Und wir werden versuchen, an Ihrem Arbeitsplatz weitere Zeugenaussagen einzuholen, um an eine bessere Beschreibung der Frau zu kommen.«

Patrick hatte das Bedürfnis, dem Polizisten direkt ins Gesicht zu lachen. Von dem Augenblick an, an dem seine Familie diesen Schweinehunden in Crescent Lake in die Fänge geraten war, waren sie ihnen zwei beträchtliche Schritte hinterher gewesen und hatten unfreiwillig ihr krankes, kleines Spiel mitgespielt. Warum sollte das jetzt anders sein?

Keine Zweifel, kein Zögern.

Kein Schönreden, kein Verharmlosen. Nichts mit Pechsträhne.

Man mochte ihn den größten Paranoiker auf Erden nennen, aber von jetzt an würde jeder von der Polizei zutage geförderte, noch so wasserdichte Beweis nichts gegen Patricks Bauchgefühl ausrichten können. Sein Bauchgefühl war alles, was zählte.

»Schön«, sagte Patrick. Er schüttelte dem Detective die Hand und bedankte sich bei ihm, ohne es ernst zu meinen. Lass sie im Büro herumfragen. Lass sie die nähere Umgebung patrouillieren und von Zeit zu Zeit reinschauen. Er wusste, dass das zu nichts führen würde – Arty hielt die Fäden in der Hand, und er schien über talentierte und raffinierte Marionetten zu verfügen. Ursprünglich hatte Patrick den Quell des Übels aufsuchen wollen, um Arty so lange zu bearbeiten und ins Schwitzen zu bringen, bis die Wahrheit aus seinen Poren sickerte. Aber ihm war klar, dass es zwecklos wäre – Arty würde alles abstreiten und Ahnungslosigkeit heucheln. Und was dabei noch viel relevanter war: Der Scheißkerl würde es genießen. Es würde ihm gefallen, derart unmittelbar am Leid der Lamberts teilhaben zu dürfen. Diese Genugtuung würde Patrick dem Arschloch *nicht* geben.

»Am Montag geht es vor Gericht, oder?«, fragte der Beamte, als Patrick und Amy ihn zur Tür geleiteten.

»Ja«, antwortete Patrick. »Morgen brechen wir auf. Werden über Nacht bleiben.«

»Meiner Ansicht nach sollten Sie sich darauf konzentrieren«, sagte Knauer. »Wenn er für schuldig befunden und verurteilt wird, und er *wird* für schuldig befunden und verurteilt werden, verbringt er den Rest seines Lebens hinter Gittern, das versichere ich Ihnen. Graterford Prison ist keine Kindertagesstätte. Vielleicht hellt es Ihr Gemüt ein wenig auf, wenn ich ihnen versichere, dass seine Mitgefangenen mit großem Eifer darum bemüht sein werden, ihm das Leben zur Hölle zu machen.« Knauer lächelte und zwinkerte ihnen zu.

Patricks Miene blieb unbewegt, als er dem Detective die Eingangstür aufhielt. »Sie können ihn hinschicken, wo sie wollen. Es spielt keine Rolle.«

Detective Knauer seufzte, als er nach draußen trat. »Wir werden die Verantwortlichen finden, Mr. Lambert.«

»Viel Glück.« Patrick ließ die Tür ins Schloss fallen.

53

Patrick und Amy kamen am Sonntagabend kurz nach sieben in Pittsburgh an. Die Kinder hatten sie zunächst bei Patricks Eltern unterbringen wollen. Das stand nun nicht länger zur Debatte. Patrick und Amy wollten ihre Kinder stets bei sich haben.

Kurz nach ihrer Ankunft wurden sie im Hotel von zwei Beamten des Allegheny County Police Department begrüßt. Die Polizisten waren angewiesen worden, in Schichten vor der Hotelzimmertür der Lamberts Wache zu halten. Ein Teil von Patrick wünschte sich sehnlichst, das verrückte Miststück und der Riese würden in der Nacht auftauchen und von den Beamten in Stücke geschossen werden.

Wenn es da draußen wirklich ein verrücktes Miststück und einen Riesen gibt, die Artys Befehle ausführen, flüsterte ihm seine Paranoia ein.

»Nein«, hauchte er. »Es gibt sie. Es gibt sie.«

An Schlaf zu denken, war so gut wie unmöglich. Dennoch fanden sie ein wenig davon. Patrick war um sechs wach, Amy rührte sich wenige Augenblicke später. Die Kinder blieben im Land der Träume.

Das Paar zog sich leise an und unterhielt sich flüsternd. Carrie erwachte schließlich um sieben. Caleb schlief weiter wie ein Toter.

»Wir sollten ihn wecken«, sagte Amy zu Patrick. »Ich möchte, dass er ein bisschen was isst, bevor wir starten.«

Der Plan bestand darin, die Kinder während der Gerichtsverhandlung in die Obhut der Polizei zu geben. Amy wollte sich nicht darauf verlassen, dass die Polizei geistesgegenwärtig genug war, die Kinder in ihrer Abwesenheit mit Nahrung zu versorgen. Chips und Limonade aus dem Automaten vielleicht, aber Amy wollte, dass die beiden wenigstens eine ordentliche Mahlzeit im Bauch hatten, bevor sie und Patrick zurückkamen – wann auch immer das sein mochte.

Carrie hatte den Vorschlag ihrer Mutter, Caleb zu wecken, mitbekommen und forderte ihren kleinen Bruder umgehend lautstark auf, aufzustehen. Amy kniff ihrer Tochter ins Ohr und ermahnte sie, nett zu Caleb zu sein.

»Putzt euch die Zähne«, wies sie beide an, nachdem auch Caleb auf den Beinen war.

Patrick schubste Amy sanft außer Hörweite in die äußerste Ecke des Hotelzimmers. »Wie fühlst du dich?«

»Nervös«, sagte sie. »Ich will ihn nicht wiedersehen.«

»Vergiss nicht, Liebes: das finale *Fickt-euch*. Wir sehen dem Scheißer geradewegs in die Augen und lassen ihn wissen, dass wir gewonnen haben.«

»Haben wir das denn?«

»*Ja*. Zur Hölle mit dem Mist, der augenblicklich abläuft. *Zur Hölle damit*. Wir zeigen ihm kein bisschen von unserer Trauer; diese Befriedigung verweigern wir ihm. Wir schaffen das, Liebling. Wir haben ihn einmal geschlagen, und es *wird* uns ein weiteres Mal gelingen.« Er setzte ein teuflisches Grinsen auf. »Verflucht, allmählich fange ich an, mich darauf zu freuen.«

Amy umarmte ihn. Patrick brachte seine Lippen an ihr Ohr. »Das finale *Fickt-euch*, Liebling. Wie wir es geplant haben. Er ist nur ein Mensch. Ein kranker, erbärmlicher Mensch … und er hat sich verdammt noch mal mit der falschen Familie angelegt.«

Amys Umarmung wurde fester. Patrick küsste sie auf den Kopf. »Wir schaffen das, Liebes.«

Die Lamberts verließen ihr Hotelzimmer und wurden sofort von zwei Polizeibeamten in Empfang genommen. Sachliche Morgengrüße wurden ausgetauscht, nicht mehr als Höflichkeitsfloskeln. Dann führten die Beamten die Familie den Flur entlang zu den Fahrstühlen, einer vorneweg, der andere als Nachhut. Nachdem alle eingestiegen waren, drückte einer der Officer den Empfangshallen-Knopf, woraufhin die Türen zuglitten und der Fahrstuhl nach einem ruckartigen Start nach unten fuhr.

»Das macht ein komisches Gefühl in meinem Bauch«, sagte Carrie.

Ein Officer sah zu ihr herunter und lächelte.

Auf der Anzeigetafel über ihnen leuchtete die Ziffer acht auf.

Sieben.

Sechs.

Fünf.

Vier.

Der Fahrstuhl hielt an. Die Türen öffneten sich. Ein junger Mann und ein Mädchen. Die Beamten baten sie, auf den nächsten Fahrstuhl zu warten. Erneut drückte der Officer die Taste für die Empfangshalle.

Drei.

Zwei.

Der Fahrstuhl stoppte erneut. Einer der Officer fluchte unterdrückt. Die Türen gingen auf. Niemand stand davor.

Ein Officer streckte seinen Kopf raus und sah nach links und rechts.

Nichts.

Der Officer trat zurück in den Fahrstuhl, zuckte die Achseln und wollte erneut die Taste für das Erdgeschoss drücken, hielt jedoch inne. Das Funkgerät auf seiner Schulter knisterte, dann kreischte es. Caleb fuhr zusammen, und Carrie hielt sich die Ohren zu.

Der Officer drehte an einem Einstellrad, um die Frequenz zu justieren, neigte sein Kinn Richtung Funkgerät und drückte einen Schalter. »Ich höre.«

Die antwortende Stimme klang ernst und scharf. *»Wo seid ihr?«*

»Im Fahrstuhl auf dem Weg nach unten. Halten gerade im zweiten Stock.«

»Bringt sie in ihr Zimmer zurück. Sofort.«

Der Officer runzelte die Stirn. »Könnten Sie das wiederholen, Sir?«

»Schafft sie sofort ins Hotelzimmer zurück. Verstärkung kommt übers Treppenhaus. Die Bundespolizei ist auf dem Weg.«

»*Bundespolizei?* Sir, was hat das FBI …«

»Machen Sie schon.«

»Verstanden.« Der Officer ließ von seinem Funkgerät ab und drückte die Taste für das neunte Stockwerk. Die Türen glitten zu.

»Was ist los? Warum ist das FBI unterwegs?«, fragte Patrick.

Der Officer ließ den Verschluss seines Holsters aufschnappen und legte die Hand auf den Griff seiner Pistole. Er schaute Patrick an und sagte: »Ich habe nicht die leiseste Ahnung.«

54

Zuvor

Montagmorgen, sechs Uhr. Arthur Fannelli lag eng in eine Decke gewickelt auf seiner Pritsche. Ein schweres metallisches Dröhnen hallte durch den Gefängniskorridor. Er rollte sich zur Wand. Die Tritte von Uniformstiefeln kamen näher, bis sie vor seiner Zelle zum Stillstand kamen. Zweimaliges Klopfen mit dem Schlagstock gegen die Gitterstäbe.

»Raus aus den Federn, Fannelli. Heute ist ein großer Tag.«

Arty blieb in seine Decke eingepackt und warf einen Blick über die Schulter. »Haben Sie endlich den Hauptschulabschluss geschafft?«

Der Wachmann drehte den Schlüssel im Zellenschloss und stieß die Tür krachend auf. »Fannelli, ich habe wirklich kein großes Verlangen danach, *schon wieder* erklären zu müssen, wie du ausgerutscht und gestürzt bist. Ausgerechnet vor deinem ersten Auftritt vor Gericht.«

Arty rührte sich nicht und gab keinen Mucks von sich.

Der Beamte betrat die Zelle und fing an, das Metallwaschbecken mit seinem Schlagstock zu traktieren. »Letzte Warnung, Fannelli. Stehst du jetzt auf?«

Arty wälzte sich herum, schüttelte die Decke ab, setzte sich auf und gähnte. Er hatte sich bereits angezogen – den orangefarbenen Overall, den man ihm am Abend zuvor ausgehändigt hatte.

»So ist's brav, Fannelli. Wenn ich es nicht besser wüsste, würde ich sagen, dass du es kaum erwarten kannst, in diesen Gerichtssaal zu kommen, und dir von links und rechts in den Hintern treten ...«

Arty sprang auf die Beine. Der Officer wich zurück und hob seinen Gummiknüppel. Arty feixte, drehte sich um und legte die Hände in Erwartung der Handschellen auf den Rücken.

Der Officer drückte Artys Gesicht gegen die Wand, als er ihm die Handschellen anlegte. »Ja – grins du nur, Arschgesicht.«

Der graue gepanzerte Bus, mit dem Arthur Fannelli zum Gericht transportiert wurde, fuhr über eine Bodenwelle und geriet leicht ins Schleudern.

»Hoppla! Vorsichtig, Jungs – ich hab's nicht eilig«, rief Arty aus dem Käfig im Heck. Sowohl seine Hände als auch seine Füße waren gefesselt. Um den Maschendrahtkäfig herum saßen drei Polizisten – einer direkt davor, ein anderer weiter vorne im Bus, und der dritte war der Fahrer. Bis auf den Fahrer hielten alle eine Schrotflinte auf dem Schoß.

Der Officer vor dem Käfig starrte Arty an. »Wie kannst du dasitzen und lächeln?«

Arty zuckte mit den Schultern. Seine Fesseln schlugen klirrend zwischen den Knien gegeneinander. »Es ist einfach ein schöner Tag.«

Der Officer griente. »Ihr Missgeburten macht alle einen auf hart ... bis sie euch wegsperren. Dann fangt ihr an zu flennen wie die Waschlappen, die ihr in Wahrheit seid.«

»Gesetzt den Fall, dass ich schuldig gesprochen werde«, sagte Arty.

Der Officer schnaubte. »Außerdem glaubt ihr alle, dass ihr ungestraft davonkommt. Geisteskranke Deppen.«

Arty bewahrte sein Lächeln.

Der Fahrer sah prüfend in den Außenspiegel. »Was zum Geier ist das?«, murmelte er.

Der Beamte, der in seiner Nähe saß, schaute aus dem Seitenfenster. »Was treibt sie da bloß?«

Arty reckte sich so weit vor, dass die Handschellen in seine Handgelenke und Knöchel schnitten. Er spähte durch die Frontscheibe und das Fenster zu seiner Linken und erhaschte einen Blick auf einen roten Sportwagen, der neben dem Bus auf der zweispurigen Landstraße beschleunigte. Er streckte sich einen Zentimeter weiter, sah nach unten und dort in der Straßenmitte keine gestrichelte Linie, sondern zwei durchgehende parallele gelbe Streifen. Überholverbot. Schließlich zog der rote Sportwagen an dem Bus vorbei, setzte sich davor und entschwand im Handumdrehen aus Artys Blickfeld.

Der Busfahrer trat auf die Bremse und drückte die Hupe. »Dämliche reiche Schlampen«, sagte er. »Haben es immer eilig, nirgendwohin zu kommen.«

»Solltest Gas geben«, sagte der Officer hinter ihm. »Ihrem blöden Arsch einen kleinen Stoß verpassen …«

Der Fahrer trat das Bremspedal durch und schrie: *»MISTSTÜCK!«*

Der Bus quietschte und schlingerte und wäre bei der Vollbremsung beinahe zur Seite gekippt. Der Officer vor dem Käfig wurde in den Sitz vor ihm geschleudert. Arty schaukelte heftig hin und her, und die Fesseln gruben sich tiefer in sein Fleisch.

Der Bus war jetzt endgültig zum Stillstand gekommen. Der Motor tuckerte im Leerlauf. Alle vier Männer – Arty eingeschlossen – atmeten schwer.

Der Officer im Heck sprach als Erster. »Scheiße noch mal, was war das denn?«

Der Beamte im vorderen Teil erhob sich und wandte sich zu seinem Kollegen um, die Flinte an die Brust gedrückt. »Irgendeine dumme Schlampe hat uns gerade böse geschnitten und ist voll auf die Bremse …«

Die Stirn des Officers explodierte.

Arty hörte drei weitere Knallgeräusche, jedes von einer kleinen aufwirbelnden Wolke aus Glas und Blut begleitet. Der Fahrer bekam eine Kugel in den Kopf. Der Officer am Käfig wurde in Kopf und Hals getroffen. Alle drei Männer waren auf der Stelle tot. Kein Zweifel.

Artys Atmen war ein unregelmäßiges Keuchen. Das war es. Es ging los. Auch kein Zweifel.

Eine nicht allzu heftige Detonation an der Schnauze des Busses ließ Arty zusammenzucken. Die Tür stand jetzt offen. Eine gertenschlanke Frau tauchte aus einer grauen Rauchwolke auf. Sie richtete eine Pistole auf den toten Fahrer und schoss erst ihm, dann dem Officer dahinter jeweils zwei weitere Kugeln in den Kopf. Mit besonnener Eile näherte sie sich Artys Käfig. Die Frau trug eine Sonnenbrille. Sie setzte sie kurz ab und zwinkerte Arty zu. Er grinste zurück.

Seine Schwester Monica bückte sich, ergriff den Schlüsselbund des toten Officers zu ihren Füßen, schloss erst den Käfig und dann die Handschellen und Fußfesseln ihres Bruders auf. Sie pumpte noch zwei Kugeln in den Beamten und überreichte die Waffe danach Arty, der dem Toten eine dritte verpasste. Bei der vierten Kugel musste Arty lachen.

Monica lächelte, nahm ihren Bruder bei der Hand und führte ihn zügig und zielstrebig den Mittelgang des Busses entlang nach draußen zu einem zerbeulten Dodge Dakota. Monica kletterte auf den Beifahrersitz und Arty auf die Rückbank. Im Fußbereich lag etwas, das wie ein Scharfschützengewehr aussah.

»Dad«, sprach Monica den Fahrer an. »Ich möchte dir deinen Sohn Arthur vorstellen.«

55

Im Hotelzimmer der Lamberts in der neunten Etage war es voll und laut. FBI-Agenten und Beamte der Allegheny County Police gingen mal leise, mal lautstark miteinander debattierend ein und aus. Überall krächzten Funkgeräte.

Arthur Fannelli war während seines Transportes zum Gericht die Flucht gelungen. Er war frei. Und er hatte Hilfe gehabt – professionelle Hilfe. Zu dieser Feststellung wäre selbst ein Polizei-Rekrut bei seinem ersten Einsatz gekommen, wenn man ihm fünf Minuten am Tatort gewährt hätte. Drei Beamte der Allegheny County Police waren ermordet worden. Das Dezernat war auf rasche Vergeltung für die Kameraden aus, obwohl es alles andere als unwahrscheinlich war, dass Arthur und seine Komplizen bereits die Staatsgrenze überquert hatten. Daher die Anwesenheit des FBI. Und so herrschte im Hotelzimmer neben dem allgegenwärtigen Lärm und Chaos eine gewisse Feindseligkeit seitens der Allegheny-County-Polizisten. Das war der Grund, warum manchmal geflüstert wurde und manchmal nicht – die Polizisten flüsterten untereinander (wobei der dezente Spott diese Bemühungen eigentlich unnötig machte); die Agenten sprachen laut und schufen dadurch eine Atmosphäre der Überlegenheit und Kontrolle, als hätten sie die Lage im Griff. Die Geringschätzung, die ihnen von den Polizeibeamten seit ihrem Eintreffen entgegengebracht wurde, war ihnen nicht entgangen, aber egal. Patrick nahm an, dass sie ihnen jedes Mal entgegenschlug, wenn sie bei einer Ermittlung hinzugezogen wurden.

Darüber hinaus nahm Patrick noch etwas anderes an, und Agent Chris Miller schien überrascht davon zu sein, als Patrick es aussprach.

»Was lässt Sie glauben, dass er die Staatsgrenzen nicht überqueren wird?«, fragte Miller.

»Ich weiß es einfach«, sagte Patrick.

Miller runzelte die Stirn. »Würde es Ihnen was ausmachen, es etwas deutlicher zu erklären?«

»Er will *uns*. Er will nicht untertauchen.«

»Mag sein. Aber fürs Erste wird er sich irgendwo verstecken müssen.«

»Fürs Erste«, sagte Patrick achselzuckend. »Doch er wird uns aufspüren.« Die ursprüngliche Panik hatte sich komplett verflüchtigt – bei Patrick *und* bei Amy. Eine Art Verteidigungsmechanismus hatte sich eingeschaltet. Eine Akzeptanz des Gegebenen gewissermaßen. Keine Niedergeschlagenheit oder gar Kapitulation, das nicht. Nur Akzeptanz.

Agent Miller musterte Patrick eingehend. Patrick starrte unverwandt zurück. Der Ausdruck auf seinem Gesicht war entspannt, teilnahmslos, beinahe gelangweilt. »Wenn er sie *tatsächlich* aufspürt …«, begann Miller.

»Das wird er«, sagte Patrick.

»… werden wir zur Stelle sein und ihn schnappen.«

»Sie, es sind mehrere.«

»Wie auch immer. Wir *werden* sie kriegen, und wir *werden* Sie und Ihre Familie beschützen, Mr. Lambert. Das hier ist jetzt eine völlig andere Situation. Die Karten sind neu gemischt.«

»Amy!«, rief Patrick quer durch den Raum. »Amy, komm bitte mal kurz her.«

Amy ließ Carrie und Caleb bei einem der County-Officer und trat an die Seite ihres Mannes.

»Sie werden uns beschützen«, sagte Patrick. »Offenbar haben wir eine völlig neue Situation.«

»Spitze!«, sagte Amy.

Miller atmete lang und hörbar aus, senkte den Kopf und nickte langsam. »Hören Sie – ich kann mir nicht einmal im Ansatz vorstellen, was Sie durchgemacht haben …«

»Nein, können Sie nicht«, unterbrach Patrick, der sich augenscheinlich nach wie vor absolut unter Kontrolle hatte. »Aber lassen Sie sich nicht aufhalten, und erledigen Sie Ihren Job. Versuchen Sie nur, den Scheißkerl und seine neuen Freunde in die Finger zu bekommen. Und Sie können uns gerne beschützen, so viel Sie wollen; wir werden uns nicht dagegen sträuben. Aber wenn es Ihnen nichts ausmacht, werde ich dennoch einen alten Gefährten hinzuziehen.«

»Was?«, sagte Miller.

»Wen?«, sagte Amy.

»Ich rufe Domino an. Wenn uns jemand vor diesen Psychopathen beschützen kann, dann er«, sagte Patrick.

»Wer ist Domino?«, wollte Miller wissen.

»Ein alter Kumpel von mir. Wir haben auf der Highschool zusammen Football gespielt. Danach ist er zu den Marines gegangen. Mittlerweile führt er seine eigene Sicherheitsfirma. Außerdem ist er der härteste Hund auf Erden. Ich werde ihn kontaktieren.«

»Wir können niemanden gebrauchen, der unsere Ermittlungen behindert«, sagte Miller.

»Er wird nicht ermitteln. Er wird uns beschützen.«

»Sie wissen, dass das unsere Aufgabe ist«, erwiderte Miller.

Patrick zuckte erneut gleichmütig die Schultern. »Verzeihen Sie, Agent Miller, aber das ist nur ein schwacher Trost.«

Miller stieß erneut kräftig die Luft aus. »Mr. Lambert, ich habe Verständnis für Ihre Situation und Ihren Widerwillen, uns Vertrauen entgegen …«

»Nein, haben Sie nicht. Vor wenigen Minuten haben Sie das noch selbst zugegeben. Gegenwärtig gibt es herzlich wenig Menschen, denen meine Familie vertraut.«

»Aber diesem Domino wollen Sie vertrauen.«

»Ja«, sagte Patrick ohne das geringste Zögern.

»Mr. Lambert, wir können nicht zulassen, dass die eigenmächtigen Aktionen eines Dilettanten den Ablauf unserer Operationen gefährden. Die Leute, die dieses Fluchtmanöver organisiert haben, scheinen bestens ausgebildet zu sein.«

»Domino ist schwerlich ein Dilettant. Er und sein Team arbeiten so professionell, wie es nur geht. Recherchieren Sie ihn: *Domino Taylor.*«

Miller schüttelte den Kopf. »Das ist keine gute Idee.«

»Ich werde ihn anrufen«, beharrte Patrick. »Im Augenblick halte ich ihn für den einzigen Mann, der meine Familie beschützen kann.«

Miller warf die Hände in die Luft. »Na gut … schön, in Ordnung – ist schließlich Ihr Geld.«

»Er wird mir keinen einzigen Penny berechnen.«

»Sehen Sie nur zu, dass er uns nicht in die Quere kommt.«

»Das wird er nicht«, sagte Patrick. »Tatsächlich werden Sie nicht bemerken, dass er überhaupt da ist – jedenfalls nicht, wenn er das nicht will.«

Amy konnte sich lebhaft an Domino Taylor erinnern. Es war schwierig, einen solchen Mann zu vergessen, auch nach den fünf Jahren, die vergangen waren, seit er das letzte Mal zu Besuch gewesen war. Amy war seinerzeit mit Caleb schwanger gewesen, und sie würde sich bis in alle Ewigkeit an den Moment erinnern, an dem sich dieser beeindruckende, massige Mann auf ein Knie niedergelassen hatte, um auf Augenhöhe zu Amys Babybauch sprechen zu können. Das Weiß seiner lebhaften Augen hatte aus dem schokoladendunklen Teint geleuchtet, und seine kräftige Bassstimme hatte in scharfem Kontrast zu seinen sanften, fürsorglichen Worten gestanden, als er Caleb mitgeteilt hatte, dass er es kaum erwarten konnte, ihn kennenzulernen, und ungeduldig den Tag herbeisehne, an dem sie zusammen Football spielen würden.

Und waren da natürlich noch die Geschichten, die Patrick ihr erzählt hatte. Darüber, was für ein fähiger Soldat Domino gewesen war, an welchen Gefechten er teilgenommen hatte, sein Heldenmut auf und *außerhalb* des Schlachtfeldes, seine neuen Tätigkeit in der Sicherheitsbranche, wo er die Elite der Elite beschützte. Es war eine beispiellose Karriere. Nichtsdestotrotz war es das Gespräch mit ihrem Babybauch an jenem Abend, das Amy für immer im Gedächtnis bleiben würde. Deshalb war sie mit der Entscheidung ihres Gatten einverstanden, Domino zu ihrem Schutz zu engagieren. Denn sie wusste, dass er sie beschützen würde – mit seinem Leben.

»Bist du sicher, dass er verfügbar ist?«, fragte Amy Patrick, als sie das Hotelfoyer betraten.

»Keine Ahnung. Er hat sich nach Crescent Lake gemeldet, um sich zu erkundigen, wie es um uns steht. Er weiß, was dort passiert ist.«

»Ist mir klar. Das bedeutet allerdings nicht, dass er zur Verfügung steht«, sagte sie.

»Stimmt. Aber irgendwie glaube ich, dass er das einrichten kann.«

»Das hoffe ich.«

56

»Mr. Patrick Lambert.« Domino Taylors Stimme dröhnte laut, aber angenehm aus Patricks Handy.

»Wie geht's, mein Freund?«, fragte Patrick.

»Alles beim Alten. Ich hatte befürchtet, dass du anrufst.«

Patrick zog ein neugieriges Gesicht, als er vor dem Hotelzimmer auf einem Stuhl Platz nahm. »Befürchtet?«

»Ich habe gehört, was passiert ist. Klingt, als hätte euer Knabe professionelle Hilfe gehabt – drei tote Polizisten, rein und raus, keine Zeugen.«

»Woher zum *Teufel* weißt du das alles schon?«

»Ich bitte dich«, sagte er in dem tiefen schleppenden Südstaaten-Tonfall, den er gegenüber engen Freunden anschlug.

Patrick nickte. »Okay, mein Fehler. Ich hätte es wissen müssen.«

»Wie geht's Amy?«

»Sie hat Angst.«

»Das kann ich mir vorstellen. Sag einfach, wann, mein Freund.«

»Kannst du? Ich meine – du bist einsatzbereit?«, fragte Patrick.

»Ich bin immer einsatzbereit.«

»Ich hätte vielleicht besser *verfügbar* sagen sollen.«

»Für dich jederzeit.«

Patrick schwieg einen Moment, sammelte sich und sagte: »Danke, Mann.«

»Hast du mich gegenüber dem FBI erwähnt?«

»Ja – die hielten es für keine gute Idee.«

Er kicherte. »Das wäre ja nichts Neues. Wir sind gut darin, ihnen aus dem Weg zu gehen und sie ihr Ding durchziehen zu lassen. Normalerweise gibt das keinen Ärger. Ich erinnere sie daran, dass sie die Jäger und wir nur dafür da sind, das Lager zu sichern. Das gefällt ihnen anscheinend.«

»Prächtig«, sagte Patrick. »Wie geht es also jetzt weiter?«

»Nochmals: Sag einfach wann, Bruder.«

»Wann«, sagte Patrick. »Wir sind noch in Pittsburgh und brechen in ein paar Stunden auf. Wir sollten heute Abend gegen acht oder neun wieder in Valley Forge sein, denke ich.«

»Dann werden wir ebenfalls dort sein. Wie geht's den Kindern?«

»Carrie ist seit der Sache vom Crescent Lake komplett durcheinander. Von dem ganzen Scheiß, der seitdem geschehen ist, gar nicht zu reden. Ich werd's dir später erzählen. Caleb scheint in Ordnung zu sein, aber unter diesen Umständen ...« Patrick fühlte, wie sich ihm die Kehle zuschnürte, und unverzüglich spülte eine Schamwelle über ihn hinweg, weil er sich bei jemandem wie Domino eine solche Gefühlsaufwallung erlaubt hatte. Er räusperte sich schnell. »Tut mir leid.«

»Muss dir nicht leidtun, mein Freund. Wenn das hier erledigt ist, kaufe ich Carrie ein Rieseneis und spiele eine Runde Football mit Caleb, so wie ich es damals versprochen habe. Ich kann's kaum erwarten, den kleinen Kerl kennenzulernen.«

Patrick malte sich Dominos Szenario aus und konnte sich ein Lächeln nicht verkneifen. »Das wäre schön«, sagte er. Doch das Lächeln hielt nicht lange. Nicht angesichts der jüngsten Ereignisse. »Dieser Kerl ist gefährlich, Mann. Böse. Ich gehe davon aus, dass seine Freunde genauso übel drauf sind.«

»Das sind sie alle, Patrick. Wenigstens glauben sie das – bis sie mich treffen. Halt einfach die Ohren steif, Bruder. Grüß Amy herzlichst von mir. Wir sehen uns heute Abend.«

»Danke, Mann.«

Patrick klappte sein Mobiltelefon zu. Einen Moment später erschien Amy im Flur.

»Und?«, fragte sie.

»Er meint, dass er uns erwartet, wenn wir heimkommen.«

Amy schlug sich eine Hand vor die Brust. »Gott sei Dank.«

Patrick wandte den Blick ab. Ein dunkler Gedanke war schon den gesamten Morgen über am Rande seines Bewusstseins entlanggekrochen, und dennoch hatte er ihn unerklärlicherweise verdrängt. Jetzt, nach dem Anruf bei Domino, drängte sich dieser Gedanke in den Vordergrund und verlangte Aufmerksamkeit.

»Was ist?«, fragte Amy. Sie zog einen Stuhl neben seinen und ließ sich nieder.

Patrick hob den Kopf. »Er ist einer meiner besten Freunde.«

»Und?«

»Was, wenn er wegen mir getötet wird?«

Amy lachte. Dann stand sie auf, und bevor sie sich auf den Rückweg Richtung Zimmer machte, sagte sie: »Liebling, Domino benutzt jemanden wie Arty als *Zahnstocher*.«

Aber was ist mit Artys neuen Freunden, wollte er ihr nachrufen. *Die, von denen die Bundesbeamten sagen, sie wären bestens ausgebildet? Niemand wusste auch nur den geringsten Scheißdreck über sie.*

Patrick war aufrichtig an Dominos Hilfe gelegen. Wenn jemand seine Familie beschützen konnte, dann er. Domino, der hochdekorierte Soldat. Domino, der Sicherheitsexperte für die Wichtigen und Prominenten. Domino, das menschliche Nashorn, das auf dem Football-Feld Rekorde und Knochen gebrochen hatte, nur um dann sämtliche College-Scouts kollektiv in Tränen ausbrechen zu lassen, als er sich gegen den Ball und für das Marinekorps entschied.

Patrick ging einen Schritt weiter und dachte an Domino, den Freund.

Ja, Domino war gut in dem, was er tat, und ja, Domino hatte dem Allerschlimmsten ins Angesicht gesehen und den Sieg davongetragen. Aber für jeden Menschen kommt irgendwann der Tag, an dem er seinen Meister findet. Was, wenn er seinen geliebten Freund soeben in ein Kräftemessen mit einem ebenso rätselhaften wie tödlichen Gegner geschickt hatte? Einem Gegner, der ihm ebenbürtig war ... oder mehr als das?

John Brooks stand in einem heruntergekommenen Motel in West Virginia vor dem Badezimmerspiegel. Monica und Arty waren unterwegs, um etwas zum Mittagessen zu besorgen. John fixierte intensiv sein Spiegelbild, den Kiefer verkrampft, die Zähne zusammengebissen, mit vor konzentrierter Wut beinahe vibrierenden schwarzen Augen. Sehr bald würde er diese Wut freisetzen. Er riss sich sein Hemd vom Leib, und seine atemberaubende Muskulatur schwoll mit jedem Atemzug gewaltig an. Er fuhr sich mit einer Hand bedächtig über den Rumpf, betastete jede einzelne Narbe: Einschusslöcher, Schnitte, Stichwunden – Andenken und Erinnerungen daran, wie schwer er zu erlegen war und, nicht zu vergessen, was mit den bedauernswerten Hurensöhnen geschehen war, die es versucht hatten.

Sein Grinsen war das des Teufels höchstpersönlich. *Versucht's nur, ihr Wichser.*

57

New York City

Domino Taylor saß am Kopfende des Tisches in seinem Büro. Seine beiden besten Männer, Christopher Allan und Dan Briggs, saßen einander gegenüber in der Mitte. Domino hatte seinen Mitstreitern ihre Aufgabe dargelegt und ihnen befohlen, sofort nach Beendigung dieser Einsatzbesprechung ihre Reisetaschen für einen unmittelbar anstehenden Ausflug nach Pennsylvania zu packen.

»Alles andere schieben wir auf?«, fragte Briggs.

Domino nickte ein einziges Mal. »Ab sofort sind unsere Dienste für niemanden verfügbar – auf unbestimmte Zeit.«

»Ihr Jungs wart echt dicke miteinander, oder?«, fragte Allan.

»Ja«, antwortete Domino. »Von der Sekunde unserer Ankunft an werden wir sie nicht mehr aus den Augen lassen. Ist das klar?«

Beide Männer nickten.

Briggs trommelte mit den Fingern auf die Tischplatte. »Wissen die vom FBI, dass wir kommen?«

»Ja«, sagte Domino. »Ist aber alles geklärt. Sie waren nicht erfreut darüber, doch Patrick hat darauf bestanden.«

»Dein Junge ist ein schlauer Fuchs«, sagte Allan.

Alle drei grinsten sich an. Dominos Feixen erlosch als erstes. »Mein Kumpel ist durch die Hölle gegangen. Seine Frau und seine Kinder ebenfalls. Seine *Kinder.*«

»So eine Scheiße«, meinte Briggs.

»So könnte man es ausdrücken«, sagte Domino. »Und wenn wir diesen Arschgeigen gegenüberstehen, könnte es durchaus sein, dass wir für einen Augenblick Recht und Ordnung vergessen.«

Allan grinste erneut. »Diese Augenblicke mag ich.«

»Sollen wir Streichhölzchen ziehen, wer diesen Augenblick auskosten darf?«, fragte Briggs.

»Wenn es so läuft, wie ich es mir vorstelle, darf mein Kumpel Patrick als Erster ran.«

»Zweiter«, meldete sich Briggs.

»Ach, Scheiße«, murrte Allan.

Domino lächelte und schüttelte den Kopf. »Ihr kranken Penner.«

58

West Virginia

Monica und Arty hatten die Arme voller Essen zum Mitnehmen, als sie durch die Moteltür traten. John lag, noch immer ohne Hemd, auf dem Bett und schaute fern.

»Igitt – zieh dir was über, Muskelprotz«, sagte Monica.

»Was habt ihr geholt?«, fragte John.

»Der nächste Laden war ein Feinkostgeschäft«, sagte Monica.

Arty steuerte auf den Motelzimmerspiegel zu und betrachtete sein Abbild. Ein Mann mit dunkelblonden Haaren und Schnurrbart starrte ihn an. »Kann ich das Zeug jetzt abnehmen? Ich sehe wie ein Pornodarsteller aus.«

John lachte.

»Sicher«, sagte Monica. »Aber wenn du noch mal vor die Tür willst, musst du es wieder anlegen.«

»Sei du mal monatelang eingesperrt«, sagte Arty, während er sich die Perücke und dann den Schnurrbart abzog. »Dieser kleine Ausflug zum Feinkostladen war wie eine Reise nach Disneyland.«

Monica holte die Sandwiches aus den Papiertüten. »Freut mich, dass es dir gefallen hat – denn von jetzt an hältst du dich bedeckt.«

»Was?«

John verließ das Bett und nahm sich eines der Brote. »Sie hat recht – da draußen suchen eine Menge Leute nach dir, Sohn. Wird nicht lange dauern, bevor sämtliche Wände der Ostküste mit deinem Gesicht plakatiert sind.« John wickelte das Sandwich aus, ohne nachzuschauen, womit es belegt war, und nahm einen monströsen Bissen. »Du musst unsichtbar wie ein Phantom bleiben, bis wir die Lage geklärt haben«, fügte er mit vollem Mund hinzu.

»Okay – ich werde ein Phantom sein«, sagte Arty. »Ich werde der Schatten eines Phantoms sein – solange ich bekomme, was ich will.«

Monica zündete sich eine Zigarette an und nahm einen tiefen Zug. »Mein lieber Bruder ...« Sie stieß lächelnd den Rauch aus. »Du wirst das alles bekommen. Und noch viel mehr.«

59

Valley Forge, Pennsylvania

Spannung, die man mit Händen greifen kann, dachte Patrick, als Domino und sein Team sich den FBI-Agenten vorstellten, die die Lambert-Familie zurück nach Hause eskortiert hatten.

»Ich versichere Ihnen«, begann Domino nach den heiklen Formalitäten, »dass wir ausschließlich hier sind, um Wache zu stehen. Sie schmeißen den Laden, Sie führen Regie, Sie leiten die Ermittlungen.«

Die diensthabenden Agenten schienen über Dominos respektvolle Art erfreut zu sein und gingen an ihm vorbei ins Haus der Lamberts, um sich einen Überblick zu verschaffen.

Patrick beugte sich vor. »Das ist dir wahrscheinlich nur schwer über die Lippen gekommen«, flüsterte er.

»Nee – lieber einen potenziellen Verbündeten als einen eindeutigen Feind. Außerdem werden sie schließlich und endlich erkennen, wo der Frosch die Locken hat«, flüsterte Domino zurück.

Patrick und Amy lachten. Einer der Agenten drehte sich zu ihnen herum, und sie hörten augenblicklich auf zu lachen und senkten die Köpfe.

»Wie eine Horde Kinder im Klassenraum«, flüsterte Domino schließlich mit schlitzohrigem Grinsen.

Amy sprang vor und umarmte ihn. Zunächst schien Domino leicht schockiert zu sein. Er sah zu Patrick, der bloß lächelte und die Achseln zuckte. Dann erwiderte Domino Amys liebevolle Geste. »Alles wird gut, Süße«, flüsterte er in seinem tiefen Südstaaten-Singsang. »Alles wird gut.«

Amy löste sich von ihm und wischte die Tränen beiseite, die in ihren Augen schimmerten. »Ich weiß. Ich weiß, dass es das wird.«

Domino lächelte. Dann wandte er sich Patrick zu und verpasste ihm einen milden Schlag gegen den Bauch. »Scheinst gut in Form zu sein, Champ.«

Patrick wich vor dem Hieb zurück und sagte: »Na ja, solange keiner auf meine Stichwunde einprügelt, kann ich mich nicht beschweren.«

Domino zog eine *Oh-Scheiße!*-Miene. »Ups! Tut mir leid, mein Freund!«

Patrick begann zu lachen. »Nur ein Scherz, Alter.« Er klapste ein paarmal fest auf seinen Bauch. »So gut wie neu.«

Domino kicherte und schüttelte den Kopf, bevor er sich zu Briggs und Allan umdrehte. »Schaut euch diesen Spaßvogel an«, sagte er und zeigte auf Patrick. »Kaum zehn Minuten hier, und er treibt schon seine Spielchen. Manche Dinge ändern sich *nie*.«

Patrick klopfte Domino auf die Schulter und sah dann an ihm vorbei zu Briggs und Allan. »Offenbar standen Anstandsregeln nicht auf Mr. Taylors Sicherheitsausbildungslehrplan. Demnach ist es wohl an *mir*, uns einander vorzustellen.« Patrick bedachte Domino mit einem kurzen Grinsen, um dann Briggs die Hand entgegenzustrecken. »Ich bin Patrick Lambert, und dies ist meine Frau Amy.«

Domino gluckste erneut kopfschüttelnd, während die Vorstellungsformalitäten ihren Lauf nahmen. Patrick war mit über einem Meter neunzig zwar der Größte, aber keineswegs der Breiteste von ihnen. Diese Ehre gebührte Domino, der aussah, als wäre er von irgendwelchen Ingenieuren in der Absicht zusammenmontiert worden, den ultimativen afro-amerikanischen Superhelden zu erschaffen.

Christopher Allan war das genaue Gegenteil seines Bosses. Er war bleich und sehr dünn. Doch hin und wieder, so ging es Patrick durch den Kopf, begegnete einem ein Mann mit einem ganz bestimmten Ausdruck in den Augen. Ein Ausdruck, der unmissverständlich klarstellte, dass man sich mit diesem Mann keinen Ärger einhandeln sollte. Alles Bankdrücken der Welt konnte einem nicht den Blick von Christopher Allan antrainieren. Patrick hatte dem Mann gute zwölf Zentimeter und vielleicht dreißig Kilo voraus. Doch ein einziger flüchtiger Blickkontakt mit Christopher Allan genügte, und Patrick wusste: Sollte er jemals dumm genug sein, sich mit diesem Kerl anzulegen, würde sich sein Geist wohl den Kopf kratzen und sich fragen, was gerade passiert war.

Dan Briggs? Eine Kombination aus all dem oben Erwähnten. Einsachtzig, siebzig Kilo, null Komma null Prozent Körperfett und der leere Soldatenblick eines Veteranen, dessen Bedrohlichkeit Patricks Eindruck zufolge von seinem kahl rasierten Schädel noch verstärkt wurde. Erinnerte er ihn etwa an Jim Fannelli? Nein. *Nein, verdammt.* Jemanden aus Dominos Team mit einem gestörten Mistkerl wie Jim Fannelli zu vergleichen, verbot sich schlichtweg, allein aus Gründen des Respektes.

Domino neigte seinen Oberkörper zur Seite und richtete die Augen auf Amys Knie, wobei ein neckisches Lächeln seine Mundwinkel umspielte. »Und wer versteckt sich da hinter Mommy?«

Caleb lugte für den Bruchteil einer Sekunde hinter Amys Beinen hervor und schnellte wie ein scheues Kleintier sofort wieder außer Sicht.

Domino ließ sich auf ein Knie niedersinken. Er sprach in einem beruhigenden Ton, der den neuen Eintrag »Tagesmutter« in seinen ohnehin beeindruckenden Lebenslauf ohne Weiteres gerechtfertigt hätte. »Zeig dich, kleiner Mann. Ich beiße nicht.«

Caleb streckte erneut den Kopf vor. Amy strich ihm über die struppigen braunen Haare. »Ist in Ordnung, Schätzchen«, sagte sie.

Caleb trat langsam hinter den Beinen seiner Mutter hervor. Domino bot ihm die Hand an. »Ich heiße Domino. Deine Mommy und dein Daddy gehören zu den besten Freunden, die ich auf der Welt habe. Meinst du, wir zwei könnten auch Freunde sein?«

Caleb starrte auf Dominos Hand. Sie war ungefähr so groß wie Calebs Kopf, was dem Jungen durchaus bewusst zu sein schien. Er blieb wie eingefroren stehen.

Was Domino dann tat, erinnerte Patrick an die erstaunlichen Menschen aus dem Fernsehen, die nicht mehr als ein Zischen benötigten, um die allertödlichsten Schlangen zu bändigen. Domino nahm einfach Calebs Hand, schüttelte sie sanft, und auf Calebs Gesicht breitete sich das wärmste und seligste Lächeln aus, das Patrick seit langer Zeit bei seinem Sohn gesehen hatte.

»Es ist mir ein außerordentliches Vergnügen, dich kennenzulernen, Caleb«, sagte Domino, bevor er mit dem Daumen über die Schulter wies. »Das sind meine Freunde, Christopher und Dan.«

Briggs und Allan lächelten und winkten. Caleb winkte zurück.

Carrie war trotz Amys Einspruch im selben Moment, in dem alle das Haus betreten hatten, im oberen Stockwerk verschwunden. Eine der Agentinnen hatte Amy versprochen, ihre Tochter nicht aus den Augen zu lassen, weshalb Carrie während des ersten allgemeinen Kennenlernens abwesend war. Inzwischen hatte sie sich die Treppe hinabgeschlichen und auf der vierten Stufe niedergelassen. Sie wollte das, was sich abspielte, aus der Distanz beobachten, dabei allerdings auch nicht übersehen werden. Nicht zuletzt, weil Caleb – war das zu fassen? – den Leuten vor ihr vorgestellt worden war.

»Und wer ist die hübsche junge Lady, die ich dort drüben auf der Treppe ausmache?«, sagte Domino, jetzt mit einem Lächeln in Carries Richtung.

»Komm rüber, Schatz. Sag Hallo«, rief Amy.

Carrie schüttelte den Kopf und rührte sich nicht. Sie hielt einen Stoffhund in den Händen, rieb ununterbrochen an dessen Ohren und zupfte ihn am Schwanz. Offenbar schien sie das Spielzeug zu beruhigen

»Wen hast du da?«, fragte Domino. »Hat der auch einen Namen?«

»Es ist nicht echt«, sagte Carrie. »Mein echter Hund ist gestorben.«

Amy ließ den Kopf hängen; Patrick streichelte ihr über den Rücken.

»Es tut mir leid, das zu hören«, sagte Domino. »Ich hatte auch mal einen Hund.«

Carrie ließ ihren Hintern auf die dritte Stufe plumpsen. »Ist er gestorben?«, fragte sie.

Domino nickte. »Ja.«

»Wie hieß er?«

»Major. Wie hieß deiner?«

Carrie rutschte auf die zweite Stufe. »Oscar.«

»Wie Oscar aus der *Sesamstraße*?«

Carries Züge erhellten sich. »Ja! Ich hab ihn so genannt, weil er gestunken hat und so schmutzig war wie Oscar der Griesgram, als wir ihn gefunden haben.«

Dominos schallendes Gelächter donnerte durch den Raum.

Carrie war mit einem Satz auf den Beinen und ging schnurstracks zu Domino hinüber. »Oscar und Major spielen wahrscheinlich zusammen an der Regenbogenbrücke«, sagte sie.

Domino ließ seinen Blick rasch zu Amy und Patrick hinüberwandern, woraufhin Letzterer eine *Erklären-wir-dir-später*-Miene aufsetzte.

»Ganz bestimmt«, sagte Domino, »darauf wette ich.« Er hielt ihr die Hand hin. »Ich bin Domino. Kennst du mich noch? Ich habe dich kennengelernt, als du noch sehr klein warst.«

»Domino wie das Spiel mit den schwarzen Steinen?«, fragte Carrie und ergriff, die Frage ignorierend, seine Hand.

Domino lächelte. »Genau wie das Spiel.«

»Mühle mag ich lieber.« Carrie drückte sich ihr Stofftier an die Brust und dackelte ohne ein weiteres Wort Richtung Wohnzimmer.

Patrick verdrehte die Augen und schüttelte den Kopf.

»Jawoll – das ist unsere Tochter«, sagte Amy.

Domino fing erneut zu lachen an.

60

West Virginia

Einen Monat später

Monica Kemp zog den Reißverschluss ihrer Tasche zu. Artys Flucht war einen Monat her. Die Fahndung lief natürlich noch, aber nicht flächendeckend. Monicas und Johns Gefühl nach war genug Zeit vergangen, um sich wieder an die Informationsbeschaffung zu machen – zum Beispiel Bewegungsmuster und Alltagsabläufe zu eruieren, durch die sich günstige Gelegenheiten ergeben mochten.

»Hast du alles?«, fragte John.

»Fast.« Monica ging durch das Hotelzimmer zur Kommode und überprüfte ihre Canon mit dem 600-Millimeter-f/4-Objektiv. Sie hob die Kamera ihrem Vater und Bruder entgegen und sagte: »Mit diesem Schätzchen könnte man eine Nahaufnahme vom Saturn schießen.«

»Will ich wissen, wie viel das Ding gekostet hat?«, fragte John.

»Nicht, wenn du noch mal ruhig schlafen willst.«

»Komikerin.«

»Bist du sicher, dass du sie nicht begleiten willst?«, fragte Arty.

»Sie hat diesen Überwachungs-Krempel weit besser drauf als ich. Mir fehlt dazu die Geduld. Abgesehen davon – ich muss mich um den neuen Transporter kümmern. Wenn heute alles gut läuft, wäre es nett, ihn eher früher als später zu haben.«

Artys Blick streifte erst Monica und fiel dann wieder auf John. »Was, wenn der Fall ›früher‹ eintritt? Was, wenn sie Hilfe braucht?«

Monica grinste ihren Vater an, der das Grinsen erwiderte.

»Du kennst unsere Familie noch immer nicht so richtig, mein Sohn«, sagte John. Daraufhin zeigte er auf Monica, die gerade den Schalldämpfer auf ihre geliebte Glock schraubte. »Dieser Todesengel von Tochter ist das Letzte, um das ich mir Sorgen machen muss.«

61

Ein Monat war vergangen. Ein ruhiger Monat. Zunächst war das sehr angenehm. Es gab Hinweise und die (vage) Hoffnung, dass Arty und *wer auch immer* sich endgültig aus dem Staub gemacht hatten.

Das FBI setzte seine Ermittlungen fort, hatte bislang jedoch keine brauchbaren Spuren gefunden. Dominos Sicherheitsdienstleistungen waren erstklassig; man ließ die Lamberts buchstäblich keine Sekunde lang aus den Augen. Für eine Weile war das beruhigend, doch als auf diesen ersten ereignislosen Monat der zweite folgte, sie sich Essen aus jedem erdenklichen Restaurant in Pennsylvania liefern hatten lassen und jeden Film ausgeliehen hatten, der je gedreht worden war, wurde Amy allmählich leicht gereizt.

Sie waren nicht *gänzlich* Gefangene im eigenen Haus – sie waren unter Aufsicht stehende Freigänger. Eines Abends hatten Freunde sie zum Essen eingeladen, wobei sich Amy allerdings des Eindruckes nicht hatte erwehren können, dass es den Browns den größten Teil des Abends über unbehaglich zumute war, was sie ihnen nicht im Geringsten zum Vorwurf machte. Zwei imposante Leibwächter, die den ganzen Abend lang ihre Schatten über Patrick und Amy warfen? Die furchtbare Möglichkeit, dass die *Bösewichte* auftauchten und die Browns in die Schusslinie gerieten, genau wie damals die Mitchells am Crescent Lake?

Die Browns wussten von dem Schicksal der unglücklichen Mitchells und deren vorzeitigem Ableben – sprich, ihrer grausigen Ermordung.

Dementsprechend war es bis jetzt bei dieser einen und einzigen Essenseinladung geblieben. Kurze morgendliche Ausflüge mit den Kindern zum Park fanden statt – Carrie und Caleb wurden bis auf Weiteres zu Hause unterrichtet –, und wenn Amy lange genug bettelte, eskortierte sie Domino höchstpersönlich zu einem kleinen, die Straße rauf gelegenen Einkaufszentrum – die kaum fünf Minuten entfernte gigantische Mall in King of Prussia stand nicht zur Debatte.

»Ich muss raus«, sagte Amy eines Tages zu Patrick, als sie beim Morgenkaffee am Küchentisch saßen. Domino hatte sich mit seinem Becher ins Wohnzimmer verzogen, um an seinem Laptop zu arbeiten. Briggs und Allan waren mit den Kindern im Park.

»Raus?«, fragte Patrick, nachdem er einen Schluck genommen hatte. »Wohin raus?«

Amy gestikulierte mit ausgestrecktem Arm quer durch die Küche. »Hier raus. Ich muss hier raus.«

»Möchtest du, dass Domino dich zu den Kindern in den Park bringt?«

»Nein – ich will irgendwo anders hin.«

»Zum Beispiel?«

»Keine Ahnung, einfach …« Amy fuhr sich mit beiden Händen durchs Haar und bemühte sich, ruhig zu bleiben, ihren schuldlosen Ehemann nicht anzukeifen.

»Baby, was willst du …«

Amy raufte sich energischer die Haare, sodass wirre dunkle Strähnen in ihr Gesicht fielen. »Schau dir meine Haare an«, fiel sie Patrick frustriert ins Wort. Sie strich sich die

Strähnen aus dem Gesicht und zog an der Haut unter beiden Augen. »Schau dir meine Augen an, mein ganzes Gesicht.«

Patrick gehorchte, dann zuckte er die Achseln. Amy wusste, was er dachte, und an jedem anderen Tag, zu jedem anderen Zeitpunkt hätte sie ihn dafür geliebt. Heute verstärkte es ihren Ärger noch. Sie wollte *nicht* hören, dass sie in seinen Augen wunderschön aussah – egal, wie viel Haarspliss sie in den sich immer stärker kräuselnden Locken hatte. Egal, wie viele Haarwurzeln sich in ihrem natürlichen Grau präsentierten. Egal, wie dunkle Ringe sich unter ihren Augen zeigten, wie viele verstopfte Poren sie um ihre Nase herum hatte. Sie wollte es nicht hören, weil sie am heutigen Tag, gottverdammt noch mal, nicht in der Lage war, es zu glauben. Sie fühlte sich scheußlich. Hatte das Gefühl, scheußlich *auszusehen*. Wie eine Stadtstreicherin, die über einem stinkenden Luftschacht in der Nähe der Market Street Station schlief. Ein Mann konnte das einfach nicht verstehen – das Bedürfnis einer Frau, wie eine Frau auszusehen und sich wie eine Frau zu fühlen. Ein Mann konnte, so es seine gesellschaftlichen Umstände erlaubten, problemlos sieben Tage in der Woche in Jogginghose und fleckigem T-Shirt rumlaufen, sich nur dann rasieren, wenn die Stoppeln zu heftig kratzten, und nur dann duschen, wenn er seinen eigenen Mief nicht mehr aushielt. Ein Mann konnte mit seinen DVDs, seinem Bier, seinen Pornos, seinem Junkfood und in seiner Männer-Höhle völlig das Zeitgefühl verlieren. Tage, Monate, vielleicht sogar ein Jahr, solange die Vorräte reichten.

Zumindest war das Amys Ansicht. Und in diesem Moment vertrat sie diese nachdrücklicher als je zuvor. Denn wie hatte es Mr. John Gray so treffend formuliert: *Männer sind vom Mars, Frauen von der Venus.* Und Amy war lange genug auf dem Mars gewesen, herzlichen Dank auch. Sie sehnte sich nach einer Rückreise zu ihrem Heimatplaneten Venus, und sei es nur für ein paar Stunden. Sie bezweifelte, dass Patrick oder Domino (oder jeder *andere* Mann, wie ihre temporären Ressentiments ihr einflüsterten) dafür Verständnis hatten, doch das hielt sie keineswegs davon ab, es zu versuchen.

»Ich muss raus«, wiederholte sie und war enttäuscht darüber, dass ihr keine originellere Formulierung einfiel.

»Was hast du denn vor?«

»Ich will mich endlich wieder wie ein Mensch fühlen. Ein Haarschnitt, eine ordentliche Gesichtspflege ... vielleicht sogar eine Massage.« Sie rieb sich den Nacken. »Meine Wirbelsäule ist hoffnungslos verspannt.«

»Ich kann dich massieren.«

»Nein«, sagte sie schnell, da sie mit dieser Reaktion gerechnet hatte. »Was ich will, ist eine *richtige* Massage.« Und fügte mit einem Anflug von Schuldgefühl hinzu: »Eine professionelle Massage, Liebling. Eine mit Liege, Duftölen und leiser Musik. Ich will zu Lana vom Image.«

Patrick schlürfte seinen Kaffee, verdaute das Gesagte und schien nach einer angemessenen Antwort zu suchen. »Domino würde das nicht erlauben«, sagte er schlussendlich.

»Warum fragen wir ihn nicht?«

Patrick schob seinen Becher beiseite und beugte sich vor. Er senkte die Stimme, und seine Miene war streng. »Ist das dein Ernst, Amy? Hast du vergessen, warum wir uns überhaupt in dieser Lage befinden?«

»Es ist über einen Monat her«, sagte sie. »Nichts ist passiert.«

Patricks strenger Gesichtsausdruck ließ nun erste Anzeichen von Verärgerung erkennen. »*Willst du mich verarschen?* Bin ich der Einzige, der sich daran erinnert, wozu dieser kranke Pisser imstande ist? Überleg nur, wie lange er bis zu seiner Flucht gewartet hat.«

»Er hatte keine andere Wahl, als zu warten. Er war im Gefängnis. Und er hatte Hilfe.«

Patrick lachte ungläubig. »Was mein Argument noch weiter erhärtet. Wenn er Hilfe hat, stellt er eine *noch* größere Bedrohung dar. Und wenn er Hilfe hatte, warum haben sie ihn nicht gleich rausgeholt? Warum das lange Warten?«

»Weil seine Helfer, wer auch immer sie waren, nicht dumm genug waren, in ein bis zum Platzen mit Polizisten vollgestopftes Gefängnis einzubrechen. Sie haben gewartet, bis man ihn abtransportiert hat und ihre Chancen besser standen.«

»Ganz genau – sie haben *gewartet.*«

»Weil sie keine andere Wahl hatten«, wiederholte Amy.

Patrick knirschte mit den Zähnen und stieß den Atem heftig durch die Nase aus. »Ich fasse es nicht. Vor einem Monat waren du und ich auf *exakt* derselben Wellenlänge. Wir *beide* wollten Domino hierhaben. Wir *wussten*, dass Arty nicht einfach abhauen und sich verstecken würde. Wir *wussten*, dass er kommen würde, um uns zu holen. Jetzt singst du ein gänzlich anderes Lied, nur damit du eine Massage kriegst?«

»Und eine Gesichtspflege«, ergänzte sie mit offensivem Trotz.

»Amy.«

»Ich singe kein anderes Lied, Patrick. Ich weiß, mit wem wir es zu tun haben.«

»Nein, das weißt du nicht«, sagte Patrick. *»Das weiß keiner von uns.* Wir kennen Arty. Seine Helfer kennen wir nicht.

Es könnten irgendwelche verfluchten Ninja-Kämpfer sein. Wenn wir nachlässig werden, wenn wir davon ausgehen, dass alles vorbei ist und sie auf und davon sind, kommt der Augenblick, in dem … in dem …«

»Er hat recht.« Dominos vom Kücheneingang ertönende tiefe Stimme ließ sie beide herumfahren. »Ich weiß, wie es dir geht, Amy. Aber ob du es glaubst oder nicht: In unserer ersten Woche, in der du und Patrick höchstens eine von drei Nächten geschlafen habt, in dieser ersten Woche wart ihr am sichersten. Menschen wie diese – böse Menschen, *schlaue* Menschen – haben es nicht eilig. Geduld ist ihre stärkste Waffe. Der Moment, ab dem alles scheißlangweilig und ruhig und banal und zur Gewohnheit wird – das ist der Moment, in dem du gerüstet sein musst, Mädchen. Denn genau dann zahlt sich die Geduld dieser schlechten Menschen aus. Sie warten nicht tatenlos den Augenblick ab, in dem man einen Fehler begeht, sondern planen derweil … bereiten sich vor. Vergiss nicht: In deinem Leben gibt es viele Dinge, die deine Aufmerksamkeit beanspruchen – deine Kinder, dein Job, Rechnungen, dein Haus, Garten, Freunde. Diese Leute haben nur eines im Kopf. Rache. Ich weiß, wovon ich rede. Ich war einmal selbst an diesem Punkt. Und glaube mir: Wenn du so weit bist, spielt nichts sonst eine Rolle.«

Dominos Worte fanden Widerhall (was nicht weiter verwunderte), doch Amy sah nach wie vor keinen Unterschied zwischen einem Trip zum Einkaufszentrum die Straße rauf und einem Trip zum Image für eine Massage. Selbstverständlich würde sie niemals vergessen, wer Arty war und in welcher Situation sie sich befanden. Arty und Crescent Lake würde sie bis zu ihrem Todestag im Gedächtnis behalten.

»Es geht ja nicht um einen Wochenendausflug«, sagte sie. »Es geht mir nicht einmal um einen Abend in der Stadt. Gott weiß, dass ich mich all euren Regeln und Verboten gegenüber immer gefügig und folgsam gezeigt habe, oder?«

Domino schloss die Augen und nickte.

»Alles, was ich mir ausbitte, ist ein Abstecher zu einem fünf Minuten entfernten Wellnesssalon. Ich kann Christopher oder Dan oder gern auch *beide* mitnehmen. Sie können sogar im Raum bleiben, während ich massiert werde. Ich werde mich direkt vor ihren Augen splitterfasernackt ausziehen. Das kümmert mich nicht.«

Patrick verzog das Gesicht.

»Bis jetzt hast du erfolgreich für unsere Sicherheit gesorgt. Ich vertraue dir und deinem Team das Leben meiner Familie an. Ich meine, mein Gott, deine Leute sind mit meinen *Babys* im Park – da vertraue ich erst recht darauf, dass du *mich* in einem blöden Wellnesssalon beschützen kannst. Und wenn das wirklich bedeuten sollte, dass die metaphorische Maus ihr Köpfchen aus der Sicherheit ihres Loches steckt und prompt in die aufgestellte Falle tappt, setze ich darauf, dass deine Männer wissen, was zu tun ist. Sie werden mich beschützen.«

Sie versuchte es mit Schmeichelei, garniert mit lausigen Metaphern. Natürlich war ihr klar, dass Domino clever genug war, das zu durchschauen und zu einer objektiven Entscheidung zu kommen. Sie konnte nichts weiter machen, als dazusitzen und zu hoffen, dass wenigstens *einige* ihrer Worte Wirkung zeigten.

Domino nahm einen Schluck Kaffee. »Warten wir, bis Briggs und Allan mit den Kindern zurück sind. Dann kannst du deinen Schönheitssalon anrufen und fragen, ob sie heute noch einen Termin für dich frei haben. Nicht morgen, *heute*.

Falls nicht – Pech gehabt. Falls doch, vereinbarst du den frühestmöglichen Zeitpunkt; Spontanität ist unsere Verbündete. Kein langes Planen im Voraus. Ich werde dir Briggs hinterherschicken. Allan fährt dich und wird die gesamte Zeit über nicht von deiner Seite weichen. Ich hoffe, es war kein Scherz, als du sagtest, du würdest dich splitterfasernackt vor ihnen ausziehen.«

»War es nicht«, sagte Amy.

Patricks Gesicht verzog sich erneut.

Amy langte über den Tisch, ergriff Patricks Hand und drückte sie.

»So wird es laufen«, sagte Domino. »Sollten sie heute geschlossen haben, bleibt's bei dem, was ich sagte – Pech gehabt. Friss oder stirb.«

»In Ordnung.«

Amy lächelte aus zwei Gründen. Erstens war sie seit Jahren eine von Lanas treuen Kundinnen und wusste, dass ihre Masseurin sie schon irgendwie in ihrem Terminplan unterbringen würde. Zweitens, tja … eine Massage wartete auf sie.

Domino sah Patrick an und nickte beruhigend. Dann wandte er sich Amy zu und nickte einmal nachdrücklich, sehr ernst.

»Wenn mein Team mit euren Kindern wieder da ist, kannst du dort anrufen. Ich will aber ehrlich sein – ich würde dringend davon abraten.«

»Ich auch«, fügte Patrick hinzu.

Amy drückte ihrem Mann erneut sanft die Hand und blickte dann beide nacheinander an. »Es wird alles glattgehen.«

Dan Briggs schubste die Schaukel an und sah zwischendurch auf die Uhr. Carrie drängte ihn vergebens, sie kräftiger anzustoßen. Er blickte aus dem Augenwinkel nach links, wo Allan Caleb im Sandkasten bewachte. Briggs drückte auf den Knopf seines Kragenmikrofons. »Bist du langsam startklar?«

Allan bedeckte den unsichtbaren Empfänger in seinem Ohr mit der Hand. »Soll ich mich erst mal umsehen? Ich kann den Jungen rüberbringen.«

»Nee – es ist eiskalt. Außerdem habe ich die ganze Zeit über immer nur dieselben drei Gestalten gesehen.«

»Auf elf und drei Uhr?«, fragte Allan.

»Ja – altes Ehepaar am Picknicktisch beim Kaffee und der Teenager mit dem Basketball.«

»Wollen wir sie uns mal genauer ansehen? Schauen, ob sie nervös werden?«

»Nein. Ich habe sie ständig im Auge behalten. Der Junge kann spielen – zehn Körbe hintereinander. Ist also eher unwahrscheinlich. Die Füße der beiden Alten zeigten aufeinander, während sie sich unterhielten.« Briggs beobachtete immer die Füße von potenziell Verdächtigen. Gesichter konnten in die Irre führen (wie bei überragenden Pokerspielern), doch die Füße logen nie; Die Füße wiesen immer Richtung Zielobjekt. Er, Allan und Domino hatten jedes Mal herzhaft über diese Tatsache gelacht, wenn sie in einer Bar ein turtelndes Pärchen entdeckten und bemerkten, wie der ahnungslose Typ rumschwafelte, während die Füße der verzweifelten Dame schnurgerade in Richtung des nächstgelegenen Ausgangs ausgerichtet waren, obwohl sie dem Kerl in die Augen sah.

»Na gut«, sagte Allan. »Los geht's.«

Hundert Meter entfernt nahm Monica, die geschützt hinter einer großen Eiche parkte, das Auge von ihrer Canon. Die beiden Männer bei den Kindern waren ganz sicher keine FBI-Beamten – ihre Haltung, ihre schwer zu durchschauende Aura deutete eher auf einen militärischen Hintergrund hin. Ganz bestimmt gehörten sie nicht zur örtlichen Polizei. Wer also waren sie? Monica legte die Kamera auf den Beifahrersitz und startete den Motor. Es war an der Zeit, es herauszufinden.

62

Die Eingangstür zum Haus der Lamberts öffnete sich, und Carrie und Caleb stürmten herein und zum Fernseher. Christopher Allan und Dan Briggs folgten unmittelbar danach.

Domino trat auf sie zu. »Alles in Ordnung?«

»Alles in Ordnung«, gab Briggs zur Antwort.

Domino wandte sich um. Amy stand hinter ihm und griente wie eine Jugendliche, die um die Autoschlüssel bat.

Domino gab ihr sein Mobiltelefon. »Nur zu – ruf an.«

»Ich kann mein Telefon nehmen«, sagte sie. »Die Nummer des Wellnesssalons ist unter meinen Kontakten gespeichert.«

»Du nimmst *mein* Handy«, sagte er. »Jeder, der hier mitzuhören versucht, vernimmt ein Kauderwelsch, das wie eine Mischung aus Chinesisch und Latein klingt.«

»Oha«, sagte Amy leise, als sie sein Handy entgegennahm. »Nun, ich muss trotzdem auf meinem nach der Nummer suchen.«

»Mach das. *Aber gewählt wird mit meinem Telefon, verstanden?*«

Amy nickte und eilte Richtung Küche.

Allan schlug Domino auf die Schulter. »Was geht ab?«

Domino behielt den Blick auf Amy in der Küche gerichtet. »Sage ich dir in einer Minute.«

Monica musste sich nicht den Kopf darüber zerbrechen, dass die beiden Kerle – wer auch immer sie waren – merkten, dass sie verfolgt wurden. Sie war nämlich vor ihnen am Haus der Lamberts.

Sie saß in ihrem zwei Blocks weiter geparkten Wagen. Ihre Ausrüstung lag auf dem Armaturenbrett und dem Nebensitz neben ihrer Canon. Ein Bulle hätte das Ganze als Observierung bezeichnet, aber im Gegensatz zu einem Bullen hatte Monica Zugang zu Technik, bei der jeder Bulle oder FBI-Agent eine Beule in der Hose bekommen hätte. Unglücklicherweise lag das Problem bei dieser speziellen Sorte Überwachung darin, dass man mitunter stundenlang auf einen Treffer lauerte. Es ging nicht ums Beobachten, sondern ums Lauschen. Man wartete auf irgendeine Kommunikation, sei es via Telefon, Radio, Internet oder was auch immer. Das konnte verdammt langweilig werden. Sie entsann sich einer Zielperson, die sie vor ein paar Jahren zu liquidieren hatte. Der Hauptkontakt der Zielperson war süchtig nach Internet-Pornografie. Monica hatte vor der Wohnung der Kontaktperson Tausende von Stunden lang falschem Stöhnen zuhören müssen, bis der Penner endlich eine Pause einlegte und das Zielobjekt anrief, was Monica die erwünschte Adresse einbrachte. Sie jagte ihrem Primärziel sechs Kugeln in den Kopf. Dann kehrte sie zu dem Porno-Vogel zurück und schoss ebenfalls sechs Kugeln auf ihn ab – alle zwischen die Beine.

Monica zündete eine Zigarette an und kurbelte die Scheibe einen Spaltbreit herunter. Sie wappnete sich für einen langen Tag, vielleicht sogar eine lange Nacht. Doch stattdessen erwartete sie eine freudige Überraschung. Aus dem Haus der Lamberts kam ein Signal. Ein ausgehendes Telefonat. Sie schnippte die Zigarette durch den Fensterspalt und drückte unverzüglich ein paar Tasten auf ihrem Laptop. Das metallische Piepsen eines läutenden Telefons füllte den Wagen aus. Sie wartete auf das Klicken, das »Hallo«. Das Klicken kam, aber kein »Hallo«, sondern lediglich ein unablässiger Strom von Wortsalat. Das Signal war verschlüsselt.

»Scheiße!«, rief sie laut. Sie drückte weitere Tasten, versuchte die Nummer zurückzuverfolgen. Doch sie erhielt nur zehn kryptische Symbole.

Das war unmöglich. *Wer verdammt noch mal sind diese Kerle?*

Sie tippte hektisch auf ihrem Laptop herum, drehte an zwei Knöpfen eines anderen Instrumentes, regulierte Frequenzen.

Immer noch Kauderwelsch.

»Scheiße!«, schrie sie erneut.

Monica schnappte sich ihr eigenes Handy und wählte eine Kurzwahlnummer.

»Kennwort«, meldete sich eine Männerstimme.

»Neco. 8122765.«

»Sprachauthentifizierung läuft ... identifiziert. Was gibt's?«

»Ich brauche eine sofortige Zurückverfolgung«, forderte sie ungeduldig. »Schicke jetzt das Signal.«

Monica wusste, dass das Telefonat enden würde, bevor sie die richtige Frequenz knacken und mithören konnte, aber wenigstens hatte sie so die Gewissheit, wenigstens die Nummer zu erhalten.

»Ich hab's«, sagte die Männerstimme. »Augenblick ...«

Monica steckte sich eine neue Zigarette an und inhalierte tief. Ihre Ausrüstung war unschlagbar. Es gab nichts Besseres. Dergleichen war noch nie, *niemals* zuvor passiert. *Wer verdammt noch mal sind diese Ker...*

»Okay«, sagte die Stimme. »Geschafft. Die Nummer wird Ihnen jetzt zugesandt.«

Monica legte auf, ohne sich zu bedanken. Sie warf ihre zweite nicht aufgerauchte Zigarette aus dem Fenster. Das Kauderwelsch hatte seit fast einer Minute aufgehört; das Telefonat war beendet. Sie wählte die empfangene Nummer.

»Wellnesssalon Image, was kann ich für Sie tun?«

Sie drückte das Gespräch weg. *Ein Schönheitssalon? Ein verfickter Schönheitssalon? Warum um alles in der Welt sollte …*

Dann fiel der Groschen:

Amy.

Ein weiterer Groschen fiel:

Die Männer im Park … die High-Tech-Ausrüstung, die ihrer eigenen ebenbürtig war …

Die Lamberts wurden beschützt. Professionell beschützt. Von Leuten wie ihr und ihrem Vater.

Die beiden Groschen klimperten *aneinander*:

Die Lamberts waren Gefangene im eigenen Haus. Amy fiel das Dach auf den Kopf. Wollte sich wenigstens einen Tag lang mal wieder richtig verwöhnen lassen. Dafür hatte Monica weiß Gott Verständnis.

Sie hob ihre Canon vors Gesicht. Justierte das Objektiv. Sah aus über hundert Metern Entfernung durch das Küchenfenster der Lamberts, als stünde sie direkt davor. Sie sah Amy. Sie sah Patrick. Die beiden vom Park – den Dürren und den Kahlen. Und dann sah sie den dritten. Einen großen schwarzen Kerl, der seiner an alle in der Küche gerichteten Ansprache und Gestik nach zu urteilen die Befehle gab.

Meine liebe süße Amy, du hast dich wieder einmal tapfer für mich eingesetzt. Und Dad bekommt den Lieferwagen noch heute. *Es scheint, als wird es doch früher als später.*

Monica lächelte und wählte erneut den Anschluss des Schönheitssalons.

»Wellnesssalon Image, was kann ich für Sie tun?«

»Hi«, sagte Monica, »Amy Lambert hier. Ich habe gerade einen Termin vereinbart, aber vergessen, ihn zu notieren.« Sie gab ein albernes Gackern von sich. »Könnten Sie mir noch mal sagen, wann ich dran bin?«

»Heute Nachmittag um vier, Mrs. Lambert.«

»Klasse, und zwar mit …?«

»Einer Neunzig-Minuten-Massage von Lana.«

»Richtig. Ich wusste nicht mehr, ob ich sechzig oder neunzig gebucht hatte. Auf die dreißig Extraminuten hätte ich nur ungern verzichtet.«

Die Rezeptionistin lachte.

Monica sah auf die Armbanduhr; es war halb elf. »Dann bis vier«, sagte sie.

»Bis dann.«

Monica legte auf, gab den Namen des Wellnesssalons in ihren Laptop ein und erhielt die Adresse. Dann wählte sie die Nummer von vor einigen Minuten.

»Kennwort.«

»Neco. 8122765.«

»Identifizierung läuft … schießen Sie los.«

»Ich brauche einen Grundriss. Schicke jetzt die Adresse.«

Monica entzündete eine dritte Zigarette. Diese würde sie genießen und aufrauchen. Danach würde sie ihre Fotos entwickeln lassen und sich dann vergewissern, dass ihr Vater den Wagen besorgt hatte. Und dann irgendwo ein nettes Mittagsmahl. Vielleicht gegrillten Lachs. Danach? Also bitte, danach ging es selbstverständlich in den Wellnesssalon.

63

Das Image war einst ein stattliches eingeschossiges Wohnhaus gewesen und schon vor langer Zeit seiner neuen Funktion entsprechend renoviert und umgebaut worden. Monica betrat den Salon um kurz nach drei. Ihre Haare waren rot, ihre Augen blau.

»Was kann ich für Sie tun?«

Monica trat zur Rezeption, hinter der eine einsame, freundlich lächelnde Empfangsdame stand. Ein kurzer Blick genügte Monica, um ihr Gegenüber einzuschätzen: Ende dreißig, brünett, keine auffälligen Merkmale, viel zu braun, viel zu viel Eyeliner, Klatschmagazin neben dem Terminkalender, das neueste Droid-Smartphone neben dem Magazin, kein Ehering. Zwei oder drei weitere missglückte Dates von platinblonden Haaren und Silikontitten entfernt.

Monica setzte ein freundliches Lächeln auf. »Hi. Ich bin kürzlich in diese Gegend gezogen und würde mich gerne ein bisschen umsehen.«

»Sehr gern.« Die Empfangslady überreichte Monica eine Broschüre. »Hier drin finden Sie unser komplettes Angebot.«

Monica nahm die Broschüre entgegen und tat so, als würde sie diese interessiert überfliegen, bevor sie der Frau den Rücken zudrehte und davonzog.

»Sollten Sie Fragen haben«, rief die Rezeptionistin ihr nach, »ich stehe zu Ihrer Verfügung.«

Monica winkte dankend über die Schulter, war geistig jedoch schon ganz woanders. Sie glich den Grundriss, den sie im Kopf hatte, mit den räumlichen Gegebenheiten ab. Der Massagebereich war, wie sie sich erinnerte, weiter hinten zu ihrer Rechten jenseits des Empfangsbereiches. Sie schlenderte weiter, öffnete eine Tür mit dem Schild: *Psst … Ruhezone* und betrat ein Wartezimmer, das nichts als Klar- und Gelassenheit ausstrahlte. Eine Frau, lediglich mit einem weißen Bademantel bekleidet, saß in einem bequemen Sessel und hatte das Gesicht in einer Zeitschrift vergraben. Sie hob den Kopf und lächelte Monica an.

Monica lächelte zurück und flüsterte: »Warten Sie auf eine Massage?«

Die Frau nickte.

»Lana, oder?«, fragte Monica.

»Genau.«

»Ist sie gut?«

»Die Beste. Ich gehe nie zu einer anderen.«

Monica zog eine beeindruckte Miene, während die architektonischen Pläne vor ihrem inneren Auge vorbeizogen wie bei einem alten Mikrofilmlesegerät:

Nur eine Tür führt zum einzigen Massageraum. Des Weiteren siehst du den Notausgang ganz am Ende des Wartezimmers. Hinter dem Notausgang befindet sich der weniger glamouröse Teil des Salons – ein Müllcontainer, eine Wertstofftonne … der neue Transporter.

Du siehst die zweite Tür – die Duschen. Wichtig. Äußerst wichtig. Darin müsste es eine Verbindungstür zum Massageraum geben, damit die Kundinnen nicht erst durchs Wartezimmer laufen müssen, um nach ihrer Massage eine Dusche zu nehmen. Nach einer Massage fühlen die Leute sich de-

rangiert und unsauber; man hat fettiges zerzaustes Haar und eine zerknautschte Visage wie kurz nach dem Aufwachen. So mag man der Welt nicht entgegentreten. Nicht ohne die verjüngende Wirkung einer heißen Dusche. Und umgekehrt sind viele verlegen oder gehemmt, wenn es um den eigenen Körpergeruch geht, weshalb die Duschen oft vor *einer Massage frequentiert werden. Die Chancen standen gut.*

Trotzdem musste sie das mit der Verbindungstür noch mal überprüfen.

»Gibt es hier eine Dusche?«, fragte Monica.

Die Frau bejahte und zeigte auf die zweite Tür.

Monica setzte eine bekümmerte Miene auf und deutete auf ihre (Perücken-)Haare, so als würde sie lieber sterben, als sich unfrisiert zu präsentieren. »Sie meinen, man muss erst hier durch, bevor man die Dusche betreten kann?«

»Nein«, sagte die Frau, die Monicas Anliegen sofort erfasst zu haben schien. »In Lanas Massageraum gibt es eine Verbindungstür zum Duschbereich. Die Fliesen dort sind wunderschön.«

»Zweifellos. Gibt es auch Spinde oder Schließfächer?«

Die Frau nickte.

Monica lächelte, bedankte sich, verließ den Warteraum und näherte sich wieder dem Empfang.

»Irgendwelche Fragen?«, erkundigte sich die Rezeptionistin.

»Es ist *traumhaft*«, war alles, was Monica sagte, ohne innezuhalten, während in ihrem Kopf erneut der Mikrofilmprojektor ratterte:

Der Eingang zur kosmetischen Gesichts- und Körperbehandlung müsste dort links sein – direkt neben dem Haupteingang.

Sie steuerte nach links.

Fünf Minuten später stand Monica wieder vor dem Empfangstresen. Die Rezeptionistin war mit ihrem Smartphone beschäftigt.

Er hat noch immer nicht angerufen, stimmt's? Hättest dich wohl besser nicht gleich bei eurer ersten Verabredung vögeln lassen sollen, du blöde Schlampe.

Und dann kam ihr einer dieser reizenden Spontaneinfälle, die ihr so häufig die Arbeit versüßten. Sie benötigte ein Ablenkungsmanöver, bevor sie aufbrach. Sie hatte sich eigentlich schon etwas zurechtgelegt, aber diese neue Gelegenheit war schlicht unwiderstehlich.

Die Empfangsdame legte ihr Smartphone schnell auf die Theke zurück, als wäre sie von ihrem Vorgesetzten erwischt worden. »Also, was meinen Sie?«, fragte sie mit strahlendem Lächeln.

»Es ist absolut traumhaft«, wiederholte Monica. »Ich werde auf jeden Fall wiederkommen und einen Termin ausmachen …« Sie unterbrach sich und fixierte in gespielter Aufregung das Smartphone neben der rechten Hand der Rezeptionistin. »Ist das das neue Droid?«

Die Rezeptionistin nahm es und präsentierte es stolz. »Ja – ich hab's erst letzte Woche bekommen.«

»Danach habe ich mich auch schon umgeschaut. Darf ich mal?«

»Klar.« Die Empfangsdame gab es ihr.

Monica beäugte es scheinbar neugierig, stützte die Ellenbogen auf den Tresen und stieß einen Ständer mit Broschüren um. Nicht wenige flatterten zu Boden. »Oh! Das tut mir so leid!«

»Ist okay, ist okay«, sagte die andere Frau und bückte sich hinter dem Tresen, um die Broschüren aufzusammeln.

Monica fand die gespeicherten Kontakte und auch die Nummer des Telefons selbst, die sie sich gut einprägte. Dann schaltete sie zurück auf das Startdisplay.

Die Rezeptionistin tauchte mit den Broschüren in den Händen wieder auf.

Monica tat beschämt. »Tut mir furchtbar leid«, versicherte sie neuerlich.

Die Rezeptionistin packte die Broschüren mit einem Lächeln in den Ständer zurück. »Alles in Ordnung. Überhaupt kein Problem.«

Monica hielt das Smartphone in der rechten Hand, genau in Blickrichtung der Empfangsdame. Unter dem Tresen wählte sie mit der linken Hand blind eine Nummer auf ihrem eigenen Handy.

»Hier, Ihr Telefon«, sagte Monica, als die Rezeptionistin alle Broschüren verstaut hatte. »Gefällt mir. Wahrscheinlich werde ich mir auch so eines zulegen.«

Die Lady nahm ihr Handy entgegen. »Danke. Wollen Sie gleich einen Termin vereinbaren?«

»Noch nicht. Ich will erst noch mal nach Hause und meine anderen Termine checken. Aber Sie können sich darauf verlassen, dass ich wiederkomme.«

Die Rezeptionistin lächelte. Monica verabschiedete sich und ging Richtung Ausgang. Als Ablenkungsmanöver hatte sie geplant, die Rezeption auf dem Weg zur Tür anzuwählen, um so ihr Ablenkungsmanöver einzuleiten. Wenn es nicht funktioniert hätte, wäre sie leicht in der Lage gewesen, sich irgendwie herauszureden. Stattdessen wählte sie das Smartphone der Rezeptionistin an. Die unterdrückte Nummer auf der Bildschirmanzeige ihres Droids würde (vielleicht war ER es, von irgendeinem Privatanschluss bei der Arbeit aus!) Hoffnung und Aufregung hervorrufen … und Monica einen unbeobachteten Augenblick verschaffen.

Genau das geschah. Die Rezeptionistin schnappte nach ihrem Smartphone und drehte Monica den Rücken zu, bevor sie ranging. Monica öffnete die Eingangstür, damit es klang, als würde sie gehen, und schlich sich dann nach links zum Gesichts- und Körperpflegebereich. Unverzüglich brachte sie ihr Handy ans Ohr und hörte die erwartungsvolle Rezeptionistin wie eine gesprungene Platte sagen: »Hallo? Hallo? *Hallo?*«

Monica grinste und legte auf.

64

»Kann's losgehen?«, fragte Domino.

Genauso gut hätte man ein Kind fragen können, ob es Lust auf ein Eis hat. Amy, die einen schlichten Jogginganzug und ihre Handtasche über der Schulter trug, nickte eifrig.

Sie standen zu viert an der Eingangstür: Domino, Amy, Briggs und Allan. Patrick beobachtete sie von der Küche aus.

Domino stieß Allan leicht gegen die Schulter. »Bei der *allerkleinsten* Auffälligkeit, *egal was*, ziehst du die Waffe. Absolut eiskalt. Wie ein gottverdammter Schneemann.«

»Japp«, sagte Allan.

Domino wandte sich an Briggs. »Halt größtmöglichen Abstand zu ihnen – und Ausschau nach etwaigen Verfolgern. Bleib ein Weilchen auf dem Parkplatz, wenn sie angekommen sind, und sieh dich gründlich um. Mach Meldung, wenn sie sicher eintrudeln.«

Briggs nickte.

Niemand außer Amy lächelte. Patrick bemerkte es, und er schüttelte den Kopf. Amy ging zu ihm rüber in die Küche.

»Könntest du bitte mit deiner Schwarzseherei aufhören?«, sagte sie.

Patrick fiel nichts mehr ein. Er hatte seinen Standpunkt dargelegt – etliche Male. Im Laufe ihrer Beziehung hatte er sich immer darum bemüht, die Dinge, über die sie diskutierten, aus der Perspektive seiner Frau zu betrachten und ein verständnisvoller Ehemann zu sein. Aber in diesem Fall kam er nicht mit. Amy hatte gesagt, dass er es nicht verstehen konnte, weil er keine Frau war. Insgeheim fragte sich Patrick, ob seine Frau ihm damit nicht manipulativen Bockmist vorsetzte. Vielleicht war Amys Argumentation auch einigermaßen begründet, und da er mit ihr nicht das Hirn tauschen konnte, würde er es *niemals* verstehen. Doch änderte das etwas? Ob er nun Verständnis aufbrachte oder nicht, die Hauptsache war, dass sie ein in seinen Augen unnötiges Risiko für etwas so Banales wie eine Massage einging.

Nein, er hatte nicht das geringste Verständnis dafür. Dennoch geschah es. Sie ging.

»Nein, werde ich nicht«, gab er zurück.

»Patrick, es ist nichts anderes, als in den Park oder einkaufen zu gehen. Ich halte es sogar für sicherer.«

Patricks Mimik forderte eine Erklärung.

»Ich bin die ganze Zeit über an einem Fleck. Wenn wir im Park oder in einem Laden sind, bewegen wir uns, dort sind massenweise Menschen …«

»In der Menge bist du geschützter. Hat Domino gesagt.«

Amy stellte sich auf die Zehenspitzen und küsste ihn. Er nahm den Kuss entgegen, ohne allerdings seinerseits die Lippen zu spitzen.

»Ich bin bald wieder da. Dann bin ich eine völlig neue Frau, du wirst schon sehen.«

Patricks Miene blieb unbewegt.

»Und ich werde mich entspannt und frisch wie der junge Morgen fühlen«, fuhr sie in sinnlichem Flüstern fort, »sodass ich meinen verständnisvollen Gatten heute Nacht mit etwas Besonderem belohnen werde.«

Seit ihrer Rückkehr aus Pittsburgh war ihr Sexleben nicht besonders schwungvoll verlaufen – für ein gänzlich hemmungsfreies Paar, dem es ehemals mühelos gelungen war, es am helllichten Tag an einem öffentlichen Strand miteinander zu treiben, nicht gerade eine Kleinigkeit. Patricks Libido *hatte* sich in den letzten paar Wochen gegen seine Angst und Anspannung durchgesetzt, und wenn es nur für eine nette schnelle Nummer gewesen war. Doch was Amy jetzt durchzog, setzte alles unmittelbar unterhalb seiner Hüften unter Vollnarkose. Sie benutzte, ja, missbrauchte Sex als Mittel zum Zweck. Das ärgerte ihn, und diesbezüglich weigerte er sich, ihr entgegenzukommen.

Patrick trat einen Schritt zurück. »Genieß deine Massage.«

Amy neigte den Kopf, musterte ihn, zuckte schließlich die Achseln und sagte. »Okay. Liebe dich.«

Ihre Gleichgültigkeit gegenüber seinem Verhalten befeuerte seinen Ärger. Er erwiderte nichts. Sie drehte sich um und ging mit Allan und Briggs davon.

65

Eine schlanke Frau trat aus dem Kosmetikbereich des Image-Wellnesssalons. Sie trug einen weißen Bademantel, weiße Hausschuhe (auf beiden prangte das Image-Logo), hatte sich ein weißes Handtuch um den Kopf gewickelt und ihr Gesicht unter einer grünen Schlammpackung verborgen.

Die Frau spazierte mit lässiger Anmut Richtung Massageraum am anderen Ende des Salons und warf einen flüchtigen Blick zum Empfangstresen, als sie vorbeiging. Die mit einer potenziellen Kundin beschäftigte Rezeptionistin bemerkte sie nicht. Die Frau im Bademantel lächelte und öffnete die Tür mit dem Schild: *Pssst … Ruhezone.*

66

Christopher Allan und Amy Lambert warteten auf grünes Licht von Dan Briggs, der den Parkplatz und die umliegenden Areale kontrollierte.

»Sieht gut aus«, erklang Briggs' Stimme in Allans Ohrstöpsel. »Ich werde mich allerdings noch ein bisschen hier umsehen.«

Allan zog das Kinn an die Brust und sprach in seinen Kragen. »Alles klar. Wir werden eine Weile bleiben – wahrscheinlich so um die zwei Stunden. Gib Bescheid, wenn du zurückfährst.«

»Mache ich.«

Allan öffnete die Eingangstür und trat als Erster hinein. Er und Amy gingen zum Empfang.

»Hi, Amy, wie geht's dir?«

»Nicht schlecht, Julie. Ich freue mich schrecklich auf die Massage.«

Julies Augen schwirrten zwischen Amy und Allan hin und her. »Tja, Lana müsste jeden Moment bereit für dich sein, du kannst schon mal nach hinten, wenn ... äh ... Gehört ihr zusammen?« Ihr Blick blieb auf Allan gerichtet. »Haben Sie auch einen Termin vereinbart?«

Amy schüttelte den Kopf. »Nein, er ist ein Freund meines Mannes – Besuch von außerhalb.« Amy kam die Lüge ohne Zögern oder Schuldempfinden über die Lippen, aber dennoch fühlte sie sich mit der als kessen Witz getarnten Wahrheit, die dann folgte, leicht unwohl. »Er ist heute mein Leibwächter.« Sie lächelte breit, und es fühlte sich komplett falsch an, als wären ihre Zähne plötzlich krumm und schief geworden.

Zum Glück reagierte Julie mit einem aufrichtigen Lächeln, schaute Allan an und wies geradeaus zu den Stühlen des Empfangsbereiches. »Sie können dort Platz nehmen, Sir. Möchten Sie Tee oder …«

»Wasser, bitte«, sagte Allan. »Bringen Sie es mir erst, wenn wir unsere Sachen abgelegt haben. Vielen Dank.« Allan sprach mit einer derartigen Bestimmtheit, dass Julie auf der Stelle zu nicken begann, als hätte man ihr einen Befehl erteilt, statt eine Bitte zu äußern.

»Kein Problem«, sagte Julie. »Wenn ihr zwei nach hinten geht, bringe ich sofort das Wasser.«

»Danke, Julie«, sagte Amy.

Allan verlieh seinem Dank mit einem knappen Nicken Ausdruck und geleitete Amy dann zu ihrer Massage.

Amy und Allan betraten das Wartezimmer. Der Raum war leer, weshalb Allan die Gelegenheit nutzte, um seine Pistole hervorzuholen und einer raschen Kontrolle zu unterziehen. Amy beobachtete den Mann mit verzagtem Blick, als er sich die Waffe zurück in den Hosenbund schob und anschließend in seinen Kragen flüsterte.

»Wir sind drin, Briggs. Hörst du?«

»Verstanden. Wird sie massiert?«

»Noch nicht. Ich werde erst den Massageraum sichern. Genau davor liegt ein Wartezimmer. Dort werde ich Wache schieben. Ich melde mich, sobald ich den Massageraum überprüft habe und sie auf dem Tisch liegt.«

»Ich warte.«

Die Tür zum Massageraum ging auf, und eine kleine Frau in einem dunkelblauen Kittel trat heraus. Sie hatte blondes Haar und hellblaue Augen. Obgleich sie über fünfzig war, verunzierten nur wenige und nicht besonders tiefe Falten ihre milchige Haut.

»Hallo, Amy«, sagte sie mit schwerem russischem Akzent, der aber eher exotisch als unverständlich klang; ihr Englisch war mehr als solide. »Schön, dich zu sehen.«

»Hi Lana, ich freue mich auch, dich zu sehen.« Amy sah zu Allan, dann zu Lana. »Das hier ist Christopher, ein Freund meines Mannes.«

Lana streckte die Hand aus, und Allan schüttelte sie. Ihr Händedruck war kräftig. »Freut mich, Sie kennenzulernen, Christopher. Interessieren Sie sich für Massage?«

»Das tue ich tatsächlich. Hätten Sie was dagegen, wenn ich mal einen Blick riskiere?«, sagte Allan.

Lana lächelte. »Nicht das Geringste.«

Alle drei betraten den Raum. Er wirkte anheimelnd, aber auch eindeutig zweckgerichtet. In der Mitte stand ein von Laken und Decken überzogener Massagetisch. Brennende Kerzen in drei der vier Raumecken bildeten die einzige Lichtquelle. Eine Stereoanlage beschallte das Szenario mit einer dezenten Mischung aus entspannten Beats und Wellenrauschen, und auf einer rechteckigen Kommode in der vierten Ecke stand ein Aufgebot diverser Öle und Cremes. Alles war gut einsehbar – unter dem Massagetisch war nichts, was die Sicht verstellte, und in die Schubladen der Kommode hätte nicht einmal ein kleiner Hund, geschweige denn ein Mensch gepasst. Es gab nur ein einziges Element mit Risikopotenzial: eine weitere Tür am gegenüberliegenden Ende des Raumes. Allan zeigte darauf.

»Wo geht es da hin?«, fragte er.

»Duschraum«, sagte Lana. »Meine Kundinnen und Kunden mögen manchmal vor oder nach Massage duschen.«

Allan blinzelte. »Davor?«

Lana nickte bloß.

»Was ist, wenn Sie schon mit einer anderen Kundin beschäftigt sind?«, fragte er.

»Es gibt weiteren Ausgang zu Wartebereich.«

»War das die zweite Tür, die ich gesehen habe?«

Wieder nickte Lana stumm.

»Wenn also jemand wollte, könnte er oder sie diesen Raum durch jene zweite Tür betreten?«

»Wenn ich bei einer Kundin bin? Nein – ich schließe ab.«

»Ist gegenwärtig jemand in der Dusche?«

»Ja – meine letzte Kundin.« Lana musterte Allan eindringlich. Ein winziges Lächeln zog ihre Mundwinkel in die Höhe. Sie wandte sich ab und richtete ihre weiteren Worte an Amy. »Du musst nicht dieses ›Er-ist-ein-Freund-meines-Mannes‹-Spiel mit mir spielen, Amy. Ich dich kennen. Du bist eine gute, treue Kundin. Ich weiß, was dir passiert ist. Und ich weiß, was hier passiert.« Lana sah zu Allan, sprach aber noch immer zu Amy. »Er ist deine Leibwache, bis der böse Mann gefangen ist, ja? Ist in Ordnung, macht mir nichts. Ich habe keine Angst.«

Amys Blick streifte Allan und richtete sich dann auf Lana. »Ja«, sagte sie. »Ja, er ist mein Beschützer.«

»Na gut«, sagte Lana. »Und ich nehme an, Sie wollen jetzt Dusche sehen?«

»Ja«, antwortete Allan.

»Okay. Nur eine Minute. Ich gehe rein und spreche mit Kundin. Dann kommen Sie und schauen.«

»Haben Sie vielen Dank«, sagte Allan.

Lana ging durch die Verbindungstür in den Duschraum.

Lana schritt an einer Reihe von Spinden vorbei, bis sie Fliesenboden unter den Füßen hatte. Die Duschkabinen lagen genau vor ihr. Die linke und rechte waren leer, bei beiden waren die Vorhänge zur Seite gezogen. Der Vorhang der mittleren Duschkabine war geschlossen. Das Wasser lief.

Lana näherte sich und erhob ihre Stimme Richtung Vorhang. »Elizabeth?«

»Ja?«

»Hier kommt gleich ein Mann rein.« Sie wollte die Wahrheit für sich behalten, um ihre Kundin nicht zu erschrecken. »Er schaut nach dem Ring seiner Frau. Hat sie vielleicht hier vergessen. Sind Sie bald fertig?«

»Nein, leider noch nicht. Ich bin gerade erst rein. Er kann gerne reinkommen und sich umsehen, ich bleibe einfach hier drin.«

»Sind Sie sicher?«

»Ja. Sagen Sie mir einfach, wenn er wieder weg ist.«

»Okay, werde ich.«

Lana kehrte in den Massageraum zurück.

»In Ordnung, meine Kundin duscht«, setzte Lana an. »Ich habe ihr erzählt, Sie suchen verlorenen Ring Ihrer Ehefrau. Meine Kundin sagt, sie wird unter Dusche bleiben, solange Sie suchen, und ich sage ihr, wenn Sie gehen.«

Allan war einverstanden und folgte Lana in den Duschraum.

Monica war erfreut, dass Lana nicht an ihrer Identität als Elizabeth gezweifelt hatte, als sie durch den Duschvorhang hindurch miteinander gesprochen hatten. Wie erwartet, hatten das laufende Wasser und eine hohle Hand über dem Mund die Fein- und Eigenheiten ihrer Stimme gedämpft.

Nicht Monica befand sich unter dem Duschstrahl, sondern Elizabeths Leiche. Monica stand seitlich davon im Trockenen. Auch ihre Pistole, die auf einer der Porzellanablagen ruhte, hatte keinen Spritzer abbekommen. Die anderen unverzichtbaren Gerätschaften waren sicher in einem der Schließfächer verstaut. Als sie Amys Bewacher eintreten und einige der Schließfachtüren öffnen und schließen hörte, war sie für einen Moment in Sorge, aber das metallische Echo seiner Inspektion belegte, dass diese eher willkürlich als akkurat durchgeführt wurde – er trat Steine um, obwohl er wusste, dass nichts Wertvolles unter ihnen zu finden war.

Als die Schritte des Leibwächters näher kamen, nahm Monica lautlos ihre Waffe von der Porzellanablage und brachte sie in Anschlag. Als sich seine Silhouette – lang und hager – vor dem Vorhang abzeichnete, zielte sie auf den Kopf.

Einen Herzschlag lang stand die Silhouette dort. Monica hielt den Atem an. Ihr Finger strich über den Abzug. Sie war bereit, auf die kleinste plötzliche Bewegung zu reagieren. Endlich entfernte sich die Silhouette zur nächsten Kabine, überprüfte sie, wandte sich um und lief ohne stehen zu bleiben an ihr vorbei.

Ein Augenblick der Stille folgte. Wartete er? Darauf, dass sie vielleicht den Kopf rausstreckte? Das hätte *sie* an seiner Stelle jedenfalls getan – und bislang hatten diese Typen sich als ziemlich fähig erwiesen. Sie rührte sich nicht.

Schließlich öffnete sich die Verbindungstür zum Massageraum. Monica hörte Lana in ihrem russischen Akzent fragen, ob alles in Ordnung sei. Die tiefe Stimme des Bewachers antwortete, aber die Einzelheiten wurden vom Zuschlagen der Tür übertönt. Sie war wieder alleine – von Elizabeth zu ihren Füßen natürlich abgesehen.

»Scheint alles im Lack zu sein«, sagte Allan bei seiner Rückkehr. »Ich bin dann draußen im Wartezimmer. Wie viel Verkehr herrscht an diesem Notausgang?«, fragte er Lana.

»Verkehr?«, wollte sie wissen.

»Wie oft wird er benutzt? Von Angestellten? Muss ich damit rechnen, dass jemand hier reinkommt?«

Lana lächelte und schüttelte den Kopf. »Nein – ich gehe manchmal raus, frische Luft schnappen. Aber rein kommt keiner.«

»Okay«, sagte Allan. Er schaute zu Amy. »Genießen Sie Ihre Massage.«

Er ging.

»Schön«, sagte Lana zu Amy. »Du kannst dich ausziehen und unters Laken schlüpfen. Ich denke, heute machen wir von Gesicht an abwärts.« Lana deutete auf das Ende des Tisches, wo sich eine Gesichtsmulde befand, dank derer die Kundinnen und Kunden ohne Halsverrenkungen bequem mit dem ganzen Gesicht nach unten auf dem Bauch liegen konnten. »Ich gehe und sage Elizabeth Bescheid, dass der Mann weg ist und sie aus Dusche kommen kann.«

67

Lana Rabinovich zog die Tür hinter sich zu, als sie den Duschraum betrat. In der mittleren Kabine lief immer noch das Wasser. Sie ging näher.

»Elizabeth?«

Keine Antwort.

Lana klopfte mit den Knöcheln gegen den Kachelstreifen, der die Kabinen voneinander trennte. »Elizabeth?« Sie hielt inne, lauschte, hörte nichts als das kontinuierliche Rauschen des Duschstrahles. Kein Plätschern, keine Bewegungen.

Sie schob den Vorhang auf und sah auf Elizabeths toten Körper hinab, der in Fötusstellung auf den Fliesen lag. Es war kaum Blut zu sehen – die Dusche sorgte dafür, dass der rote Strom aus dem Loch in Elizabeths Stirn fortgespült wurde.

Lana prallte nicht vor Entsetzen zurück. Sie schrie nicht nach Hilfe. Sie drehte sich nicht einmal um. Sie hob den Kopf, drückte den Rücken durch und begann mit stur geradeaus gerichtetem Blick zu sprechen. »Ich bin russische Jüdin. In Moskau ich aufgewachsen, wo ich viele meiner Leute sterben sah. Als ich Kind war, sah ich, wie zwei Männer meine beste Freundin traten, bis tot war – ihr Gesicht war nicht mehr zu erkennen, als sie fertig waren. Ich schon mein ganzes Leben bereit zu sterben – ich habe keine

Angst. Nur eine Bitte habe ich. Machen Sie es nicht wie Feigling. Schießen Sie mich nicht in Rücken.« Lana drehte sich langsam um und sah sich einer Frau mit dunklen Haaren und dunklen Augen gegenüber. Die Frau hielt eine Pistole auf Lanas Schädel gerichtet.

»Ich muss schon sagen, jemand mit so viel Mut ist mir noch nie begegnet«, sagte die Frau. »Fast bedauere ich, dies tun zu müssen.«

Lanas blassblaue Augen fixierten die Frau fest und furchtlos. »Ich Leute deiner Art gesehen. Ihr seid nicht fähig zum Bedauern.«

Die Frau lächelte. »Das stimmt wohl. Und deswegen habe ich *fast* gesagt.« Die Frau drückte ab und schoss Lana in den Kopf. Sie war auf der Stelle tot.

68

Amy lag mit dem Gesicht nach unten unter den Laken auf dem Massagetisch. Dank der Gesichtsmulde war der Vorleger ihr einziger Ausblick. Sie zog die Arme unter den Laken hervor und betrachtete ihre Fingernägel. Sie fragte sich, ob noch Zeit für eine schnelle Maniküre blieb. Nun ja … Zeit hatte sie genug. Fraglich war nur, ob sie Domino dazu überreden konnte, ihr eine zusätzliche halbe Stunde nach der Massage zu gewähren.

Amy hörte, wie sich die Verbindungstür zum Duschraum öffnete und wieder schloss. Sie legte die Arme wieder an die Seiten und atmete tief und behaglich ein.

»Ist es bequem?«, fragte Lana.

»Sehr«, sagte Amy in die Mulde hinein. »Du kannst dir nicht vorstellen, wie nötig ich das hatte, Lana. Sei herzlichst bedankt dafür, dass du mich noch reingequetscht hast.«

»Ist mir ein Vergnügen. Du bist gute Kundin. Ich habe es gern getan.«

Lanas Füße erschienen unter der Gesichtsmulde. Die vertrauten blauen Schlappen standen sauber nebeneinander auf dem Teppich und wiesen in Amys Richtung. Dann berührte eine sanfte Hand ihren Nacken und begann zu kneten. »Du bist sehr verspannt. Das ich schon fühlen.«

Amy kicherte leise. »Erzähl mir was Neues.«

»Du willst, dass ich dir was erzähle?«

Amy kicherte erneut. »Nein, nein – das ist nur eine Redewendung, Lana.«

»Oh, verstehe. Ich dachte, du würdest es ernst meinen. Denn ich *kann* dir erzählen, woher Verspannung kommt, wenn du mögen.« Auf einmal schien ihr Akzent leichter zu sein. »Ich wette, du hattest in letzter Zeit einiges um die Ohren, oder?« Viel weniger ausgeprägt. Und da war noch was.

Sie hat auch eine Redewendung benutzt, dachte Amy. *Das kenne ich nicht von ihr.*

In all den Jahren bei Lana hatte Amy sie nie eine Redewendung gebrauchen hören. Sie hatte das sogar einmal Patrick gegenüber erwähnt und sich gefragt, ob es sprachliche Inkompetenz war oder daran lag, dass ihr solche Formulierungen zu flapsig vorkamen.

Lanas Füße verließen ihr Blickfeld. Ihre Hand blieb auf Amys Nacken. Amy wollte gerade etwas sagen, als ein Foto unter der Mulde auf den Teppich fiel – eine Nahaufnahme von Carrie und Caleb im Park, mit Dan Briggs in ihrer Nähe. Ein zweites Foto folgte kurz darauf – wieder eine Nahaufnahme von Carrie und Caleb im Park, diesmal mit Christopher Allan.

Es dauerte einen Moment, bis sich Amys Augen im trüben Licht auf die Fotos eingestellt hatten. Das dritte und vierte Foto war entsetzlich scharf. Amy fuhr zusammen und machte Anstalten, sich aufzusetzen, aber die Hand in ihrem Nacken presste ihr Gesicht in die Mulde zurück. Eine Sekunde später hörte sie den Abzugshahn einer Waffe klicken. Ein Lauf wurde ihr grob gegen den Hinterkopf gedrückt.

»Scheint, als wärst du jetzt *extrem* verspannt«, sagte eine eindeutig amerikanische Frau. »Gehe ich fehl in der

Annahme, dass du über genug gesunden Menschenverstand verfügst, um das Maul zu halten?«

Amy schüttelte den Kopf, so gut das in der Vertiefung ging, und das Herz hämmerte ihr in der Brust.

»Gut«, sagte die Frau. »Vielleicht bist du bereit, dein eigenes Leben aufs Spiel zu setzen, aber ich bezweifle, dass du das von Carrie und Caleb riskierst.«

Mein Gott, sie kennt ihre Namen.

»Ja, die Namen deiner Kinder sind mir bekannt, Amy. Sie selbst haben sie mir vor weniger als einer Stunde verraten.«

Was? Was?!

Amy räusperte sich, um zu einem verzweifelten Flüstern ansetzen zu können. Die Hand der Frau schloss sich fester um ihren Hals und drückte den Pistolenlauf fester gegen ihren Kopf.

»Kein Wort. Nichts. Bis ich dich dazu auffordere. Verstanden?«

Amy nickte. Sie spürte die Tränen aufsteigen, wehrte sich jedoch dagegen, zu weinen.

»Wir haben deine Kinder, und wir haben Patrick. Sie leben noch, aber ihr Schicksal liegt in deiner Hand.«

Ist Domino tot? Oder Dan? Was ist mit Christopher? Ist er immer noch vor der Tür? Nur wenige Meter entfernt?

»Ich werde jetzt meine Hand von deinem Hals nehmen, und du wirst schön langsam den Kopf heben und deinen kleinen Freund anrufen, der draußen Wache schiebt. Bitte ihn für eine Sekunde herein. Freundlich und ruhig, nicht so, dass es Verdacht erregen könnte. Ich will Meryl-Streep-Qualität, kapiert? Wenn du schreist oder einen irgendwie seltsamen Ton anschlägst, bist du tot. Dann Patrick. Dann deine Kinder. Und ich werde ihnen vorher sagen, dass Mommy sie hätte retten können, wenn sie getan hätte, was man ihr gesagt hat. Das wird das Letzte sein, was sie zu hören kriegen, bevor ich den beiden in den Kopf schieße. Mommy hätte euch retten können, hat sich aber dagegen entschieden.«

Amy begann lautlos zu weinen; sie konnte einfach nicht anders.

»Verstehen wir uns, Amy? Meinst du, du kriegst geregelt, was ich soeben von dir verlangt habe?«

Amy schniefte und nickte.

Die Frau drückte den Waffenlauf noch härter gegen Amys Kopf. »Hör auf zu heulen. Wenn du dich anhörst, als wärst du aufgebracht ...«

Amy atmete tief ein und nickte erneut.

»Also, dann mal los, Mrs. Lambert«, sagte die Frau.

Der Druck des Laufes an Amys Hinterkopf ließ nach, und die Hand löste sich von ihrem Hals. Amy drehte den Kopf und erhaschte einen Blick auf die Frau – sie verharrte am Kopfende des Tisches, gekleidet in Lanas blauen Kittel, das Haar so blond wie Lanas, das Gesicht abgewandt und unter den Haaren versteckt, die Hand mit der Waffe (die rechte) gesenkt, die linke Hand auf Amys Schulter. Anscheinend hatte sie sich bereits in Pose für eine völlig unverdächtige Szenerie geworfen.

Amy räusperte sich ein letztes Mal und setzte zu sprechen an, hielt jedoch inne. Plötzlich wurde ihr bewusst, dass sie, wenn ihr der »freundliche und ruhige« Ton in »Meryl-Streep-Qualität« gelänge, Christopher in den sicheren Tod treiben würde. Könnte sie damit leben, für die Ermordung eines unschuldigen Mannes mitverantwortlich zu sein?

Und als die böse Frau sich dann über sie beugte und ihre Lippen ganz nahe an ihr Ohr brachte, fragte sich Amy, ob sie durch ihr Ohr in ihr Hirn sehen und ihre Gedanken lesen konnte – bizarrerweise kam ihr das nicht so unwahrscheinlich vor. Denn was die böse Frau flüsterte, war: »Würdest du lieber das Leben eines Fremden als das deiner Kinder retten, Amy?«

Darüber musste Amy nicht nachdenken. Sie schüttelte den Kopf.

»Kluges Mädchen«, flüsterte die böse Frau.

»Christopher?«, rief Amy. Sie betete, dass es einigermaßen überzeugend klang. »Christopher, hörst du mich?«

Beide Frauen hielten den Blick auf die Tür gerichtet. Amy hatte Schwierigkeiten, leise Geräusche zu vernehmen; ihr Puls schlug wie eine Trommel in ihren Ohren. Also beobachtete sie die Tür. Und wartete. Nichts geschah.

Die Frau verpasste Amy einen leichten Stoß gegen die Schulter. »Ruf ihn noch mal. Lauter.«

»Christopher? Hallo?«

»Ich bin hier.«

Amys Kopf schnellte in die Richtung, aus der die Stimme gekommen war. Die böse Frau wirbelte herum. Christopher Allan hatte den Massageraum ohne das leiseste Geräusch durch die Verbindungstür betreten. Seine Pistole war auf die Brust der bösen Frau gerichtet.

»Wenn Sie auch nur versuchen, Ihren Arm zu heben«, sagte Allan und wies mit dem Kinn auf die Hand, in der die böse Frau ihre Waffe hielt, »werde ich schießen – mehr als einmal.«

Die böse Frau lächelte. »Ich nehme an, Sie wollen mir befehlen, sie fallen zu lassen?«

Allan brachte seinen Schussarm fester in Stellung. »Jawohl.«

Die böse Frau lächelte immer noch. »Und was wäre, wenn ich …«

Allan drückte ab. Das zweimalige dumpfe Knallen seiner Pistole ließ Amy zusammenzucken. Die böse Frau stolperte rückwärts, stieß gegen die Wand und rutschte zu Boden. Ihre schockiert aufgerissenen Augen blinzelten schnell, dann langsam, dann schlossen sie sich. Schließlich kippte sie zur Seite und blieb reglos liegen.

Amy starrte sie einfach nur fassungslos an. Sie wusste jetzt, wer die Frau war. Sie wusste, dass es die Frau von der Beerdigung ihres Vaters war. Die Frau, die sie in der Bar abgefüllt und dann sitzen gelassen hatte. Die Frau, die Patrick auf Lucas' Handyfoto als mutmaßliche Saboteurin seines großen Projekts ausgemacht hatte. Immer anderes Haar, immer eine andere Augenfarbe, jedes Mal auf irgendeine Art anders – doch das spielte keine Rolle. Jetzt wusste Amy, wer sie war.

Allerdings war das auch schon alles. *Ich erkenne sie wieder. Könnte sie eindeutig identifizieren. Sie anzeigen. Aber wer ist sie eigentlich wirklich? Wer zum Teufel ist diese Frau?*

Allan näherte sich mit vorgehaltener Waffe vorsichtig dem Körper der bösen Frau.

»Sie hat gesagt, sie hätte die Kinder«, meinte Amy. »Sie hat ›*Wir* haben eure Kinder‹ gesagt. Es gibt mehrere. *Sie haben meine Kinder.*«

Christopher sah über die Schulter. »Ganz ruhig, Mrs. Lambert. Ich werde jetzt Domino Meldung erstatten und …«

Amy hörte einen dumpfen Schlag und sah, wie Christopher Allans Schädel zerplatzte und die Wand mit Blut besprenkelt wurde, bevor er zusammenbrach.

Die böse Frau sprang auf die Beine. »Man sollte immer auf den Kopf schießen«, sagte sie, während sie ihr Oberteil auszog, in dessen Stoff deutlich die beiden Einschusslöcher zu erkennen waren. »Er war gut; es überrascht mich, dass er diese Regel nicht befolgt hat.«

Die Frau riss sich das blaue Kleidungsstück herunter und brachte die kugelsichere Kevlarweste darunter zum Vorschein. In der Hand hielt sie eine andere Waffe. Amy betrachtete die neue Pistole verständnislos. Die Frau bemerkte es, lächelte, hob ihr Hosenbein und präsentierte Amy ihr Schienbeinholster. Dann öffnete sie beidhändig die Kevlarweste. »Der Wichser hat mir in die Titte geschossen.« Sie warf die Weste zu Boden und massierte sich, nur noch mit einem Sport-BH bekleidet, ihre rechte Brust. »Tut verflucht weh.« Sie schaute zu Amy und deutete auf die Weste auf dem Boden. »Auch wenn man die anhat, tut ein Schuss verdammt weh. Vor allem in die Titte.« Die Frau trat näher, drückte Amy die Pistole an den Kopf und flüsterte: »Hey, aber *dir* muss ich das nicht erzählen, oder? Wie ich hörte, hat mein Bruder dir das Gleiche angetan.«

Beim Wort »Bruder« klappte Amy der Mund auf, und die böse Frau, die soeben behauptet hatte, Arty Fannellis Schwester zu sein, brach in Gelächter aus.

69

»Tee?«, fragte Patrick.

Domino wandte sich vom Wohnzimmerfenster ab und zog eine skeptische Miene. »Seit wann trinkst du Tee?«

Patrick zuckte die Achseln. »Keine Ahnung. Ist das schlimm?«

Domino kam grinsend in die Küche. »Nein. Schätze nicht.«

»Auf dem College kannte ich viele Teetrinker«, sagte Patrick. »Die britischen Jungs, die Rugbyspieler. Die waren knallhart.«

Domino hob abwehrend die Hände. »Okay, Kumpel. Mach mir einen Tee.«

Patrick lächelte und setzte den Kessel auf. »Willst du Milch und Zucker?«

»Serviere ihn so, wie du ihn immer servierst.«

Patrick griff in den Schrank, als sein Handy piepte. Er nahm einen Becher und schaute auf sein Telefon. Der Becher entfiel seiner Hand und zersprang auf dem Boden in tausend Stücke, als er das Bild sah, das ihm entgegenstarrte.

Domino riss Patrick grob das Telefon aus der Hand. Höflichkeiten waren in einer Notfallsituation fehl am Platz. Domino stierte auf das SMS-Foto von Amy Lambert – im Heck eines Transporters, geknebelt und an einen Stuhl gefesselt, ihr Gesicht eine tränenverschmierte Maske aus Furcht und Scham.

Domino stieß einen Fluch aus, zog mit der anderen Hand sein eigenes Handy aus der Tasche und wählte Christopher Allans Nummer. Nach viermaligem Klingeln legte er auf; wäre alles in Ordnung gewesen, hätte Allan spätestens nach dem zweiten Rufzeichen abgehoben.

Patricks Handy piepte erneut. Domino drückte auf das kleine Umschlag-Symbol, das eine eingegangene Nachricht anzeigte, woraufhin eine Nahaufnahme von Allans Gesicht auf dem Bildschirm erschien – leblose offene Augen, ein Loch in der Schläfe.

»Was ist los?«, platzte Patrick heraus.

»Allan ist tot. Sie haben Amy«, sagte Domino.

»Kacke«, murmelte Briggs. Er senkte den Kopf und bekreuzigte sich.

Domino hob das Kinn in Richtung Wohnzimmer. »Verzieh dich mit den Kindern da rein. Ich werde dir Bescheid geben, wenn ich weiß, wie es weitergeht.«

Briggs nickte und leistete Carrie und Caleb Gesellschaft. Von der Küche aus erhaschte Domino einen Blick auf die beiden Kinder – beide lagen auf dem Bauch, die Köpfe in die Hände gestützt. Ihre Augen klebten am Bildschirm, die Füße schwangen vor und zurück wie Katzenschwänze. Komplett nichtsahnend und unschuldig. Ihre Mutter befand sich in den Klauen von Psychopathen, von denen einer der Albtraum-Mann war, der immer noch durch ihre so jungen Köpfchen spukte und nur ganz allmählich verblasste. Und sie schauten fern, waren sich der Ereignisse zu ihrem Glück nicht im Geringsten bewusst; wie an einem ganz normalen Tag. Als würde Mommy jeden Augenblick durch die Tür treten.

Domino warf erneut einen Blick auf das Foto von Allan, schluckte bittere Galle und drückte auf Senden. Das Handy fing zu läuten an.

»*Kidnappen und Kaltmachen von Schwachköpfen GmbH*, Miss Smith am Apparat«, sagte eine Frau in heiterem Tonfall.

»Wie soll es ablaufen?«, fragte Domino.

»So ist's recht – geradewegs auf den Punkt. Gefällt mir«, sagte die Frau. »Fürs Erste werde ich die entzückende Mrs. Lambert einer Art Wiedervereinigung zuführen.«

»Und wo wird die stattfinden?«

»Geradewegs auf den Punkt, aber auch ein wenig naiv. Das werde ich natürlich nicht verraten.«

Domino atmete schwer durch die Nase. »Dann sagen Sie mir, ab wann wir ins Spiel kommen.«

»Tja, mir scheint, Sie spielen schon seit geraumer Weile mit. Bombenjob, Sir. Mit einem neuen Hund wären die Lamberts wahrscheinlich besser gefahren.«

Domino verfügte über die professionelle Selbstkontrolle von tausend Pazifisten, doch mit jedem weiteren Wort dieser Frau bewegte er sich näher auf den Berserker-Modus zu. Er biss sich auf die Wange und schmeckte Blut. »Reden Sie«, sagte er.

»Im Moment ist mir nicht besonders nach Reden – es gibt *sooo* viel zu erledigen. Aber tun Sie mir doch einen Gefallen, und richten Sie Patrick aus, dass Arthur ihn in Bälde kontaktieren wird … nachdem er seine Freundschaft zu Amy aufgefrischt hat, versteht sich. Ciao!«

Die Frau beendete das Gespräch.

»Was sagen sie?«, wollte Patrick wissen. »Es klang nach einer Frau. War es eine Frau? Was hat sie gesagt?«

Domino antwortete nicht sofort. Dutzende von Optionen rasten durch seinen Verstand. Wenn diese Schweinepriester Amy tot sehen wollten, *wäre* sie es längst, oder? Also war sie ein Köder. Das Problem lag nur darin, was diese Wichser mit dem Köder anstellten, während sein Team …

(ein guter Mann aus dem Spiel, Gott verdammt noch mal)

… nach einer Möglichkeit suchte, sie zu befreien? Sie mussten sie schnell finden. Denn plötzlich kam Domino ein Gedanke in den Sinn, der seine bisherigen Schlussfolgerungen zunichtemachte und sein Blut in Eiswasser verwandelte:

Ein Köder muss nicht unbedingt lebendig sein.

»Es *war* eine Frau«, sagte er schließlich. Domino konnte seinem Freund nicht in die Augen schauen, als er hinzufügte: »Sie hat gesagt, sie würde Amy zu einer Art Wiedervereinigung mit Arthur bringen. Und dass Arthur sich bald melden würde.«

Patricks Kopf sackte nach vorne.

Domino hatte sich in seinem ganzen Leben noch nie so elend gefühlt. Zum ersten Mal fühlte er sich sowohl als Versager als auch hilflos. »Es tut mir leid, Mann. Wir werden sie da rausholen.«

Patrick hob den Kopf. Keine Tränen, keine Wut. Stattdessen ein merkwürdiger Ausdruck von Erleuchtung. »Die Dame am Telefon hat von *Wiedervereinigung* gesprochen?«, wollte er wissen.

Domino nickte.

»Ich glaube, ich weiß, wo sie sie hinbringen«, sagte Patrick.

70

Patrick fuhr mit dem silbernen Toyota Highlander auf der Pennsylvania-Schnellstraße Richtung Westen. Domino folgte ihm dichtauf in einem schwarzen Ford-Geländewagen, während Briggs in einem gleichfalls schwarzen Mustang die Nachhut bildete. Patricks Handy lag zwischen seinen Oberschenkeln. Er wartete auf den Anruf. Er musste nicht lange warten.

»Patrick hier.«

»Hallihallo«, sagte ein Mann.

»Arty.«

»Wow, Volltreffer. Ist wohl doch nicht so lange her, wie ich dachte.«

»Was willst du?«

»Nicht erst ein bisschen lockeres Geplauder? Kein ›*Wie geht's dir?*‹ oder ›*Was hast du so getrieben?*‹«

»Leck mich. Was willst du?«

Arty lachte. »Du bist wohl gerade nicht in Stimmung, oder? Ich will *dich*, Kumpelchen. Dich *und* deine kleinen Hosenscheißer. Ich will ein gutes altes Familientreffen. Neuerdings habe ich meine eigene. Was sehr aufregend ist.«

»Lass meine Kinder aus dem Spiel.«

»Tja, keine Chance. Du bist in keinerlei Verhandlungsposition, Freundchen – ich habe Amy.«

»Woher weiß ich, dass sie noch lebt?«

»Das weißt du nicht. Darf ich zu behaupten wagen, dass du mir einfach vertrauen musst?«

»Darf ich zu behaupten wagen, dass du mir mal den Schweiß vom Sack lecken kannst?«

Arty kicherte. »Anscheinend bist du immer noch ganz der alte Möchtegern-Harte, stimmt's?«

»Ja, Arty. Ich bin immer noch der, der deinem Bruder das Licht ausgepustet und deinen knochigen Arsch für Monate ins Krankenhaus verfrachtet hat.«

Es herrschte kurz Schweigen. Dann ergriff Arty wieder das Wort. »Weißt du, du solltest wirklich wenigstens ein *bisschen* Einsicht, Besonnenheit und Zurückhaltung zeigen. Ich verspreche, dass du Amy lebend wiedersehen wirst, aber wenn du mich sauer machst, kann ich nicht versprechen, in welchem Zustand sie sich dann befinden wird. Als Jim und ich klein waren, haben wir oft Insekten die Arme und Beine rausgerissen und geschaut, wie lange sie ohne überleben konnten. Es war erstaunlich – manche zuckten noch stundenlang herum. Ich frage mich, ob Amy auch dazu imstande wäre? Würdest du sie immer noch lieben, wenn sie nur noch ein Torso mit Kopf wäre? Würdest du sie noch ficken können? Du verstehst schon.«

»Sag mir, was du willst.«

»Habe ich bereits – ein Wiedersehen. Weißt du, wo es stattfinden soll?«

»Ich kann's mir denken.«

»Bist du schon auf dem Weg dorthin?«

»Bald.«

»Und du wirst die Kinder mitbringen?«

Eine absichtliche Pause.

»Patrick …?«

»Was?«

»Werden die Kinder bei dir sein?«

»Ich habe dir gesagt, dass du meine Kinder aus dem Spiel lassen sollst.«

»Und ich habe dir gesagt: keine Chance. Ich schlage vor, du führst dir die Lage deiner Frau vor Augen.«

»Drecksack. Du verdammtes *Dreckschwein.*«

»Darf ich das als ein Ja verstehen? Die Kindchen begleiten dich?«

»Ja«, zischte Patrick.

»Fantastisch.«

»Woher weiß ich, dass Amy am Crescent Lake ist, wenn wir eintreffen?«

Artys Stimme klang begeistert. »Du weißt tatsächlich, wo es hingeht! Hut ab.«

»Woher weiß ich, dass Amy dort ist?«

»Ich gebe dir mein Wort, dass du sie sehen wirst, wenn du eintrudelst.«

»Dein Wort bedeutet einen Scheiß.«

Erneutes Kichern. »Hast du was Besseres, Kumpel?«

Patrick sagte nichts.

»Eben«, sagte Arty. »Ich werde dafür sorgen, dass du deine Frau siehst, Patrick, aber es gibt ein oder zwei Bedingungen.«

»Welche?«

»Du kommst alleine. Und wenn ich alleine sage, meine ich *alleine.* Du und die Kinder, niemand sonst. Ich weiß, dass ihr Hilfe angeheuert habt, und offensichtlich mischt das FBI auch mit. Mir wird nichts entgehen, Patrick. Wenn ich auch nur das leiseste Anzeichen für die Anwesenheit von Gesetzeshütern bemerke, stirbt Amy. Und du wirst nicht erfahren, wie. Ich werde ihre Leiche mitnehmen. Stell dir vor, den Rest deines Lebens in Unwissenheit darüber zu verbringen, wie deine Frau getötet wurde. Über das, was ich mit ihr angestellt habe. Wie lange es gedauert hat. Wie kreativ ich war. Du kennst mich und weißt, wie es um meine Vorstellungskraft bestellt ist.«

»Ich werde alleine kommen.«

»Kein FBI.«

»Kein FBI.«

»Keine Privatarmee.«

»Nein.«

»Nur du, Carrie und Caleb. Ich freue mich wirklich darauf, die beiden Scheißerchen wiederzusehen. Wie machen sie sich? Sind sie gewachsen? Hat Carrie immer noch diese Schwäche für Süßigkeiten? Tauscht sie immer noch Puppen gegen einen schnellen Zuckerkick?«

»Fick dich.«

Arty lachte. »Also darf ich euch drei heute Abend erwarten? Geselliges Beisammensein im Mondschein. An dem See, wo alles begann, wie in den guten alten Zeiten.«

»Meintest du nicht, du hättest gerade eine eigene Familienzusammenführung gehabt?«

Stille. Dann: »Das ist richtig.«

»Also kann ich davon ausgehen, dass es kein durchgeknallter Fanclub ist, der dir hilft – sondern deine Familie?«

»Was für ein schlaues Kerlchen du bist, Patrick.«

»Demnach hat deine *wahre* Familie dich gefunden. Oder hast du sie gefunden?«

»Spielt das eine Rolle?«

»Wahrscheinlich nicht.«

»Eines kann ich dir auf jeden Fall sagen«, meinte Arty. »Sie sind ganz scharf darauf, dich kennenzulernen.«

Danach war die Leitung tot.

»Ich bin auch scharf darauf, sie kennenzulernen«, sagte Patrick zu sich. Er rief Domino an.

»Sprich mit mir, Bruder«, sagte Domino.

»Es läuft«, sagte Patrick.

»Gut. Ruf das FBI erst an, wenn wir uns dem See nähern.«

»Mache ich.«

»Sie werden Allegheny County verständigen. Diese Jungs wollen Rache für das, was bei dem Gefangenentransport passiert ist. Das bedeutet, dass sie einen auf Cowboy machen werden.«

»Du hast gesagt, das könnte von Vorteil sein.«

»In deiner Situation? Ja.«

»Bei dir und Briggs alles in Ordnung?«

»Mach dir um uns keine Sorgen.«

Ein Moment Stille.

»Es sind Verwandte«, sagte Patrick.

»Wie bitte?«

»Seine Helfer. Sie sind seine Angehörigen. Seine *wahre* Familie.«

»Das hat er dir gesagt?«

»Ja.«

»Hat er gesagt, wie viele es sind?«

»Nein, aber ich würde darauf tippen, dass es nur die beiden sind – Schwester und Vater. Vielleicht hat er auch einen älteren Bruder. Ich weiß es nicht.«

»Na schön. Machst du dir Sorgen um deine Kinder?«

»Ich würde mich besser fühlen, wenn ich wüsste, wo sie sind.«

»Wenn du es nicht weißt, werden sie es auch nicht wissen.«

»*Du* weißt es.«

»Deine Kinder sind meine Kinder. Mehr muss ich hoffentlich nicht sagen.«

»Musst du nicht.«

»In Ordnung. Melde dich, wenn wir Shippensburg hinter uns gelassen haben. Jetzt gerade schreit ein Red Bull nach mir.«

»Gut.«

Patrick legte auf und atmete gute fünf Sekunden lang aus.

71

Amy Lambert merkte, wie der Transporter verlangsamte und anhielt. Der Motor erstarb. Seit dem letzten Foto, das von ihr aufgenommen worden war, trug sie eine Augenbinde – wahrscheinlich in der Hauptsache eine unerlässliche Vorsichtsmaßnahme, doch Amy fragte sich dennoch, ob diese Vorsichtsmaßnahme für ihre Kidnapper nicht einen äußerst amüsanten Nebeneffekt hatte. Möglicherweise wussten sie nur allzu gut, dass das Einzige, was auf die schwarze Leinwand ihrer Binde projiziert wurde, das grausige und nicht aus ihrem Kopf zu löschende Bild von Christopher Allans zerschossenem Kopf war – das Ergebnis ihres egoistischen Verlangens nach einer Massage.

Einer Massage.

Oh Gott, Lana. Erst jetzt wurde es ihr bewusst; warum so spät, war ihr nicht klar. Aber Lana war garantiert tot. Lana war tot. Wegen ihr. Wegen ihr war Lana tot.

Christophers platzende Schläfe.

Lana tot.

Das Blut, das die Wände des Massageraumes bespritzte.

Lana tot. Ihre Schuld.

Christophers offene tote Augen, sein Blut an der Wand.

Patrick, Carrie, Caleb …

Amy drückte die Augen fest zu, schüttelte den Kopf, wollte die Bilder mit aller Macht vertreiben. Sie konnte einiges einstecken. Das wusste sie. Aber welche Kraftreserven hatte sie noch? Wie lange würde es dauern, bis sie zerbrach? Wie war das, wenn man den Verstand verlor? Geschah das Schritt für Schritt, oder war es so, als würde ein Schalter umgelegt? Sie wusste, dass noch so einiges auf sie wartete. Wusste, dass sie Arty wiedersehen würde. Sie hoffte, dass ihre Vorstellung von schlagartig hereinbrechendem Wahnsinn eher den Vorstellungen eines Drehbuchautors entsprach und in der wirklichen Welt nicht oft vorkam. Denn was sie in der wirklichen Welt mehr als alles wollte, war, ein weiteres Mal zu siegen. Arty tot zu sehen. Toter als tot. Ausgelöscht. Ihn und seine bekackte Familie. *Tot.* Ja. Ja, es wurde langsam besser. Konzentriere dich hierauf.

Stell dir vor, wie Domino Arty mit bloßen Händen das Rückgrat bricht.

Stell dir vor, wie Dan Briggs der schönen Frau den Hals umdreht.

Stell dir vor, wie du und Patrick auf einen wehrlosen Arty eintretet, bis dieser nicht mehr atmet.

Stell dir vor, wie Domino den Riesen erlegt. Ihn erschießt. Ersticht. Zertrampelt.

Stell dir vor, *auf Nummer sicher* zu gehen, dass alle tot sind. Die Leichen anzuzünden. Sie brennen zu sehen, bis nur noch Knochen und Asche übrig sind.

Amy bemerkte, dass sie in ihren Knebel grinste, als sie sich diese Dinge ausmalte. Sie weinte nicht mehr, fühlte keine Reue mehr – nur Mordlust und Rache. Und sie fragte sich, ob der besagte Überschnapp-Schalter vielleicht statt eines Kippschalters ein Dimmer war. Kein rasches An und Aus –, nur ein behäbiges, schrittweises Verfallen in Wahnsinn. Es war nicht ausgeschlossen, dass ihr Schalter nach und nach Richtung Abgrund gedreht wurde.

Amy hörte, wie die Heckklappe des Transporters geöffnet wurde. Als sie einen Augenblick später mit einem lauten Knall wieder zuschlug, zuckte sie zusammen. Irgendwer war jetzt bei ihr im Inneren des Lieferwagens.

»Alles klar?«

Es war die Frau. Die attraktive Frau vom Begräbnis ihres Vaters, aus dem Wellnesssalon. Artys mutmaßliche Schwester. Auch ohne Knebel im Mund hätte Amy höchstwahrscheinlich nichts erwidert.

»Mein Vater und Arthur sind pinkeln gegangen. Männer haben Blasen wie Eichhörnchen.«

Also ist der riesige Kerl ihr Vater. Sie war sich nicht hundertprozentig sicher gewesen. Und Arty war auch hier. Warum hatte er sich noch nicht gezeigt?

»Rauchst du?«

Amy schwieg.

»Ich habe dich noch nie beim Rauchen beobachtet. Aber wenn du es hinter Patricks Rücken tust, kannst du gerne eine haben.«

Dich beobachtet? Wie lange beobachtest du mich schon?

Amy entschied sich dafür, den Kopf zu schütteln.

»Okay – dachte nur, ich frage mal. Aufmerksame Gastgeberin und so.«

Amy hörte das Schnippen eines Feuerzeuges und roch dann Zigarettenrauch.

»Heute ist der große Abend«, sagte die Frau. »Mein Bruder tut alles in seiner Macht Stehende, um nicht die Kontrolle zu verlieren. Er wollte schon etliche Male vorbeikommen und dich begrüßen. Aber er hat sich im Griff – wie Dad und ich. Das unterscheidet uns von all den anderen Schafen.« Kurze Stille. Rauch, der ein- und ausgeatmet wurde. »Bist du schon aufgeregt wegen heute Abend?«

Amy schwieg.

Die Frau entfernte Amys Augenbinde, und Amy heftete ihren Blick auf sie. Keine Perücke, kein Make-up, keine Kontaktlinsen. Die Frau hatte sämtliche Verkleidungen abgelegt, war aber immer noch so schön, wie Amy sie von der Beerdigung ihres Vaters in Erinnerung hatte. Das üppige dunkle Haar, die vollen Lippen, die glänzenden schwarzen Augen (Amy musste an polierte Kohlestücke denken) hinter den wabernd aufsteigenden Zigarettenrauchschwaden.

»Das ist schon besser«, sagte die hübsche Frau. »Ich kam mir schon vor, als würde ich mit einer Schaufensterpuppe reden. Wobei ich mich schon frage, ob du wesentlich klüger als eine Schaufensterpuppe bist. Den Massagesalon zu besuchen, war jedenfalls sehr, sehr dumm. Deinetwegen wurden eine Menge Leute getötet. Und es werden noch einige folgen.«

Amys Schuldgefühl schlug in blanke Furcht um. Sie trauerte um Lana und Christopher. Doch diese Frau konnte offenbar in ihr lesen wie in einem Buch und drückte immer die richtigen Knöpfe. Auf einmal schwand der böse Reiz der Rachegedanken, und übrig blieb nichts als Angst. Ihre dunkle Seite verblasste in der Gegenwart dieser Frau, die nur allzu gut über die Freuden des Bösen Bescheid wusste. Diese Frau hatte keine dunkle Seite. Sie war die Dunkelheit selbst.

Und die böse Frau sah, was in Amy vorging, las es in ihren Augen. Amy konnte regelrecht *spüren*, wie sich die Frau ihren Schmerz und ihre Angst auf der Zunge zergehen ließ wie alleredelsten Wein. Wäre das vor ihr Arty oder Jim gewesen, hätte sie sich ihrem Zorn hingegeben, gestrampelt und gespuckt, gekämpft wie ein Tier, so wie sie es Monate zuvor getan hatte. Was hatte diese Frau an sich, das Amy vor Grauen zu Eis erstarren ließ?

»Ich bin übrigens Monica«, sagte die Schönheit. »Wir sind einander nie richtig vorgestellt worden. Erzähl mal, ist Patrick gut im Bett?«

Amys Augen weiteten sich.

»Hat er einen hübschen Schwanz?«

Wut kochte in Amy hoch. Sie starrte Monica an.

»Er ist ein sehr gut aussehender Mann, Amy. Und ich kann mich noch gut daran erinnern, wie er mich auf dem Begräbnis deines Vaters angesehen hat.«

Die Wut stieg höher.

»Ich meine, auf einer Trauerfeier, um Himmels willen. Dennoch konnte er sich kaum beherrschen, oder? Ich habe ihn mehr als einmal dabei erwischt, wie er auf meine Möpse geschielt hat. Und auf meinen Arsch. Ob er sich wohl vorgestellt hat, mich zu ficken?« Sie nahm einen tiefen Zug von ihrer Zigarette. »Habt ihr seit der Beerdigung gefickt? Bestimmt; es ist ja schon Monate her. Wie viel würdest *du* darauf wetten, dass er zumindest *einmal* dabei an mich gedacht hat? Männer sind manchmal so, besonders nach vielen Ehejahren. Sie pumpen ohne Ende, wie irgendein armer Teufel an der Pumpe eines vertrockneten Brunnens. Doch dann, gerade wenn alles verloren scheint, blitzt ein Bild auf – ein Porno-Schnipsel, ein Supermodel ... ein geiler Arsch, den sie gerade auf der Beerdigung ihres Schwiegervaters gesehen haben ...« Sie grinste und ließ ihre Worte einen gezielten Moment lang nachbrennen. »Und dann: *Entladung!* Es strömt und spritzt nur so aus dem Brunnen heraus, als hätte es nie eine Dürrezeit gegeben. Und du lächelst, nicht wahr? Befriedigt? Erleichtert? Als wärest du diejenige, die ihn zum Abspritzen gebracht hat.« Sie blies Amy den Zigarettenrauch ins Gesicht. »Weißt du, ich frage mich, ob ich ... unter den richtigen Umständen ... Patrick dazu bringen könnte, *mich* zu ficken. Ich glaube, ich bekäme das hin. Ich kann sehr überzeugend sein. Was du inzwischen wahrscheinlich selbst rausgefunden hast.« Ein abermaliger Zug, ein abermaliges Grinsen, abermaliger Rauch ins Gesicht. »Die einzige Frage lautet: Würdest du zuschauen wollen?«

Amy brüllte in ihren Knebel, stemmte sich gegen die Fesseln, die grimmig glühenden Augen zu Schlitzen verengt. Monica lächelte und schien das Ganze jetzt anders zu genießen als zuvor. Angst und Schmerz waren ein Schluck guten Weines gewesen. Wut und Rage waren ein starker Whiskey – brennend heiß und wohltuend.

Amy verfluchte sich dafür, dem Miststück diese Genugtuung zu verschaffen.

Monica nahm einen letzten Zug von ihrer Zigarette und drückte sie auf dem Boden des Lieferwagens aus. »Es wird Zeit, wieder Gute Nacht zu sagen.« Sie langte nach vorne, zog Amy die Binde über die Augen, tätschelte ihr den Kopf und sagte: »Ich wecke dich, wenn wir da sind.«

72

Sie waren noch eine Stunde entfernt. Die Abenddämmerung war längst hereingebrochen. Patrick rief Domino an.

»Wie steht's, Bruder?«, fragte Domino.

»Noch ungefähr eine Stunde.«

»Alles klar.«

»Würde ich mich wie der größte Schlappschwanz der Welt anhören, wenn ich sage, dass ich gewaltigen Schiss habe?«

»Du würdest dich wie der größte *Lügner* der Welt anhören, wenn du was anderes behauptest. Angst ist nichts Schlechtes – völlig natürlich. Wenn man nicht ein gewisses Maß an Angst verspürt, ist man ein Soziopath.«

»Diese Arschlöcher empfinden also keine Angst?«

»Sie können Schmerz empfinden.«

»Du hast immer die passende Antwort parat.«

»Ich liebe dich auch.«

Patrick stieß ein leises Glucksen aus.

»Ruf in dreißig Kilometern das FBI an, und gib ihnen die Treffpunktkoordinaten durch«, sagte Domino.

»Was, wenn sie einen überstürzten Frühstart hinlegen, bevor ich hinkomme?«

»Mach ihnen eindeutig klar, dass sie tot ist, wenn sie das tun. Das FBI hat keine Schaufel, die groß genug wäre, um sich aus diesem Müllberg wieder frei zu graben.«

»Und Allegheny County? Die Cowboys?«

»Versprich denen, dass sie als Erste bei den Arschgeigen Hand anlegen dürfen; dich kümmert nichts anderes als die Sicherheit deiner Frau. Und sie dürfen den Laden dann stürmen und aus allen Rohren ballern.«

»Und dann kommt's drauf an.«

»Und dann kommt's drauf an, mein Freund.«

73

Wieder hörte Amy, wie sich die Hecktür des Transporters öffnete. Diesmal keine Grußworte, nur geschäftiges Grunzen, als ihr Stuhl herumgedreht und rückwärts geschleift wurde. Neuerliches Grunzen, als man ihren Stuhl aus dem Lieferwagen wuchtete und langsam absetzte.

Es war nur eine einzige Person – wahrscheinlich der Vater, der Riese; er hatte sie *und* den Stuhl ohne größere Mühe aus dem Lieferwagen gehoben. Arty war, wie sie erinnerte, ein ziemlich dünner Hecht und nicht für eine derart anstrengende Aktion gebaut. Abgesehen davon, hätte Arty es sich nicht verkneifen können, sie anzusprechen. Zu spötteln. Zu *spielen.* Der Vater blieb stumm. Auch als er Amys Stuhl erneut hintenüberkippte und auf etwas ablud, von dem sie annahm, dass es eine Sackkarre war – Sekunden später wurde sie rückwärts gerollt –, sprach der Vater kein einziges Wort.

Monica hatte gespöttelt. An Amys Nerven gezerrt, um das Spiel lebhafter zu gestalten.

Arty hätte bestimmt schlimmere Dinge gesagt. Sie vielleicht sogar geschlagen.

Der Vater schwieg. Offenbar vollauf beschäftigt. Allmählich fragte sich Amy, ob das nicht noch beängstigender war: dem Drang zu widerstehen, mit der wehrlosen Beute zu spielen. So konzentriert und diszipliniert zu sein, dass das

Zielobjekt nicht den kleinsten Kratzer abbekam, sondern unversehrt abgeliefert wurde.

Die Sackkarre stoppte. Amy hörte, wie eine Tür sich öffnete. Die Sackkarre prallte zweimal auf, als sie zwei schmale Stufen hinaufgezogen wurde. Die Kälte der Abendluft verweilte auf ihrer Haut, als hinter ihr eine Tür zugeschlagen wurde und die Welt aussperrte. Bald erröteten ihre frostigen Wangen dank der Wärme. Sie roch altes Holz und Staub. Und bevor sie ein weiteres Mal nach hinten gekippt und zu ihrem Zielort geschoben wurde, erhob der Vater – das Paket war unbeschadet geliefert worden – endlich das Wort, um den Auftakt der Feierlichkeiten auszurufen.

»Willkommen zurück, Schlampe«, sagte er. »Bist du bereit für ein bisschen Spaß?«

Amy saß alleine in der Stille. Die Fesseln um ihre Hände und Knöchel saßen so fest und unnachgiebig wie eh und je, der Knebel raubte ihr jede Möglichkeit der Artikulation und die Augenbinde die Sicht. Riechen und Hören waren die einzigen ihr verfügbaren Sinnesempfindungen, und hin und wieder vermeinte sie jemanden atmen zu hören, der sie beobachtete.

Etwas im Raum bewegte sich, wechselte den Platz. Amy spitzte die Ohren und hielt die Luft an. Es *war* jemand im Zimmer. Und sie wusste, wer es war. Sie spürte es.

Ihr Knebel wurde entfernt. Noch immer blind, sagte Amy: »Hi, Arty.«

»Hi, Amy. Lang ist's her.«

Patrick befand sich dreißig Kilometer vor Crescent Lake. Er nahm sein Handy, tippte auf die zuvor gespeicherte Kurzwahlnummer und bat darum, Agent Chris Miller sprechen zu dürfen, als beim zweiten Klingeln abgehoben wurde.

»Hast du's bequem?«, fragte Arty.

»Ja, vielen Dank«, sagte Amy im despektierlichsten Ton, den sie zustande brachte.

Arty versetzte ihr einen harten Schlag. Der Schock war umso größer, da sie den Hieb nicht hatte kommen sehen können, und auf der schwarzen Leinwand der Augenbinde flammten violette Lichtblitze auf, als sie versuchte, den Kopf aufrecht zu halten.

»Das war ein Appetithäppchen ... für Jim. Ein *kleines* Appetithäppchen. Weitere werden folgen. Und ein paar Drinks. Dann der Hauptgang. Nachspeise. Kaffee. Digestifs ...«

»Ach, halt den Rand«, sagte Amy. »Alte Hüte. Deine ganze Masche ist *alt.* Herrgott, jedes Kind mit halb so viel Hirn hätte sich eine bessere Fortsetzung einfallen lassen.«

Arty schlug sie abermals. Diesmal hatte sie damit gerechnet, was den Schock schmälerte – nicht die Schmerzen, aber den Schock.

»Du verstehst es falsch, Amy. Das hier ist keine Fortsetzung – bloß die Verlängerung.«

»Laber, palaver.«

Sie hörte Arty lachen. »Du hältst dich für eine echte Giftkröte, stimmt's? Hast dich in dein Schicksal gefügt, ja?«

»So was in der Art.«

»Und Patrick?«

Amys Herz tat einen Satz. Sie betete, dass man es ihr nicht ansah. »Was soll mit ihm sein?«

»Hast du sein Schicksal ebenfalls akzeptiert? Er ist auf dem Weg hierher. Er *und* eure Kinder.«

Jetzt konnte Amy nicht länger verbergen, was in ihr vorging. »Mein Mann würde niemals unsere Kinder herbringen.«

»Wahrscheinlich hast du recht. Er hat gesagt, er würde es tun, aber ich habe es ihm nicht abgenommen. Spielt sowieso keine große Rolle – wenn wir mit dir und deinem Geliebten fertig sind, *werden* wir uns Carrie und Caleb holen. Und ich werde mir viel Zeit für sie nehmen.«

Amys Zorn lähmte für einen Moment ihre Zunge. Sie konnte lediglich die Zähne zusammenbeißen und schnaufen wie ein Bulle.

»Außerdem habe ich Patrick verboten, die Polizei einzuschalten. Ihm gesagt, dass du tot bist, wenn uns auch nur das Geringste verdächtig vorkommt. Sterben wirst du ohnehin, aber ich habe ihm immerhin eine Chance versprochen, dich noch mal zu sehen, bevor du stirbst. Bevor ihr *beide* sterbt. Ich möchte wirklich, dass es so wird wie in alten Zeiten. Sollten wir jedoch Polizisten bemerken – und das werden wir, falls sie anrücken –, wird das Einzige, was er bei seiner Ankunft sieht, deine Leiche sein. Und glaub mir, Süße, ich habe *einiges* mit dir vor. Er wird dich anhand der Narbe auf deiner Titte identifizieren müssen.« Er lachte.

»Und wenn wir *dich* töten, werden sie dich anhand der Narben auf deinem Bauch und deiner Brust identifizieren, wo dich mein Mann mit dem Messer gefickt hat.«

Nach dem dritten Schlag verlor sie das Bewusstsein.

»*Bitte* halten Sie sich am Treffpunkt bereit, aber warten Sie dort«, sagte Patrick zu Agent Miller. »Er hat gesagt, dass sie tot ist, wenn sie auch nur den kleinsten Zipfel einer Polizeimütze entdecken.«

»Wir werden warten«, sagte Miller.

»Und geben Sie das bitte an die Allegheny-County-Leute weiter.«

»Habe ich schon.«

»Ich wette, die sind wegen der Männer, die sie während des Gerichtstransportes verloren haben, ziemlich gereizt«, sagte Patrick. »Sagen Sie ihnen, dass ich ihnen bei den Arschlöchern den Vortritt lassen werde, das ist mir egal. Ich will nur meine Frau in Sicherheit bringen, verstanden? *Niemand darf vor mir rein.*«

»Alle werden sich daran halten, Patrick.«

Patrick seufzte tief ins Handy. »Okay. Ich müsste in ungefähr fünf Minuten da sein.«

»Wir warten.«

Amy kam zu sich, verwirrt und desorientiert. Sie hatte einen Augenblick lang vergessen, wo sie war, bis Artys Worte ihr wieder alles in schmerzhafter Klarheit ins Bewusstsein rückten.

»Da ist sie wieder«, sagte Arty. »Willkommen zurück, Amy.«

Amy versuchte den Nebel in ihrem Kopf durch Schütteln desselben zu lichten.

»Mein Letzter hat dir die Glühbirne aus der Fassung geschraubt, stimmt's?«, fragte er.

»Ja, Arty. Du kannst wirklich stolz auf deine Fähigkeit sein, eine blinde Frau bewusstlos zu schlagen. Was für ein Held du bist.«

»Mir scheint, du könntest einen Weiteren vertragen, was?«

»Ist das dein Plan? Mich die ganze Nacht lang zu schlagen? Wenn ich mich recht entsinne, warst du mal origineller«, sagte sie.

»Oh nein … *oh nein* – es ist so viel mehr geplant, Amy. Die Schläge? Da habe ich mich einfach ein wenig gehen lassen, vermute ich. Dein überschlaues Mundwerk lässt einem kaum eine andere Wahl.«

»Wäre dir ein dummes Mundwerk lieber?«

»Siehst du? Jetzt fängst du schon wieder damit an – so selbstzufrieden in hoffnungsloser Lage. Vielleicht war unsere letzte Begegnung eine gute Sache. Sie hat dich offenbar ordentlich abgehärtet.«

»Stimmt«, sagte Amy. »Es war die reinste Läuterung, deinem Bruder eine Nagelfeile in die Schrumpelklöten zu rammen. Noch besser war der Anblick, wie mein Mann ihm den Kopf weggepustet hat. Danke dafür.«

Sie hörte Arty scharf die Luft einsaugen, um seine Wut zu mäßigen. »Damit hast du es dir *redlich* verdient, mit dem Vorschlaghammer einen verschissenen neuen Scheitel gezogen zu bekommen.« Ein weiteres mühsam beherrschtes Schnauben. »Aber ich werde es nicht tun. Ich werde es nicht tun, weil du bei Bewusstsein sein musst, wenn Patrick kommt. Es wird nicht mehr lange dauern. Ich habe von diesem Tag geträumt, Amy. Ich gebe zu, dass ich eine Zeit lang jegliche Hoffnung und mich selbst aufgegeben hatte. Doch dann kam meine Schwester, erklärte mir, wer sie ist, wer mein *wahrer* Vater ist.«

Amy hörte ihn selig seufzen. »Ich wusste, dass ich meine Rache bald bekommen würde – ich musste mich lediglich in Geduld üben. Und ich wusste, dass mein Vater und meine Schwester während dieser Geduldsprobe genau dort weitermachten, wo Jim und ich aufgehört hatten. Und gottverdammt, sie waren gut. Der tote Hund? Patricks Job?« Er hielt inne, als präparierte er sich für die Pointe. *»Das Begräbnis besuchen und im beschissenen Kondolenzbuch* *unterschreiben?«* Arty lachte schrill. Er wollte weiterreden, musste sich aber immer wieder unterbrechen, bis sein Lachen endlich abgeebbt war. »Monica hat mir berichtet, dass sie dich sogar dazu gebracht hat, eines Abends besoffen nach Hause zu fahren ... unmittelbar nach dem tödlichen Trunkenheits-›Unfall‹ deines Vaters. Besser geht es nicht.« Wieder brach er in Gelächter aus, würgte allerdings noch seine Schlussbemerkung hervor: »Ich würde mir auf der Stelle den verdammten Daumen abhacken, wenn ich dafür Patricks Gesicht sehen könnte, als das geschah.«

Artys Offenbarungen verrieten Amy nichts Neues. Wären sie jeweils direkt auf die Ereignisse gefolgt, insbesondere den Tod ihres Vaters, wären sie wie Gewehrkugeln eingeschlagen. So aber wurden sie unter der Rubrik »Was-du-nicht-sagst« verbucht. Was auch auf Amys Gesicht geschrieben stand.

»Jetzt platzt du gleich, oder?« In Artys Stimme klang neben Stichelei ein Hauch von Frustration mit.

»Mir ist eher langweilig«, sagte Amy und versteifte sich, einen neuerlichen Hieb erwartend.

»Klar ist dir das«, sagte Arty und schnalzte mit der Zunge. »Aber mach dir keine Sorgen ...«

Amy vernahm, wie Arty sich in den vorderen Teil des Zimmers bewegte. Klick- und Surrgeräusche drangen an ihre Ohren – irgendeine Apparatur.

Arty entfernte ihre Augenbinde. Amy fand sich in einem so gut wie kahlen Raum wieder. Eine große Halogenlampe, ein Fenster (das aufgrund der Nachtschwärze dahinter grausamerweise zu nichts anderem diente, als ihren gefesselten Zustand zu reflektieren), ein Tisch und, von besonderer Bedeutung, ein Dreibeinstativ mit einer Videokamera. Der kleine rot glühende Signalknopf an ihrem Gehäuse zeigte an, dass die auf Amy gerichtete Kamera lief und aufzeichnete.

Arty trat vor die Kamera. Sein und Amys Blick trafen sich zum ersten Mal seit Monaten. Arty lächelte von einem Ohr zum anderen; Amy trug eine Maske aus purem Hass.

Artys Lächeln schrumpfte auf ein zufriedenes Grinsen. »... die Vorstellung beginnt in allernächster Zukunft.«

74

Patrick schaltete die Scheinwerfer ab und ließ den Wagen am Treffpunkt hundert Meter vor der Grenze zu Crescent Lake ausrollen. Bevor er die Scheinwerfer abgeschaltet hatte, hatte er drei Zivilfahrzeuge entdeckt. Patrick war erfreut, dass die Allegheny County Police nicht in Streifenwagen vorgefahren war; man mochte ihnen zwar bei Arty und seinem Gezücht den Vortritt versprochen haben, aber offenbar hatten die Leute vom FBI immer noch das Sagen.

Agent Miller trat Patrick entgegen, als dieser aus dem Highlander kletterte. Es war dunkel, aber Patrick konnte den Agenten trotzdem ziemlich gut erkennen. Die anderen Wagentüren hinter dem Agenten öffneten sich – insgesamt acht bis an die Zähne bewaffnete Bundesbeamte und Angehörige des Allegheny County Police Department stiegen aus. Alle trugen Schusswesten. Die Allegheny-County-Beamten überprüften in einer Tour ihre Berettas und schlichen durch die Gegend wie Rüden auf der Suche nach einem Baum zum Pissen.

Cowboys, dachte Patrick. Er hatte durchaus Verständnis für sie. Reputation oder Auszeichnungen waren nicht der Grund für ihre Anwesenheit. Sie wollten Rache. Genau wie er. Genau wie Arty und dessen Familie. *Jesus. Liebe Kinder, heute wollen wir etwas über ein Thema lernen, das man Leitmotiv nennt.*

»Wie geht es Ihnen?«, fragte Miller.

»Ängstlich. Besorgt«, sagte Patrick.

Miller gab Patrick einen Klaps auf die Schulter. »Wir umstellen den Ort, halten uns aber außer Sicht. Wenn Sie näher rangehen …«

»Weit außer Sicht«, unterbrach Patrick. »Er hat sinngemäß gesagt, sie hätten ihre Augen überall. Wenn sie Sie bemerken …«

»Das war wahrscheinlich ein Bluff. Und selbst wenn sie über irgendein Überwachungssystem verfügen, *werden* sie uns nicht bemerken.«

»Wie können Sie sich da so sicher sein?«

»Weil ich es weiß«, sagte Miller.

Patrick neigte den Kopf und holte Luft. »Na schön. Ich mach mich Richtung See auf. Hütte Nummer acht.«

»Wir werden dicht hinter Ihnen bleiben, zu Fuß.«

»Bleiben Sie auf Abstand zu meinen Bremslichtern«, sagte Patrick. »Wenn ich anhalte und das Licht auf eines Ihrer Gesichter fällt …«

»Wir wissen, was wir tun, Patrick. Bald wird alles vorüber sein; Sie werden schon sehen.«

Patrick nickte, stieg in den Highlander und fuhr langsam die Schotterstraße nach Crescent Lake hinab.

Artys Funkgerät knisterte. Eine tiefe Männerstimme meldete sich. »Ein Wagen nähert sich, mein Sohn.«

Arty hob das Funkgerät an seinen Mund. »Marke?«

»Ein SUV.« Pause, dann: »Highlander. Toyota Highlander.«

»Das ist er«, sagte Arty. »Ist er alleine?«

»Kann ich noch nicht erkennen. Sieht aus, als würde er in die Einfahrt steuern.«

Arty sah auf Amy hinab und hielt das Funkgerät tiefer. »Aufgeregt?«

Amy hielt den Atem an; sie erwiderte nichts.

Arty lächelte und hob das Funkgerät wieder vor seine Lippen. »Was passiert, Dad?«

»Er ist alleine. Keine Kinder.«

Amy stieß erleichtert die Luft aus. Arty schaute erneut auf sie hinab. »Damit haben wir gerechnet. Wir werden sie noch früh genug aufspüren«, sagte er.

Amy warf ihm einen mordlüsternen Blick zu. Er zwinkerte ihr zu.

»Polizei?«, fragte Arty.

»Bislang nicht. Er ist auf dem Weg zur Tür.«

Patrick stand vor der Eingangstür von Hütte Nummer acht an der Grenze zu Crescent Lake. Die Erinnerungen drangen erbarmungslos auf ihn ein, und jede blieb lange genug in seinem Kopf, um zu schmerzen.

Er schloss die Augen. Das machte es noch schlimmer. Er öffnete sie. Schüttelte den Kopf. Schlug sich ins Gesicht. Trat mit dem Fuß auf.

Geh rein. Jetzt. Sofort.

Patrick drehte den Türknauf. Die Schatten der beiden Allegheny-County-Polizisten, die sich wenige Meter hinter ihm heranschlichen, entgingen seiner Aufmerksamkeit.

Artys Funkgerät knackte. »Er steht vor der Tür.«

»Verstanden«, antwortete Arty. Er leckte sich die Lippen und machte sich bereit.

»Abgesehen davon, dass …«

»Was?«

»… es so aussieht, als hätte unser Held Bullen im Schlepptau.«

Arty sah auf Amy nieder und grinste. »Tja – ich schätze, dein Ehegatte liebt dich nicht so sehr, wie du dachtest.« Er stopfte ihr den Knebel in den Mund zurück.

Patrick machte die Eingangstür auf und trat in die Hütte. Er ließ seinen Blick nicht prüfend durch den Raum schweifen. Der Raum war ihm egal, da der riesige, auf einem Ständer in der Mitte des Raumes angebrachte Fernseher seine ganze Aufmerksamkeit auf sich zog.

Auf dem Bildschirm war Amy zu sehen. Die Szene war die leibhaftige Wiederauferstehung einer grässlichen Erinnerung – seine geknebelte und an einen Stuhl gefesselte hilflose Frau, Arty neben ihr, wieder Herr der Lage. Patrick starrte mit klaffendem Kiefer auf die Übertragung.

»Ich habe dir versprochen, dass du sie wiedersehen wirst«, sagte Arty. Während er redete, streichelte er Amys Haar. Sie schreckte vor jeder Berührung heftig und angeekelt zurück. »Du kannst was sagen, wenn du magst. Da ist ein Mikro; ich kann dich hören.«

Bis jetzt war Patricks Miene nicht von Zorn, sondern ausschließlich von Schock gezeichnet. »Was soll das?«, sagte er. »Du hast gesagt, du willst uns beide. Du wolltest eine … du wolltest eine Wiedervereinigung.«

»Oh, das will ich auch. Oder besser gesagt: ich *wollte*. Aber ich musste dich erst testen, Patrick. Und stell dir vor: Du bist durchgefallen«, sagte er mit weinerlichem Gesicht.

»Was? Ich habe mich genau an deine Anweisungen gehalten! Du Mistkerl, ich habe getan, was du wolltest!«

»Hast du das? Wo sind die Kinder?«

Patrick schluckte. Er wandte den Blick ab und sagte: »Sie sind im Auto.«

Arty gab das Geräusch eines Buzzers von sich. »Das ist eine Lüge. Ich nehme an, du bist kein besonders guter Pokerspieler.«

»Du hast gewusst, dass ich sie nicht mitbringen würde, Arty. Du *wusstest* das.«

Arty schloss die Augen und nickte bedächtig. »Vermutlich, ja.« Er trat näher zur Kamera, bis sein Gesicht den Bildschirm ausfüllte. »Doch was ist mit den *Bullen*? Der *Polente*? Den *Schnüfflern*?«

»Was soll mit denen sein?«

Arty neigte den Kopf zur und schürzte die Lippen. »Komm schon, Patrick. Ich hab dir gesagt, dass wir es merken werden, wenn du sie mitbringst.«

»Da sind keine Bullen«, sagte er hastig. »Ich schwöre es.«

»Ich schwöre es«, spottete Arty. »Dann sieh doch mal über die Schulter, ehrlicher Jakob.«

Patrick wirbelte herum. Hinter ihm standen zwei Beamte der Allegheny County Police, die ihre Waffen gezogen hatten und irritiert auf den Bildschirm starrten.

»Nein!«, schrie Patrick die Polizisten an. *»GOTTVERFLUCHT, NEIN!«*

Patrick wirbelte wieder zum Fernseher herum. »Arty, bitte! Hör zu!«

Arty drohte mit dem Finger und machte *Tststs.* »Schäm dich. Du musst wissen, dass ich trotz meines Hasses auf dich immer auch ein bisschen Respekt vor dir hatte, Patrick. Ich dachte, du hättest Eier in der Hose. Ich dachte, du bist ein Ehrenmann.« Er schüttelte den Kopf. »Du bist erbärmlich … und deine Frau ist so gut wie tot.«

»NEIN! NEIN, WARTE! DU ARSCHLOCH!!! WO BIST DU?!«

Arty winkte zum Abschied, trat von der Kamera zurück, und präsentierte dem Publikum für ein paar Sekunden das Bild der schluchzenden Amy, bevor der Bildschirm schwarz wurde.

Patrick trat den Fernseher um und brüllte wie ein Tier. Die Tür sprang krachend auf, und die restlichen Polizisten und Agenten strömten herein. Patrick schrie und spuckte ihnen Beleidigungen entgegen. Schlug Löcher in die Wände. Stieß einen Tisch um und zertrat ihn in seine Einzelteile. Kein Polizeibeamter oder Agent traute sich einzugreifen. Nicht einmal Agent Miller.

Patrick stieß ein letztes mächtiges Heulen aus und rannte dann wie ein Verrückter aus Hütte Nummer acht und in die Nacht von Crescent Lake.

75

Patrick spurtete durch den Wald. Zweige schlugen und stachen ihm ins Gesicht, aber es kümmerte ihn nicht; der Schmerz trieb ihn nur noch weiter an. Es war finster, und von Zeit zu Zeit traute er seiner Orientierung nicht, wusste jedoch, dass er in die grundsätzlich richtige Richtung lief. Wenn er auf die Fresse fiel, scheiß drauf. Er würde sofort wieder auf die Beine springen, egal, wie stark er sich verletzte. Er musste weiter.

Nach zwanzig Metern konnte er die Straße erkennen – sowie den im Leerlauf brummenden Wagen, der dort wartete.

Ein Beamter der Allegheny County Police trat nach einer gründlichen Durchsuchung der Hütte an Agent Miller heran. »Nichts«, sagte der Polizist. »Nur die Fernsehanlage und ein paar Überwachungsgeräte.«

Miller senkte den Blick, kickte einen Stein davon und fluchte unterdrückt.

»Schauen Sie, wir haben vielleicht ein bisschen voreilig gehandelt, aber sie war nicht mal hier drin. Der perverse Sack hat Spielchen mit uns gespielt. Uns an der Nase rumgeführt. Er hätte sie in jedem Fall umgebracht. *Wäre* sie hier gewesen, hätten wir sie vielleicht retten können.«

Miller schaute in die Ferne und seufzte. »Ich weiß nicht«, sagte er. »Versuchen Sie das Mr. Lambert zu erklären.«

Der Polizeibeamte sah sich in alle Richtungen um. »Wo ist er überhaupt?«

76

Patrick saß auf dem Beifahrersitz. Dan Briggs bretterte über die Nebenstraßen von West-Pennsylvania, als hätte er sein ganzes Leben hier verbracht. Sie waren fast da.

Patricks Handy klingelte. Die Nummer des Anrufers war unterdrückt, aber er wusste, wer es war – er setzte darauf. Patrick klappte das Telefon auf. »Hallo?«

»Enttäuschung ist gar kein Ausdruck, Patrick.«

Patrick warf Briggs einen flüchtigen Blick zu, nickte und erwiderte dann: »Wo bist du, Arty?«

»Ich habe dir ziemlich simple und unmissverständliche Anweisungen erteilt. Und dennoch hast du dich entschieden, deine Frau sterben zu lassen.«

»Leck mich. Du hättest sie ohnehin getötet.«

»Ich wollte das Spiel wieder spielen. Ich wollte eine Wiedersehensfeier.«

»Du *hast* das Spiel gespielt, Arschloch. Oder sollte ich besser sagen: Deine Familie hat gespielt, während du eingesperrt warst. Nur sind Ersatzspieler wahrscheinlich nicht das Gleiche, oder?«

Ein kurzer Moment des Schweigens. »Versuchst du, mich ins Hirn zu ficken, Patrick? Sehr unklug.«

»Das ist kein Hirnfick, nur die Wahrheit. Ich bezweifle nicht, dass du es getan hättest, wenn der rechte Zeitpunkt gekommen gewesen wäre, aber es hätte dich unterm Strich nicht erfüllt, stimmt's? Nur ein einfacher Mord? Kein Spaß, keine Spiele?«

Arty lachte, doch es klang gezwungen. »Wer hat gesagt, dass es keine Spiele gab? Wir hatten viele, furchtbar viele Sachen für euch auf Lager.«

»Quatsch. Du bist nicht länger unsichtbar, Arty. Das FBI *träumt* nachts von dir. Du wirst in Bewegung bleiben müssen. Dein Vater und deine Schwester konnten in aller Ruhe planen. Das können sie noch immer. Aber du nicht. Nö – deine Spaß- und Spieltage waren in jener Nacht zu Ende, in der meine Frau und ich dir und deinem bescheuerten Bruder die Scheiße aus dem Arsch getreten haben.«

Am anderen Ende der Leitung erklang Artys schweres Keuchen. Sein Tonfall war ein höchst bescheidener Versuch, seinen Ärger zu verbergen. »Für einen Mann, dessen Frau hilflos neben mir sitzt …«

»Hoppla, eine Sekunde«, unterbrach Patrick. »Wo ist der Mann abgeblieben, der sich so viel auf seine Selbstbeherrschung einbildet? Klingt, als hätte ich einen wunden Punkt berührt.«

Briggs löschte die Scheinwerfer des Mustangs und kreuzte weiter zügig und geschickt durch die Nacht. Sie waren jetzt weniger als die Länge eines Football-Feldes vom Ziel entfernt.

»Ich sage nur die Wahrheit, Arty. Kein Grund, sauer zu werden. Die schlichte Tatsache lautet, dass deine Familie den ganzen Spaß hatte. Klar, sie sind dir gegenüber loyal, und klar, sie hätten dir gestattet, Amy und mich zu erledigen …«

»Und eure Kinder«, brauste Arty auf. »Vergiss eure Kinder nicht. Wir werden sie in die Finger kriegen, glaub mir. Neue Spielregeln. Deine Kinder sind tot.«

Patrick überging diese Bemerkung. »Mach dir nichts vor, Arty, von jetzt an bist du nichts weiter als ein gewöhnlicher

Mörder auf Dauerflucht. Ein *gewöhnlicher* Mörder. Du hast es doch so gern, wenn man dich für gewöhnlich hält, nicht wahr?« Patrick lachte.

Briggs brachte den Mustang langsam zum Halten. Sie stiegen aus. Briggs übernahm die Führung, als sie mit geduckten Köpfen zu Fuß weitereilten.

Artys Bemühungen, seinen Ärger im Zaum zu halten, waren vergebens. Er schrie nicht, sprach aber mit besonders giftiger Stimme. »Du bist ein sehr, sehr dummer Mann. Willst du Abschied von deiner Frau nehmen, bevor ich sie zu Tode foltere?«

Patrick sah zu Domino und nickte. Domino brachte sein Gewehr in Anschlag und spähte durch das Zielfernrohr.

»Nein«, sagte Patrick. »Das werde ich ihr von Angesicht zu Angesicht mitteilen.«

Domino betätigte viermal den Abzug. Die vier Kugeln bohrten sich durch das Wohnzimmerfenster und dann in Artys Extremitäten – sie trafen beide Arme, beide Beine. Er brach auf der Stelle zusammen. Amy blickte mit aufgerissenen Augen geschockt und verwirrt um sich.

Briggs trat die Hintertür des ehemaligen Wohnhauses von Maria Fannelli ein – der Ort, an dem sich das Finale des grauenhaften Martyriums der Lamberts ereignet hatte. Der Ort, von dem Patrick von vornherein gewusst hatte, dass sie seine Frau dorthin verschleppen würden.

Mit erhobener Pistole stürmte Briggs durch das gesamte untere Stockwerk des Hauses.

Domino hastete die Treppe hinauf.

Patrick betrat das Wohnzimmer, um Arty zu begrüßen.

Arty lag auf dem Boden und schrie und krümmte sich vor Schmerzen. Patrick ging unverzüglich zu seiner Frau und vor ihr auf die Knie. Er entfernte ihren Knebel, nahm ihr Gesicht in beide Hände und küsste sie in fieberhafter Erleichterung auf Lippen, Nase und Stirn.

»Hör zu«, sagte Patrick, als er sich an der letzten Fessel zu schaffen machte, woraufhin Amy endlich aufstehen konnte. »Draußen wartet ein Wagen …« Er drückte ihr die Schlüssel für den Mustang in die Hand. »Ein schwarzer Mustang, ungefähr zwanzig Meter westlich von hier. Steig ein und fahr los – und *hör nicht auf* zu fahren.«

Amy schaute in alle Richtungen. »Wo sind wir?«

»Wir sind im Haus seiner Mutter. Sie haben versucht, uns hereinzulegen.«

»Sie ist nicht meine Mutt…«, stammelte Arty vom Boden aus.

Patrick stürzte vor und stieß Arty in die Rippen. »Halt dein verdammtes Maul!« Er lief zu Amy zurück. »Geh schon, Liebling. Los.«

»Was? Und wo willst du hin?«

»Ich bleibe vorerst hier. Ich gehe nicht, bis ich nicht weiß, dass er tot ist.« Er sah auf Arty hinab.

»Nein, Patrick. Komm mit mir. Hier sind noch mehr. Der Vater und die Schwester.«

»Ich weiß, Baby. Domino und Briggs werden sie finden und sich um sie kümmern.« Wieder wanderte sein Blick zu Arty runter. »Ich habe *ihn.*«

»Bitte, Patrick. Komm einfach mit. Du musst das nicht tun. Ich hasse ihn auch. Ich will ihn auch tot sehen. Aber es ist sicherer, wenn wir beide verschwinden. Das war jetzt das zweite Mal, dass ich dachte, dich verloren zu haben. Noch mal könnte ich es nicht ertragen.« Sie fing zu weinen an.

Patrick zog sie an sich. »Du wirst mich nicht verlieren, Schatz. Ich will dich nur so weit weg von all diesem Dreck wissen wie möglich. Wir werden uns sehr bald wiedersehen. Das verspreche ich.«

Amy wollte schon wieder protestieren, doch Patrick brachte sie mit einem leidenschaftlichen Kuss zum Schweigen. »Geh jetzt. *Bitte*«, sagte er.

»Okay … okay, ich werde gehen«, sagte Amy. »Ich sehe dich bald wieder?«

»Du siehst mich bald wieder.«

Amy ging.

Patrick wandte sich wieder Arty zu, ging neben ihm in die Hocke, lächelte und sagte: »Hey, Mann. Du weißt, dass ich's nicht so mit lockerem Geplauder habe, aber … *Wie geht es dir? Was hast du so getrieben?*«

Domino schlich sich im oberen Stockwerk mit der Pistole im Anschlag von Zimmer zu Zimmer. Seine fließenden Bewegungen sprachen seiner Masse Hohn. Drei Räume waren bereits durchsucht und gesichert. Einer war noch übrig. Vater und Schwester waren während des ganzen Tumultes nicht in Erscheinung getreten. Das war schlau. Wahrscheinlich auch nicht einfach, immerhin war Arty Familie – aber sie gaben ihre Deckung nicht auf. Sie waren gut. Diszipliniert. Er sah sich einer echten kämpferischen Herausforderung gegenüber.

Patrick kauerte neben Artys erschlafftem Leib – alle vier verwundeten Gliedmaßen lagen unbrauchbar und nutzlos auf dem Boden wie die fleischigen Fangarme eines geköpften Kraken. Sein Schädel drehte sich unermüdlich und verzweifelt hin und her, und sein Gesicht war vor Pein und Panik verzerrt.

Patrick lachte. »Du siehst wie eine zugedröhnte Bauchredner-Puppe aus.« Und dann leuchteten Patricks Augen hell auf, als ihm etwas einfiel. »Nein, warte – du siehst eher wie ein Insekt aus, dem man die Gliedmaßen ausgerissen hat.« Er lachte erneut, tätschelte Arty den Kopf und fügte hinzu: »*Das*, du kranker Scheißer, nennt man *Ironie des Schicksals*.«

Patrick zog ein Messer aus seinem Gürtel und schnitt Arty von einem Ohr zum anderen die Kehle auf. Roter Saft sprudelte aus der Wunde und aus Artys Mund, als er an seinem eigenen Blut erstickte. Dann setzte sich Patrick rittlings auf Artys Brust und beugte sich vor, als wollte er ihn küssen. Er starrte in Artys weit aufgerissene, wild um sich blickende Augen und ignorierte das Blut, das bei jedem nassen Röcheln unter ihm auf sein Gesicht spritzte.

»Ich werde zusehen, wie du stirbst«, sagte Patrick. »Ich werde hier auf dir sitzen, dir in die Augen sehen und zuschauen, wie du ausblutest.«

Arty senkte die Lider.

»Mach sie auf«, befahl Patrick.

Arty hielt die Augen fest geschlossen.

Patrick nahm das Messer, nahm eines von Artys Lidern zwischen Daumen und Zeigefinger, zog daran und säbelte es ab.

Arty versuchte zu schreien. Sein Mund öffnete sich, aber seine Stimme versagte – es kam lediglich mehr Blut, das die Luft vernebelte und sein eigenes Gesicht besprenkelte.

Patrick warf das Augenlid von sich, ging mit seinem Gesicht ganz nahe an Artys heran (dessen verbliebenes Lid jetzt sehr weit offen stand) und sagte: »Wie ich schon ...«

Arty tat seinen letzten Atemzug. Es war ein langes, feuchtes Gurgeln, das stotternd wie ein absaufender Motor zum Stillstand kam. Patrick drückte sich von Artys Brust ab und baute sich über der Leiche auf.

»Diesmal kein Vielleicht, du Stück Scheiße. Jetzt bist du wirklich und wahrhaftig tot.«

Der letzte Raum. Domino näherte sich der Tür und öffnete sie vorsichtig. Das Licht brannte. Die drei vorigen Zimmer waren dunkel gewesen – hier wurde jemand erwartet. Er linste hinein, bevor er über die Schwelle trat. Es schien sich um eine Art Arbeitszimmer zu handeln. Zwei Bücherregale, ein Fenster, ein Tisch, ein Schrank. Er hatte alles vollständig im Blick. Wenn sie irgendwo steckten, dann im Schrank.

Aber das war zu offensichtlich. Und warum brannte das Licht? Es war alles *viel zu* offensichtlich. Sie wollten, dass er zum Schrank kam. Hinüberging ...

Domino blieb stehen und sah nach unten. Er grinste breit. Natürlich. Platzier den Pokal an prominenter Stelle – und man vergisst seine Umgebung, wenn man das Gold glänzen sieht. Rennt kopflos darauf zu ... und direkt in die Falle. Domino ging in die Hocke und strich mit den Fingerspitzen behutsam über den Draht, der über den Fuß der Türöffnung gespannt war.

Er kam rein; stolperte und stürzte; ließ die Waffe fallen; eine Salve aus dem Schrank, bumm, bumm, bumm.

Cleverer Plan. Und es hätte funktionieren können – wenn ihr das Licht nicht angelassen hättet. Ein bisschen *zu* offensichtlich, Kinder. Zurück in die Schule mit euch.

Domino hielt die Pistole auf den Schrank gerichtet, trat über den Draht hinweg und setzte seinen Fuß auf die Holzdiele, die einbrach, als sein volles Gewicht darauf lastete.

Briggs betrat das Wohnzimmer. Patrick saß in dem Stuhl, an den bis vor wenigen Minuten noch seine Frau gefesselt gewesen war. Artys lebloser Körper lag zu seinen Füßen. Briggs nahm das Szenario in sich auf und bedachte Patrick mit einem leicht amüsierten Blick.

»Fühlen Sie sich jetzt besser?«, fragte er.

»Viel besser, danke«, sagte Patrick. Auf seinem blutbesudelten Gesicht lag ein Ausdruck, der vollkommene Zurechnungsfähigkeit und totalen Wahnsinn in sich vereinte.

Briggs nickte. Hätte ihm der Krieg diese Fähigkeit nicht genommen, hätte er Patrick angelächelt. »Alles sauber hier unten«, sagte er. »Ich kann nichts erkennen. Könnte sein, dass sie sich getrennt haben, als wir sie überraschten.« Briggs sah auf Arty runter. »So viel zur familiären Loyalität.«

»Der Keller«, sagte Patrick.

Dominos rechtes Bein versank bis zur Hüfte im Dielenboden. Er fiel vornüber, ein Bein verschwand unter, das andere hinter ihm. Er fühlte seinen Oberschenkelmuskel reißen. Seiner Leistenmuskulatur drohte das gleiche Schicksal. Und seine Waffe – seine Waffe flog ihm aus der Hand, als er seinen Sturz aufzuhalten versuchte. Er hatte tatsächlich seine Waffe verloren.

Das war der Moment, in dem die Schranktür aufsprang.

Ein Riese von Mann stürzte vor und drückte Domino eine Pistole an den Schädel. Er drückte nicht ab. Stattdessen tastete er Domino nach weiteren Waffen ab. Als er eine zweite Pistole fand, schleuderte er sie beiseite. »Sei nicht zu streng mit dir, Junge. Ich jage, seit ich krabbeln kann. Mir ist noch nichts über den Weg gelaufen, dem ich keine Falle stellen konnte.«

»Schön für Sie.« Domino schob sich hin und her; sein Oberschenkelmuskel stand in Flammen.

»Alles klar bei dir, Kumpel?«

»Ich würde gerne aus dem Loch hier raus. Wird aber eher nicht passieren, oder?«

»Genau genommen …« Der Riese streckte seine freie Hand aus. »Doch.«

Domino starrte auf die Hand des Mannes. *Sie spielen gerne Spiele,* dachte er. War dies eines davon? Wahrscheinlich. Doch was hatte er jetzt noch zu verlieren? Domino ergriff die Hand, und der große Mann half ihm mit vorgehaltener Waffe auf die Beine.

Domino rieb sich die Rückseite seines Oberschenkels. Es schmerzte, das Bein zu belasten. »Ich nehme an, dass Sie der Vater sind«, sagte er.

»John Brooks«, stellte der Riese sich vor.

»Domino.«

»Wie das Spiel?«

»Exakt.«

John nickte belustigt.

»Was jetzt, John Brooks?«

»Ich sagte schon – ich bin ein Jäger.« John wandte sich um, warf die Waffe zur Tür hinaus, zog diese dann zu und schloss sich und seinen Kontrahenten damit im Zimmer ein wie zwei Gladiatoren in einen Käfig. Dann zog er ein gigantisches Jagdmesser aus einer Scheide an seinem Gürtel. »Ich hab so ungefähr alles getötet, was kreucht und fleucht, aber ich will verdammt sein, wenn ich je einen so riesigen Nigger wie dich erlegt hab.«

Briggs öffnete die Tür zum Keller. Es war dunkel, und er probierte den Lichtschalter. Nichts. Absicht? Oder war das seit der Tragödie nur ein vergammeltes Haus, der Albtraum eines jeden Maklers? Er knipste seine Taschenlampe an und schlich sich nach unten.

Dort angekommen, ließ er den Strahl in sämtliche Richtungen wandern. Nichts Auffälliges, aber das hatte er auch nicht erwartet. Wenn diese Leute so gut waren, wie Domino sagte, würden sie sich nicht gerade auf dem Präsentierteller zeigen.

Er bewegte sich mit gezückter Waffe Zentimeter für Zentimeter vorwärts. Die Taschenlampe erfüllte ihren Zweck, war in der Schwärze des Kellers jedoch kaum mehr als ein Guckloch. Langsam verlor Briggs die Geduld. Hier war niemand; sie hatten die Flucht ergriffen. Er kehrte zum Fuß der Treppe zurück und wollte gerade die erste Stufe erklimmen, als die erste Kugel ihn im Hals traf. Er umklammerte seine Kehle. Zunächst glaubte er nicht, dass er tatsächlich verwundet war. Stattdessen nahm er an, ein Insekt verschluckt zu haben. Die nächsten Kugeln radierten alle Zweifel aus. Briggs fiel tot um.

Domino schüttelte den Kopf und kicherte.

»Was ist so lustig?«, fragte John.

»Ihr Jäger bringt mich zum Lachen – macht ständig einen auf hart, als wäre es eine große Sache, ein unschuldiges Tier zu erlegen, das noch nicht mal ahnt, dass es mitspielt. Es würde mich interessieren, wie Sie reagieren, wenn eines Tages ein Grizzlybär an *Ihre* Tür klopft.«

John grinste höhnisch. »Er hätte nicht die geringste Chance.«

Dominos Lächeln blieb. »Dann sollte ich ja leicht zu erledigen sein.«

John sprang vor und stach zu. Domino wollte ausweichen, aber sein gerissener Muskel ließ ihn im Stich; die Klinge erwischte ihn am Arm und schnitt tief ins Fleisch.

Domino zuckte zusammen, taumelte zurück und stieß gegen das Bücherregal. John näherte sich lauernd, grinsend, mit dem Messer Schleifen in die Luft zeichnend.

John täuschte einen Ausfall an. Domino sprang zurück, langte hinter seinen Rücken, ertastete ein großes Buch mit festem Einband und schlug damit nach Johns Gesicht. John hob beide Hände, um sich zu schützen. Domino nutzte seinen kurzen Vorteil, stieß sich vom Regal ab und verpasste John einen Tritt zwischen die Beine. Die Wucht des Treffers ließ John zusammenklappen. Domino packte das Gelenk von Johns Messerhand mit der Linken und deckte dessen Gesicht mit einer Schnellfeuersalve rechter Geraden ein, bis beide Männer gegen die gegenüberliegende Wand krachten.

Dem von den Schlägen blutverschmierten und benommenen John gelang es, ein Knie in Dominos Leiste zu versenken. Domino ächzte und stolperte rückwärts. John stieß sich von der Wand ab und warf sich auf seinen Gegner, sodass beide über den Boden schlidderten. John lag auf Domino, hob den Kopf zurück und rammte seine Stirn in mit einem Übelkeit erregenden Knacken in Dominos Gesicht.

Domino sah Sterne. Viele. Noch ein Treffer, und er war im Arsch.

John setzte zu einem zweiten Kopfstoß an. Domino spähte nach links. Er entdeckte das Messer und schnappte es sich. Als Johns Kopf herabschnellte, richtete Domino die Klinge nach oben, und John Brooks spießte sich darauf auf.

Patrick hatte sich nicht gerührt, seit Briggs abgezogen war. Sein Kopf schien völlig leer. Er saß einfach nur da, mit dem Blut eines anderen Mannes auf Gesicht und Händen. Des Mannes, der tot zu seinen Füßen lag. Der zweite, den er in seinem Leben getötet hatte. Wie viele Menschen töten in ihrem Leben auch nur *einen*? Wie viele töten *niemanden*? Ein grimassenartiges Lächeln verzog seine Lippen. »Eine Menge«, gab er sich die Antwort. Das Lächeln war jetzt das eines kolossal Betrunkenen, der in allen Dingen etwas Komisches sah.

Patrick war schon einmal auf der dunklen Seite gewesen. Er hatte vor weniger als einem Jahr seine Familie am Crescent Lake gerettet. Er war gezwungen gewesen zu töten. Wie ein Barbar zu verstümmeln. Die Therapie sowie wiederholte Selbstvergewisserung hatten ihn davon überzeugt, dass es ums Überleben gegangen war; ein Verteidigungsmechanismus zum Schutz seiner Liebsten. Im Tierreich war das nicht anders. Im Lauf der Zeit hatte er immer wieder an diese grausamen, aber überlebensnotwendigen Taten zurückgedacht – selten, denn das war alles andere als erquicklich –, und sie wurden zu einem quälenden Traum, der glücklicherweise die Eigenschaft aller Träume aufwies: sie wurden mit der Zeit weniger lebhaft.

Jetzt war der Traum zurückgekehrt, und er bezweifelte, aufwachen zu können. Was er soeben getan hatte – die gezielte Tötung (*Schlachtung*) eines Menschen. Es fühlte sich richtig an. Großartig.

Werde ich je wieder ich sein?, fragte er sich und betrachtete endlich blinzelnd das Blut an seinen Händen. Domino konnte zehn Männer umbringen und danach ein Kätzchen streicheln. Wie Briggs. Wie Allan.

Patrick war anders als diese Männer.

Du hast zwei Menschen getötet. Du hast zwei Menschen getötet, und es hat dir gefallen.

»Wenn es falsch ist, Arschlöcher umzubringen ... dann will ich nicht auf der richtigen Seite sein!«, sagte er mit trunkenem Grinsen.

»Sehe ich genauso, Patrick«, sagte eine weibliche Stimme hinter ihm.

Patrick erhob sich, und Monica schoss ihm zweimal in die Brust.

Monica ragte über Patricks bewusstlosem Körper auf. Er atmete noch, aber kratzend und flach. Sie würde ihren Vater (der ohne Zweifel gerade den großen schwarzen Kerl erledigte) von oben rufen. Sie würden Patricks Leben retten. Ihn mit sich nehmen. Ihn gesundpflegen. Und dann bis zu seinem Tod als Geisel halten. Jeden Tag würden sie sich neue, unvorstellbare Martern für ihn ausdenken. Seine Eier mit einer stumpfen Klinge absägen. Seine Lippen zunähen und sie dann wieder auseinanderreißen. Ihm Nadeln in die Ohren stecken, bis seine Trommelfelle platzen. Seine Frau und Kinder fangen, vor seinen Augen schlachten, sie ausweiden und ihn ihre Gedärme fressen lassen.

Diese Gedanken erfüllten sie mit Verlangen und Wut. Verlangen nach diesen grausamen Akten, Wut über den Verlust ihres zweiten und letzten Bruders. Sie hatte nie zuvor versagt. Niemals. Das Verlangen explodierte. Der Hass stieg.

Monica sah auf ihren toten Bruder und widerstand dem Drang, die restlichen Kugeln in Patricks Leib zu jagen. Dann hob sie den Kopf und rief nach ihrem Vater.

»Dad?«

Die Klinge bohrte sich bis zum Heft in John Brooks' Kehle. Blut spritzte aus seinem Mund. Seine Augen waren ungläubig aufgerissen.

Domino rollte den Riesen von sich und sprang auf die Beine. Das Adrenalin dämpfte den Wundschmerz, aber er würde ihn garantiert bald voll zu spüren bekommen.

Domino sah zu, wie John Brooks starb. Nach kurzer Zeit lag der große Mann tot auf dem Rücken, die Augen offen, den Kopf in eine Blutlache gebettet. Der Mann war ein würdiger Gegner gewesen, der härteste, gegen den Domino je gekämpft hatte. Wären sie auf dem Schlachtfeld gewesen, hätte Domino dem Mann Respekt gezollt und ihm die Lider geschlossen. Ein alter Lehrmeister hatte Domino einst gesagt, dass es die Hölle bedeutete, mit offenen Augen zu sterben – man erlebte seinen Tod dann immer und immer wieder, bis in alle Ewigkeit. Mit geschlossenen Augen ließ man Gott wissen, dass man seinen Frieden gefunden hatte und bereit war, in den Himmel aufzusteigen.

Würdiger Gegner oder nicht, dieser Mann verdiente keinerlei Respekt, nicht für das, was er den Menschen angetan hatte, die Domino liebte und als seine Familie betrachtete. Er verließ leise das Zimmer. John Brooks' offene tote Augen starrten ins Nichts.

»Dad?«

Keine Antwort. Monica vernahm Bewegungen von oben. »Dad, bist du da?«

Nichts.

Sie seufzte und sah auf den sterbenden Patrick hinab.

Domino klaubte seine Waffe vom Boden auf, als er das verrückte Miststück von unten rufen hörte. Das war ein schlechtes Zeichen. Es bedeutete, dass seine Jungs wahrscheinlich Ärger hatten. Er war verletzt, aber fit genug für einen zweiten Angriff.

Ein Handgemenge mit der Tochter wäre nach der Sache mit dem Vater das reinste Kinderspiel. Allerdings würde sie sich nie auf ein solches Handgemenge einlassen, nicht wahr? Musste sie auch nicht. Und wenn sie an Briggs vorbeigekommen war, dann sowieso nicht mit roher Gewalt. Sie hatte Muskeln, aber noch mehr Grips. Ganz klassisch. Aber er konnte sich gegen beides behaupten. Er musste sich lediglich etwas erholen.

Und dann knallte die Vordertür, und alle Vorsätze und Pläne gingen den Bach runter. Domino hastete mit der Waffe im Anschlag die Treppe hinunter.

Als Domino das Wohnzimmer betrat, sah er zweierlei. Einmal seinen Freund Patrick, der auf dem Rücken lag und heftig aus Brust und Bauch blutete. Und dann ein über Patricks Körper mit Blut an die Wand geschmiertes Wort:

Ciao.

Dominos Instinkt gebot ihm, zur Tür zu eilen und seine Zielperson zu verfolgen, bevor sie fliehen konnte. Das allerdings hätte bedeutet, seinen blutenden Freund zurückzulassen. Und er wusste noch immer nicht, wo Briggs steckte.

Sie entkommt.

Domino rannte zur Eingangstür, hielt inne und lief zu Patrick zurück. Er rief mit seinem Handy um Hilfe und versuchte dann verzweifelt, seinen Freund wiederzubeleben.

Patrick starb, noch bevor der Notarzt eintraf.

77

Florenz, Italien

Vier Monate später

Eine wunderschöne blonde Frau mit Sonnenbrille saß an einem Tisch im Außenbereich eines belebten Cafés. Als die Kellnerin kam, orderte die Blondine in makellosem Italienisch einen Kaffee.

Während sie auf ihren Kaffee wartete, nahm die Blondine eine Zigarette aus ihrer Handtasche, zündete sie an und inhalierte genüsslich.

Sie warf den Kopf in den Nacken, blies den Rauch gen Himmel und nahm die Strahlen der Morgensonne auf wie ein Schwamm, als verspürte sie deren Zauber zum allerersten Mal.

Die Bedienung brachte den Kaffee, und die Blondine bedankte sich.

Sie nahm einen Schluck, stieß einen behaglichen Seufzer aus, lehnte sich wieder zurück und ließ ihr Gesicht erneut von der Sonne bescheinen.

Sie nahm einen abermaligen Zug von ihrer Zigarette, als eine Frau sagte:

»Rauchen ist ungesund.«

Die Blondine drehte lässig den Kopf und blies Rauch aus. »Amy Lambert, so wahr ich lebe.«

»Hey, Monica«, sagte Amy und setzte sich ihr gegenüber. »Wieder mal blond?«

Monica strich sich mit den Fingern durchs Haar. »Es ist echt – keine Perücke.«

»Sieht gut aus. Kommt mir bekannt vor.«

Monica grinste. »Weckt das angenehme Erinnerungen?«

»Einfach nur Erinnerungen.«

»Ach bitte, Amy, ich habe dich immer für ziemlich schlau gehalten.« Monica schob eine Hand unter den Tisch. Das schwache Klicken einer Pistole. »Du weißt, dass du keine Chance gegen mich hast.«

Amy nickte. Ihr Blick blieb fest und entschlossen. »Das weiß ich.«

Eine kraftvolle Hand umklammerte von hinten Monicas Arm. Mühelos wurde die Pistole ihrem Griff entwunden und verstaut.

Ohne sich umzudrehen, sagte Monica: »Lass mich mal raten – der große schwarze Kerl, der meinen Vater getötet hat.«

»Du kannst mich Domino nennen«, sagte eine tiefe Stimme.

»Ich kann dich noch ganz anders nennen«, sagte Monica.

Domino beugte sich vor und flüsterte Monica ins Ohr: »Sei still und hör zu, was meine Freundin zu sagen hat.«

Monicas Brauen hoben sich. »Freundin? Treibt ihr beiden es etwa schon miteinander? Armer Patrick. Nicht mal ein Jahr, und ...«

Zwei dumpfe Schläge. Niemand im Café hörte sie. Monicas Kopf kippte Richtung Brust. Ihre Züge wandelten sich von Schockstarre über Unglauben zu einer starren Leere. Sie fiel mit dem Gesicht voran auf den Tisch.

Als man es bemerkte, waren Amy und Domino bereits in der Menge verschwunden. Amy gab Domino die Pistole zurück, die sie benutzt hatte. Er warf sie in den Arno.

ENDE